Geistmühle

# Medienecho
## zur Bestsellerreihe
### von Kathrin R. Hotowetz

# ~Im Schatten
# der Hexen~ ©

HarzKurier, 15.4.2013
> Das Buch liest sich spannend und erinnert in seiner
Intensität an Dan Browns „Illuminati" <

MDR-Fernsehen „MDR um 11" 16.2.2018
> Geschickt spielt Kathrin Hotowetz in ihren Krimis mit
unseren Urängsten! <

MDR-Fernsehen „MDR Sachsen-Anhalt heute" 31.7.2021.
>Wenn Sie es gruselig mögen,... kommen Sie um die
Bücher von Kathrin R. Hotowetz eigentlich nicht herum! <

BILD - Zeitung, 1.8.2020
>Wo der Harz zum Krimi wird! Beim Schreiben lässt sich
Kathrin Hotowetz von archäologischen Funden inspirieren. <

Halberstädter Volksstimme, 25.10.2014
> So kann Tourismuswerbung auch aussehen! <

Martini, 4. Jg. Nr.32
> Kathrin Hotowetz... die Halberstädterin ist derzeit
unbestritten die erfolgreichste Autorin der Region <

Halberstädter Volksstimme, 24.6.2019
> Setzt mit ihren Hexenkrimis der Region ein Denkmal:
Kathrin R. Hotowetz <

Hexe, Das Harzmagazin, 11.2013, 19. Jg.
>K.R. Hotowetz zählt wohl spätesten seit ihrem dritten
Roman „Hexenjagd" zu den ambitioniertesten deutschen
Crime & Fantasy Schriftstellerinnen.

## Über die Autorin

Kathrin R. Hotowetz,

Jahrgang 1965, ist studierte Agraringenieurin und seit dem Jahr 2014 hauptberuflich Schriftstellerin. Durch den Erwerb und die Renovierung einer sehr geschichtsträchtigen, frühmittelalterlichen Klostermühle im Harz und ihr besonderes Interesse an der heimischen Heilkräuterkunde wurde sie zu ihrem Erstlingswerk *~Im Schatten der Hexen~ (Band 1) ~ Hexenring~* inspiriert.

Kathrin R. Hotowetz wurde von der Harzer Kreisstadt Halberstadt zur *„Persönlichkeit des Jahres 2021"* ausgezeichnet. Im Sommer 2020 strahlte der MDR eine fünfteilige Kurzserie mit ihr über die Schauplätze ihres sechsten Buches *~Das versunkene Heiligtum~* aus.

Zusammen mit ihrem Mann lebt Kathrin R. Hotowetz im Landkreis Harz und entwickelt das Literatur- und Kultur-Erlebnisprojekt *~Im Schatten der Hexen~* mit zahlreichen Events in der Region. So befindet sich die Initiative „Wandern Im Schatten der Hexen" mit Kulturstempel-und Wandertour und über 100 Stempelstellen an Romanschauplätzen im Aufbau. Der Geistmühle Verlag ist Regionalsponsor der Biolectra 24h-Wandertrophy Veranstaltung in Wernigerode / Schierke und unterstützt die Etablierung des Wander-wettbewerbs der Special Olympics Sachsen-Anhalt.

Im August 2020 wurde in Zusammenarbeit mit den Städten Wernigerode, Thale und Halberstadt und in Anlehnung ihres gleichnamigen Romans (Band 6), das kulturtouristische Projekt *~Das versunkene Heiligtum~* vorgestellt.

Neben ihrer Autorentätigkeit vermietet sie Ferienwohnungen in der historischen ‚*Geistmühle am See*' in Halberstadt, in der sie auch Seminare und Kurse über Kräuterkunde veranstaltet.

Der Geistmühle Verlag und Kathrin R. Hotowetz sind seit 2015 mit einem eigenen Stand auf der Leipziger Buchmesse vertreten, seit 2019 auch auf der Frankfurter Buchmesse auf dem Stand des Landes Sachsen-Anhalt.

# Vorwort

## zur Romanreihe ~Im Schatten der Hexen~

## Nicht nur ein Roman,
## sondern eine Reise zu den Ursprüngen der Harzer Sagenwelt

„Oh ja, es gibt Hexen..." sagte die Großmutter.
So beginnt die Geschichte in einer alten Mühle am Rande des Harzes. Hier erzählt eines Abends im Oktober Großmutter Gerda ihren Enkelkindern die Geschichte vom Hexenring, einer uralten Prophezeiung, die kaum noch jemand kennt. Und sie warnt sie vor den tiefen Wäldern und den dunklen bösen Wesen, die wir unter dem Namen „Hexen" kennen. Der Harz ist voller Geschichten ihrer bösen Taten. Doch heute weiß niemand mehr genau, was davon wirklich geschehen ist oder auch nur wie und wo das alles begonnen hat.

Die Bücher ~*Im Schatten der Hexen*~ erzählen eine jahrtausendealte Geschichte von Gut und Böse, von tapferen Menschen und blutrünstigen Wesen. Sie führt uns an viele bekannte Orte wie den Hexentanzplatz und die Steinkirche, aber auch zu längst versunkenen, heiligen Hainen und Quellen, in alte Klöster und in die Tiefen der Berge. Alle diese Orte verbindet eine gemeinsame Vergangenheit, die so umfassend und fantastisch ist, dass dabei Wahrheit und Dichtung untrennbar miteinander verschmelzen.

Endes des Jahres 2011 erschien der erste Teil ~*Hexenring*~, der aus heutiger Sicht eine Art ‚*Pilotfolge*' darstellt.
Man wird in die Geschichte fast hineingeworfen, so schnell entwickelt sich die Handlung. Damals ahnte ich noch nicht, dass mich dieser erzählerische Anfang bis in die Bronzezeit zurückkatapultieren würde.
Und vor allem ahnte ich nicht, dass sich so viele Geheimnisse direkt vor meiner Haustür, dem Harzvorland, verbergen.

Die Geschichten und die Schicksale der Romanfiguren führen uns auf die uralten Pfade unserer Vorfahren, zu vergessenen Kultplätzen, zu den Kräuterweisen unter den Eichen, in verwunschene Wälder, zu den Köhlern und Bergleuten und den tapferen Waldbewohnern, die sich niemals geschlagen geben, denen Freundschaft und Güte noch etwas bedeuteten.

Sie erzählen uns von Königen und Bischöfen, von Kreuzzügen in ferne Länder, verschollenen Schätzen und von einem bösen Fluch, der über den Bergen liegt und den es gilt, endlich zu besiegen.

Das alte Rätsel um das ‚SATOR Quadrat' ist nur eines davon. Es ist zweitausend Jahre alt und bis heute ungelöst und längst nicht das einzige Geheimnis in dieser Buchreihe.

Viele der uralten Schauplätze der Romane gibt es heute noch und sie haben sich kaum verändert. Sie sind noch da, auch wenn viele ins Dunkle versunken sind, umbenannt oder verunglimpft wurden, vom Wald überwuchert und oft in Vergessenheit geraten sind.

Wir möchten Sie einladen, mit uns auf den Spuren unserer Vorfahren zu wandeln und die bekannten und auch die fast vergessenen Kultstätten der Harzer Bergwelt zu erkunden. Sie sind seit Jahrtausenden Teil unserer Heimat und warten darauf, dass ihre magische Seite neu entdeckt wird.

Vielleicht nun auch von Ihnen?
Bei einer Tasse Tee und in einer ruhigen Ecke in Ihrem Zuhause? Vielleicht aber auch in unserer wunderschönen Harzer Natur, bei einer Wandertour zu den Schauplätzen dieser Romanreihe.

Auf jeden Fall wird es aufregend und spannend werden. So manches Mal werden Sie das Gefühl haben, jemand wispere Ihnen uralte Geheimnisse ins Ohr.

Lauschen Sie gut und vergessen Sie nicht, die Türen zu verschließen und vor allem, vergessen Sie nicht zu atmen...

Ihre


Kathrin R. Hotowetz

Kathrin R. Hotowetz

# Im Schatten der Hexen

## ~Hexenring~

Ein mystischer Harz-Krimi

# Prolog
## Der vergessene Wald

Der Baum war über dreihundert Jahre alt und der einzige seiner Art. Nur zur Stunde seiner Geburt hatten menschliche Augen auf ihm geruht und das Geheimnis seines Standortes war die ganzen Jahrhunderte über bewahrt geblieben.

Er stand auf einem großen Plateau, einem fast kreisrunden Platz, von riesigen Fichten umgeben, deren Stämme lang und schnurgerade in den Himmel ragten. Erst auf einer Höhe von fast zehn Metern wuchsen Äste aus dem Stamm, die mit den Seitenarmen anderer Bäume zusammen ein undurchdringliches Dach bildeten und so den Baum wie ein Schirm beschatteten.

Die eine Seite des Felsvorsprunges wurde durch eine steile Felswand begrenzt, die viele Meter in die Höhe ragte. Auf der anderen Seite des Rundes fiel eine ebensolche Steilwand fast dreißig Meter in die Tiefe. Die steinerne Begrenzung erhob sich zu bizarren, messerscharfen Klippen, um dann unter einem natürlichen Dach aus Felsgestein zu enden. Dieses steinerne Dach ragte wie ein Steg über den Abgrund hinaus, sodass es unmöglich schien, jemals über den Rand zu klettern und die Tiefen zu erkunden. Von oben herab war nur die Weite des Waldes zu sehen, und der kreisrunde Vorsprung war nicht mehr als eine grüne Insel in einem ebenso grünen Meer.

Die Felswand schien direkt aus den Wurzeln der Berge zu kommen. Am Fuße der Klippen türmte sie sich senkrecht auf, als hätte der Berg sie geboren und würde sie immer noch nach oben schieben. Von unten konnte unmöglich eingeschätzt werden, wie hoch sie war, denn auch hier endete der Blick im dichten Geäst der alten Bäume. In den ersten Jahren seines Baumlebens ging der Wald weit über diese Grenzen hinaus, war so unendlich, dass die Menschen nie auch nur daran dachten, bis in diese Tiefen vorzudringen. Doch mit der Zeit wurden ihre Rodungen immer umfassender und sie kamen ihm näher. Sie brauchten Holz für Häuser und Holzkohle. Ebenso für Minen und Fabriken. Die Ortschaften platzten aus ihren Mauern und Dörfer wuchsen zu Städten heran.

Die Welt dort draußen interessierte den Baum nicht.

Seine Zeit würde kommen. Still grub er sich in den steinigen Boden seiner Geburt und wartete. Er wartete und hatte keine Eile.

Die Jahre vergingen. Doch niemand fand zu der Stelle, an der er stand. Große Kriege der Menschen stoppten immer wieder die Sägen und Äxte, und als alles vorbei war, durchlief den alten Wald eine neue Grenze; ein breiter, streng bewachter Streifen, den viele Jahre lang niemand betreten durfte. Und weil die Menschen nach dem Fall dieser Grenze ihre Umwelt mit anderen Augen sahen, beschlossen sie, dieses Stück unberührte Natur mit den vielen Pflanzen- und Tierarten, die nur hier vorkamen, zu schützen und verboten das Betreten des Waldes.

Dem Baum war das alles einerlei, er wuchs einem anderen Ziel entgegen. Einem Ziel, das nur er kannte. In jeder verholzten Faser seiner Zweige und Äste konnte er es spüren. Er ahnte regelrecht, dass dieser Zeitpunkt nicht mehr fern sein konnte.

Seine endgültige Größe hatte er schon vor Langem erreicht. Seit über zweihundert Jahren wuchs er nur noch in die Breite. In jedem Frühling streckte er seine Zweige und in diesem Herbst hatte er einen solchen Umfang, dass fünf Männer ihn nicht mehr hätten umfassen können. Seine untersten, über einen Meter dicken, Äste wuchsen in einer Höhe von nur drei Metern aus dem Stamm. Sie beschrieben einen kurzen Bogen nach oben, um sich dann wieder zur Erde herabzusenken. Einige Äste berührten bereits den Boden und waren so dicht mit Moos bedeckt, dass man sie nicht mehr von den ebenso dicken und mächtigen Wurzeln unterscheiden konnte. Äste und Wurzeln bildeten ein unüberschaubares Gewirr wie von riesigen Schlangen, mit langen Flechten und Moosen überzogen. Gras wuchs hier nirgends. Das riesige Geäst des Baumes bildete eine Höhle, in der ein diffuses Dämmerlicht herrschte. Niemand wusste, woher dieses Licht kam: ein grünes, fluoreszierendes Glimmen, das aus dem Baum selbst zu dringen schien. Die dunklen Blätter hatten die Form von Eichenlaub, nur waren sie viel größer. Abends senkte sich das Blattwerk gleichsam hinab und seine Ränder begannen matt zu leuchten, sodass es auch nachts niemals ganz dunkel unter dem Baum wurde.

An diesem Herbstabend zog Nebel in das Tal zu seinen Füßen.

Während er auf den Nieselregen wartete, dachte er wie jeden Abend an den Tag seiner Geburt und fühlte dabei eine unterschwellige Freude. Eine Ahnung von etwas wirklich Großem durchströmte selbst seine kleinsten Zweige und er fühlte, wie etwas sich tief in seinen Wurzeln zu regen begann, und sich einen Weg durch die steinige Erde bahnte.

Der Baum erzitterte in froher Erwartung.

Und doch war da eine Stimme, die ihn leise warnte, dass dies alles nicht nur seine Bestimmung und einziger Zweck, sondern auch sein Tod sein würde.

~~~~~~~~

Juli 1667.

Sie pflückte schon den ganzen Morgen Himbeeren. Das Mädchen war elf Jahre alt und lebte mit seinen Eltern in der nahegelegenen Stadt.

Heute war sie zu ihren Großeltern gegangen, die an einer Quelle, tief im Wald, vom Baumfällen lebten. Ihre kleine, hölzerne Hütte stand unweit des natürlichen Rinnsals, das lustig aus dem Gestein hervorsprudelte und selbst im tiefsten, kältesten Winter niemals zufror. Das war auch der Grund, warum sich hier schon vor vielen Jahren ein paar Leute aus der Stadt diese kleine Siedlung gebaut hatten und ihren kargen Lebensunterhalt mit dem Schlagen der uralten Bäume verdienten.

Die Großeltern des Mädchens Margarethe lebten hier seit ihrer Kindheit. Margarethe verbrachte jeden Sommer ein paar Wochen bei ihnen und so auch in diesem Jahr, obwohl das beinahe nicht möglich gewesen wäre. Nachdem vor ungefähr einem Jahr mehrere Kinder in dieser Gegend verschwanden, durften keine Besuche mehr stattfinden.

„Der Teufel geht um in den Wäldern", predigte der Pastor am Sonntag in der alten Holzkirche der Stadt.

„Haltet euch fern von den Wäldern, Hexen treiben dort ihr Unwesen. Ja, sie kommen in der dunkelsten Nacht, wenn der Mond kaum zu sehen ist. Sie stehen mit dem Teufel im Bunde und holen sich die Kinder ...".

Pastor Grade beschrieb dieses Szenario äußerst anschaulich.

Die Leute in der Kirche bekreuzigten sich ständig und verließen kaum noch ihre Häuser. Im Nachbarort hatten sie sogar eine Hexe gefangen und auf dem Scheiterhaufen verbrannt.

Margarethe hatte es gehört, als ihre Eltern abends leise davon sprachen.

Zwei Mädchen waren in der Nähe des Dorfes verschwunden, aber sie waren nicht die einzigen. Von neun weiteren fehlte noch immer jede Spur. Nur das zwölfte Kind tauchte einige Tage nach seinem Verschwinden wieder auf. Lebendig zwar, aber geistig total verwirrt, ohne ein Anzeichen von Verstehen. Das achtjährige Mädchen saß eines Tages nackt auf einem Waldweg, die Augen glasig und in die Ferne gerichtet. Es kauerte auf dem Boden, wiegte sich in einem endlosen Takt und summte leise vor sich hin. Verstümmelte Worte, die niemand verstand, drangen manchmal aus ihrem Mund. Ihr Körper war übersät mit Kratzern und Rissen, Schürfwunden und eitrigen Geschwüren. Sie verschwand noch am gleichen Tag auf mysteriöse Weise, kurz nachdem man sie gefunden hatte.

Zum Erstaunen aller blieben bald darauf sämtliche beunruhigenden Ereignisse aus. Die Milch wurde nicht mehr sauer, die Pest zog sich zurück und es verschwanden auch keine Kinder mehr. Als über ein halbes Jahr nichts Bedrohliches mehr geschehen war, wurde auch das Ausgehverbot aufgehoben und es kehrten wieder Ruhe und Gleichmaß ein. Margarethe war sehr glücklich, nun endlich ihre Großeltern besuchen zu können.

Sie nahm ihren irdenen Krug wieder auf und ging ein Stückchen tiefer in den Wald. Dort kannte sie eine Stelle, wo die Himbeeren wie Trauben an den dünnen Zweigen hingen. Sie fand sich gut zurecht in den Wäldern und hatte sich noch nie verlaufen.

Aber jetzt wurde sie langsam müde.

Obwohl sie den heißen Sommertag in der Kühle des Waldes kaum spürte, wurden ihr die Arme schwer. Sie hatte den Krug mit einem Lederriemen quer über ihre Brust gespannt, den sie nun ablegte, weil ihr der Rücken wehtat. Sie nahm den Topf in den Arm und stützte ihn mit ihrer Hüfte, so wie sie es auch mit ihrem kleinen Bruder machte, wenn sie ihn trug.

Das Mädchen sah in den Topf, um abzuschätzen, wie viele Himbeeren sie noch brauchte. Das war ein Spiel, das sie gern spielte und welches ihr die Zeit vertrieb. Ihr Vater hatte ihr ein bisschen Lesen und Schreiben beigebracht, obwohl das nicht gern gesehen wurde, besonders nicht bei Mädchen. Margarethe zeigte auch kein übermäßiges Interesse am Schreiben. Was sie aber wirklich fesselte, waren die Zahlen.

Zahlen übten eine unwiderstehliche Anziehungskraft auf sie aus. Zwei plus acht ist zehn. Zwanzig plus achtzig ist hundert. Die Logik hinter diesen Dingen war verblüffend und faszinierte sie. Sie zählte in Gedanken fast alles, zwanzig Schritte bis zur Quelle, zweihundertzehn bis zum Feld ihrer Eltern...

Alles ließ sich mit Zahlen beschreiben und ihr Hirn ratterte wie ein kleines Mahlwerk, wenn sie ihre täglichen Verpflichtungen erfüllte. Wievielmal muss ich am Euter der Ziege ziehen, bis sie fertig gemolken, wie oft die kurze, hölzerne Hacke in den Boden hauen, bis das Feld von Unkraut gesäubert ist? Auf diese Weise gelang es ihr, auch unliebsamen Tätigkeiten etwas Gutes abzugewinnen und im Rechnen machte ihr schon lange niemand mehr etwas vor.

Und so schaute Margarethe jetzt in ihren Topf und schätzte: *‚Noch dreihundert Beeren, dann müsste ich fertig sein.‘* Wenn sie sich nicht verzählt hatte, waren schon knapp tausend eingesammelt.

*‚Noch zweihundertfünfundachtzig.‘*

Sie hatte auf dem Weg in den Wald schon fast mechanisch gezählt, wie viele verschiedene Vogelstimmen sie gehört hatte: zuerst den Kuckuck, den nur einmal; dann die Nachtigall, fünfmal; den Eichelhäher, der mit seinen Rufen alle von ihrem Kommen unterrichtete, zweimal; Buntspecht, einmal; Schwarzspecht, einmal; Waldtauben, zwei-undzwanzigmal. Nur bei einem Geräusch horchte sie auf. Ein seltsames hohes Zirpen, das sie noch nie gehört hatte, ließ das Mädchen stehen bleiben und lauschen.

Zzzzrrrp, da war es wieder. Diesen Laut kannte Margarethe nicht. Sie war jetzt schon tief im Wald, kurz vor den schönsten und verstecktesten Sträuchern mit den besten Himbeeren.

Nur wenige wussten von dieser Stelle.

Leise versuchte sie das komische Zirpen nachzumachen, um sich den Klang einzuprägen. Sie musste unbedingt ihren Großvater danach fragen. Er kannte alle Stimmen des Waldes und wusste bestimmt, wer dieses markante Geräusch verursachte.

*‚Noch zweihundertzehn Himbeeren.‘*

Margarethe seufzte leise. Sie hatte keine Lust mehr, aber sie zählte tapfer weiter rückwärts, während sie die dicken Früchte von den Stängeln zog.

*‚Einhundertneunzig.‘*

Sie dachte wieder an ihren Weg in den Wald heute Morgen. Nach dem eigenartigen Zirpen hatte sie den Waldkauz noch dreimal und die Schleiereule noch einmal gehört.

*‚Einhundertfünfundvierzig.‘*

Erst vor ein paar Minuten hatte das Mädchen ein dunkles, langgezogenes „Uhu" vernommen. Das war der große Walduhu, der in den unzugänglichen Teilen des Waldes lebte und nur selten von Menschen gesichtet wurde.

*‚Neunundneunzig. Puh, endlich! Unter hundert!‘*

Die langweilige Arbeit näherte sich dem Ende. Margarethe wechselte den Krug in die andere Armbeuge und wollte sich gerade an den letzten Teil ihrer Aufgabe machen, als sie plötzlich stutzte. Zuerst wusste sie gar nicht, warum.

Doch dann drang die Stille in ihr Bewusstsein.

Absolute Ruhe kann ohrenbetäubend sein.

Sie erstarrte. Die Hand, die in diesem Moment eine Traube von mehreren Himbeeren greifen wollte, blieb mitten in der Bewegung stehen und fing leicht zu zittern an. Ihr gut trainiertes Hirn rekapitulierte die letzten Stunden dieses Tages: die vielen Vogelstimmen, die geräuschvolle Kulisse des Waldes, die Grillen, das Rauschen der Bäume, die raschelnden Tiere im Unterholz. Ihre Hand setzte sich langsam wieder in Bewegung und pflückte mechanisch die Beeren. Sie ließ sie einzeln in ihren Krug fallen.

*‚Achtundneunzig, siebenundneunzig, sechsundneunzig …‘*

Während sich die Augen wie von selbst die nächste Beerenfülle suchten, ratterte es in ihrem Kopf weiter. Und dann diese Vogelstimme, die sie nicht kannte!

*‚Vielleicht war es auch gar kein Vogel.‘*

*‚Fünfundneunzig, vierundneunzig, dreiundneunzig...‘*

*‚Aber was war es dann? Ein Tier?‘*

Sie kannte kein Tier, das solche Laute von sich gab. Plötzlich waren da nur noch die Eulen, die Käuzchen und der Uhu.

Danach: Stille! Keine Grille, kein Vogel, kein Frosch, nichts.

Nicht einmal mehr den Wind hörte sie.

*‚Zweiundneunzig, einundneunzig, neunzig, neunundachtzig ...‘* Die Beeren fielen mit einem leisen ‚Plopp‘ in den Behälter. Doch in ihren Ohren klang es wie ein Donnerschlag. Die Hand, die gerade nach den nächsten Früchten griff, fing erneut an zu zittern. Sogar diesem kleinen Mädchen war klar, dass hier etwas ganz und gar nicht stimmte. Sie lauschte noch intensiver, aber sie hörte einfach nichts. Nichts.

Als Margarethe gerade glaubte, sich unnötig Sorgen zu machen, roch sie es. Erst war es nur ein Hauch, der vorüberzog, sodass sie schon dachte, sich getäuscht zu haben.

Da! Wieder! Ein ekelerregender Gestank von verwesendem Fleisch und noch etwas anderem, was sie sich nicht erklären konnte. Das Mädchen kannte den Geruch von toten Tieren. Den anderen nicht.

Sie dachte augenblicklich: *‚So muss die Hölle riechen.‘*

*‚Achtundachtzig, siebenundachtzig...‘*

Das Töpfchen glitt ihr aus den Fingern und das überlaute Geräusch des Aufpralls katapultierte sie aus ihrer Erstarrung. Das Kind stürzte aus den Himbeersträuchern und begann zu rennen. Sie wurde schneller und schneller, sie stolperte nicht und sie sah sich nicht um. Nur weg von hier, diesem toten, stillen Ort.

Das Knacken der brechenden Zweige unter ihren Füßen und ihre immer lauter werdenden Atemzüge waren das Einzige, was Margarethe hören konnte.

Die Bäume jedoch schwiegen weiter.

Aber das Mädchen überkam immer mehr das Gefühl, die grünen Riesen würden sie belauern.

Sie ahnte, dass ihr Freund, der Wald, ihr diesmal nicht helfen würde. Dieser Gedanke überfiel sie förmlich und ihre dünnen Beinchen bewegten sich noch schneller.

Als der Geruch sie wieder umfing, dachte sie nur: ‚Es wird nicht besser. Je weiter ich laufe, umso schlimmer wird es. Es ist überall.'

Margarethe blieb schwer atmend stehen und versuchte zu erkunden, in welche Richtung sie sich wenden konnte. Aber sie wusste den Rückweg nicht mehr. Sie konnte keinen klaren Gedanken fassen.

Der Gestank war inzwischen so stark, dass sie einen Würgereiz bekam und sich beinahe übergeben musste. Sie wollte aber atmen. Ihr Herz schlug hämmernd gegen den kleinen Brustkorb, trotzdem fing sie wieder an zu laufen. Sie lief irgendwohin, hatte die Orientierung vollkommen verloren.

Das Kind brach sich einen Weg durch das immer dichter werdende Unterholz und kam abrupt zum Stehen, als sich plötzlich ein felsiger Abgrund vor ihr auftat und sie gerade noch rechtzeitig stoppen konnte. Margarethe war es nicht möglich, über die vorstehende Klippe hinunterzusehen.

Soweit ihr Auge reichte, sah sie auf das grüne Dach des Waldes, der immer noch schwieg. Auch in den Wipfeln der Bäume, viele Meter unter ihr, schien sich kein Windhauch zu regen.

Ein riesenhaft grünes Meer, ohne eine einzige, sich kräuselnde, Welle. Ihr Atem ging pfeifend, die Lunge blähte sich auf, konnte allerdings nur die stinkende Luft aufnehmen, die sie umgab.

Und immer noch kein Geräusch. Langsam drehte sich das Mädchen um und sah zurück auf die grüne Wand des Waldes, die es eben gerade durchbrochen hatte. Diese hatte sich wieder geschlossen und starrte stumm und teilnahmslos zurück.

Da, plötzlich, eine Bewegung im Unterholz, keine drei Meter von ihr entfernt.

Etwas kam auf sie zu. Sie starrte auf die sich bewegenden Zweige, ohne etwas zu erkennen. Plötzlich wurden ihre Augen ganz groß. Margarethe drehte sich um und sprang.

Der Sturz, wie aus einem ihrer Träume, dauerte nur wenige Sekunden. Für das fallende Mädchen aber dehnten sie sich zur Ewigkeit. Sie traf auf die ersten Äste und ihr linker Arm, das Bein und die Hüfte zerbrachen. Als sie am Boden aufschlug, knackte es widerlich und das Mädchen lag mit verwinkelten Gliedern und unfähig sich zu rühren auf einer kleinen Lichtung. Sie spürte eigenartigerweise keine Schmerzen, konnte aber nicht einen einzigen Finger rühren und das junge Leben zog sich aus ihrem kleinen Körper zurück.

Unwillkürlich nahm sie die Umgebung in sich auf. Ein schöner Ort! Still und der Geruch war gut. Sie roch die Feuchte des Waldes und den typisch würzigen Duft des Holzes.

Sie lächelte, sie war gerettet. Das Mädchen sah, dass am Rand der kleinen Lichtung hohe, kerzengerade Fichten wuchsen. Sie konnte die Wipfel nicht erkennen, weil sie nicht in der Lage war, den Kopf zu drehen.

*,Eins, zwei, drei, vier ...'*, sie zählte die Stämme.

Obwohl sie keine Beruhigung brauchte, tat es ihr gut zu zählen.

*,Fünf, sechs ...'*.

Eine kleine Bewegung zwang ihre Augen auf einen neuen Punkt.

Unmittelbar vor ihr drängte durch das Moos ein kleines grünes Pflänzchen und schob, buchstäblich vor ihren Augen, seinen winzigen Keim dem Licht entgegen. Er wuchs langsam und stetig, ohne Eile. Dann schob sich ein neuer Stiel daraus empor und entfaltete ein weiteres Blatt, das sie an Eichenlaub erinnerte. *,Sieben ...'*, die anderen Bäume entzogen sich ihrem Gesichtskreis, denn sie konnte den Kopf nicht bewegen.

Noch einmal rechnete sie. *,Sechs Bäume markierten den Halbkreis in ihrem Blickfeld, also könnten es zwölf sein ...'* .

*,Zwölf'*, war ihr letzter Gedanke.

*,Zwölf'*, dachte auch der winzige Baum, als er sich aus dem Moos erhob und seine Konturen sich in den ersterbenden Augen des Mädchens spiegelten.

# I.
## Verschwunden

Hätte er doch nur diesen Job angenommen! Mist, jetzt hatte jemand anderes die Stelle und er durfte weiterhin in den unerfreulichen Leben fremder Menschen rumwühlen. Kriminaloberkommissar Joachim Breitner schmiss den Telefonhörer knallend auf. Er war 56 Jahre alt und frustriert.

Sein Job bei der Kriminalpolizei machte ihm schon lange keinen Spaß mehr. Nur negative Energie, Mord und Totschlag. Er schleppte sich morgens zur Arbeit ohne jegliche Freude oder Motivation. Aber was hatte er in seinem Alter schon für Alternativen? Hausmeister? Nein, das war nicht so einfach. Ein ruhiger Posten wäre zwar schön, aber man muss auch von seiner Arbeit leben können. Da war sein derzeitiges Gehalt vielleicht nicht der 60-Stunden-Arbeitswoche angemessen, aber es war pünktlich und ausreichend auf seinem Konto.

Leider hatte er so lange überlegt, bis die Chance vorüber und die Stelle des Niederlassungsleiters einer gut gehenden Sicherheitsfirma anderweitig besetzt war. Dabei hätte er den Job garantiert bekommen. Ein ehemaliger Kollege hatte ihn angerufen und ihm diesen Tipp gegeben. Aber er hatte sich zu spät entschieden.

Und nun war es Montag früh, neun Uhr und das einzig Positive war der heiße Kaffee aus der neuen Espressomaschine im Flur. Sein Büro war ein trister Raum mit fleckigem grauen Linoleumfußboden, einem alten, blauen Metallschreibtisch und den unansehnlichen Leitungen, die noch auf den Wänden verliefen. Seit Jahren versprach die Verwaltung, die Büros zu renovieren, aber inzwischen waren sie schon so viele Jahre in den alten Gebäuden am Stadtpark untergebracht, dass sich jeder mit der Situation abgefunden hatte. Zu allem Überfluss sollte er auch noch sofort bei seinem Vorgesetzten erscheinen.

Die Woche fing ja gut an.

Er wusste schon, worum es ging. Anita, seine dreißig Jahre jüngere Kollegin, hatte ihn auf dem Flur abgefangen, als er vor einer Viertelstunde das Gebäude betreten hatte.

Sie hatte ihn zur Seite genommen und leise gesagt: „Jetzt ist noch ein zweites Kind verschwunden, diesmal in Bad Harzburg. Seit Freitag wird dort ein siebenjähriges Mädchen vermisst. Unsere Kollegen in Goslar sind genauso ratlos wie wir. Keine Spuren, keine Zeugen. Zwei Kinder in drei Wochen, das hatten wir noch nie. Der Alte will eine Sonderkommission gründen." Breitner hielt das für übertrieben, vielleicht tauchte das kleine Mädchen ja noch auf. Aber dass innerhalb einer so kurzen Zeit gleich zwei Mädchen vermisst wurden, verursachte auch ihm Magenschmerzen.

Vor knapp drei Wochen war während eines Wandertages der dritten Grundschulklasse der Goetheschule ein Mädchen spurlos im Wald verschwunden. Eben noch war es mit seinen Mitschülern, der Lehrerin und zwei begleitenden Elternteilen auf einem Wanderlehrpfad unterwegs gewesen. Während einer kleinen Rast hatten sie bemerkt, dass es fehlte. Keiner konnte sich erinnern, seit wann genau es nicht mehr da war.

Ohne jede Spur, einfach aufgelöst.

Das ganze Waldgebiet, jeden noch so kleinen Tümpel, hatten die Polizisten aufs Genaueste durchsucht. Nichts! Sie wussten schon nicht mehr, was sie den Eltern und auch nicht, was sie der Presse sagen sollten. Sie hatten alle mehrmals befragt, das Waldstück wieder und wieder durchsucht, Hubschrauber und Taucher eingesetzt, nichts. Nur die Suchhunde schienen etwas gewittert zu haben, denn sie liefen aufgeregt hin und her, kamen aber irgendwie zu keinem Ergebnis. Schließlich musste man die völlig verwirrten Tiere ohne die kleinste verwertbare Spur zurück in ihre Zwinger bringen. Nach drei Tagen erst hatten sie sich beruhigt und waren wieder einsatzfähig. Keiner konnte sich erklären, was sie so durcheinandergebracht hatte.

Und nun das.

Sonderkommission!

Das schrie förmlich nach Überstunden. Breitner griff nach seinem Kaffee und machte sich auf den Weg ins Besprechungszimmer.

~~~~~~~

Seine Zweige hatten sich tief nach unten gesenkt, als ob sie ehrfurchtsvoll lauschen würden. Unsichtbare Augen schauten auf den kleinen, dunkelbraunen Fleck zwischen den riesigen Wurzeln des Baumes. Lautlos schob sich die braune Kappe eines Pilzes durch die dicken Moospolster und wuchs unter den Zweigen innerhalb von wenigen Minuten zu einem eindrucksvollen, wunderschönen Steinpilz heran. Reste des Mooses lagen noch auf seinem makellosen Hut. Sie wirkten wie grüne Bänder, die dem ebenso großen Bruder an seiner Seite zuzuwinken schienen.

## II.
## Hexenring

„Oh, ja!", sagte die Großmutter. „ Es gibt Hexen."

Sie stand in der geräumigen Küche des riesigen alten Hauses, das schon viele Jahre der Familie gehörte. Ihre Arme waren bis zu den Ellenbogen mit Mehl bestäubt und sie knetete auf dem uralten, blankgescheuerten Tisch den Teig für die Plätzchen. Es war ein Samstagabend im Oktober und wie so oft waren ihre Enkelkinder bei ihr zu Gast. Ihre eigenen Kinder mussten häufig am Wochenende arbeiten, sodass sie deren beide Jungen und die drei Mädchen betreute.

Heute hatten sich die Kinder Plätzchen gewünscht. Für sie war es immer eine wunderbare Zeit bei der Großmutter und sie wären gern noch viel öfter gekommen, denn sie liebten die Geschichten ihrer Oma über alles. Vor allem gefielen ihnen die Freiheit, die sie hier genossen, ihre Ausflüge in den nahen Wald und die unendlichen Stunden am Bach. Dieser schlängelte sich am Haus vorbei und kam weiter oben aus den Hügeln, die sich schließlich zu den hohen Bergen mit den unberührten Wäldern des Harzes erhoben. Der Bach war der Grund, warum sie sich nie verliefen. Sie konnten am Ufer entlang meilenweit in den Wald gehen, das kleine Flüsschen brachte sie immer wieder nach Hause.

In diesem Sommer hatten die fünf eine weitere tolle Entdeckung gemacht. Wenn man dem Bach knapp zwei Kilometer in den Wald folgte, kam man an eine Stelle, wo der kleine Wasserlauf ganz schmal und schnell wurde. Rechts davon lag ein großer Stein, ein Findling, der fast schwarz war und bei Sonnenschein geheimnisvoll glänzte. Die Leute nannten ihn wegen seiner dunklen Farbe den Teufelsstein. Geologen wussten aber, dass es ein bestimmtes Verhältnis der verschiedenen Mineralien war, das die auffallende Färbung bewirkte. Allerdings konnte sich niemand erklären, wie er hier hergekommen war. Wahrscheinlich war er in der letzten Eiszeit, bei der die Gletscher fast bis an diese Stelle reichten, dort gelandet. Die Oberfläche des Steines war glatt und glänzend. Viele Jahrhunderte Regen hatten ihn ausgewaschen und zahlreiche kleine Dellen und Vertiefungen hinterlassen, in denen sich das Regenwasser fing. Er maß ungefähr anderthalb Meter im Durchmesser und war an der hinteren Seite etwas erhöht, die fast wie eine Lehne wirkte. Wenn die Sonne schien, heizte sich der Stein schnell auf und die Kinder kletterten gern hinauf und genossen die wohlige Wärme. Im Hochsommer jedoch verbrannte man sich leicht daran, weil der Stein Temperaturen von über 80 Grad Celsius entwickeln konnte. Aber am späten Nachmittag, wenn die Sonne hinter den hohen Bäumen verschwand, war es einfach wohltuend, sich nach einem Bad im kalten Bach mit einem Handtuch auf den Stein zu setzen, um sich aufzuwärmen.

Ein Stück weiter stand neben mächtigen Buchen unter dichten Brombeersträuchern versteckt ein alter Wohnwagen, den irgendjemand hier im letzten Herbst illegal entsorgt hatte. Efeu hatte sich schon in den ersten Frühlingsmonaten die Achsen hinaufgeschlängelt und sollte während des Sommers fast die kleinen Fenster erreichen. In ein oder zwei Jahren würde er das kleine Gefährt vollständig überwuchert haben und es so zu einem Teil des Waldes machen.

Was für die einen ein Ärgernis, war für die Kinder ein Fest. Natürlich war der Caravan alt, kaputt, ohne Tür und roch furchtbar muffig. Die Polster waren zerrissen und das billige Füllmaterial quoll heraus. Die kleine Küche war ausgebaut worden und das Tischchen fehlte ganz. Aber die Kinder hatten den ganzen Sommer darauf verwendet, sich alles so herzurichten, wie es sich für eine richtige ,Burg' gehörte. Peter hatte mit Hammer und Nägeln hantiert und ihnen einen kleinen, etwas wackligen Tisch gebaut. Die Polster hatten sie mit alten Decken überzogen, und die Küche hatte ein einfaches Brett als Ablage bekommen, sodass man hier Limonade, Butterbrote und auch die kleine Blechkanne hinstellen konnte, die Mindauga, von allen nur Minchen genannt, regelmäßig mit Blumen aus dem Wald und den Wiesen füllte. Stundenlang konnten sie hier Karten und ,Mensch, ärgere Dich nicht' spielen oder sich auf den beiden kleinen Sitzbänken ausstrecken und lesen. Eine Decke vor dem Wagen reichte ihnen an sonnigen Tagen und bei einem kurzen Schauer oder Gewitter war es herrlich, sich ins Innere zurückzuziehen und gruselige Geschichten zu erzählen. Sie mussten zwar ständig die undichten Fenster vor den hereinströmenden Wassermassen schützen, aber sogar daran hatten sie Spaß.

So vergingen die sommerlichen Tage und Wochen ihrer Ferienzeit, und es tat ihnen überhaupt nicht leid, dass ihre Eltern mal wieder keine Zeit für einen gemeinsamen Urlaub fanden. Es gab nichts Schöneres, als den

Sommer zusammen mit den Cousins und Cousinen hier bei Großmutter zu verbringen.

Aber nun war der Herbst gekommen, und die Kinder gingen wieder zur Schule. So blieben ihnen nur die Wochenenden, um bei Sonnenschein den Weg am Bach zu ihrer Burg hinaufzugehen. Die Feuchte des Waldes kroch an diesen nebelverhangenen Tagen in jede Ritze des alten Wagens und der modrige Geruch, von einem heißen Sommer kurz vertrieben, war zurückgekehrt.

Da war es hier in der großen, warmen Küche viel gemütlicher, besonders an einem derart verregneten, trüben Herbsttag. Sie hatten so lange gebettelt, bis sich Oma Gerda einverstanden erklärte, schon heute das erste Mal Plätzchen zu backen. Omas Plätzchen waren die besten der Welt und die Kinder konnten sich einfach nicht bis zum Beginn der Weihnachtszeit gedulden. Sie baten und quengelten so lange, bis Großmutter sagte: „Na gut, aber keine Weihnachtsmotive und keinen Zuckerguss. Nur die Terrassenplätzchen!"

Terrassen bestanden aus drei verschieden großen, runden Teigtellern, die mit Marmelade zusammengeklebt wurden und wie eine kleine Torte aussahen. Eigentlich gehörte Zitronen- oder Zuckerguss obendrauf, aber heute würden sie sich notgedrungen mit angeklebten Smarties zufriedengeben. Und überhaupt: am wichtigsten waren der Teig, der Spaß beim Backen und natürlich die Geschichten von Großmutter.

Meist erzählte sie von früher und was das alte Haus alles erlebt haben mochte; wie die Menschen hier früher lebten, kaum vorstellbar ohne Strom und fließendes Wasser.

Aber von Hexen hatte sie noch nie erzählt.

Das war neu für die Kinder, und die Frage der kleinen Mindauga und vor allem die Antwort darauf, zauberte sofort einen gespannten Ausdruck auf ihre Gesichter und sie rutschten, in Erwartung einer besonders aufregenden Geschichte, ein Stück näher an den Tisch.

Mindauga war die Jüngste unter ihnen. Sie war fünf, hatte dunkles, fast schwarzes Haar und hörte zum ersten Mal bewusst den Geschichten ihrer Oma zu. In den Jahren davor war sie noch zu klein, um das Geschehen zu verfolgen und spielte deshalb meist zu den Füßen der anderen mit den bunten Holzklötzen, die ihrem Bruder und ihren Cousins und Cousinen in den Jahren davor denselben Dienst erwiesen hatten. Ihr war die Gesellschaft der Größeren genug gewesen, und sie hatte sich meist nur kurz an den Tätigkeiten aller beteiligt.

Die anderen Kinder waren der ältere Bruder von Mindauga, Peter, ihre Cousinen Amara und Christin sowie deren Bruder Maximilian. Peter war schon dreizehn und interessierte sich viel mehr für Videospiele als für die alten Geschichten. Deshalb verdrehte er auch öfter mal die Augen, wenn die Großmutter zu erzählen begann. Er fand das alles kindisch und glaubte natürlich kein Wort.

Obwohl, manchmal wurde er ganz still und lauschte, wie die anderen auch, andächtig den Erzählungen. Ein Stück Kindheit steckte noch in ihm, auch wenn er sich so erwachsen vorkam. Oma sagte immer, er sei spirituell begabt, das stehe in seinem Horoskop.

„So ein Quatsch", war damals sein einziger Kommentar. Er sollte in diesem Jahr dazu seine eigenen Erfahrungen machen, und hätte er gewusst, was ihn erwartete, wäre er bestimmt vorsichtiger mit seinen coolen Sprüchen gewesen.

„Oh ja, es gibt Hexen. Und nicht nur das. Auch Feen, Fabelwesen, Geister und Engel."

Peter betrachtete Gerda Hoffmann skeptisch. Märchenstunden gut und schön, aber das ging ihm zu weit. Er sah seine Großmutter an, als wolle er ihren Geisteszustand überprüfen. Doch sie sagte es so selbstverständlich, dass er verblüfft schwieg.

Seine Cousine Amara sperrte den Mund weit auf und legte die Arme verschränkt auf den Tisch. Dabei beschmierte sie sich der Länge nach mit Mehl, was für sie in diesem Augenblick aber total unwichtig war. Ihre Augen hingen an den Lippen ihrer Oma. „Habe ich euch schon von dem Hexenring erzählt? Diese Geschichte hat sich wirklich hier in der Nähe zugetragen. Vor vielen Jahren. Wisst ihr, was ein Hexenring ist?"

„Ein Zauberring für Hexen?", fragte Christin vorsichtig.

Die Großmutter schüttelte den Kopf.

„Nein, es ist ein Ring aus Pilzen im Wald. Wenn im Wald viele Pilze im

Kreis angeordnet sind, heißt dieser Hexenring. Aber die meisten Leute wissen nicht, dass ein Hexenring nur dann echt ist, wenn er aus zwölf Pilzen besteht."

„Wieso zwölf?", kam sofort die Frage von dem Mädchen.

„Nun, die zwölf Pilze gehören zu den zwölf rätselhaften Vorfällen, die geschehen sind, als das erste Mal so ein Ring entstand. Zwölf Steinpilze, ziemlich groß und ganz versteckt in den Tiefen des Waldes, wo normalerweise niemand hinkommt. Nur sehr selten wird so ein echter Hexenring gefunden.

Man sagt, dass sich dann eine uralte Legende wiederholt. Alle 333 Jahre, wenn die Menschen sie fast vergessen haben und nicht mehr glauben, dass sie wirklich geschehen sein könnte, wenn sie sich in Sicherheit wiegen und die Existenz der Hexen ins Reich der Mythen und Märchen verbannt haben, dann beginnt alles von Neuem."

Keines der Kinder sagte ein Wort. Maximilian schluckte. Peter grinste und machte plötzlich „Buh" zu den anderen, die sichtbar erschraken. Grinsend meinte er: „Das ist doch Blödsinn, es gibt keine Hexen. Also mir ist noch keine begegnet! Obwohl, meine Zeichenlehrerin könnte eine sein." Er schlug sich auf den Schenkel und lachte. Von den anderen Kindern erntete er nur vorwurfsvolle Blicke.

„Sei doch still! Wir wollen das hören!", schimpfte Christin. „Pah, wenn mir so eine Hexe mal begegnen sollte, bekommt sie eins auf die Nase", erwiderte Peter großspurig.

„Und woher willst du wissen, wann es eine ist?", fragte die Großmutter leise, ohne ihn anzusehen. Peter zuckte mit den Schultern, bevor er antwortete: „Na, sie ist ganz gebeugt, mit Katze und Stock und so und sie hat eine große krumme Nase mit einer Warze darauf. Eben wie meine Zeichenlehrerin." Er lachte schon wieder.

„Hm, ich glaube, du solltest gut zuhören, Peter", sagte seine Oma mit ernster Stimme. „Sonst erkennst du sie zu spät, wenn du mal eine treffen solltest. So manch einem hätte Wissen über sie das Leben retten können."

Christin fragte sofort: „Und woran erkennt man sie nun?"

„Na ja, zuerst einmal müsst ihr wissen, dass man sie nicht zu jeder Zeit trifft. Hexen lieben das zeitige Frühjahr und den frühen Herbst. Vor allem aber sieht man sie wirklich nur selten und längst nicht jedes Jahr. Ihr müsst nämlich wissen, dass sie normalerweise nicht in der Welt der Menschen leben. Sie würden natürlich gern, oh ja, das ist ihr größter Wunsch ..."

Die Großmutter stockte und verstummte. Erwartungsvoll sahen die Kinder sie an und warteten auf den Fortgang der Erzählung. Doch sie schwieg. Völlig in Gedanken versunken knetete sie den Teig und schien ihre Enkel vergessen zu haben. Auf ihrem Gesicht erschien ein seltsamer Ausdruck, es war wie ein Gemisch aus Wut, Angst und Entschlossenheit.

„Oma?", kam es leise fragend von Christin. Großmutter Gerda blickte auf und bedachte die Kinder mit einem ernsten Blick und antwortete zögerlich: „Entschuldigt, ich bin ein wenig unsicher, ob ich euch die ganze Sache erzählen soll. Ihr wisst, dass eure Eltern nicht möchten, dass ich euch immer von den alten Legenden erzähle. Sie glauben, dass ihr davon Albträume bekommt. Und sie haben ja auch irgendwie recht. Es ist ziemlich gruselig, aber andererseits ist es höchste Zeit, euch in die Geschichte einzuweihen. Wann, wenn nicht jetzt?" Sie sagte es mehr zu sich selbst als zu den Kindern. Diese waren in Anbetracht des veränderten Wesens der Großmutter ganz still geworden, sogar Peter blieb stumm und lauschte. Plötzlich jedoch schien er sich dieses Umstandes bewusst zu werden und erwachte aus seiner Erstarrung.

Er grinste und sagte, noch etwas verunsichert, aber doch mit leisem Spott in der Stimme: „Na klar, jetzt kommt wieder so ein Märchen. Oma, wir glauben schon lange nicht mehr an den Weihnachtsmann." Die Großmutter überlegte einen kleinen Augenblick, während ihre Hände unaufhörlich den Teig bearbeiteten.

„Weißt du, mein Großer, lass uns doch eine Vereinbarung treffen. Du hörst einfach nur zu und denkst dir deinen Teil, also dass es sowieso nicht wahr ist, und die anderen denken sich auch ihren Teil. Wollen wir es so machen?", nickte sie in seine Richtung.

„Okay, meinetwegen", gab er klein bei.

„Gut!", sagte sie. „Gib mir doch mal das Nudelholz rüber!"

Peter schob seinen Stuhl mit lautem Scharren zurück, ging zum Küchenschrank und holte aus einem Schubfach den gewünschten Gegenstand.

Die Großmutter begann den Teig auszurollen und bat Max, wie schon so oft, Wasser für einen Tee aufzusetzen. *‚Mit Tee geht alles besser, sagt Oma immer‘*, dachte er, lächelte und machte sich an die Arbeit. Heute aber war alles ein wenig anders. Gerda Hoffmann ging nicht wie sonst zum Regal und suchte einen Tee aus, sondern bat Peter, den Teig auszurollen und verließ die Küche.

„Ich koche heute einen besonderen Tee für euch", sagte sie im Hinausgehen. „Die letzten Kräuter habe ich erst kürzlich im Wald gesucht. Ich hole ihn mal schnell."

Sie wischte sich die Hände an der Schürze ab und stieg die zwei Stufen hinunter, die in den Flur des Hauses führten. Dann hörte man sie vorsichtig die alten Steinstufen in den Keller hinunter gehen. *‚Seit wann bewahrte sie denn den Tee im Keller auf?‘*, dachten alle fast zeitgleich. Die Kinder sahen sich fragend an. Max zuckte mit den Schultern und holte kopfschüttelnd die Teekanne aus dem hohen Regal, indem er sich einen Stuhl an den Schrank zog und draufstieg. Amara war die erste, die ihre Sprache wiederfand. „Oma ist irgendwie komisch, findet ihr nicht auch?"

„Wenn sie ihre Märchen erzählt, ist sie doch immer komisch", brummelte Peter leise. Er wollte sich ja an die kleine Vereinbarung halten, aber es fiel ihm sichtlich schwer.

Die anderen Kinder waren still und gingen nicht auf seinen Kommentar ein. Nur Christin sagte fordernd:

„Also, ich will die Geschichte hören. Ich finde das richtig toll, auch wenn sie gruselig sein sollte."

Demonstrativ setzte sie sich auf ihren Platz und verschränkte die Arme auf dem Tisch. Amara, Mindauga und Max machten es wie sie und nahmen ebenfalls ihre Plätze ein. Peter blieb nichts anderes übrig, als es ihnen gleichzutun und schob sich lässig auf seinen Stuhl. Sie hatten gar nicht bemerkt, dass inzwischen ihre Großmutter wieder in der Tür stand und den letzten Satz mitbekommen hatte. Sie lächelte leicht, obwohl sie immer noch sehr ernst aussah.

„Ja", sagte sie. „Sie ist gruselig, aber auch sehr lehrreich, also hört mir in der nächsten Stunde gut zu. Alles werde ich heute nicht mehr erzählen können, denn die Geschichte ist sehr lang, aber wir haben ja auch noch am nächsten Wochenende Zeit."

Sie ging zu dem pfeifenden Wasserkessel, nahm aus ihrer Schürzentasche einen kleinen Lederbeutel und tat etwas von dem Inhalt in die große, bauchige Teekanne mit den kleinen, orangefarbigen Blümchen. Aus der Kanne stieg ein eigenartiger, leicht süßlicher Geruch, der aber kaum wahrzunehmen war. Trotzdem zog Mindauga umgehend die Nase kraus, schnupperte und fragte: „Wonach riecht das denn, Omi?" Gerda Hoffmann lächelte. „Dieser Duft ist schon sehr besonders, nicht wahr mein Schatz? Ja, ja, du hast uns allen etwas voraus. Ich kenne keinen in der Familie mit so einer feinen Nase." Sie brühte den Tee auf und nun konnten auch die anderen den Geruch wahrnehmen.

Christin hatte inzwischen die Tassen aus dem Wandregal genommen und jedem eine auf den Tisch gestellt. Großmutter goss allen ein und sagte: „Das süße Aroma kommt von einer bestimmten Wurzel. Ohne diesen kleinen Zusatz wäre er ziemlich ungenießbar.

Der entscheidende Teil dieses Tees aber besteht aus dreizehn verschiedenen Kräutern, von denen ich eins erst letzten Vollmond hier bei uns im Wald geerntet habe. Ihr werdet euch vielleicht etwas benommen fühlen, aber macht euch darüber keine Sorgen. Der Tee wird eure Sinne schärfen. Also wundert euch nicht, wenn ihr später das Gefühl habt, ihr hört das Gras wachsen."

Gerda Hoffmann glückste ein wenig vor sich hin. Max wollte gleich einen Schluck nehmen, doch seine Großmutter legte ihm schnell die Hand warnend auf den Arm und sagte: „Vorsicht, der Tee ist noch sehr heiß!" Dann forderte sie die Kinder auf: „Lasst uns erst schnell die Plätzchen ausstechen und das Blech in den Ofen schieben." Sofort standen die Kinder von ihren Plätzen auf, holten die schon bereitgelegten Förmchen und begannen den gewalzten, dünnen Teig auszustechen. Wie sie es von ihrer Oma gelernt hatten, legten sie die Formen immer dicht aneinander, um so viele Plätzchen wie möglich aus dem Teig zu bekommen. Die fünf Enkel beeilten sich sehr, denn sie wollten endlich die Geschichte hören. Großmutter kam kaum nach, die ausgestochenen

Plätzchen auf das gefettete Kuchenblech zu legen. In wenigen Minuten waren drei Bleche belegt und sie schob eines nach dem anderen in den heißen Ofen.

„So Kinder, das wäre geschafft. Ich glaube, der Tee ist jetzt auch kalt genug. Setzt euch, damit ich mit meiner Geschichte beginnen kann." Wie der Blitz saßen alle um den großen Tisch, den die Großmutter schnell noch mit einem nassen Lappen abwischte, um das restliche Mehl zu entfernen. Sie ließ sich langsam auf dem großen Stuhl an der Stirnseite des Tisches nieder, nahm einen kleinen Schluck aus ihrer Tasse und sah dann ruhig von einem Kind zum anderen. Peter hatte den großen Peter hatte den großen fünfarmigen Kerzenleuchter aus der Stube geholt und entzündete vorsichtig die Kerzen.

Einen Augenblick überlegte die Großmutter noch, ob sie es wirklich tun sollte.

Aber dann schob sie ihre Bedenken beiseite und begann leise zu erzählen: „Ja, wo soll ich eigentlich anfangen? Die Geschichte ist so lang und hat so viele Enden, die man erst zusammenfügen muss, dass ich gar nicht weiß, mit welchem Teil ich beginnen soll."

Sie machte eine kleine Pause und sprach dann weiter: „Vielleicht bei dem, was ihr schon wisst. Ihr habt doch bestimmt schon alle die alte Inschrift über der Tür im Innenhof unseres Hauses gesehen. Sie ist auf Lateinisch und ich kann kein Latein. Was dort steht, hatte mich nicht so sehr interessiert, bis ich vor zehn Jahren eine sehr erstaunliche und beunruhigende Entdeckung gemacht habe. Vielleicht sollte ich euch aber erst mal erzählen, wie ich dieses Haus fand. Ja, ich glaube, das wäre ein besserer Anfang der Geschichte. Also, hört zu!

Unsere Familie hat dieses Heim schon einige Jahrzehnte. Das war eigentlich, so im Nachhinein betrachtet, schon ziemlich seltsam.

Als ich eine junge Frau war, kam ich eines Tages den Weg herunter und sah dieses Gebäude. Ich bin in dieser Stadt geboren und habe meine ganze Kindheit hier verbracht. Oft war ich in dem See vor unserem Garten baden, allerdings kannte ich dieses Haus nicht. Vom See aus ist es im Sommer nicht zu sehen, da das Laub der hohen Bäume alles, bis auf ein kleines Stück vom Dach, verdeckt.

Doch es gibt noch einen anderen Zugang. Man kann auch über den Warmholzberg zu dem Haus gelangen. Und so näherte ich mich eines Tages von dieser Seite der alten Mühle. Ich kam den Weg herunter und hatte plötzlich ein ganz erstaunliches Gefühl, so, als würde ich ihn kennen. Ich ging langsam weiter und fand dieses Haus. Als es zwischen den Bäumen auftauchte, musste ich stehenbleiben, um meinem klopfenden Herzen Einhalt zu gebieten. Unwillkürlich hob ich meine Hand und legte sie auf meine Brust. Ich spürte mein Herz wie eine Trommel gegen meine Rippen schlagen. Sogar im Hals konnte ich den Herzschlag fühlen und bekam richtig Angst. Ein Herzinfarkt oder so, dachte ich im ersten Moment, aber es war nur die Aufregung.

Nachdem ich mich ein wenig beruhigt hatte, näherte ich mich dem Gebäude und erwartete, jeden Moment die Bewohner des Hauses zu sehen. Aber da kam niemand.

Erst jetzt fiel mir auf, dass viele Fensterscheiben kaputt waren und die Mühle unbewohnt aussah. Sie schien verlassen und war ziemlich baufällig. Ich ging durch den verwilderten Garten einmal um das Haus herum. Ja, es stand leer, ganz eindeutig. Aber warum? Die Lage am See war einmalig, der Garten zwar total verwildert und mit Brombeeren überwuchert, aber noch war die ursprüngliche, gärtnerische Anlage zu erkennen und ich erahnte ihre einstige Schönheit.

Ich fragte mich damals, ob das denn niemandem gehört. Ich ging durch eine kaputte Tür ins Innere und wanderte von Zimmer zu Zimmer. Alles schien schon seit Jahren verlassen zu sein. Ich sah, dass hier eingebrochen worden war. Einige Fenster fehlten mitsamt den Rahmen, überall lag Müll und auf jedem Draht, der aus der Decke hing, hatten sich die Schwalben Nester gebaut und flogen durch die scheibenlosen Fenster unentwegt ein und aus, um ihre zahlreichen Jungen zu füttern.

Ich glaube, in diesem Moment wurde mir bewusst, dass ich mich verliebt hatte. Verliebt in ein altes Gemäuer, von dem so mancher gesagt hätte, dass man es nur noch abreißen könne.

Aber es war nicht nur Verliebtheit, sondern das ganz untrügliche, völlig unbegreifliche Gefühl, dass ich hierher gehörte, dass dieses Haus für mich bestimmt war. Diese Erkenntnis traf mich wie ein Hammerschlag und ich musste mich auf einen alten, zerschlissenen Sessel setzen, weil meine Knie zu zittern anfingen.

Von nun an ließ mir diese halbverfallene Ruine keine Ruhe mehr. Ich fand heraus, dass sie einem alten Ehepaar gehörte, das die abgeschiedene Lage und die Unzulänglichkeiten des alten Gemäuers gegen eine kleine Wohnung mit Zentralheizung getauscht hatte und alles gern verkaufen würde. Vier Jahre stand es schon leer. Nach einem langen Gespräch mit der Besitzerin wurden wir uns einig und im Prinzip stand dem Kauf nichts mehr im Wege.

Doch dann wurde ich schwer krank und traute mir die Sanierung eines so alten Hauses nicht mehr alleine zu. Auch der Zustand der kleinen Brücke, die zur Mühle führte, machte mir Sorgen. Sie war baufällig und würde die Kosten nach oben treiben. Ich hatte zwar eine recht ordentliche Summe von meiner Großmutter geerbt, aber plötzlich Bedenken. Ich entschied mich schließlich für ein kleineres Haus in der Stadt, bei dem die Bau- und Umbaukosten absehbarer waren. Mein Gesundheitszustand wurde besser und ich erholte mich zusehends. Ich wohnte noch nicht lange in meinem neuen Zuhause, als mich eines Tages der Sohn der alten Frau anrief, um zu fragen, wie es mir ginge und ob ich mich nicht doch zum Kauf entschließen könnte. Sie würden auch die Kosten für die Brückensanierung vom Kaufpreis abziehen.

Der Gedanke an dieses Haus hatte mich nie losgelassen. Nach einem langen Spaziergang um den See setzte ich mich an die gegenüberliegende Uferseite, schaute auf die alte Mühle mit dem schadhaften Dach und dachte an die vielen Unwägbarkeiten eines solchen Unterfangens. Was, wenn es mich überforderte?

Tief im Innern fühlte ich ein Kribbeln, eine leise Warnung vor dem, was mich erwarten könnte. Aber im Prinzip war es entschieden, eigentlich hatte ich auch nie eine andere Wahl. Ich wusste, wenn ich das Angebot ausschlug, könnte ich nie wieder hierherkommen. Zu sehen, wie jemand dieses Haus, mein Haus, in Besitz nimmt, das hätte ich nicht ertragen. Irgendwie musste es gehen. Und ich habe es geschafft, wie ihr seht", sagte sie stolz zu den Kindern.

Sie schenkte sich noch eine Tasse Tee ein und sprach weiter: „Jedenfalls ging alles gut. Das andere Haus habe ich verkauft, hier ist nach und nach alles um- und ausgebaut worden und meine Kinder sind hier geboren und aufgewachsen.

Erst viel später, als sie ausgezogen waren, hatte ich Zeit, mich um die eigentliche Geschichte dieser alten Wassermühle zu kümmern, was sich als sehr spannend herausstellte.

Das Haus steht hier seit fast 800 Jahren, ein unglaubliches Alter. Mit dem Bau unseres heutigen Domes wurde ungefähr um die gleiche Zeit begonnen. Unvorstellbar, wie viele Generationen von Menschen hier gelebt haben. Das Haus gehörte lange zum Besitz eines Klosters, weshalb ich auch noch viel über seine Geschichte erfahren konnte. Monatelang wühlte ich mich durch staubige Archive und uralte Bibliotheken. Ich bemühte mich um eine Sondergenehmigung, um überall Einsicht zu bekommen. Gegen die Versicherung, alles zu dokumentieren und dem städtischen Archiv zukommen zu lassen, bekam ich auch Zugang zu den klösterlichen Anlagen, die nicht mehr der Kirche gehörten.

Ihr müsst euch vorstellen, dass das alles Jahre gedauert hat. Ich konnte zwar viel mehr Zeit als früher erübrigen, aber der Garten und das Haus bedurften auch meiner Aufmerksamkeit. Die langen Winterabende jedoch, nahezu das ganze Winterhalbjahr, verbrachte ich mit verstaubten Pergamenten und endlosen Geburts- und Sterberegistern in jahrhundertealten Bibeln und kirchlichen Aufzeichnungen. Die meisten Dokumente durfte ich nicht mit nach Hause nehmen und so arbeitete ich viele Tage in den Kellern unserer Kirchen, Klöster und der Dompropstei.

Den Text der alten Inschrift hatte ich übersetzen lassen und wusste deshalb schon, dass die Mühle Ende des 17. Jahrhunderts dem Kloster der Zisterzienserinnen gehörte. Die Tafel wurde von der damaligen Äbtissin des Klosters, Susanna Johanna Bühle, dort angebracht. Die Jahreszahl darauf lautet 1701. Über das genaue Datum gibt es unterschiedliche Ansichten. Es könnte 7. Oktober, aber auch 11. Oktober heißen. Meiner Meinung nach ist die erste Zahl eine Sieben, aber den 71. Oktober gibt es ja wohl nicht. Der Grund für die Verwirrung ist das geheimnisvolle Symbol nach der ‚7‘, das für eine ‚1‘ gehalten werden kann. Ich dachte auch zuerst, dass diese Inschrift bei der Erbauung des Hauses angebracht worden sei, aber das stimmt nicht. Heute weiß ich, dass sie nach dem Neuaufbau der Mühle, die damals nur noch eine Ruine war, den genauen Anweisungen der Äbtissin Johanna zufolge dort eingelassen wurde.

Es stellte sich erst bei der Recherche heraus, dass die gesamte Anlage schon viel älter ist, wahrscheinlich um die tausend Jahre, zumindest einige Teile davon.

Oberhalb des Warmholzberges stand einmal eine Burg, die Wiedeke, die in einem Krieg im 11. Jahrhundert aber vollkommen zerstört wurde. Das ganze Gelände gehörte sogar mal einige Zeit den Tempelrittern. Es ist anzunehmen, dass die Mühle schon immer hier stand, denn Mühlen wurden als erstes in unmittelbarer Nähe von Wohnstätten gebaut.

Nun, früher gab es auch ein großes Wasserrad an der Stirnseite des Hauses, dort, wo jetzt der Parkplatz ist. Hier fließt heute noch der alte Arm der Holtemme entlang. Sie entspringt ganz weit oben in den Bergen, nahe dem Brocken.

Ihr müsst wissen, dass in dieser Gegend vor dreihundert Jahren überall noch viel mehr Wald war. Er erstreckte sich bis zu diesem Haus und sehr weit nach Osten. Die Ortschaften waren klein, mit wenigen Menschen, und die Städte hatten meist nur ein paar tausend Bewohner und waren durch hohe dicke Mauern geschützt. Nur einige Tore in diesen Mauern ließen die Menschen ein- und ausgehen und wurden in unsicheren Zeiten Tag und Nacht von bewaffneten Männern bewacht."

Die Großmutter machte wieder eine kurze Pause. Ihre Stimme war immer leiser geworden, als ob sie befürchtete, jemand könne sie belauschen. Sie sah in die vom Tee und der Aufregung geröteten Gesichter ihrer Enkel. Kein einziges Wort der Erzählung ihrer Oma wollten sie verpassen. Gespannt sahen sie auf ihre Großmutter und warteten darauf, dass es weiterging.

Flüsternd fuhr diese fort:
„Unsere heutige Geschichte beginnt im Jahr 1666. Ein schlimmes Jahr! Überall in Europa brannten noch die Scheiterhaufen und mit ihnen viele Frauen als sogenannte Hexen. Eine Kleinigkeit genügte, um der ‚peinlichen Befragung‘ unterzogen zu werden. Eine ganze Reihe von unmenschlichen Foltermethoden wurde ersonnen, um die meist unliebsam gewordenen Frauen und auch Männer zu beseitigen.

Manchmal reichte es schon, dass eine Frau rötliche Haare hatte, um die Heilkraft der Pflanzen wusste oder in ihrer Nachbarschaft ein Unglück geschah.

Und in diesem Jahr geschah viel Unglück..."

## III.
### Anno 1666

Johanna zog den leeren, hölzernen Handkarren über die hügelige Wildblumenwiese. Sie konnte schon den Rand des Waldes auftauchen sehen. Der Schweiß rann über ihr Gesicht und brannte in den Augen. Der Tag hatte für die junge Frau mit dem ersten Hahnenschrei begonnen und anders als der wunderschöne Morgen erwarten ließ, war er sehr unangenehm geworden. Auf ihrer Stirn zeigten sich Sorgenfalten.

Johanna hielt kurz inne, um zu verschnaufen. Es war jetzt früher Nachmittag und sie hatte noch gut eine Stunde zu gehen, bis sie zu der kleinen Hütte kam. Sie wohnte dort von Kindheit an zusammen mit ihrer Mutter. Der Vater war kurz nach ihrer Geburt verunglückt und so lebten die beiden im Wald von der mageren Ernte des Gemüsegartens und den Kräutern.

Ihre Eltern hatten kurz nach dem Einzug in die kleine Kate mühsam ein Stück Land gerodet und die Beete angelegt. Außer den Erträgen des Gartens und der Obstbäume im Herbst hatten sie noch zwei Ziegen für die tägliche Milch und ein paar Hühner, die sie abends mit ins Haus nehmen mussten, damit der Fuchs sie nicht holte.

Trotz ihrer Armut kamen sie zurecht, da ihre Mutter sich gut mit Kräutern und den Pflanzen des Waldes auskannte. Auch sie wusste jetzt mit Anfang zwanzig schon mehr darüber, als die meisten Menschen je erfahren würden.

Ihre Mutter hatte sie von Kindesbeinen an mit in den Wald genommen. Kaum dass das Mädchen laufen konnte, schenkte sie ihr ein eigenes Körbchen, lehrte sie, die Pflanzen zu unterscheiden und sie zu den besten Zeiten zu ernten, zu trocknen und zu verarbeiten. Von manchen wurden nur die Blätter, von anderen wiederum nur die Wurzeln verwendet. Einige wurden im Frühling oder nur im Sommer geerntet, manche bei Vollmond oder in mondlosen Nächten. Alles musste sorgsam abgepflückt oder ausgegraben und dann entsprechend weiterverarbeitet werden.

Ihre Mutter konnte Johannas Unterstützung gut gebrauchen. Das Kind war sehr wissbegierig und beherrschte bereits mit neun Jahren alle Grundkenntnisse der Pflanzenkunde.

Schon seit jeher kamen die Frauen aus den nahegelegenen Dörfern und suchten Hilfe bei den beiden aus der Waldhütte. Der Rat von Johannas Mutter war oft gefragt, ob es das Reißen in den Gliedern betraf oder die Kuh, die keine Milch mehr geben wollte. Selbst bei unerwiderter Liebe kamen die Leute von weit her, um sich einen Rat und ein kleines Fläschchen einer seltsamen rotbraunen Flüssigkeit abzuholen.

Johannas Mutter wusste immer, was zu tun sei. Für fast alles gab es ein Kraut oder eine Salbe, die Abhilfe schaffte. Und so mangelte es selten in der Kate an Eiern, Käse und Mehl.

Nur die unglücklichen Frauen, die sie baten, als *,Engelmacherin'* tätig zu werden, schickte sie ohne Ausnahme weg. Nicht, dass sie nicht gewusst hätte, welches Kraut die gewünschten Krämpfe und Blutungen verursachen würde. Es entsprach einfach ihrer Überzeugung, dass ohnehin nur Kinder auf die Welt kamen, die von Gott gewollt waren. Und sie würde ihm nicht ins Handwerk pfuschen. Selbst als ihre eigene Tochter ungewollt schwanger wurde, hätte sie sich geweigert das Kind abzutreiben. Und das, obwohl sich der Vater des Kindes gleich nach dessen Ankündigung aus dem Staub gemacht hatte.

Johanna war damals sehr unglücklich und weinte sich zwei Wochen jeden Abend in den Schlaf. Sie wagte es nicht, ihrer Mutter von der Schwangerschaft zu berichten, aber diese hatte die Zeichen längst erkannt. Eines Morgens, als Johanna aus dem Haus schlich, um sich hinter dem Abort zu erbrechen, war die Mutter ihr gefolgt. Sie erwartete die Tochter bei deren Rückkehr in der niedrigen Türöffnung und sah ihr mit wissenden Augen entgegen.

„Ich weiß, was mit dir los ist", sagte sie leise, ohne eine erkennbare Regung und ohne Vorwurf in der Stimme. Johanna, die sich gerade mit dem Handrücken den Mund abwischte, blieb erstarrt stehen, als sie ihre Mutter dort warten sah. Unsicher sah sie die ältere Frau an.

„Ich hoffe, du weißt, dass für dich dasselbe gilt, wie für alle anderen. Du hast dir dieses Bürde auferlegt, nun trag sie auch."

Damit drehte sie sich um und verschwand in der Hütte.

Johanna setzte sich vor der Tür auf die verwitterte Holzbank und dachte nach. Ihre Mutter war sicher nicht glücklich über ihren Zustand, aber wohl auch nicht allzu wütend.

Verwundert nahm sie das zur Kenntnis, froh, dass die Geheimniskrämerei ein Ende hatte und sie wieder unbelastet an das Tagewerk gehen konnte.

Danach war alles gut verlaufen. Ihr junger Körper war stark und bis zum letzten Tag ihrer Schwangerschaft war sie in den Wald gegangen, um Pflanzen zu sammeln oder hatte in dem kleinen Garten gearbeitet.

Genau an Beltane war dann ein kleines Mädchen zur Welt gekommen und die beiden Frauen waren überglücklich, als sie das winzige, schreiende Wesen in den Armen hielten. Sie waren froh, dass es kein Junge war, obwohl sie nie ein Wort darüber verloren hatten. Aber ein Mädchen, das die Tradition ihrer kleinen Familie fortsetzen und das alte Wissen weitertragen würde, war ihnen beiden sehr willkommen. Sie nannten es Susanna nach der Großmutter und freuten sich jeden Tag über die rasche Entwicklung des Kindes, wie es wuchs, über das erste Lächeln und die ersten brabbelnden Töne. Man sah der Kleinen schon jetzt an, dass sie eine wahre Schönheit werden würde. Weder Johanna noch ihre Mutter hatte etwas außergewöhnlich Hübsches an sich, doch die kleine Susanna war ein Wunder. Ihre großen mandelförmigen Augen, die bei der Geburt braun waren, wurden immer heller und entwickelten sich zu einem Smaragdgrün, wie die Frauen es noch nie gesehen hatten. Ein Blick aus den großen Kinderaugen brachte sie zum Schwärmen. In der linken Wange entdeckten sie schon bald ein kleines Grübchen, das bei jedem Lächeln des Kindes erschien und den Zauber vollkommen machte.

Nun war das kleine Wesen über zwei Monate alt und Johanna beeilte sich nach Hause zu kommen, denn auf ihrer Leinenbluse und der Schürze sah man schon die Milchflecken. Sie hatte das Kind heute nicht mit auf den Markt nehmen wollen, da es etwas hustete und so ließ sie es mit ein wenig Muttermilch bei der Großmutter und begab sich, so schnell sie konnte, auf den Marktplatz der alten Bischofsstadt, um die frisch geernteten Beeren und das Gemüse anzubieten. Die Waren verkauften sich sonst leicht, denn ihre Produkte waren frisch und schmackhaft und hatten einen guten Ruf. Nur heute war es schwierig.

Die Leute warfen ihr sonderbare Blicke zu und tuschelten hinter ihrem Rücken. Johanna war das schon länger aufgefallen und sie kannte auch die Ursache. Nicht weit von der Stadt entfernt war die Pest ausgebrochen, worüber aber nie laut gesprochen wurde. Im Frühling hatte ein schlimmer Hagelschauer fast die gesamte Obstblüte und damit auch die Ernte vernichtet. Danach kam das Hochwasser, das unendliche Schlammmassen in die Dörfer am Fuße der Berge drückte.

Schon damals sprach man auf den Märkten immer öfter von einem Werk des Teufels und die Leute begannen, auch sie mit misstrauischen Blicken zu verfolgen. Noch hatte niemand das Wort gegen sie gerichtet, aber Johanna spürte, dass es nur noch eine Frage der Zeit war, bis die Menschen in ihrer Ohnmacht einen Schuldigen suchen und finden würden.

Und nun, heute auf dem Markt, war zum ersten Mal die Rede von Hexen, die sich in den Wäldern rumtreiben sollen. Das kam nicht von ungefähr. Ein Kind war verschwunden, von dem noch immer jede Spur fehlte. Und seit gestern wurde ein weiteres vermisst. Johanna kannte es sogar, weil es oft seiner Mutter an einem der Verkaufsstände half. Es war Maria, ein achtjähriges, dünnes Mädchen mit langem, strähnigem, blondem Haar. Heute war der Verkaufsplatz neben ihrem leer geblieben. Marias Mutter, die sonst immer zusammen mit ihrer Tochter frische Backwaren angeboten hatte, kam nicht.

Die gewählten Stadtvertreter und der Marktmeister Jacobin, die an jedem Markttag die Stände und die Ware kontrollierten, fragten nicht nach ihnen. Aber Johanna sah sie aus den Augenwinkeln leise mit Cunradh, dem Korbmacher, über die jüngsten Ereignisse tuscheln und nahm auch die scheelen Blicke zu ihrem kleinen Verkaufsstand wahr.

Sie bot heute die ersten Heidelbeeren und frisches Gemüse, wie Rüben, wilde Möhren und Pastinaken, an. Ihr Verkaufsstand war zwar nicht der schönste und bestand nur aus dem Holzkarren und einem kleinen Holzgestell, aber ihr Obst und das Gemüse waren dafür umso schmackhafter.

Die plötzlich große Distanz zu den anderen konnte sie sich zunächst nicht erklären. Antonius und Melchior, die schon früh auf dem Markt erschienen, um ihren schweren Wagen mit Lehm und Bauholz abzuladen, hatten noch nicht ein einziges Wort an sie gerichtet. Sonst kamen sie immer zuerst an ihren Stand, um den Klatsch und Tratsch der letzten Woche bei ihr vorzutragen. Gerlin, die für ihre alberne Art bekannt war und mit jedem scherzte, verkaufte ihre Fische heute schweigend. Auch die anderen, mit denen sie sonst immer ein Schwätzchen gehalten hatte, machten einen großen Bogen um ihren Stand und richteten nicht einmal einen Gutenmorgengruß an sie.

Im Gegenteil, mehrfach meinte sie das Wort Hexe gehört zu haben und die zunehmend hasserfüllten Blicke der anderen jagten ihr einen Schauer über den Rücken. Nicht mal mit Fronicka konnte sie heute ein Wort wechseln, denn diese hatte vor wenigen Wochen ein Kind bekommen.

Es war eine sehr schwere Geburt gewesen. Sie wusste noch, wie Fronis Mann mitten in der Nacht vor ihrer kleinen Hütte auftauchte, um ihre Mutter zu der Kreißenden zu holen. Seit 36 Stunden lag sie schon in den Wehen, doch das Kind wollte nicht kommen.

Buchstäblich in letzter Minute traf ihre Mutter in der kleinen Hütte der Freundin und ihrem Mann Albrecht ein, um ein geschwächtes, aber gesundes, kleines Mädchen auf die Welt zu holen.

Fronicka erholte sich nur schwer von der Geburt und konnte vorerst nicht mehr auf dem Markt verkaufen. Letzte Woche war aber Albrecht an Johannas Stand gekommen und hatte ihr glücklich erzählt, dass er bei den Herren der Burg Falkenstein zum nächsten Ersten als Wildhüter und Jäger anfangen würde. Ein Verwandter hatte ihm die Anstellung besorgt. Für ihn und seine kleine Familie war das ein Glücksfall. Ein kleines Holzhaus, ganz in der Nähe der Burg, wartete schon auf sie. Er wollte nur noch ein paar Tage Fronis Gesundung abwarten und würde dann mit seinen wenigen Habseligkeiten und seiner Familie aufbrechen, um die neue Arbeit anzutreten. Albrecht bat Johanna, niemandem von ihren Plänen zu erzählen. Auf dem Markt machte sich schnell Gerede breit und neidische Menschen und böse Gerüchte konnte er nun wirklich nicht gebrauchen.

Johanna hatte sich für die beiden gefreut, obwohl es mehr als schmerzte, die geliebte Freundin zu verlieren. Burg Falkenstein war zwar nicht allzu weit entfernt, aber sie bezweifelte, ihre Freunde dort besuchen zu können und glaubte nicht so recht daran, jene in diesem Leben noch einmal wiederzusehen.

Obwohl die Händler sie heute mieden, hatte sie ihre Waren schnell verkauft und konnte den Heimweg antreten. Die Blicke der anderen brannten förmlich auf ihrem Rücken, als sie den Karren immer schneller über das holprige Pflaster des Marktes zog und im Getümmel der Menschen in Richtung Stadtmauer verschwand.

Inzwischen war sie im Wald angekommen und konnte die Hütte durch die Zweige erahnen. Stille lag über dem sommerlichen Wald und sie fühlte sich besser und sicherer. Als sie eine letzte scharfe Biegung durchschritt, hörte sie jedoch ein Schreien und erkannte es sogleich als das ihres Babys.

Noch immer der eben durchlebten Angst gegenwärtig ließ sie die Gabel des kleinen Handwagens augenblicklich los und stürzte mit einem „Susanna" vorwärts. Mit wenigen Sätzen erreichte sie die Tür zur elterlichen Hütte.

Der einzige kleine Raum war leer, das Feuer fast ausgegangen und aus der grob gezimmerten Wiege drang das gellende Geschrei ihres Kindes. Wo war ihre Mutter? Sie nahm das Kind aus dem Bettchen und versuchte, es mit Worten und sanftem Schaukeln zu beruhigen. Was war hier passiert? Wieso lag ihr Kind allein in der Hütte? Susanna schrie weiter aus Leibeskräften und wollte sich nicht beruhigen. Plötzlich wurde sich Johanna ihrer schmerzenden Brüste bewusst, setzte sich auf den Holzschemel und knöpfte ihre Bluse auf. Gierig suchte das Kind die rosa Spitzen ihrer Brust und augenblicklich war Stille.

Man hörte nur noch das eifrige Schmatzen des Babys. Große grüne, verweinte Augen hefteten sich auf das Gesicht der Mutter.

Während das zierliche Baby mit großen Schlucken sein Bedürfnis nach Milch und Zuwendung stillte, nahm die Unruhe und Angst der Mutter immer weiter zu. Johanna wusste, dass ihre Mutter die Kleine nie allein in der Hütte lassen würde. Sie hätte sie in jedem Fall in dem großen Tragetuch mit in den Wald genommen oder sich nicht weiter als auf Rufweite von der Hütte entfernt.

Es musste etwas Entscheidendes, ja wirklich Gravierendes, geschehen sein. Je weiter sie darüber nachdachte, umso stärker wurde ihre Überzeugung, dass etwas Schlimmes passiert war.

Und noch bevor sie die Rufe wahrnahm, die sich aus der unmittelbaren Umgebung der Hütte langsam in ihr Unterbewusstsein schlichen, begann ihr Nacken zu kribbeln und sie fühlte eine Grabeskälte ihre Wirbelsäule hinabziehen.

In diesem Augenblick wurden ihr die vielen Geräusche um sie her gegenwärtig. Das Rauschen des Waldes, das Gurren der Waldtauben und dann endlich auch die lauten, wütenden, immer näher kommenden Stimmen.

Noch ehe sie wusste, auch nur ahnte, was das sein könnte, sprang sie auf und hetzte, mit dem Kind eng an die Brust gedrückt, quer durch den kleinen Garten, setzte mit einem großen Sprung über den windschiefen kurzen Holzstaketenzaun und verschwand im nahen Wald. So lief sie, bis sie nur noch die Geräusche des Waldes und ihr klopfendes Herz hörte.

Das Kind war ganz still. Ein neuer Schreck fuhr ihr in die Glieder. Hatte sie es etwa in ihrer panischen Flucht zu eng an sich gepresst? Nein, es atmete. Es war nur erschöpft durch das laute Schreien und die Anstrengung des Stillens tief eingeschlafen. Johanna sandte ein Stoßgebet gen Himmel.

*,Gott sei Dank, der Kleinen war nichts geschehen.'*

Aber was waren das eben für Leute an der Hütte gewesen? Ihr Herz klopfte immer noch wild. Wie von unsichtbaren Schnüren gezogen, begann sie, den Weg, den sie eben erst genommen hatte, vorsichtig zurückzugehen. Sie vermied es, auf trockene Äste zu treten und lauschte auf jedes noch so kleine Geräusch. Sie konnte lange nichts hören, bis sich ein johlendes, markerschütterndes Geschrei erhob. Nahe der kleinen Lichtung beim Kräutergarten hielt sie inne.

Dichtes Himbeergesträuch versperrte ihr teilweise die Sicht auf die Hütte. Fast zeitgleich mit dem Blick auf ihr Zuhause nahm sie den Geruch von brennendem Holz wahr. Entsetzt musste sie mit ansehen, wie ihr Heim in wenigen Sekunden zu einer flammenden Fackel wurde. Um die Hütte herum standen Männer mit brennenden Ästen, die etwas triumphierend in den Händen schwenkten, was sie sofort als ihre selbstgemachten Salbenbehälter aus verholzten Kräuterstielen erkannte. Sie bewahrten in diesen Tiegeln ihr Ziegenfett und die fertigen Mixturen auf. Durch das laute Gekreische von mehreren Frauen hindurch wehten die Worte zu ihr herüber:

„Die Hexe soll brennen, die Hexe soll brennen...".

Die kleine Hütte fiel in sich zusammen, sie hatte dem Feuer nichts entgegenzusetzen. Die wütenden Menschen begrüßten den Zusammenbruch der schäbigen Bretterbude mit erneutem Geheule. Und dann erblickte Johanna sie. Auf einem Holzkarren, der unweit des kleinen Weges zur Hütte stand, kniete gefesselt eine Frau, die aus Leibeskräften schrie. „Nicht das Kind, nicht das Kind!"

Als die Hütte in den Flammen zusammenfiel, kippte auch die Frau in den zerrissenen Kleidern vornüber und blieb gekrümmt auf dem Karren liegen. Selbst aus der großen Entfernung konnte Johanna den schluchzenden Körper beben sehen.

Sie hatte die Hand auf den Mund gelegt, um den Schrei in ihrer Kehle aufzuhalten. Unfähig, sich zu bewegen, blieb sie erstarrt stehen und sah, wie die immer noch lärmende Menschenmenge sich in Richtung Stadt in Bewegung setzte, den Karren mit der wimmernden Frau, ihrer Mutter, wie eine Trophäe hinter sich herziehend.

~~~~~~~~~

Die einsctzende Dämmerung verwandelte die Straßen der Stadt in einen Moloch aus Dreck, Ungeziefer und zwielichtigen Gestalten. Huren waren noch die Harmlosesten unter den Umherziehenden. Bettler und Kranke, alle, die kein Heim hatten, suchten ein Nachtlager und wie jeden Abend gab es Streit um die besten Plätze. Doch auch diese waren nur Drecklöchcr, in denen es mehr Ratten und Flöhe gab als alles andere.

Die Gassen gleich hinter der Stadtmauer galten als besonders verrufen und gefährlich. Wer nicht unbedingt in diese Gegend musste, der mied sie tunlichst. Nur zwielichtige Händler, Geldverleiher oder die Huren gingen hier ihren Geschäften nach.

Johanna hatte das Kind unter ihrem weiten Umhang versteckt. Es schlief jetzt wieder. Nach dem furchtbaren Erlebnis am Nachmittag war die junge Frau stundenlang an ihrem Aussichtsplatz sitzen geblieben, unfähig, sich zu rühren oder eine Entscheidung zu treffen. Sie wusste, was ihre Mutter erwartete. Sie kannte die Prozedur eines Hexenprozesses. Der Tod war noch das Barmherzigste. Der Gedanke, dass ihrer Mutter jetzt die Folter drohte, war unerträglich. Doch was mit ihrem Kind geschehen würde, falls diese Menschen es finden sollten, war noch unerträglicher. Die Richter würden selbst vor einem Säugling nicht haltmachen, wenn sie ihn als ein Werk des Teufels ansahen. Johanna begann fieberhaft nachzudenken.

Als sich Susanna erneut bemerkbar machte, mussten Stunden vergangen sein. Sie stillte die Kleine, zerriss ihr Unterkleid, um eine neue Windel für das Kind zu haben und wickelte es mechanisch darin ein. Nachdem das Mädchen versorgt war und zufrieden zu brabbeln begann, näherte sie sich vorsichtig den rauchenden Überresten der Hütte. Sie wusste nun, was zu tun war.

Jeden Blick auf die verkohlte Wiege, die Überbleibsel des kleinen Tisches und der Schemel vermeidend, ging sie um die immer noch qualmenden Bretter herum. Ihr Ziel war der Baumstumpf hinter dem Haus. Als sie ihn erreichte, griff sie zweimal in den hohlen Stamm und angelte mit ausgestrecktem Arm jeweils ein Bündel heraus. Sie drückte alles an sich und so lautlos, wie sie gekommen war, verschwand sie wieder im Wald.

Es war noch nicht lange her, dass ihre Mutter dieses Versteck mit den wichtigsten Dingen, wie etwas Kleidung, getrockneten Früchten und einigen Kräutern angelegt hatte. Ihr war die feindselige Stimmung einiger Leute schon länger aufgefallen und sie hatte Johanna vor mehreren Wochen auf das Versteck aufmerksam gemacht. Sollten sie einmal schnell verschwinden müssen, wollte sie gewappnet sein. Johanna hatte damals gedacht, die ältere Frau würde wunderlich. Jetzt dankte sie Gott für deren Vorsicht, denn von ihren Vorräten aus der Hütte war nichts übrig geblieben.

Um ihren Plan in die Tat umzusetzen, würde sie Mut und vor allem Glück brauchen. Sie wusste, wenn jemand sie in der Stadt erkannte, waren sie und das Kind verloren. Sie würden zusammen mit ihrer Mutter auf dem Scheiterhaufen brennen.

Als erstes galt es, Susanna in Sicherheit zu bringen. Das allein war schon ein Wagnis. Im Waisenhaus hatte das Kind kaum eine Chance, das erste Jahr zu überleben. Nur ein Bruchteil der in diesem Haus abgegebenen Kinder kam mit den schmutzigen und erbärmlichen Verhältnissen zurecht. Je jünger die Kinder waren, umso schneller starben sie. Nein, das ging nicht. Sie musste sie zu Freunden bringen, die ihr Mädchen bei sich aufnehmen und schützen würden.

Sie selber, Johanna, würde ab heute eine Geächtete sein, immer auf der Flucht mit der Angst vor Entdeckung im Nacken. Wenn auch nur einer sie erkannte, war ihr Leben keinen Pfifferling wert. Sie würde die Gegend verlassen, am besten noch heute. Die Gewissheit, ihr Kind weggeben zu müssen, brach ihr das Herz und sie versuchte, den Gedanken daran zu verdrängen.

Erschwerend kam hinzu, dass die Anzahl ihrer Freunde durch die Verhaftung der Mutter drastisch gesunken war. Sie konnte fast niemandem mehr vertrauen. Das wurde ihr sofort klar, als sie an diesen Vormittag und die Geschehnisse auf dem Markt dachte. Jeder ihrer Nachbarn an den Ständen würde sie sofort verraten und dem Henker ausliefern. Ihr blieb nur eine Möglichkeit. Sie musste Froni bitten, Susanna mit in ihr neues Heim zu nehmen.

Und so war sie das Risiko eingegangen, beim Einbruch der Nacht in die Stadt zurückzukehren. Froni und Albrecht wohnten in der schlimmsten Gegend, weil sie sich nichts Besseres leisten konnten. Sie verstand die Freude der beiden, diesen Ort verlassen zu können, sehr gut.

Vorsichtig schlich sie zwischen den windschiefen Fachwerkbauten entlang. Mit der ausgestreckten Hand konnte sie die Dachtraufen der Häuser berühren. Hier standen in Reihe nur armselige Hütten. Die meisten von ihnen bestanden nur aus einem einzigen Raum mit einem Verschlag unter dem Dachfirst, der oft als Schlafplatz genutzt wurde. Der untere Raum diente als Kochstätte, Wohn- und Arbeitsraum. Viele der Tagelöhner verdienten mit dem Flechten von Körben und dem Spinnen etwas dazu, meist bei Nacht, denn diese Arbeiten waren nur den Innungsmitgliedern erlaubt und zogen empfindliche Strafen nach sich, wie das Abhacken von Gliedmaßen oder die Zurschaustellung der Missetäter auf dem Marktplatz. Das Kind hatte sie mit dem großen Tuch fest an ihre Brust gebunden. Es schlief tief und sie betete inbrünstig, dass es nicht aufwachte und zu schreien begann.

Johanna drückte sich in den Schatten eines Hauses, denn aus der Schenke, nur wenige Meter von ihrem Verschlag entfernt, kamen zwei schwankende Männer auf sie zu, die sich gegenseitig stützten. Wenn die beiden sie entdeckten, würden sie sie bestimmt, wie schon einige zuvor, für eine Dirne halten und zu einem Schäferstündchen drängen. Mit betrunkenen Männern war nicht zu spaßen, eine Ablehnung konnte schnell unabsehbare Folgen haben. Erst vor wenigen Minuten war es gerade noch mal gut gegangen. Der Mann, der sie ansprach, hatte sich im letzten Moment für ein junges Mädchen entschieden, das wohl mehr seinem Geschmack entsprach und ganz offensichtlich dem Hurengewerbe nachging.

Die Männer zogen, aneinander Halt suchend, an ihr vorbei. Schließlich verließ sie den Schatten des Hauses und hastete die dunkle Gasse hinauf. Hier brannten kaum Lichter. Nur sanftes Kerzenlicht aus einigen Fenstern und ein hochstehender Halbmond bewahrten die Straße vor völliger Finsternis.

Johanna sah gut in der Dunkelheit, trotzdem landeten ihre Füße immer wieder in stinkenden Lachen und Kot. Zweimal verriet ein widerliches Quieken, dass sie auf eine Ratte getreten war.

Sie bemühte sich flacher zu atmen, denn der Gestank in dieser Gegend war mörderisch. Johanna dachte an ihre Mutter, die davon überzeugt war, der Unrat in den Straßen würde die Geschöpfe der Hölle anziehen.

Johanna kam an ein winziges, ebenfalls windschiefes Häuschen, das trotz seiner Armseligkeit ihr Entzücken fand. Sie hatte das Zuhause von Froni erreicht. Aus dem Schatten heraus klopfte sie zunächst zaghaft an die kleine Fensterscheibe, hinter der sie das diffuse Licht einer Kerze ausmachte. Es dauerte nicht lange, bis sich die niedrige Tür einen Spalt breit öffnete.

„Wer da?", kam es bellend von Albrecht, Fronis Mann.

„Ich bin es, Johanna", flüsterte sie. „Ich muss dringend Froni sprechen."

Die Tür öffnete sich weiter und ein dünner, nicht sehr großer Mann schob sich halb daraus hervor.

„Johanna, du? Hat dich jemand gesehen?"

Er schaute argwöhnisch in beide Seiten der dunklen Gasse. „Sie suchen dich!"

„Nein, mich hat niemand gesehen", raunte sie ihm leise zu.

Einen Augenblick schien es, als müsste er überlegen, ob er die Freundin seiner Frau hereinlassen sollte oder nicht, doch schließlich öffnete er ihr die Tür zum Eintreten.

„Komm schnell rein. Wenn dich jemand hier sieht, hängen wir morgen alle am Galgen."

Lautlos und mit unendlicher Erleichterung schlüpfte Johanna durch die niedrige Tür ins Innere des Hauses. Im Halbdunkel des kleinen, schmalen Flures konnte sie Fronicka wahrnehmen, die ihr kleines Baby auf dem Arm wiegte.

„Johanna, Gott sei Dank!" Fronicka trat auf die Freundin zu und umarmte sie lange mit dem freien Arm. Als sie sich von ihr löste, glänzten Tränen auf ihren Wangen.

„Ich habe nicht damit gerechnet, dich in diesem Leben noch einmal wiederzusehen. In der ganzen Stadt erzählt man, dass deine Mutter als Hexe verhaftet wurde und sie dich überall suchen."

Mit tränenunterdrückter Stimme flüsterte Johanna: „Ja, es ist schrecklich. Ich habe Susanna schreiend und verlassen in der Hütte gefunden, als ich vom Markt nach Hause kam und mich jetzt bis zu euch durchgeschlagen. Hast du etwas von meiner Mutter gehört?" Fronis zartes Gesicht wurde bleich. Ihre Stimme zitterte, während sie leise sagte: „Sie wurde verhört und hat gestanden, dass sie an sämtlichen Unglücken der letzten Zeit die Schuld trägt." Johanna bekreuzigte sich.

„Der Herr möge sich barmherzig zeigen. Ich hoffe nur, sie hat gleich gestanden, ohne die Tortur." Fronis Mann jedoch nahm ihr diese Hoffnung mit einem Kopfschütteln.

„Mein Vetter ist bei der Stadtwache, er hat die Schreie deiner Mutter gehört. Als sie verstummten, kamen einige Ratsmänner und der hiesige Bischof aus dem Kerker unten im Rathaus und haben sie noch in der nächsten Stunde zum Tode durch das Feuer verurteilt. Sie soll im Morgengrauen auf dem Marktplatz verbrannt werden."

Johanna knickten die Beine ein und die beiden mussten sie stützen. Albrecht zog schnell den Schemel, der in einer Ecke stand, heran und schob Johanna darauf. Diese konnte das Schluchzen nicht mehr unterdrücken und nun rannen auch bei ihr die Tränen die Wangen herunter.

„Wie können Menschen so etwas tun? Meine arme Mutter! Wie vielen hat sie geholfen und jetzt fordern jene, denen sie noch vor kurzem beigestanden hat, ihren Tod."

„Johanna, sie ist nicht mehr zu retten", erwiderte Albrecht erbarmungslos.

„Und wenn du nicht schnellstens aus der Stadt verschwindest, droht dir und deinem Kind das gleiche Schicksal. Es wäre nicht das erste Mal, dass sie sogar Kinder verbrennen."

Angesichts dieser Schreckensvorstellung brach Johanna in verzweifeltes Weinen aus. Die jungen Eheleute sahen sich an. Froni sandte ihrem Mann flehende Blicke zu und dieser erriet ihre Gedanken.

„Das ist gefährlich, Froni, es könnte unser aller Leben kosten."

Doch Froni schüttelte den Kopf, bevor sie ihm entgegnete: „Wenn Johanna und ihre Mutter nicht gewesen wären, wäre ich schon tot und deine Tochter auch. Du verdankst diesen Menschen deine Familie." Beschämt schlug er die Augen nieder und nickte Froni zu. Daraufhin wandte sie sich an die Freundin.

„Johanna, für dich können wir nichts mehr tun. Du musst von hier fliehen, aber Susanna können wir mitnehmen. Morgen früh werden wir, wie du weißt, die Stadt verlassen. Alle werden auf dem Marktplatz sein, um..."

Ihr wurde klar, was sie da sagen wollte und stockte erschrocken. „Es tut mir so leid, aber deine Mutter ist verloren. Doch du kannst dich alleine durchschlagen und irgendwo anders unterkommen. Susanna ist zart und es ist keine Seltenheit, dass Zwillinge unterschiedlich groß sind. Wo wir hingehen, kennt uns noch niemand. Sie werden uns diese Geschichte abnehmen und wenigstens dein Kind ist in Sicherheit. Mehr können wir nicht für dich tun. Ich hoffe, du verzeihst uns das", setzte sie noch leise nach.

„Euch verzeihen?", sagte Johanna und wischte sich die Tränen fort. „Was du mir anbietest, ist genau das, worum ich euch bitten wollte und ich weiß, es ist mehr, als ich erwarten kann. Aber ich werde es voller Dankbarkeit annehmen, auch wenn ich euch damit gefährde. Mit dem Kind schaffe ich es nicht durch die Wälder. Ich muss weit weggehen. Sie werden nicht aufgeben und mich jagen. Ich weiß nicht, was meine Mutter unter der Folter alles gestanden hat. Auch werde ich nicht zurückkommen können, ohne euch zu gefährden." Liebevoll ruhten ihre Augen auf dem schlafenden Mädchen in ihrem Schoß. Wie konnte sie sich von dem einzigen Menschen trennen, der ihr geblieben war? Sie hätte so gern noch einmal, ein einziges Mal, in ihre großen, grünen Augen geblickt. Der Gedanke an diesen Verlust brachte eine erneute Tränenflut. Sie würde nie versiegen, das wusste sie. Dennoch war es die einzige Möglichkeit, ihr Kind zu retten. Auch wenn sie gefasst werden sollte, ihr Kind würde überleben. Dieses Angebot ihrer Freunde war sehr mutig und mehr als großherzig.

Sie sah zu den beiden auf und richtete das Wort an Froni: „Du hast recht, morgen früh werden alle auf dem Marktplatz sein, um eine Hexe zu verbrennen. Niemand wird sich um eine kleine Familie scheren, die diese Stadt verlässt. Ich weiß nicht, wie ich euch jemals genug dafür danken soll. Gott möge es euch vergelten, ihr guten Leute."

Sie stand auf und umarmte die beiden letzten Freunde, die sie in dieser Welt hatte. Jetzt, da es entschieden war, wollte sie so schnell wie möglich aus dem Haus, um die beiden nicht länger zu gefährden. Sie küsste ihr Kind zärtlich und gab es Albrecht, der es vorsichtig auf den Arm nahm und versprach: „Wir werden uns um Susanna kümmern, als wäre sie unser eigenes Kind. Und sowie Gras über die Sache gewachsen ist, kommst du und holst sie wieder ab."

Die Aussicht auf ein Wiedersehen gab Johanna die Kraft, sich vom Anblick ihres Kindes loszureißen.

Sie wandte sich zur Tür, öffnete sie vorsichtig, drehte sich noch einmal um und sprach: „Ich werde euch in meine Gebete einschließen. Ich komme, sobald ich kann." An Albrecht gewandt fragte sie: „Und du sagst, meine Mutter ist im Kerker unter dem Rathaus?"

„Ja, aber warum willst du das wissen? Johanna, du musst so schnell wie möglich verschwinden. Da kannst du nicht hin!"

„Nein, das will ich auch nicht, beruhige dich. Ich verlasse sofort diese Stadt."

Mit diesen Worten schloss sie die kleine Tür und ließ die vier liebsten Menschen in ihrem Leben dahinter zurück.

~~~~~~~

In der dunklen Gasse regte sich kein Lüftchen und der Gestank hing wie Blei in der Luft. Johanna würde ihr Versprechen halten, aber erst musste sie noch etwas erledigen. Sie konnte ihre Mutter nicht sterben lassen, ohne ihr die Hoffnung auf das Überleben von Tochter und Enkelin zurückzugeben.

Zwei Gassen weiter blieb sie unter einem Fenster, aus dem Kerzenlicht fiel, stehen und überlegte krampfhaft, wie sie ihrer Mutter eine Nachricht überbringen konnte. Ihr Blick fiel auf den Schatten einiger Pflänzchen, die sich mühsam in den Spalten der schlecht gepflasterten Gasse behaupteten.

Plötzlich zog ein gequältes Lächeln über die angespannten Gesichtszüge Johannas. Hastig klaubte sie aus dem geretteten Rucksack ein kleines hölzernes Fässchen aus dem getrockneten Stiel der Engelwurz heraus und füllte ein paar Kräuter hinein. Sie verschloss den Tiegel mit ein wenig Bienenwachs und pflückte schnell ein paar Stängel der roten Blume. *‚Wie passend, die Blutblume‘*, dachte sie bitter.

Dann verschwand sie lautlos im Dunkel der Straße.

~~~~~~~

Der Kerker war feucht, sehr klein und unglaublich kalt.

Nur durch ein kleines viereckiges Loch, das schräg nach oben durch die meterdicken Mauern führte, konnte man ein Stück des Nachthimmels erblicken. Heute war er verhangen und nur ab und an sah ein halber, hochstehender Mond teilnahmslos herein.

Sie lag nackt auf einem kleinen Flecken mit schimmeligem Stroh. Obwohl sie die Augen geschlossen hielt, war sie wach. Sie versuchte, nicht an die höllischen Schmerzen zu denken, die sie wie angenagelt auf dem Boden hielten. Ihre medizinischen Kenntnisse reichten aus, um zu wissen, dass ihre Knochen an mindestens fünf Stellen gebrochen waren, ganz zu schweigen von den Brandwunden, die noch stärker schmerzten. Doch all das war nichts, verglichen mit den Qualen, die sie am Morgen erwarteten. Wie viel leichter wäre ihr Los zu ertragen, wenn sie nicht um ihre Tochter bangen müsste.

Hatten ihre Peiniger Johanna noch gefunden?

Sie vielleicht gleich auf dem Markt verhaftet?

Ihr Versuch, die sie hetzende Meute von der Hütte wegzulocken, um das Kind zu schützen, war fehlgeschlagen. Die wütende Menge brachte sie auf dem Karren mit dem hölzernen Käfig zurück und setzte die Hütte in Brand. Hilflos musste sie mit ansehen, wie sie ihr Enkelkind den Flammen überließen. Und morgen stand ihr das gleiche Schicksal bevor.

Sie hatte nur die Hoffnung, dass Johanna irgendwie die Flucht gelungen war. Oder war sie schon in einem Kerker neben dem ihren eingesperrt? Sie bemühte sich, diesen Gedanken nicht weiter zu verfolgen. Er war zu schrecklich.

Ein Geräusch schreckte sie auf. Kamen sie etwa zurück?

Augenblicklich schlug ihr Herz laut dröhnend gegen ihre Brust und der kalte Angstschweiß brach aus allen Poren. Noch einmal konnte sie das nicht ertragen.

Mit einem leisen ‚Klack‘ landete etwas auf dem Boden der Zelle, rollte auf sie zu und blieb einen knappen Meter entfernt von ihr liegen. Im fahlen Mondlicht erkannte sie ein Leinentuch, das um einen kleinen Gegenstand gewickelt war. Sie wusste sofort, dass diese Gabe nur für sie bestimmt sein konnte.

Obwohl es nur ein kurzes Stück bis zu dem Lappen war, brauchte sie lange, um dorthin zu kriechen. Mit zitternden Fingern gelang es ihr schließlich, den Gegenstand zu greifen und vorsichtig auszupacken. Den Tiegel erkannte sie als den ihren, und sie wusste augenblicklich, dass

Johanna noch lebte und den Rucksack aus dem Versteck geholt hatte und damit flüchten konnte.

Als sie das Leinentuch ganz abgewickelt hatte, fielen zwei kleine rote Mohnpüppchen auf den kalten Steinuntergrund ihres Gefängnisses. Die Blütenblätter waren schon stark nachgedunkelt und welk. Doch als sie die große und die kleine Puppe mit den grünen Armen und dem Knopfgesicht sah, die Johanna als kleines Mädchen so oft gebastelt hatte, schloss sie die Augen und dankte Gott für die Rettung ihrer Tochter und ihrer Enkeltochter, denn sie wusste sofort, was Johanna ihr damit sagen wollte.

Tränen der Erleichterung liefen lautlos über ihr Gesicht. Johanna war also doch rechtzeitig zurückgekehrt. Ihre tief verwurzelte Intuition hatte sie früher nach Hause gebracht. Sie musste das Kind im letzten Augenblick aus der Hütte geholt haben. Die alte Frau war unendlich dankbar für diese Fügung des Schicksals. Mit tränennassem Gesicht zerdrückte sie langsam die Blumenpüppchen und steckte sie in den Mund. Sie kaute bedächtig und schluckte mühsam alles herunter.

Niemand sollte je erfahren, dass sie eine Nachricht bekommen hatte. Sie nahm die Kräuter aus dem Tiegel und versteckte das Behältnis unter dem Stroh. Sie würde die Kräuter kurz vor Morgengrauen zu sich nehmen. Diese würden ihr die Qual erleichtern, auch wenn die Leute dann erst recht dachten, sie sei eine Hexe, die auf dem Scheiterhaufen in den gefürchteten Hexenschlaf fiel. Doch auch ohne die betäubenden Kräuter konnte sie nun beruhigt auf ihr Schicksal warten, denn ihre Familie würde weiterleben und das war mehr, als sie erfleht hatte.

Dankbar sah sie durch das kleine Loch in den nächtlichen Himmel. Sie hatte die Nächte geliebt, den Mondschein, ihr Leben. Sie würde heute Nacht nicht schlafen, nicht wegen der Schmerzen. Sie würde die Nacht in dankbarem Gebet verbringen und ihre Seele dem Herrn anvertrauen. Sie konnte jetzt beruhigt ihren Weg zu Ende gehen.

Sie war gut aufgehoben im Schoße Gottes.

## IV.
## Der Schlüssel

Die Kinder waren still. Als die Großmutter mit ihrer Erzählung am Ende war, sagten sie zunächst nichts. Sogar Peter hatte im Verlauf dieser Stunde aufgehört, Witzchen über Hexen und Geister zu machen und war stumm und mit angespannter Miene den Ausführungen gefolgt.

Allerdings kam nun die Skepsis wieder bei ihm durch und er richtete als Erster eine Frage an seine nun schweigende Großmutter: „Und woher weißt du das alles? Oder hast du dir das ausgedacht?" „Na, so ganz bist du wohl noch nicht überzeugt, was?", fragte die Großmutter mit einem kleinen Schmunzeln.

„Dass es die Hexenverbrennungen gab, hatten wir ja schon in der Schule. Das ist Geschichte und ja auch ganz anders als bei den Hexen aus dem Märchen", kam es etwas beleidigt und hochnäsig von Peter. „Das stimmt", räumte die Großmutter ein. „Aber der Legende nach haben die echten Hexen immer wieder versucht, in diese Welt zu kommen.

Wie ich schon sagte, alle dreihundertdreiunddreißig Jahre. Nach ihrem Versuch um 1333 nahmen die Hexenverfolgungen immer mehr zu und bald wusste keiner mehr so recht, wann und vor allem warum sie begonnen hatten. Später wurde behauptet, es ginge in erster Linie um den Erhalt der Macht der Kirche und den langsam schwindenden Einfluss der Kirchenfürsten.

Doch wenn die Legende stimmt, hat es vielleicht damals angefangen und als es im Jahr 1666 trotz vieler Hexenprozesse zu bedrohlichen Ereignissen wie Pest und anderen unerklärlichen Krankheiten, verheerenden Stadtbränden und Überschwemmungen kam, wussten sich die abergläubischen Menschen keinen anderen Reim darauf zu machen, als dass die Mächte des Bösen ihre Hände im Spiel haben müssten.

Und vielleicht hatten sie ja genau damit recht. Später haben auch gierige und neidische Menschen, die sich durch Verleumdungen den Besitz sogenannter Hexen und deren Angehörigen unter den Nagel reißen wollten, diese Angst der abergläubischen Leute ausgenutzt.

Bald nach 1666 hörten die Hexenfeuer auf zu brennen, aber in erster Linie wohl deshalb, weil moderne Menschen die Art der Verfolgung und Folter als Geständniserpressung ablehnten und nicht, weil keiner mehr an böse Mächte glaubte.

Auch entspannte sich die allgemeine Lage. Die Naturkatastrophen, die Auffassungen der Leute über die Ursachen von Krankheiten, alles wurde irgendwie gemäßigter und so beruhigten sich die Gemüter im Laufe der Jahre. Trotzdem ist der Glaube an Hexen und andere dämonische Wesen und Geister heute noch genauso verbreitet wie damals. Nur wird die Existenz solcher Wesen nach wie vor aus wissenschaftlicher Sicht rundherum abgelehnt, mal von einigen selbsternannten Geisterjägern abgesehen, die in alten Gemäuern auf Gespenster hoffen und sie mit allerlei sonderbaren elektronischen Geräten filmen und aufzeichnen wollen."

Die Kinder saßen immer noch still und angespannt um den Tisch herum. Außer Peter hatte es noch keiner gewagt, eine Frage zu stellen, obwohl man ihnen ansah, dass sie viele davon hatten. Der Tee war längst ausgetrunken, ein Großteil der Kekse aufgegessen und eigentlich längst Zeit zum Schlafengehen, aber so recht hatte keiner Lust, jetzt ins Bett zu gehen.

„Haben sie wirklich Johannas Mutter verbrannt?", fragte Mindauga leise.

„Ja", antwortete die Großmutter. „Ich habe euch doch erzählt, dass ich vor zehn Jahren hier etwas gefunden habe. Ihr kennt meinen Keller, das kleine Sandsteingewölbe, wo ich immer das Obst für den Winter aufbewahre. Dort wollte ich mir ein Regal einbauen und als ich ein paar Löcher für die Dübel bohrte, gab der Bohrer mit einem Mal nach. Ich war auf einen Hohlraum gestoßen. Aus dem Loch kam eine ganz eigenartige Luft, kalt wie aus einem Grab und es roch so muffig wie in einem Laden mit alten Büchern. Ich erweiterte den Durchbruch und fand eine alte Holzkiste mit mehreren Pergamentrollen. Ich hielt sie für Teile eines Buches, denn sie hatten römische Zahlen auf der Außenseite. I, II und VI. Im ersten Kapitel war eine Art Gedicht oder Spruch in lateinischer Sprache zu sehen. Ich habe ihn, genau wie die Inschrift über dem Eingang, übersetzen lassen. Außerdem hatte jemand dort in kurzen Sätzen das und einiges andere niedergeschrieben, was ich euch eben erzählt habe. Dazu später mehr."

Sie sah auf die tickende Uhr an der Wand.

„Heute ist es eigentlich Zeit ins Bett zu gehen." „Och, nö, jetzt wird es gerade so spannend, Oma", kam es im Chor von den Kindern.

„Was stand denn in dem Gedicht?", setzte Christin sofort nach. Sie wollte der Großmutter keine Gelegenheit geben, sich erst noch zu besinnen. Und nach kurzem Zögern ging Gerda Hoffmann darauf ein.

„Es war eine Prophezeiung. Ich weiß noch genau jedes einzelnes Wort:

*„ ‚Wenn der Weißsteinbach sich zeigt,*

*sich die Zeit dem Ende neigt.*

*Geboren in der Hölle Glut,*

*aus dem Felsen mit der Flut.*

*Wenn sie aus der Tiefe steigen,*

*Nebel, Schlamm und Blut sich zeigen.*

*Schwarzer Tod und Weißer Orden*

*Altes Wissen, längst verloren.‘ "*

„Und was soll das nun wieder bedeuten?" Peter sah seine Großmutter ungläubig an.

„Ehrlich gesagt, ich weiß es nicht, Peter. In der Schriftrolle standen das Gedicht, die Geschichte, die ich euch eben erzählt habe und das mit den Hexen. Ich hab auch keine Erklärung dafür." Sie zuckte mit den Schultern.

„Und was stand in den anderen Kapiteln?" Die Neugier der Kinder lag knisternd in der Luft.

„Ja, also in der VI. Rolle waren dreizehn Blätter mit jeweils einem Bild zu sehen. Schon sehr verblasst, aber wunderschön verziert, so wie damals oft in den Klöstern die Bücher gemalt wurden. Denn es gab noch keine Kopierer wie heute und jedes Buch musste einzeln abgeschrieben und nachgemalt werden. Die Blätter waren schon ziemlich brüchig und als ich sie auseinanderfaltete, zerfielen sie. Ich konnte sie noch grob abzeichnen, weiß aber nicht, ob ich alle Details richtig erfasst habe.

Die zweite Rolle befasste sich mit Pflanzen. Es hat lange gedauert, bis ich verstanden hatte, worum es hier ging. Wie gesagt, es war alles in Latein und die Pflanzen heißen heute zum Teil ganz anders. Jedenfalls verstand ich irgendwann, dass es sich um uralte, überlieferte Rezepturen handelte: Rezepturen aus Kräutern, Bäumen, Wurzeln und Pilzen. Diese Seiten enthielten genaue Anweisungen, was wann geerntet werden muss, bei welchen Mondstellungen, welche Pflanzenteile, geheime Sammelorte, Rituale und Zeitpunkte.

Es war unglaublich kompliziert.

Es waren über 60 verschiedene Zutaten für nur 5 Rezepturen. Und zwar für einen Tee, eine Salbe, eine Tinktur, ein Öl und eine Anleitung für eine Räucherung. Allein die Anfertigung der Tinktur dauert mindestens zwölf Monate, weil alle Pflanzen zu verschiedenen Jahreszeiten geerntet werden mussten. Für jede Zutat gibt es ein eigenes Ritual. Ich habe Jahre gebraucht, nur um diese fünf Dinge herzustellen."

„Du hast das ausprobiert!", platzte Maximilian heraus. Er war der Forscher unter den Kindern und für seine Experimente bekannt und gefürchtet.

„Ja, habe ich. Ich kann euch sagen, man muss höllisch vorsichtig sein. Viele der Pflanzen sind hochgiftig. Und einmal hätte ich mich bald selbst ins Jenseits befördert, weil ich unvorsichtig war. Aber wie schon Paracelsus sagte: Die Dosis macht das Gift. Viele der Pflanzen, die ich verwendet habe, werden noch heute in der modernen Medizin genutzt. Andere wiederum sind vollkommen in Vergessenheit geraten, manche existieren nicht mal mehr in einschlägiger Literatur. Ihr könnt mir glauben, ich habe alles über diese fünfundsechzig Pflanzen gelesen, was ich finden konnte. Und in vielen Büchern steht nicht halb so viel wie auf diesen Pergamenten.

Der Tee, den ihr heute getrunken habt, ist nach dem Rezept aus der Rolle. Dafür sind dreizehn verschiedene Kräuter notwendig. Eine letzte Zutat, eine bestimmte Wurzel, habe ich erst vor Kurzem beigemischt, weil ich den ersten Vollmond nach der Tagundnachtgleiche abwarten musste. Auch diese Wurzel durfte nur an einem bestimmten Ort zu eben diesem Zeitpunkt ausgegraben werden.

Nach einzelnen Pflanzen habe ich jahrelang suchen müssen. Kaum jemand weiß noch, wie sie aussehen oder wo sie wachsen. Ich denke, der Satz in der Prophezeiung: *„Schwarzer Tod und Weißer Orden, altes Wissen längst verloren'*, beschreibt die Situation sehr anschaulich. Ich hatte aber immer das Gefühl, dass das alles noch mal sehr wichtig sein würde.

Deshalb habe ich in den Archiven auch nach weiteren Rollen gesucht, es fehlten ja offensichtlich einige. Was ist mit den Rollen III bis V? Womöglich gibt es auch mehr als sechs. Aber ich konnte trotz aller Mühe nichts weiter dazu finden."

Die Großmutter schwieg. Auch die Kinder sagten nichts. Der Abend war aufregend gewesen und nun machte sich bei allen die Müdigkeit breit. Großmutter Gerda bemerkte, dass der kleinen Mindauga schon die Augen zufielen. „Oh Gott, jetzt habe ich solange erzählt, ihr müsst hundemüde sein. Das reicht aber auch für heute. Nun schnell ins Bett. Morgen früh holen euch eure Eltern zeitig ab. Ihr wollt doch die anderen Großeltern besuchen, nicht?", fragte sie an Christin gewandt.

„Ja, und wir nehmen Minchen und Peter gleich mit und setzen sie zu Hause ab", sagte das Mädchen. Gähnend erhob sie sich vom Stuhl. Christin stieß Amara leise an.

„Komm Amara, ich schlafe heute bei dir im Bett, dann brauchst du keine Angst zu haben." Es war nicht so ganz klar, ob sie damit Amara oder sich selbst meinte. Auch die anderen Kinder erhoben sich und machten sich auf ins Bad. Nur Maximilian konnte sich noch nicht so recht von der Erzählung seiner Oma lösen und fragte: „Oma, kannst du morgen weiter erzählen?"

„Nun, das wird wohl morgen früh nichts mehr, aber bei eurem nächsten Besuch, wenn ihr wieder da seid, erzähle ich euch, wie die Geschichte mit Johanna weiterging. In Ordnung?"

Maximilian nickte und schlich die Treppe hinauf ins ehemalige Kinderzimmer seiner Mutter. Er drückte sich mal wieder ums Zähneputzen und als die anderen Kinder ins Zimmer kamen, schlief er schon tief und fest.

Am nächsten Morgen schliefen die Kinder außergewöhnlich lange.

Die Großmutter war froh, dass sie nicht von Albträumen wach geworden waren. Gott sei Dank schienen sie alles gut verkraftet zu haben. Spät abends hatte sie sich doch Vorwürfe gemacht, den Kindern eventuell zu viel zugemutet zu haben.

Doch alles ging gut. Sie weckte die Kinder gegen neun und nach einem kräftigen Frühstück schickte sie die fünf in den Garten, während sie die Küche aufräumte. Sie stellte gerade die Spülmaschine an, als sie die Kinder draußen im Hof stehen sah. Sie hatten sich vor der eingelassenen Tafel versammelt und zeigten mit den Fingern darauf. Schon beim Frühstück hatten sie davon gesprochen, dass sie unbedingt noch mal einen Blick darauf werfen wollten, bevor sie abgeholt wurden.

In diesem Moment hupte es draußen. Gerda Hoffmann erschrak. War ihre Tochter etwa früher als erwartet angekommen? Sie wollte ihr doch noch die Weintrauben aus dem Garten mitgeben. Sie ließ alles stehen und liegen und eilte mit der Schere zum Weinspalier an der Südseite des Hauses. Das Körbchen dafür stand schon seit gestern auf der Bank bereit. Als sie mit dem übervollen Korb um die Ecke des Hauses bog, saßen die Kinder schon alle im Auto. Ihre Tochter stieg schnell aus, als sie die Mutter kommen sah.

„Entschuldige, Mutti, wir haben es leider sehr eilig. Wir müssen ja auch noch Peter und Minchen abliefern." Sie küsste die Ältere flüchtig. Dabei entdeckte sie die Trauben.

„Oh, sind die für uns? Lecker." Sofort steckte sie eine in den Mund. „Du sollst sie doch vorher abwaschen." Vorwurfsvoll sah die Mutter ihre Tochter an. Diese küsste sie nochmals auf die Wange. „Du nimmst schließlich kein Gift zum Spritzen, Muttchen. Weiß ich doch."

„Aber du bist Vorbild für deine Kinder und die nächsten Früchte sind vielleicht nicht aus meinem Garten", sagte Gerda augenzwinkernd.

Ulrike war schon auf der Fahrerseite eingestiegen und schob den Korb unter den Beifahrersitz. Peter, der diesen Sitz als Ältester für sich beanspruchte, nahm die Beine zur Seite. „Tschüss, Omi", klang es mehrfach aus dem Fahrzeug, das sich fast augenblicklich in Bewegung setzte. Als das Auto ein paar Meter entfernt war, wurde die hintere Scheibe heruntergelassen.

Christin sah heraus und rief:

„Ach Omi, ich weiß, was das Symbol auf der Tafel bedeutet."

Die Großmutter wusste einen Augenblick nicht, wovon das Mädchen sprach. „Was meinst du, Kind?", rief sie dem wegfahrenden Wagen nach.

„Das Symbol auf der Tafel. Es sieht aus wie ein Schlüssel."

Das Auto fuhr über die kleine Brücke und bog um die Ecke. Christin hatte sich weit aus dem Fenster gelehnt und winkte fröhlich, bis die Großmutter aus ihrem Blickfeld verschwand.

Die alte Frau hielt mitten im Winken inne. Sie drehte sich um und rannte beinahe die paar Schritte bis zum Hof. Vor dem niedrigen, runden Eingang mit der Steintafel blieb sie wie angewurzelt stehen. Sie starrte auf die eingemeißelten Zahlen: 7. Okt. 1701. Ihr Blick fixierte das merkwürdige Zeichen nach der 7.

*,Christin hat recht, es sieht aus wie ein Schlüssel',* dachte Gerda Hoffmann. *,Also natürlich nicht der 71., sondern ein Schlüssel. Aber es könnte auch eine 1 sein. Oder vielleicht beides zusammen? Und wieso überhaupt ein Schlüssel? Sollte im Datum etwa eine verschlüsselte Nachricht verborgen sein?'*

Auf ihrer Stirn bildete sich eine dicke Falte, wie immer, wenn sie sich das Hirn zermarterte. Plötzlich hob sie die Hand an den Mund und ihre Augen wurden groß.

Der 7.(1.)10. im Jahre 1701. Sie zählte die Zahlen zusammen. Die Quersumme ergab zweimal die neun. 99. Und neun plus neun ergab achtzehn, also in der Summe wieder neun. Dreimal die neun. Die letzten Zeilen der Prophezeiung kamen ihr in den Sinn. Die Zeilen, die sie den Kindern vorenthalten hatte.

*,Wird Eine den bösen Mächten widerstehen?*
*Und mit den Menschen ins Millennium gehen?'*

Sie schrieben jetzt das Jahr 1999. Das Jahrhundert neigte sich dem Ende zu. In wenigen Wochen würden sie das neue Jahrtausend begrüßen. Nun wusste sie, dass sie sich nicht geirrt hatte.

Die Zeit war abgelaufen.

# V.
## In der Mühle

Kommissar Breitner konnte selbst kaum glauben, was er im Begriff zu tun war. Aber in den letzten Wochen waren die Ermittlungen auch nicht einen Schritt weitergekommen. Er hatte sämtliche Akten wieder und wieder gelesen, alle Zeugen ein weiteres Mal verhört, ohne Erfolg.

Nirgends tauchte ein Hinweis auf, der auch nur die kleinste Fährte ergeben hätte. Er wusste einfach nicht mehr weiter. Wenn es je eine Spur gegeben hatte, wäre sie jetzt, nach fast vier Wochen, so kalt wie der Nordpol. Und nun das zweite verschwundene Mädchen und wieder keinerlei Anhaltspunkte. Der ganze Fall wurde immer undurchsichtiger.

Nach seinem Gespräch mit Anita am Freitag hatte er erst belustigt den Kopf geschüttelt, trotzdem hatte er dann das ganze Wochenende darüber gebrütet. Konnte er es sich in seiner Situation leisten, diesem Tipp, wenn man es denn so bezeichnen wollte, nicht nachzugehen?

Diese Art der Polizeiarbeit kannte er nur aus sehr zweifelhaften Polizeiserien im Fernsehen. Sämtliche Kollegen machten sich regelmäßig während der Kaffeepausen darüber lustig. Aber offenbar sahen ja wohl genau diese Kollegen solchen Mist, sonst hätten sie nicht so viel darüber lästern können.

Auf keinen Fall durfte das hier bis in den Frühstücksraum seiner Dienststelle dringen, dafür würde er sorgen. Er war bereits oft genug Gegenstand des Spottes und die Zweifel an seiner Kompetenz nahmen nach den Fehlschlägen der letzten Wochen weiter zu. Nein, er würde bestimmt nicht zugeben, dass er am Sonntagabend die Rufnummer dieser Frau aus dem Telefonbuch herausgesucht und sie gewählt hatte, bevor er es sich anders überlegen konnte.

„Ja, bitte", ertönte es sogleich nach dem ersten Klingelton.

„Ist dort Frau Hoffmann?", hörte er sich mit fremder Stimme überrascht fragen.

„Ja, mit wem spreche ich denn?", fragte sie belustigt.

„Mein Name ist Breitner, ich bin bei der Kriminalpolizei und würde Sie gern sprechen."

„Oh, warum denn das?" Gerda Hoffmann klang überrascht. „Habe ich eine rote Ampel überfahren?"

„Nein, nein, es geht um etwas anderes, aber das möchte ich nicht am Telefon erklären. Kann ich Sie vielleicht bitten, aufs Präsidium zu kommen?"

„Ungern", kam es frostig. Doch fast augenblicklich wurde die Stimme freundlicher.

„Aber Sie dürfen mich gern besuchen und dann können wir uns unterhalten. Was halten Sie von morgen früh um acht?"

„Nun ja, von mir aus", erwiderte Breitner leicht überrumpelt. „Schön." Er hörte nur noch das Klicken des Hörers und dann das Freizeichen. *Na, keine Frau, die mit langen Reden unnütz Zeit verliert'*, dachte er und sah verstört den Hörer an. Nachdenklich legte er ihn behutsam auf. Hatte er sich soeben wirklich mit einer Wahrsagerin verabredet? Sein verdutzter Gesichtsausdruck wandelte sich plötzlich in einen zunehmend entgeisterten, denn es wurde ihm bewusst, dass diese Frau so geklungen hatte, als hätte sie seinen Anruf irgendwie erwartet.

Voller Neugier machte er sich am nächsten Morgen auf den Weg, nach dem er seltsamerweise mehrmals fragen musste. Obwohl er seit vielen Jahren in dieser Stadt lebte, hatte er den Namen der Straße noch nie gehört, was ihn verwirrte. Es stellte sich heraus, dass unter dieser Adresse nur ein Haus, eine ehemalige Mühle, angegeben war. Sie lag außerhalb der Stadt und man gelangte nur über einen holprigen Weg der Agrargenossenschaft zu dem kleinen Waldstück, in dem das Gebäude stand.

Er stellte seinen Wagen an dem Feldweg ab und legte die letzten Meter zu Fuß zurück. Es konnte nicht mehr weit sein, denn direkt neben seinem geparkten Wagen stand ein Schild *,Am Anger'*.

Er ging den ausgefahrenen Weg hinab, der nach wenigen Metern von hohen Bäumen flankiert wurde und zu einer kleinen Holzbrücke führte, unter der ein schmaler Bach lustig über die Steine gurgelte. Jetzt konnte er das Haus sehen. Er betrat den Hof durch das große, fast vier Meter hohe Einfahrtstor und stand nun vor einem alten Haus aus grauen Feldsteinen. Über einer breiten, aber niedrigen halbrunden Tür war eine

Sandsteinplatte mit zwei Wappen und einer lateinischen Inschrift in die Wand eingelassen.

Während er die Tafel betrachtete und sich überlegte, was da wohl stehen mochte, öffnete sich die Tür und er sah sich einer älteren Frau gegenüber, die ihn ernst, aber nicht unfreundlich, musterte.

„Herr Breitner?"

Er machte einen Schritt auf sie zu und gab ihr die Hand.

„Genau. Na, Sie wohnen ja nahezu am Ende der Welt. Beinahe hätte ich Sie nicht gefunden, denn in der ganzen Stadt konnte mir niemand sagen, wo ‚Am Anger' ist."

Sie lächelte ein wenig. „Ja, ich wohne hier recht einsam und nehme nicht groß am gesellschaftlichen Leben teil. Kommen Sie doch herein. Ich habe uns Kaffee gemacht."

„Danke, gern. Kaffee ist immer gut." Er musste sich bücken, um sich nicht den Kopf anzustoßen. Im Haus war es kühl und dämmrig. Er folgte ihr durch den Flur und dann gingen sie durch eine Tür, die überraschenderweise in einen freundlichen und lichtdurchfluteten Wintergarten führte. Rings herum standen die verschiedensten Töpfe mit Grünpflanzen und blühendem Hibiskus, Zitronenbäumchen und ein Zimmerwein, der sich an den alten Balken emporschlängelte und in grünen Kaskaden von der Decke hing. Das Zentrum bildete ein runder alter Holztisch, dessen dicker Fuß in der Mitte wie ein richtiger Stamm aussah, der in vielen dünneren Wurzeln auslief und dem Tisch Stabilität gab. Um ihn herum standen vier Korbstühle, die ihre besten Zeiten hinter sich hatten, aber gerade deshalb unglaublich einladend wirkten.

Breitner blieb stehen und bewunderte den Blick in den Garten, der sofort seine Aufmerksamkeit beanspruchte. Wege mit Bruchsteinplatten schlängelten sich durch farbige Blumenbeete mit vielen Rosenstämmchen, die von einer niedrigen, exakt geschnittenen Buchsbaumhecke umgeben waren. Den Garten umschlossen meterhohe Eiben, vor denen eine umlaufende Rabatte aus Astern und Dahlien in allen Farben des Herbstes leuchtete.

An der rechten Seite des weitläufigen Geländes erstreckte sich ein Gemüse- und Kräutergarten, der ebenso wie die Rosen von niedrigem

Im Innenhof der Geistmühle

Buchs umgeben war. Dahinter konnte man eine Wiese mit alten knorrigen Obstbäumen erkennen. Ein Durchgang in der Eibenhecke war mit einem schmiedeeisernen Tor verschlossen, durch das man das Glitzern eines Sees sehen konnte.

„Sie wohnen ja wirklich schön hier", bemerkte er fast andächtig.

„Ja, da haben Sie recht. Ich genieße auch jeden einzelnen Tag in meinem kleinen Paradies." Sie wies mit der rechten Hand auf einen Stuhl und er nahm Platz. Gerda Hoffmann schenkte aus einer bauchigen Blümchenkanne dampfenden Kaffee in seine Tasse und reichte ihm Sahne und Zucker.

„Nein, danke. Ich trinke ihn schwarz. Schwarz, wie die Seele des Maharadschas", sagte er mit einem schiefen Lächeln. Er nahm die Tasse und trank einen tiefen Schluck. Hm, das tat gut. Kaffee kochen konnte die Dame schon mal. Er fühlte, wie er sich entspannte. Von seinem Platz aus konnte er Garten und See überblicken und als er sich behaglich zurücklehnte, hatte er fast vergessen, warum er hergekommen war.

Die Frau ihm gegenüber stellte ihre Tasse ab und sah ihn nun forschend und abwartend an. Als er es bemerkte, rückte er sich etwas auf dem Stuhl zurecht und nahm eine aufrechte Haltung ein. „Nun ja", begann er. „Es ist ein wenig schwierig. So recht weiß ich eigentlich nicht, was ich hier bei Ihnen soll, außer Ihren wirklich sehr guten Kaffee zu genießen." Wieder erschien das schiefe, verlegene Lächeln auf seinem Gesicht.

„Danke, es freut mich, wenn er Ihnen schmeckt. Hier sind auch noch ein paar Kekse." Sie hielt ihm eine Glasschale mit bunten Plätzchen hin.

„Ich habe sie am Wochenende mit meinen Enkelkindern gebacken, und sie sind uns wirklich sehr gut gelungen."

Er nahm sich einen Keks und biss hinein, während er nach Worten suchte, um sein Anliegen darzulegen, ohne allzu albern zu erscheinen. Er kaute langsam, um Zeit zu gewinnen. Frau Hoffmann beobachtete ihn währenddessen und sagte kein Wort. *,Keine Frau von überflüssigen Worten eben',* kamen ihm seine Gedanken von gestern Abend wieder in den Sinn. Er räusperte sich.

„Nun, es ist so, also ich weiß nicht... Nun ja, meine Kollegin Anita ...also...“ Er holte tief Luft.

„Ich kann Ihnen nicht allzu viel erzählen, aber wir sind da an einem schwierigen Fall dran, der uns zunehmend Rätsel aufgibt, und meine Mitarbeiterin hatte die Idee...“, wieder eine Pause, „nun ja, sie hatte die Meinung geäußert, dass wir vielleicht jemanden wie Sie in dieser Angelegenheit um Rat fragen sollten.“

„Ich soll Ihnen also die Karten legen und die Lösung präsentieren?“, kam es prompt von der anderen Seite des Tisches.

Die Frau war ja sehr direkt. Ernst und unverzüglich sprach sie aus, was er mit umständlichen Worten auszudrücken versucht hatte. Er schüttelte den Kopf.

„Ach, das ist alles eine Schnapsidee. Ich weiß, das klingt alles total blöd. Sie haben recht. Ich glaube, ich gehe besser.“ Er wollte sich von seinem Platz erheben und gehen, doch sie hob den Arm und sagte kurz: „Setzen Sie sich. Ich finde die Idee nicht blöd und werde sie nicht als Schnapsidee abtun. Allerdings“, sagte sie nun ihrerseits mit einem kleinen Lächeln, „werde ich Ihnen nicht die Karten legen.“ Verblüfft setzte er sich wieder hin.

„Und warum?“

„Tja, Sie glauben nicht daran, also ist es sinnlos.“ Sie sah seine Miene und setzte nach: „Ich bin nicht beleidigt oder so. Es ist nur, dass es eben keinen Sinn macht. Haben Sie schon einmal so etwas gemacht, Karten legen, Horoskope, Rückführungen oder so?“

„Nein, mit so etwas habe ich mich noch nie beschäftigt. Ich halte das für absoluten Mumpitz.“ Er hatte es kaum ausgesprochen, da kam ihm die groteske Situation zu Bewusstsein, in der er hier steckte. Die Frau musste ihn für völlig durchgeknallt halten.

„Entschuldigung, ich wollte nicht unhöflich sein.“ Er nahm erneut einen Schluck Kaffee. *Ich rede mich hier um Kopf und Kragen.*‘ Inzwischen kam er sich vor wie ein Schuljunge.

„Sie müssen sehr verzweifelt sein, wenn Sie sich an jemanden wie mich wenden.“

Die Frau sah gedankenverloren aus dem Fenster des Wintergartens.

„Wissen Sie, die Menschen sind komisch. Und damit meine ich nicht Sie persönlich. Aber sie vergessen alle alten Werte. In den letzten Jahren habe ich einen Verfall der Sitten festgestellt, der mich ängstigt. Jeder ist nur noch auf schnellen Verdienst aus, der Nachbar ist dein größter Feind und alles wird nur noch konsumiert, ohne Rücksicht auf Verluste. In der Bibel ist so etwas immer mit Feuer und Asche bestraft worden. Aber die Menschen haben keinen Respekt mehr vor Himmelsmächten, sie halten sich für die Krönung der Schöpfung. Sie halten sich für Gott. Und merken nicht, wie sie dabei am Abgrund herumtaumeln. Drogen, Sex in allen Variationen an jeder Ecke, Psychosen vom Feinsten, alles Ausdruck einer aus den Fugen geratenen Welt. In meinen Augen zumindest.

Und dennoch stelle ich auch noch etwas anderes fest, eine bestimmte Strömung, eine Hinwendung zu anderen Dingen. Ich habe das Gefühl, dass es gleichzeitig mit diesem Verfall auch viele Menschen gibt, die nach dem Sinn hinter den Dingen suchen.

Sie fragen nach dem ‚Warum' der Geschehnisse. Darum haben Psychiater, Wahrsager, Kräuterfrauen und leider auch etliche Scharlatane so großen Zulauf.

Es gibt nicht das eine ohne das andere, verstehen Sie?"

Er nickte schwach.

„Ich glaube, ich weiß, was Sie meinen. In meinem Beruf habe ich mit so viel Abschaum zu tun, dass man irgendwann total deprimiert und desillusioniert ist und nur noch alles hinschmeißen möchte. Man ist ein seelisches Wrack und hat schlimmstenfalls Selbstmordgedanken oder man geht selber auf die andere Seite, weil die immer zu gewinnen scheint." Er verstummte. Nachdenklich sah sie ihn an. „An diesem Punkt sind viele Menschen. Und dann muss man sich entscheiden. Entweder man gibt auf und lässt sich treiben oder man versucht, die Dinge neu zu sortieren." „Wie meinen Sie das?", hakte Breitner nach.

„Nun, ich glaube, jeder Mensch, der aktiv lebt, kommt in Situationen, in denen man glaubt, nicht mehr weiterzukönnen. Früher, in vergangenen Jahrhunderten, war das alltägliche Leben weitaus schwieriger und gefährlicher, trotzdem hingen diese Menschen am Leben. Was unterscheidet uns heute von diesen Leuten?" Sie machte eine Pause und sah ihn an.

„Ich weiß nicht? Was meinen Sie?", fragte Breitner neugierig.

„Es fehlt ihnen der Glaube", entgegnete Gerda Hoffmann beherzt.

„Der Glaube an irgendeinen Plan, einen Sinn, eine Berufung oder eben göttliche Fügung. Wie auch immer Sie es nennen möchten. Und damit meine ich nicht unbedingt die Kirche, wie sie heute existiert. Ich bin fest davon überzeugt, dass Menschen, die an etwas glauben können, Lebenskrisen besser überstehen, weil sie sich beschützter fühlen, verstehen Sie?"

Er nickte. „Da könnten Sie recht haben. Ich für meinen Teil glaube nicht an eine höhere Macht, aber wenn ich es könnte, wer weiß, vielleicht würde es mir heute besser gehen."

Das Gespräch hatte eine seltsame Wendung genommen. In diesem Moment fiel ihm auf, dass es hier plötzlich mehr um ihn als um den Fall ging. Das wollte er nicht zulassen, deshalb streckte er sich unwillkürlich in seinem Stuhl und deutete mit einer Geste auf die Kanne.

„Oh ja, natürlich, ich schenke Ihnen noch eine Tasse ein."

Die ältere Frau stand auf und goss ihm eine weitere Tasse Kaffee ein. Er nutzte die kleine Pause, um zum eigentlichen Thema zurückzufinden. „Und was hat der Glaube nun mit dem Kartenlegen zu tun?"

Sie setzte sich wieder und lächelte.

„Viel mehr als Sie denken. Wenn man an einen Plan glauben kann, kann man auch an Wunder glauben, dass das Unmögliche möglich ist. Und man kann daran glauben, dass man später versteht, warum etwas geschehen ist. Ist Ihnen die Wahrsagerei suspekt, Herr Breitner?"

Er verschluckte sich fast an dem heißen Gebräu, als sie ihn mit dieser Frage konfrontierte. „Nun ja, sie ist ja nicht gerade wissenschaftlich, oder?", zweifelte er.

„Aha, und das ist für Sie unbedingt vonnöten?" Gerda sah ihn forschend an.

„Ja, ich finde schon."

„Und wenn ich Ihnen sage, dass das eine typisch männliche Antwort ist. Was denken Sie dann?"

„Weiß nicht, vielleicht, dass Sie eine Feministin sind?" Er grinste.

Sie blieb ernst und sein Grinsen erstarb.

„Sie halten nicht viel von Frauen wie mir, was? Es ist Ihnen peinlich und vielleicht auch etwas unheimlich. Und ich muss sagen, eine ganze Menge dieser neuen, selbsternannten Hexen sind auch nichts weiter als eine Weiterführung ihrer inneren Komplexe. Und trotzdem ist es wie mit den meisten Dingen im Leben. Es ist etwas Wahres daran. Wissen Sie, ich bezeichne diese Tätigkeit mehr als ein Handwerk wie jedes andere. Ich finde nichts Magisches daran." Sie sah seine offensichtlichen Bedenken.

„Ich will versuchen, es Ihnen klarzumachen.

Ich bin der Überzeugung, dass Männer und Frauen eine grundsätzlich andere Lebensauffassung haben. Das ist nicht verwerflich oder trennend. Es kann sehr verbindend und ergänzend sein. Es wird nur von so vielen als trennend dargestellt. Lassen Sie mich erklären." Sie setzte sich in ihrem Sessel zurecht und schlug dann leicht auf die Tischplatte. „Sehen Sie diesen Tisch? Er wurde aus einem Baum gemacht. Einer Eiche. Daran kann man es vielleicht erklären. Dieser Baum stand lange irgendwo in einem Wald und eines Tages wurde er geschlagen. Ein Tischler sah den gefällten Baum, aber er stellte sich etwas anderes darunter vor. In seinem Geiste sah er bereits diesen Tisch. Er sah ihn vor seinem geistigen Auge und mit dem entsprechenden Werkzeug entstand daraus dieser Tisch.

Ein anderer hätte daraus vielleicht die Kuppel einer Kathedrale gebaut oder einen Schrein für Könige daraus geschnitzt. Je nach Vorstellung oder Begabung hätte er etwas daraus geschaffen. Aber er hätte mit großer Wahrscheinlichkeit das gleiche oder ähnliche Werkzeug verwendet. Trotzdem wäre das Ergebnis ein anderes gewesen.

Genauso ist es auch mit den Karten. Das Holz ist unser Unterbewusstsein und je nach Können, Erfahrung und Talent sind die Karten das Werkzeug, Zugang zu diesem unerschöpflichen Wissen zu  haben und daraus zu lesen. Das ist das ganze Geheimnis."

„Aber man kann es nicht beweisen", hielt ihr Breitner entgegen.

Gerda lächelte wissend.

„Der Beweis kommt doch, wenn es eintrifft. Diese Kunst wäre schon längst gestorben, wenn sich das nicht immer wieder bewahrheiten würde."

„Trotzdem kann ich es nicht wirklich nachvollziehen."

„Das kommt daher, dass Sie ein Mann sind. Oh, das ist nicht abwertend gemeint", lenkte sie ein, als sie seinen Gesichtsausdruck sah.

„Ach, wie erkläre ich Ihnen das nun wieder? Nehmen wir noch einmal meinen Tisch hier. Was haben Sie gedacht, als Sie ihn gesehen haben? Vielleicht, toll, ob der wohl aus einem einzigen Stamm entstanden ist? Wie dieser riesige Stamm wohl transportiert wurde, wie lange es wohl gedauert hat, bis der Tischler mit seiner Arbeit zufrieden war?

Eine Frau wie ich würde dagegen wahrscheinlich eher die Hand auf die Tischplatte legen, die Augen schließen und das Rauschen des Waldes hören, sehen, wo er einst stand, den Wind und den Regen spüren und sich vorstellen können, wie die Säfte in ihm aufstiegen. Das ist der Unterschied. Die Wahrnehmung. Frauen können viele Dinge erfühlen, weil sie oft mehr Zugang zu dem großen Ganzen haben, zum Universum oder dem Göttlichen, wie immer Sie das nennen wollen. Weil sie glauben können, ohne zu sehen. Sie brauchen nicht für alles einen Beweis. Sie fühlen, wenn etwas richtig ist.

Und das war den Männern schon immer suspekt. Sie können es nicht verstehen und haben manchmal einfach Angst vor diesem unbekannten Wesen Frau." Gerda Hoffmann machte eine Pause und Breitner spürte, dass da noch etwas anderes in ihr brodelte.

Mit ernstem Tonfall setzte sie fort. „Oder es geht einfach um Macht. Die Kirche hat die Hexenverfolgung im Mittclalter doch auch aus Machtstreben geschaffen. Die Kirchenfürsten spürten zunehmenden Machtverlust, wenn sich die Menschen an weise Frauen und Männer wandten, um ihre Leiden zu lindern. Das Heilen sollte allein Gott überlassen sein. Weise Frauen und uraltes Wissen waren in ihren Augen eine Gefahr."

Breitner erwiderte zögerlich: „So wie Sie das sagen, klingt es fast logisch. Aber es fällt mir schwer daran zu glauben."

„Machen wir einen kleinen Versuch." Sie stand auf und holte eine Holzkiste in Form eines Buches, setzte sich wieder und klappte die Schachtel auf. Sie nahm ein paar abgegriffene Karten aus dem Behältnis und mischte sie.

„Keine Angst, Herr Breitner, ich verhexe Sie nicht." Sie breitete die wenigen Karten wie einen Fächer aus und hielt sie ihm verdeckt hin. „Ziehen Sie eine", forderte sie ihn auf und ermunterte ihn mit einer Geste ihrer Hände.

Nun gut, das hier war seine Idee gewesen und jetzt wollte er nicht den Spielverderber mimen. Er zog eine Karte und gab sie ihr. Sie drehte sie um. Ein merkwürdiges Zeichen war darauf abgebildet. Sie runzelte die Stirn.

Plötzlich nachdenklich geworden sagte sie ernst: „Achten Sie auf Ihr Gespür, auf Ihre Nase. Sie wird Ihnen den Weg weisen. Sie sind der Richtige für diesen Job."

„Und was soll das jetzt heißen? Gerade dieses Gespür, auf das ich immer so stolz war, hat mich verlassen. Darum sitze ich ja hier." Er war nun wieder frustriert und hatte das Gefühl, seine Zeit vertan zu haben.

„Sie werden den Weg wiederfinden, vertrauen Sie auf Ihren Instinkt." Gerda erhob sich. Er deutete das als Zeichen, dass er aufbrechen sollte und stand ebenfalls auf.

„Danke, dass Sie sich die Zeit genommen haben, auch wenn ich nicht wirklich die Überzeugung habe, weitergekommen zu sein." „Das kommt noch", sagte sie leise. Er hatte sie trotzdem gehört und schüttelte in Gedanken den Kopf.

Als sie im Hof angekommen waren, gab er ihr die Hand.

„Auf Wiedersehen, Frau Hoffmann". Ihm gelang ein ehrlich gemeintes Lächeln.

„Oh, das werden wir", sagte sie darauf.

„Wie bitte?"

„Uns wiedersehen, das werden wir", sagte Gerda noch einmal und schloss mit einem kleinen Winken der Hand die Tür.

Gedankenverloren ging er zurück zum Auto. Erstaunt sah er an der Uhr im Armaturenbrett, dass er über eine Stunde bei ihr gewesen war.

Als er sein Handy wieder einschaltete, zeigte der Piepton an, dass das Büro mehrmals angerufen hatte. Er wählte die Nummer und augenblicklich meldete sich seine Partnerin Anita.

„Wo steckst du denn? Die Soko tagt gleich. Der Alte wird wild, wenn du zu spät kommst." Sie klang genervt und legte auf, bevor er etwas erwidern konnte.

~~~~~~~~~

Die alte Frau begann, nachdenklich den Tisch im Wintergarten abzuräumen. Sie stellte die Tassen und Teller in die Spülmaschine und kehrte dann in den hellen Raum zurück. Sie nahm die alten abgegriffenen Karten wieder in die Hand, mischte kurz und zog aus den verdeckten Karten eine einzelne heraus.

Wie schon vor wenigen Minuten war es die Karte mit einem verschlungenen Symbol, das sie sich einfach nicht erklären konnte. Sie befasste sich schon Jahrzehnte mit dieser alten Kunst. Schon ihre Großmutter legte die Karten für ihre Freundinnen und viele andere Verwandte und Bekannte.

Jeden Sonntagnachmittag kamen damals Leute ins Haus, um sie in vielen Dingen um Rat zu fragen. Von ihr hatte sie es auch gelernt. Immer waren die Karten ihr Begleiter, Tröster und Berater gewesen. Für Fremde hatte sie aber kaum diese Dienste angeboten. Sie war immer so mit ihrem Leben beschäftigt gewesen, dass sie nur selten jemandem mit ihrem Rat zur Seite stand und viele Jahre hatte sie gar nicht mit den Karten gearbeitet.

Erst als sie vor Jahren die alten Zeichnungen im Keller fand, fertigte sie sich diese Karten hier an. Sie hielt sie nach dem Fund für so was wie Orakelkarten und die dreizehn seltsamen Symbole mussten eine Bedeutung haben. Sonst wären sie in den Schriftrollen gar nicht aufgetaucht. In den vergangenen Jahren hatte sie die Karten ab und zu hervorgeholt und verschiedene Legetechniken ausprobiert, aber es ergab alles keinen Sinn. Nur wenn sie die Karten verdeckte und eine einzelne zog, konnte sie eine gewisse Logik dahinter vermuten und sie lernte ihrer Intuition zu vertrauen, ohne wirklich einen Sinn darin zu erkennen.

Auch hatte sie, abgesehen von Samstagabend, an dem sie ihren Enkelkindern vom Hexenring berichtete, noch nie mit einem anderen Menschen über diese Karten gesprochen oder sie jemandem gezeigt. Und dennoch war sie eben wie selbstverständlich aufgestanden und hatte Herrn Breitner eine Karte ziehen lassen.

*‚Wie kam sie dazu?‘* Sie stellte fest, dass es völlig unbewusst geschehen war.

Das Verblüffendste an der ganzen Sache war, dass sie über die Jahre immer dieselbe Karte gezogen hatte. Eine von dreizehn, immer dieselbe. Das war eines der Geheimnisse, das sie zu lüften gedachte, ohne es bisher verstanden zu haben. Wenn sie nur eine Karte zog, war es immer genau diese. Wenn sie danach noch weitere zog, waren es verschiedene, doch nie die *‚Dreizehn‘*. Die blieb immer als letzte auf dem Tisch liegen.

Sie spürte die Logik, konnte sie aber nicht erfassen. Sie hatte so oft darüber gegrübelt, ohne zu einem Ergebnis zu gelangen. Sie konnte mischen, so lange sie wollte, mit geschlossenen Augen ziehen, die verdeckten Karten wochenlang liegen lassen und dann eine nehmen oder zwölf verdeckte wegnehmen, um nur die eine, übrig gebliebene, zu betrachten. Immer war es dieselbe.

Sie zeigte einen seltsamen Gegenstand und sie hatte nicht die leiseste Idee, was es sein könnte. Über zehn Jahre die gleiche Karte und nie die *‚Dreizehn‘*, grübelte Gerda.

Vielleicht war das der Grund, warum ihr Herz jetzt so pochte und das lose Ende dieses Rätsels zum Greifen nah erschien.

Denn sie hatte gerade eben, wie Herr Breitner vor wenigen Minuten, die dreizehnte Karte zuerst gezogen.

# VI.
## Sonderkommission Wälder

In dem kleinen Büro drängten sich mehr als zehn Beamte. Zwei saßen an den Schreibtischen, die auch sonst ihren Arbeitsplatz darstellten. Sie dachten nicht daran, die ungepolsterten Plätze auf den mitgebrachten Holzstühlen einzunehmen und hatten sich gleich demonstrativ auf ihre bequemen Schreibtischstühle gesetzt. Zwei saßen auf einem Schreibtisch und Hans Kolbe, ein älterer Kollege und Inhaber dieses Arbeitsplatzes, legte sofort Protest ein:

„He, das ist mein Tisch und ihr versperrt mir die Sicht."

Die Kollegen drehten sich zu ihm um, rückten zwei Zentimeter zur Seite und setzten ihre Unterhaltung fort. Kopfschüttelnd gab Hans Kolbe seinem Stuhl einen kleinen Schubs, rollte zur Seite und konnte nun wieder, an den Rücken vorbei, auf die große Tafel neben der Bürotür sehen.

Dort waren die Schwarz-Weiß-Aufnahmen von zwei etwa 6 bis 8 Jahre alten Mädchen angebracht und daneben, einzeln aufgeführt, jeder noch so kleine Hinweis auf das Verschwinden der Kinder. Der Ort, die Personen, die in unmittelbarer Nähe waren, Geburtsdaten, Adressen, Schulen, einfach alles aus dem kurzen Leben der Kinder war hier zu sehen.

Bis jetzt ließ sich keinerlei Verbindung zwischen den Mädchen feststellen und die Polizei nahm eigentlich auch nicht unbedingt an, dass die Fälle zusammenhingen. Die einzige Gemeinsamkeit schien zu sein, dass beide Kinder spurlos verschwunden waren. Deshalb sollten die beiden Vorkommnisse auch in dieser Sonderkommission zusammen bearbeitet werden.

Das erste Kind war eigentlich direkt unter den Augen der Lehrerin und der Schulkameraden verschwunden. Über das zweite Mädchen, das erst vor drei Tagen am frühen Morgen auf dem Schulweg irgendwo zwischen dem Wohnhaus der Eltern und der Schule verlorengegangen war, wollten sie heute reden und alle Hinweise sammeln. Da das Kind in einer Stadt des westlichen Nachbarkreises wohnte, waren heute die Kollegen aus dem Landkreis Goslar dazugekommen, um die beiden Fälle zu vergleichen und vielleicht einen Zusammenhang zu erkennen.

In diesem Moment ging die Tür auf und der Chef der Abteilung betrat den Raum. Er war ein hagerer, großer Mann mit glattrasiertem Gesicht und einer gelblichen Hautfarbe, die sein Leberleiden verriet.

Andreas Nehrkorn war von oberster Stelle beauftragt worden, die Kollegen beider Dienststellen in dieser Soko zu vereinen und daraus ein Team zu bilden, welches die Vorfälle schnellstens aufklären sollte. Da die beiden Städte schon seit Jahren in einer Art Wettstreit lagen, schien es fast unmöglich, aus Kollegen, die sich schon aus Prinzip nicht leiden konnten, eine gute Mannschaft zu formen. Nehrkorn blickte über die schwatzenden und dicht gedrängten Beamten in dem Büro, das sie sich für ihre Basis auserkoren hatten. Er sah sofort die unsichtbare Grenze zwischen den Polizeibeamten aus dem Westharz und seinen eigenen Leuten.

Erneut hatte er dieses Völlegefühl in der Magengegend und ein Rülpser stieg in seiner Speiseröhre auf. Das sofort einsetzende Brennen erinnerte ihn an seinen morgigen Arzttermin und mit säuerlichem Gesichtsausdruck räusperte er sich laut. Die Menschen in dem Büro stellten ihre Unterhaltung ein und nahmen das Räuspern als Aufforderung zur Ruhe wahr. Sie setzten sich in Position und wandten ihre Blicke dem hageren Mann zu.

„Als erstes möchte ich unsere Kollegen aus dem Nachbarkreis begrüßen", begann Nehrkorn seine Einführung. Ein kurzes Nicken in die Richtung der fünf Beamten, die sich in der linken Hälfte des Büros auf mehrere Stühle gesetzt hatten oder lässig an der Wand lehnten, war wohl als Willkommensgruß zu verstehen. Eindringlich schaute er dann demonstrativ in die Richtung seiner eigenen Beamten.

„Ich nehme an, dass wir hier zusammen vernünftige Polizeiarbeit zustande bringen und den Fall in kürzester Zeit lösen können!" Die Botschaft war eindeutig. Das cholerische Wesen des Chefs war legendär und keiner der untergebenen Beamten wollte das erleben. Das Schweigen brachte bei einigen der Partner aus der anderen Stadt ein Grinsen hervor, das aber nach einem eiskalten Blick von Nehrkorn sofort verschwand.

„Breitner, fangen Sie an. Fassen Sie kurz für unsere Kollegen aus dem Westen...", er zog das Wort genüsslich in die Länge, „die Ereignisse zusammen."

Breitner, der an dem Schreibtisch seiner Kollegin Anita lehnte, ging nach vorn zu der Schautafel, nahm den Laserpointer und begann nach einem kurzen Rundblick auf die versammelte Polizeigewalt seinen kleinen Vortrag.

„Das erste Opfer, Tania Wilkerling, hatte mit ihrer Schulklasse am 10. September dieses Jahres einen Wandertag in den Nationalpark Harz unternommen. Sie gingen vom Torfhaus aus auf einem ausgeschilderten Wanderpfad über das Hochmoor. Nach einer Pause an dieser Raststelle", sagte er und der rote Punkt des Pointers zeigte den Platz auf der großen Karte des Hochharzes, „bemerkte die Lehrerin beim Durchzählen, dass Tania fehlte. Sie hatte unmittelbar davor mit ihrer Freundin Susann Winter noch gemeinsam die Vesperbrote gegessen. Die Freundin konnte sich aber an nichts Auffälliges erinnern. Sie hatte mit Tania an einem der Holztische gesessen und war dann zu den anderen Kindern gegangen, um mit ihnen zu spielen. Tania wollte noch aufessen und dann dazukommen. Susann und alle anderen Beteiligten sind mehrmals zu den Ereignissen befragt worden. Keiner hat auch nur das Geringste bemerkt. Wir haben den Rastplatz und den gesamten Umkreis von etwa 30 Kilometern mit Suchtrupps, mit Wärmebildkameras aus Hubschraubern und mit Hilfe von Hunden mehrmals durchforstet. Auch die beiden kleinen Seen in der Nähe wurden von Tauchern durchsucht.

Nicht einer der eingesetzten Beamten fand auch nur ein Kleidungsstück oder sonst einen Hinweis. Nur die Hunde, die wir am zweiten Tag eingesetzt hatten, schienen etwas am Rastplatz zu wittern, winselten und waren völlig konfus, so dass sie mehrere Tage brauchten, um sich zu beruhigen.

Da inzwischen mehrere Wochen vergangen sind, gehen wir nicht mehr von einer Entführung aus. Es sind auch keine entsprechenden Indizien dafür vorhanden, keine Lösegeldforderung oder Sonstiges.

Die Eltern des Mädchens leben in eher bescheidenen Verhältnissen. Der Vater ist seit einem halben Jahr arbeitslos, die Mutter arbeitet als Bäckereiverkäuferin. Tania hat einen jüngeren Bruder von fünf Jahren.

Die Großeltern väterlicherseits leben seit ein paar Jahren in Bayern, sind gleich nach der Wende in die Nähe von München gezogen und im vorletzten Jahr dort in Rente gegangen. Die Eltern der Frau sind schon verstorben.

Alle Befragungsprotokolle, Skizzen und Fotos bzw. Videoaufnahmen von der Suchaktion finden Sie hier auf dem Tisch."

Er wies mit dem Pointer auf den Stapel Akten und Videokassetten auf einem kleinen Tisch neben der Tafel.

„Sie sollten die Akten und das sonstige Material heute noch sichten, damit wir morgen um fünfzehn Uhr eine weitere gemeinsame Besprechung abhalten können und wir dann alle auf dem gleichen Wissensstand sind. Da wir völlig im Dunkeln tappen, erhoffen wir uns durch Sie vielleicht einen unverstellten Blick auf das Beweismaterial, wenn man es denn so nennen kann. Wir haben uns inzwischen alles so oft angesehen, dass es einfach keinen Sinn mehr macht, erneut darauf zu starren." Resigniert hielt Breitner inne. „Das war's erst mal", sagte er dann im Nachgang. Er legte den Pointer neben die Akten auf den Beistelltisch und nahm seinen alten Stehplatz an Anitas Schreibtisch wieder ein.

„Danke, Kollege Breitner", sagte Nehrkorn, der wie alle anderen den Ausführungen genau gefolgt war und sich jetzt an eine Beamtin wandte.

„Vielleicht kann uns jetzt die Kollegin Sabine Bellmann kurz die Sachlage des zweiten Falls schildern."

Die angesprochene Frau erhob sich von ihrem Stuhl und ging zur Schautafel. Sie schien um die vierzig zu sein, hatte eine sehr gute Figur und lange rötliche Haare. Ihr Gesicht war faltenfrei, aber nicht klassisch schön, eher herb. Die grauen Augen mit zart geschwungenen Brauen schauten ernst. Die gerade Nase und der Mund wirkten etwas zu groß. Sie war blass und machte einen etwas nervösen Eindruck. Wer sie näher kennenlernte, bemerkte bald, dass hinter der alabasterfarbenen Stirn ein blitzgescheites Gehirn arbeitete und ihre steile Karriere nicht von ungefähr gekommen war. Ihr sprichwörtlich siebter Sinn hatte schon so manchem, scheinbar unlösbaren, Fall eine neue Wendung gegeben.

Jetzt jedoch stand sie vor den fünfzehn aufmerksamen Polizisten und musste mit der aufkommenden Panik kämpfen. Sie hasste es, vor mehreren Menschen zu sprechen, erst recht vor fremden Menschen. Ihr Verstand war zwar messerscharf, aber ihr Selbstvertrauen dafür umso geringer. Nur ihr Ehrgeiz war schon immer größer als ihre Angst. Sie wollte Polizistin werden und hatte es auch durch die Polizeischule mit vorrangig männlichen Kollegen geschafft und würde sich jetzt nicht vor ein paar Unbekannten blamieren. Schließlich standen sie alle auf derselben Seite und wollten diesen Fall unbedingt lösen. Sie straffte die Schultern und begann ihren Bericht.

„Letzte Woche Freitag machte sich in Bad Harzburg Jessica Buchholz, sieben Jahre alt, morgens auf den Weg zur Schule. Sie geht in die zweite Klasse der Grundschule „Am Wasserfall" in der Nähe des Kurparks. Gegen 6.45 Uhr verließ sie das Haus. Die Schule beginnt um 7.30 Uhr. Als sie nicht zum Unterricht erschien, fragte die Direktorin per Telefon zu Hause nach, ob sie krank sei.

Da hier sofort Alarm geschlagen wurde, waren wir bereits gegen acht Uhr vor Ort und leiteten die Suche ein. Der Schulweg führt an der ‚Radau', einem kleinen Flüsschen, entlang und dann über eine Brücke. An diesem Morgen war es zum ersten Mal in diesem Jahr sehr nebelig und wir vermuteten, dass der Nebel in Wassernähe so dicht geworden sei, dass sie sich vielleicht verirrt hätte und in den Bach gefallen wäre. Wir haben aber keine Anhaltspunkte dafür gefunden, weder Kleidungsstücke noch die Schulmappe. Der Fußweg liegt neben einer recht befahrenen Straße und morgens gibt es dort viel Berufsverkehr, aber wir konnten nur zwei Personen ausfindig machen, die ein Mädchen in dem Nebel gesehen haben wollen. Es haben sich noch weitere Leute gemeldet, die sich an den Tag, aber nicht an das Mädchen erinnerten. Alle Vernehmungsprotokolle sind in den Akten."

Sie wics auf einen Stuhl mit einem schiefen Stapel Aktenordner, der drohte, jeden Moment umzufallen und setzte dann fort:

„Auch in diesem Fall gab es keinen Kontaktversuch zu den Eltern, sodass wir im Moment ebenfalls nicht von einer Entführung ausgehen. Zuerst hatten wir das angenommen, da Jessicas Vater ein selbstständiger Bauunternehmer und recht vermögend ist. Jessica ist das einzige Kind. Sie haben sie kurz nach ihrer Geburt adoptiert, da sie keine eigenen

Kinder bekommen können. Die leibliche Mutter haben wir noch nicht ermittelt, da hier kein weiterführender Verdacht in diese Richtung besteht. Nachdem sich die ersten Ermittlungen aber festgelaufen haben, wäre das vielleicht ein neuer Ansatzpunkt." Sie machte eine kurze Pause und schien zu überlegen, was noch Wichtiges zu sagen wäre.

„Ja, also, wenn Sie noch Fragen haben...? Ansonsten haben auch wir Kopien von allen Ergebnissen dabei und Sie sollten sich auch alles durcharbeiten, um morgen zur nächsten Beratung auf dem Laufenden zu sein. Wir wünschen uns ebenfalls neue Blickwinkel. Dazu ist übrigens eine Vorortbesichtigung angesetzt. Der Termin wird Ihnen rechtzeitig bekanntgegeben."

Sie schaute von einem zum anderen, aber jeder schien erst mal die Informationen verdauen zu müssen und es meldete sich niemand zu Wort. Als sie zu ihrem Platz ging, fiel ihr Blick auf Anita und diese zwinkerte ihr aufmunternd zu. Sabine lächelte zurück und entspannte sich. Das wäre geschafft, und wenn alle so nett wären wie diese Anita, würden sie bestimmt eine gute Truppe werden und diesen Mistkerl auch erwischen.

Nehrkorn stieß sich von der Wand ab und sagte:
„So, das reicht als erste Einführung. Nehmen Sie sich bitte die entsprechenden Akten mit und arbeiten Sie alles bis morgen durch, aber erst nachdem die heutigen Aufgaben abgearbeitet sind. Wir treffen uns morgen um 15.00 Uhr wieder hier. Bis dahin haben wir vernünftige Beratungsplätze geschaffen. Also, ran an die Arbeit, viel Erfolg und bis morgen."

Nehrkorn verschwand durch die Tür und ließ die Gruppe etwas verdutzt zurück.

„Habe ich doch gesagt, das sind wieder Überstunden. Hast du die Ordner gesehen?", fragte Joachim Breitner zu Anita gewandt. „Das sind mindestens vier Stunden Lesestoff."

Anita nahm sich eine Akte vom Stuhl und blätterte sie durch und meinte aufmunternd: „Du hast recht, aber unsere Kollegen sehen auch nicht gerade glücklich aus. Bei unseren Ermittlungen kommen noch zwei Stunden Filmmaterial dazu." Sie sah zu der kleinen Gruppe, die sich an dem Beistelltisch zu schaffen machte und ziemlich frustriert aussah.

Die meisten Kollegen aus dem Westharz hatten das Büro mit Akten bepackt verlassen. Nur Sabine Bellmann und ein weiterer Beamter standen noch neben der Tafel.

„Ich glaube, wir werden die Nacht mal wieder im Büro verbringen. Man gut, dass ich schon geschieden bin, sonst wäre ich es bald", sagte der kleine, untersetzte Mann mit Glatze. Er stopfte einen Ordner und die Filmkassette in eine Plastiktüte und verließ ohne einen Gruß den Raum.

~~~~~~~~~

Vor dem kleinen Büro standen zwei Beamte und lasen den dort angebrachten Zettel:

*‚Die Sonderkommission trifft sich in der zweiten Etage*
*im Vernehmungsraum 3, neben dem Großraumbüro!‘*

„War entschieden zu klein hier", sagte ein kleiner, rundlicher Beamter. Schulterzucken seines anderen, größeren Kollegen war die Antwort. „Wer weiß, vielleicht haben sich auch die eigentlichen Büroinhaber aufgeregt. Kann ich irgendwie verstehen. So wie gestern kann man nicht arbeiten. Na dann, auf in die zweite Etage!" Sie trabten davon und sagten ein paar weiteren Kollegen auf dem Weg ins Treppenhaus gleich Bescheid.

Der neue Besprechungsraum war wesentlich größer. An der Stirnseite des Raumes stand die Tafel mit den bisherigen Ermittlungsergebnissen. Der überwiegende Teil der Plätze war schon belegt, doch die Trennung der Kollegen aus den verschiedenen Landkreisen war auch hier gleich zu sehen. Nachdem die Hinzugekommenen ihre Plätze eingenommen hatten, trat Nehrkorn in den Raum.

Das Schwatzen endete augenblicklich.

An die Anwesenden gerichtet, sagte er mit leichtem Unterton: „Ich denke, hier haben wir es etwas besser, mehr Platz und wir stören niemanden".

Wahrscheinlich hatte sich schon jemand bei ihm beschwert.

„Alle da?", fragte Nehrkorn an die Runde gerichtet.

„Sabine, also Frau Bellmann, ist noch nicht da. Ich habe sie schon angerufen, ihr Handy ist aus. Ist eigentlich nicht ihre Art." Der Kollege aus dem Westharz zuckte die Schultern. Nehrkorn schien kurz zu überlegen, sagte dann aber schnell: „Egal, wir fangen trotzdem an. Ich gehe davon aus, Sie haben sich die Akten gründlich durchgelesen. Wer fängt an?"

Betretenes Schweigen. Der dickliche Kollege mit der Glatze räusperte sich. „Nun ja, ...", setzte er an.

„Bitte nennen Sie kurz noch einmal für die Soko Ihren Namen, damit wir uns besser kennenlernen", unterbrach ihn Nehrkorn brüsk. „Ach so, Entschuldigung. Ich bin Karl Heinz Rogge, kurz Kalle; seit fünfundzwanzig Jahren bei der Truppe, unter anderem war ich auch Hundeführer bei Drogendelikten. Deshalb habe ich auch etwas Seltsames bemerkt. Das Verhalten der Hunde finde ich eigenartig. Auf dem Video sieht man, wie sie die Waldflächen nach dem Mädchen absuchen. Das ist soweit normal, aber an der einzigen Stelle, wo das Mädchen bewiesenermaßen wirklich war, nämlich an der Raststelle im Wald, spielen die Hunde total verrückt und finden die Spur nicht wieder. So etwas habe ich noch nicht erlebt."

Er machte eine kurze Pause. Dann setzte er abschließend nach. „Die Akten haben mir nichts Neues gesagt."

In diesem Moment ging die Tür auf und die vermisste Kollegin kam etwas abgehetzt herein.

„Ich habe die Verbindung zwischen den Mädchen gefunden", platzte sie heraus.

Sabine Bellmanns Stimme klang aufgeregt.

Nehrkorn stutzte.

„Sind Sie deshalb zu spät?", kam sein bissiger Kommentar.

Sabine Bellmann wurde rot und sah augenblicklich aus wie ein Schulmädchen. Sie fühlte die Augen der Männer auf sich gerichtet und konnte aus den Augenwinkeln das Grinsen ihrer neuen Kollegen wahrnehmen. ,Toll, das ging ja gut los.' Sie versuchte, sich zusammenzureißen und nicht beleidigt zu reagieren. „Ja, allerdings." Sie nahm einen freien Stuhl in Beschlag, zog ihren langen Parka aus und hängte ihn über die Stuhllehne. „Wir hören", kam es von Nehrkorn.

Sabine atmete hörbar einmal tief durch und begann mit ihrem Bericht.

„Also mir fiel auf dem Video das merkwürdige Verhalten der Hunde auf."

„Da erzählen Sie uns nichts Neues. Ihrem Kollegen Rogge ist das auch aufgefallen." Nehrkorn konnte sich den Kommentar einfach nicht verkneifen. Auch bei den neuen Kollegen würde er keine Disziplinlosigkeit erlauben und Frauen hatten bei ihm erst recht keinen Sonderbonus.

„Das hätte mich auch gewundert, wenn unserem *Hundeflüsterer*' das nicht aufgefallen wäre." Sabine lächelte Kalle an und zwinkerte ihm ein wenig zu. Kalle grinste und zwinkerte zurück, wie um ihr Mut zu machen.

„Mir ist aufgefallen, dass die Hunde auf dem Platz blieben, wo das Mädchen das letzte Mal gesehen wurde, direkt an dem Rastplatz neben dem Holztisch mit den Bänken. Bei längerem Hinsehen bemerkte ich, dass die Hunde sich eigentlich mehr für den unmittelbar daneben stehenden Baum zu interessieren schienen. Sie umkreisten ihn mehrmals, winselten und wirkten zusehends verwirrter, bis sie schließlich vom Hundeführer weggeführt wurden. Wohlgemerkt mit eingekniffenen Schwänzen, als hätte ihnen etwas Angst gemacht."

Sie machte eine kurze Pause und begann in ihrer Tasche zu kramen, holte eine Digitalkamera aus der Tasche und setzte fort: „Ich fuhr heute früh gleich nach Sonnenaufgang zu dem Rastplatz. Zunächst untersuchte ich den Baum von allen Seiten, konnte allerdings zuerst nichts entdecken. Als ich aber nach oben schaute, sah ich in einer Höhe von fast vier Metern etwas in der Baumrinde. Als hätte dort jemand seine Initialen oder so eingeritzt. Da ich mir wegen unserer Tatortfotos schon denken konnte, auf dem Baum mehr zu finden, hatte ich eine Leiter mitgenommen."

Sie machte wieder eine Pause, ging nach vorn zu der Tafel und stöpselte die Kamera in den Laptop ein. Wenige Klicks genügten und auf der großen Leinwand erschien ein Foto. Es war recht dunkel, aber man konnte die Baumrindenstruktur erkennen. In der Struktur der Rinde sah man ein schwarzes, eigenartiges Zeichen. Sabine erklärte: „Wie Sie sehen, ist es ein recht dunkles, fast schwarzes Symbol. Zuerst dachte ich, weil der Baum schon alt ist, ist die Rinde so nachgedunkelt. Aber ich glaube, es wurde erst kürzlich eingebrannt, wie ein Brandzeichen."

„Ein Brandzeichen? Das ist doch absurd. Wieso sollte jemand das tun und dann noch in dieser Höhe?", ertönte es von allen Seiten.

„Moment", sagte Sabine, „es kommt noch besser. Als ich da oben auf der Leiter stand und nach oben schaute, entdeckte ich noch etwas anderes."

Sie klickte kurz auf der Tastatur herum und es erschien ein zweites Bild mit den gelben Blättern und dem Geäst des Baumes. Das Foto war von unten in die Baumkrone geschossen worden und zeigte einen Ausschnitt der oberen Äste.

„Sehen Sie es?", fragte Sabine Bellmann. Sie nahm den Laserpointer und zeigte auf einen kleinen bräunlichen Punkt, der auch gut ein Ast oder verwelkendes Blattwerk sein konnte. Die Kollegen sahen sich etwas ratlos an.

„Ich glaube, das ist die Jacke von Tania Wilkerling. Sie hängt in einer Höhe von fast zehn Metern oben im Baum", präsentierte Sabine stolz.

Das schlug ein wie eine Bombe. Es erhob sich ein Raunen.

„Wie ist die dahingekommen?", fragte schließlich der ebenfalls verwirrte Kalle.

„Das weiß ich nicht, aber wenn das Mädchen sozusagen auf den Baum gezogen wurde, erklärt das zumindest, warum die Hunde die Spur nicht weiter verfolgen konnten. Warum sie allerdings so ängstlich waren, kann ich beim besten Willen nicht sagen", fügte Sabine an.

Das Raunen erhob sich wieder. Diese neue Sichtweise beflügelte die Beamten.

„Das sind ja erstaunliche Hinweise, Kollegin. Gratuliere." In der Stimme von Nehrkorn schwang ungewollt Anerkennung mit. „Aber, wo bleibt die Verbindung zu dem anderen Fall? Die hatten Sie doch angekündigt." Prompt kam die Antwort.

„Sie haben recht. Ich bin danach gleich die paar Kilometer zu der Stelle am Kurpark gefahren, wo Jessica verschwand. Sie wurde ja angeblich noch etwa fünfhundert Meter vor der Brücke von zwei Passanten gesehen, danach allerdings von niemandem mehr. Das ist verwunderlich, da sie ja morgens zur besten Rushhour verschwand. Um diese Zeit sind jede Menge Fahrzeuge unterwegs. Ich suchte also die letzten Meter vor der Brücke und danach den Weg in den Park ab. Fündig wurde ich in der Nähe der Brücke. Das Bachbett ist streckenweise mit Sandstein befestigt. Und dort fand ich das!"

Sie klickte wieder und auf dem Bildschirm erschien ein Foto von den großen Sandsteinblöcken am Bachlauf. Erst auf den zweiten Blick nahm man auf dem gelblichen Untergrund der großen Steine ein seltsames, weißlich verschwommenes Gebilde wahr, ähnlich dem Symbol auf der Baumrinde.

„Was ist das?", fragte ein Kollege dazwischen.

„Es ist ein ähnliches Zeichen wie das an dem Baum. Anders, aber irgendwie in ähnlicher Struktur", antwortete Sabine.

„Wir müssen dort sofort die Spurensicherung noch mal hinschicken", sagte Nehrkorn mit ungekannter Aufregung in der Stimme. „Zu dem Baum können Sie gehen, bei den Sandsteinen ist es sinnlos", sagte Sabine resigniert.

„Wieso?", fragte Breitner.

„Als ich auf den Auslöser drückte und das Blitzlicht aufleuchtete, löste sich das Zeichen in Rauch auf."

Ungläubig starrte das gesamte Team auf Sabine.

Eine Bewegung im Großraumbüro nebenan erregte Kalle Rogges Aufmerksamkeit und er drehte sich zu der großen Glasscheibe um. Er sah, wie ein junger Beamter durch die Reihen mit den Schreibtischen stürzte und direkt auf den Besprechungsraum zukam. Er riss die Tür auf und hielt ein Blatt mit einem Faxausdruck in der Hand.

„Ein Fax vom BKA. Ein drittes Mädchen ist verschwunden", sagte er atemlos.

# VII.
## Schlamm

Der goldene Oktober machte seinem Namen alle Ehre. Die Sonne schien schon seit dem frühen Morgen und jetzt, am Nachmittag, kletterte das Thermometer auf über 20 Grad.

Gerda Hoffmann hatte diesen Tag genutzt, um in ihrem Garten alles winterfest zu machen. Auch wenn es heute fast sommerlich war, sie wusste, dass sich das schon in einer Woche geändert haben könnte und vielleicht sogar die ersten Schneeflocken fielen. Hier am Rande des Harzes musste man mit so etwas rechnen. Der Brocken war heute ganz klar zu sehen, ein seltenes Schauspiel, aber auch ein Zeichen für einen baldigen Wetterumschwung.

Und so war sie heute ganz früh in ihre alten Sachen geschlüpft und hatte sich an die Arbeit gemacht: Rosen anhäufeln, abgefallene Blätter vom Rasen harken und endlich den kleinen Duftflieder umsetzen, der langsam zu groß wurde und nicht den richtigen Platz in ihrem Garten hatte. So war es immer bei ihr. Die Pflanzen zogen in ihrem Garten hin und her, bis sie einen Platz fanden, der ihnen und der Gärtnerin gefiel.

Nun war die Arbeit getan und Gerda saß mit einer großen Tasse Tee auf einem noch nicht weggeräumten Gartenstuhl und besah ihr Tagewerk. Sie liebte den Herbst. Wenn die ersten Nebel aus dem See aufstiegen und die Badegäste verschwanden, genoss sie immer ganz besonders die zur Ruhe kommende, gelassen wirkende Natur, die sich dem alljährlichen Sterben bedingungslos hingab.

Oft machte sie dann lange Spaziergänge, sammelte die bunten Früchte von Hagebutten und Sanddorn, kochte die letzten Marmeladen. Abends gönnte sie sich oft schon ein Feuer im Kamin. Und nach vollbrachter Arbeit oder nach einer langen Wanderung schmeckte ihr ein Gläschen Glühwein auch nicht schlecht.

Sie konnte nicht verstehen, wie manche Leute am Älterwerden so scheiterten. Sie genoss die Ruhe der gleichmäßig fließenden Tage, die Freiheit, tun und lassen zu können, was sie wollte. Gegen die Zipperlein des Älterwerdens hatte sie dank ihrer Studien der letzten Jahre manches Kraut gefunden, das ihr Rheuma und die Arthritis in Grenzen hielt.

Ein Arzt hatte mal zu ihr gesagt, wenn sie ab einem gewissen Alter morgens ohne Schmerzen aufwacht, kann das nur als Ursache haben, dass sie gestorben ist. Netter Spruch, hatte sie damals etwas beleidigt gedacht. Aber sie nahm es dann doch mit Humor und seitdem begrüßte sie auch ihre schmerzenden Glieder am frühen Morgen mit einem Augenzwinkern. Ich hab Schmerzen, also lebe ich und die Alternative war auf jeden Fall schlechter.

Und sie wurde ja auch noch ganz schön gefordert und hatte nicht viel Zeit, sich um ihre Krankheiten und Gebrechen zu scheren. Besonders ihre Enkelkinder verlangten ihr noch einiges an Elan und Schaffenskraft ab. In Gedanken ließ sie die letzten Tage noch einmal Revue passieren und die Denkfalte erschien wieder auf ihrer Stirn.

Ein ereignisreiches Wochenende lag hinter ihr: der Samstagabend mit den Kindern, dann die Entdeckung des versteckten Schlüssels in der Steintafel. Sie schüttelte den Kopf. Da hatte doch Christin in ihrer kindlichen Wahrnehmung etwas entdeckt, worüber sie Jahre gegrübelt hatte. Das war schon erstaunlich.

Als sie vor Jahren die Schriftrollen in ihrem Keller fand, war ihr recht schnell klar, dass es sich dabei nur um Teile eines Buches oder etwas Ähnlichem handeln konnte. Wo nur waren die restlichen Kapitel? Sie hatte wirklich das ganze Haus auf den Kopf gestellt, alle Wände abgeklopft und sogar im Keller auf der anderen Seite des Versteckes ein riesiges Loch in die Wand gerissen. Doch nichts. Sie war in einer Sackgasse gelandet und hatte irgendwann aufgehört, weiter danach zu suchen.

Aber nun hatte Christin einen neuen Anstoß gegeben. Gerda Hoffmann hatte nach der Abfahrt ihrer Enkelkinder die Tafel wohl zum tausendsten Mal angestarrt.

Da war von einem Zisterzienserinnenkloster die Rede und vom Burchardikloster. Im Burchardikloster hatte sie aber bereits das ganze Archiv durchforstet. Sie kannte sich dort besser aus als der Kustos, der vor Ort Dienst tat. Sie musste aber trotzdem etwas übersehen haben. Sie sollte sich die Geschichte des Klosters noch mal näher ansehen.

Vielleicht hatten die Mönche ja irgendwelche näheren Beziehungen zu anderen Klöstern. Das war früher nicht ungewöhnlich.

Es herrschte zu damaligen Zeiten ein ausgeprägter Handel und Austausch zwischen den kirchlichen Einrichtungen. Sie musste noch einmal in die Gewölbe des ehrwürdigen Klosters herabsteigen und nach neuen Hinweisen suchen.

Das würde sie morgen in Angriff nehmen. Sie wusste ja nun, dass ihr die Zeit langsam davonlief und wollte keine Minute verschwenden. Seltsam fand sie nur, dass, wenn die Prophezeiung stimmte, noch gar nichts passiert war. Das Jahr hatte die üblichen Katastrophen gebracht. Ihr erschien es zwar, als würden es jedes Jahr mehr, jedoch wurde das meiste auf Klimaveränderungen und Terrorgruppen geschoben. Stimmte ja vielleicht auch. Allerdings interessierte sie sich nicht groß für Politik und las schon viele Jahre keine Tageszeitung mehr. Nur ihre Garten- und Wohnzeitschriften kamen monatlich. Darauf wollte sie nicht verzichten.

Aber vielleicht war schon etwas passiert, das auf die Erfüllung der Prophezeiung schließen lassen würde und sie hatte es hier in ihrer Einsamkeit nur nicht mitbekommen. Wenn sie morgen in der Stadt war, würde sie sich mal den neuesten Klatsch und Tratsch erzählen lassen.

Sollte sie dazu ihre alte Freundin Hermine anrufen? Die hatte sie schon ewig nicht gesehen, weil sie deren ewige Nörgelei und die Negativnachrichten, die Hermine für ihr Leben gern verbreitete, nicht immer ertragen konnte. Meistens ging es um gemeinsame Bekannte und deren tragische Lebensgeschichten. Besonders die sich häufenden Todesnachrichten und die dazu gehörenden Beerdigungen wurden gnadenlos ausgeschlachtet. So berichtete sie von einem grotesken Fall, bei dem während der Beerdigung einer ihrer Freundinnen Werbekarten für die neue Sommerkollektion einer Boutique mit dem Slogan ‚Der Sommer wird zauberhaft' ausgegeben wurden. Hermine hatte sich fürchterlich aufgeregt. Es fehle nur noch, dass die Verwandten einen Kranz für den nächsten Kandidaten geschmissen hätten, war ihr bissiger Kommentar dazu gewesen. Sie konnte sich gar nicht wieder beruhigen und lamentierte fast den ganzen Nachmittag über diese Begebenheit.

Trotzdem, in diesem Fall war es vielleicht nicht die schlechteste Idee, sich mit Hermine zu treffen, um an die neuesten Informationen zu kommen.

Die Woche hatte überhaupt so eigenartig angefangen, wie sie endete. Ihr fiel der Kommissar wieder ein. Sie hatte sich zwar über seinen Anruf Sonntagabend gewundert, war dann aber doch sehr neugierig geworden. Angeblich hätte er einen schwierigen Fall zu bearbeiten und dann hatten sie sich überhaupt nicht über diesen unterhalten, sondern waren ins Philosophische abgedriftet. Komisch, das passierte ihr selten.

Dann kamen ihr die Karten, die sie damals nach den gefundenen Pergamentrollen angefertigt hatte, wieder in den Sinn. Wieso hatte sie diesen Breitner eigentlich eine Karte ziehen lassen?

In ihrer Magengegend fing es leise an zu summen. Das war ihre eigene Art, Warnungen zu spüren. Sie hatte das Gefühl, in ihrem Bauch blinke ein kleines rotes Lämpchen auf und beginne leise zu piepen. Wenn es auftrat, wusste sie, dass sie auf der richtigen Spur war.

Warum hatte sie diesen Kommissar nicht gefragt, worum es eigentlich bei dem Fall ging? Sie erinnerte sich. Stimmt, nachdem er die ,Dreizehn' gezogen hatte, war sie so verwirrt gewesen, dass sie ihn nur noch loswerden wollte, bevor er merkte, wie durcheinander sie war. Sie musste ihn anrufen. Schnell stand sie auf und vergaß die Tasse auf dem Gartentisch. Der Tee war sowieso längst kalt geworden. Sie hatte das Trinken inmitten ihrer Gedankengänge ganz vergessen. Sie eilte zur Hintertür ihres Hauses und zog die Gartenstiefel hastig aus. Es dauerte eine Weile, bis sie die Telefonnummer seiner Polizeidienststelle herausgesucht hatte, denn die ,110' war ihr dann doch zu heikel.

Sie wählte und hörte das Läuten in der Leitung. Nach längerem Klingeln meldete sich eine gelangweilte, tiefe Stimme: „Polizeirevier Harz, was kann ich für Sie tun?"

„Mein Name ist Hoffmann. Ich würde gern Kommissar Breitner sprechen." „Ich verbinde." Aus dem Hörer drang eine Melodie. Es dauerte ein paar Sekunden, bevor sich eine junge, recht freundliche Stimme meldete: „Kommissariat 3, POM Lindner am Apparat." „Hallo, ich würde gern den Kommissar Breitner sprechen, wenn es geht, es ist dringend."

„Ja, wer spricht denn da?", fragte die nette Frauenstimme.

„Oh, Entschuldigung, mein Name ist Hoffmann. Ist der Kommissar zu sprechen?"

„Leider nicht, er ist eben zu einem dringenden Einsatz aufgebrochen. Soll ich ihm etwas ausrichten?"

„Nein, danke. Dann versuche ich es lieber später noch mal." Gerda Hoffmann legte den Hörer langsam auf und hörte in sich hinein. Die kleine Lampe in ihrem Bauch war während des Gespräches zu einer Rundumleuchte geworden. *Ich glaube, ich kann mir den Besuch bei Hermine sparen.'*

Sie musste dringend diesen Breitner sprechen.

~~~~~~~~~

Anita Lindner war der Innendienst zugeteilt worden. Sie ärgerte sich darüber. Jetzt kam endlich Bewegung in den mutmaßlichen Entführungsfall mit den Kindern und sie musste den Schreibtisch und das Telefon hüten.

Als vor einer halben Stunde der Beamte meldete, dass ein drittes Mädchen verschwunden sei, wurde seine Nachricht mit ungläubigem Gemurmel der Kollegen aufgenommen. Nehrkorn kommandierte sofort den größten Teil der Sonderkommission ab, um sich den möglichen Tatort anzusehen.

Die Angelegenheit wurde dadurch erschwert, da es in dem kleinen Harzörtchen, wo das Mädchen zu Hause war, zu einem Erdrutsch gekommen war und die Straßen dorthin seit den frühen Morgenstunden gesperrt waren. Heute Morgen gegen sieben Uhr war dort der halbe Hang eines Berges in den darunterliegenden See gestürzt und hatte die Straße auf einer Länge von einem halben Kilometer verschüttet. Der Lärm hatte sämtliche Einwohner aus ihren Häusern gelockt und die Flutwelle löste eine Massenpanik aus. Einsatzfahrzeuge des THW waren seit dem frühen Morgen damit beschäftigt, die Straße zu räumen.

Die Informationen über die Vermisste waren bisher nur dürftig. Die Rettungskräfte hatten recht schnell festgestellt, dass unter den Erdmassen weder Fahrzeuge noch Menschen begraben waren. Es wurde zunächst auch niemand vermisst. Die Einsatzhelfer waren von Haus zu Haus gegangen und hatten sich nach den Einwohnern und deren Verbleib erkundigt. Der Kurort war nur klein, mit etwas mehr als hundert Einwohnern, und deshalb hatte man sich zu dieser Methode entschlossen, um möglichst schnell eine Übersicht zu bekommen.

Die Auskünfte waren alle positiv und alle Beteiligten atmeten schon auf, als die Mutter des Mädchens abgehetzt in die eilig einberufene Einsatzzentrale im Rathaus des Ortes kam. Sie berichtete, dass ihre Tochter nicht wie angenommen in der Schule sei.

Nach dieser Nachricht setzte hektisches Treiben ein. Der Fahrer des schweren Räumfahrzeuges an der verschütteten Straße wurde angepiept und die Kräfte vor Ort informiert. Mit äußerster Vorsicht sollte die weitere Räumung der Straße vorangetrieben werden. Der Erdrutsch war inzwischen Stunden her und die Angst, zu spät zu kommen, wurde mit jeder Minute mehr zur Gewissheit.

Gegen Mittag hatten Bagger die Straße wieder freigeräumt, aber es wurde keine Leiche gefunden. Das Mädchen war also zu dem Zeitpunkt des Erdabbruchs nicht in der Nähe oder es war mit den Erdmassen zusammen in den See gestürzt.

Da eine verschüttete Leiche zu finden, konnte ewig dauern. Die Einsatzleitung forderte trotzdem sofort Taucher an und gab eine Vermisstenmeldung an die übergeordneten Stellen heraus. Vielleicht war das Kind ja auch ganz woanders in Sicherheit.

Der Einsatzleiter der örtlichen freiwilligen Feuerwehr stand am Seeufer und sah zum Himmel. Dort hatte er gerade einen zweiten Hubschrauber entdeckt. Den ersten hatte er selbst angefordert, um die Suche nach dem Kind und eventuell noch weiteren Verletzten zu unterstützen.

Doch das Flugobjekt dort oben war nicht von der Polizei. Die Nachricht von dem Erdrutsch hatte sich heute Morgen rasend schnell im ganzen Land verbreitet. Dass zuerst mit mehreren Opfern gerechnet wurde, hatte die Gerüchteküche noch zusätzlich angeheizt. Und nun kamen die ersten Nachrichtenagenturen, um vor Ort und live zu berichten. Die verschüttete Straße hatte sie zuerst noch vor den Reportern bewahrt. Heutzutage ließen sich die Boulevardblätter von solchen Widrigkeiten allerdings nicht mehr aufhalten.

„Verdammte Schmeißfliegen," murmelte Peter Block, der Einsatzleiter, grimmig.

Der Hubschrauber mit dem Aufdruck einer der bekanntesten, bundesweit agierenden Zeitung flog einen Bogen und sank kontinuierlich, sodass er den Reporter mit dem riesigen Teleobjektiv erkennen konnte. Er schoss Bilder von dem abgerutschten Berghang und dem aufgewühlten See. Auch die durch die Flutwelle zerstörte Uferzone auf der gegenüberliegenden Seite erregte seine Aufmerksamkeit. Verwüstete Geschäfte und Rabatten wurden fotografiert und man würde spätestens morgen früh an jedem Kaffeetisch der Republik sehen können, was hier heute los war. Block ahnte auch, dass diese Aasgeier im Prinzip bedauerten, dass keine Menschenleben zu beklagen waren. Von dem vermissten Kind war noch nichts an die Öffentlichkeit gedrungen, weil sie keine vorschnellen Schlüsse ziehen wollten. Doch er wusste, dass die ersten Fragen der Journalisten eventuellen Vermissten gelten würden. Aber er würde ihnen den genüsslichen Ausdruck auf den gierigen Gesichtern mit positiven Nachrichten aus ihren Fratzen wischen. Er hasste diese Art von Berichterstattung abgrundtief. Wie manche Reporter sich am Leid anderer erbauen konnten, war widerlich. Sie taten einfach alles für ein Sensationsfoto und die Auflagenstärke ihrer Zeitung. Das Klingeln des Handys riss ihn aus seinen Gedanken.

„Ja, hier Block." Er hörte kurz der Stimme zu und sagte: „Okay, ich komme sofort."

Block fuhr mit dem Motorroller auf schnellstem Weg zur Einsatzzentrale ins Rathaus, nahm die Polizeibeamten aus der nahen  Kreisstadt in Empfang und teilte ihnen kurz den Stand der Rettungsarbeiten mit.

„Wir haben die Straße beräumt, werden sie aber frühestens morgen freigeben. Wir haben keine Lust auf noch mehr Schaulustige." Mit einer bezeichnenden Geste wies er auf das Fenster.

Man konnte das Brummen des Hubschraubers deutlich hören.

„Können Sie uns die nicht vom Leibe halten?", wandte er sich an den Mann, der sich als Breitner vorgestellt hatte. „Ihr habt doch für so was eure Truppenteile oder nicht?"

„Nur, wenn sie wirklich die Ermittlungen behindern." Breitner zuckte etwas hilflos mit den Schultern. Er sah aus dem Fenster und meinte lakonisch: „Obwohl, es kribbelt schon in den Fingern, die eigenhändig vom Himmel zu fegen." Block grinste. Der Mann war ihm sofort sympathisch. Bevor er etwas erwidern konnte, setzte Breitner fort: „Aber zurück zum Thema." Dabei sah er kurz auf die Männer und Frauen der Sonderkommission, die sich nach der Vermisstenmeldung sofort auf den Weg in das Harzstädtchen gemacht hatten.

„Melanie Schröder ist also gegen 6.45 Uhr von zu Hause losgegangen. Ihr Weg führt an der Uferstraße entlang zur Haltestelle des Schulbusses. Da ist sie aber nicht angekommen. Der Schulbus ist nur wenige Minuten vor dem Erdrutsch ohne Melanie abgefahren. Die Kinder hörten noch den Krach vom Erdrutsch, waren aber schon hinter der nächsten Kurve und der Fahrer fuhr weiter, ohne sich um die Ursache des Lärms zu kümmern.

Die Eltern nahmen an, das Kind säße im Bus. Der Schulbus war an der Schule angekommen; das stand recht schnell fest. So machten sie sich zunächst überhaupt keine Sorgen. Erst als ihre Tochter mittags nicht nach Hause kam, meldete die Mutter das Kind als vermisst. Also konzentriert sich unsere Suche auf den Weg von Melanies Haus bis zur Bushaltestelle." Breitner nickte drei Kollegen zu.

"Ihr macht euch gleich auf. Nehmt Sabine Bellmann mit, sie steht draußen und vernimmt schon einige Augenzeugen. Vielleicht sieht sie ja wieder etwas." Die Angesprochenen erhoben sich und verließen den Raum.

Der leichte Spott in der Stimme von Breitner wurde von den eigenen Kollegen mit einem Grinsen aufgenommen. Die Konkurrenzsituation hatte sich durch den Ermittlungserfolg der Kollegen aus dem Westharz nicht gerade entspannt. Breitner freute sich schon auf die bissigen Bemerkungen von Nehrkorn, der nur wegen der sich überschlagenden Ereignisse noch nicht dazu gekommen war, sich Breitner und sein Team vorzuknöpfen. Aber vor ein paar Minuten kam eine entsprechende Nachricht über sein Handy. Er sollte sofort nach seinem Vororttermin im Büro des Chefs erscheinen.

„So, und der Rest der Mannschaft wird sich um die Zeugen kümmern. Der Busfahrer wird als Erster vernommen." Er sah auf seine Arm-banduhr.

„Er müsste jeden Augenblick hier eintreffen. Die Kinder aus dem Bus müssen einzeln aufgesucht und befragt werden. Die Schule hat uns eine Liste mit Namen und Adressen zukommen lassen. Am besten wird es sein, ihr teilt euch auf. Je nach Sachlage treffen wir uns heute Abend wieder hier oder morgen früh um neun im Präsidium." Die Beamten erhoben sich, nahmen die Liste und begannen mit der Verteilung der Anschriften.

Breitner sah wieder auf seine Uhr. Er musste zurück in die Kreisstadt, um Nehrkorn Bericht zu erstatten. Er konnte sich schon denken, was ihn erwartete. Scheißjob! Er sah auf seine Kollegen. Die wussten, was zu tun sei, er konnte sich auf sie verlassen. Auch die Kollegen aus dem Westen hatten ihm schon Respekt abgenötigt. Diese Bellmann war Klasse, auch, wenn er sich jetzt ihretwegen einen Anschiss abholen würde. Er seufzte. Was soll's? Auf in die Höhle des Löwen.

Mit einem letzten Gruß an die verbliebenen Beamten verließ er das Rathaus. Das Rattern in der Luft veranlasste ihn, den Kopf zu heben. Zu dem Hubschrauber hatten sich zwei weitere gesellt.

~~~~~~~~~

Der Wecker klingelte nun schon zum achten Mal, doch wieder kam nur ein Arm unter dem Deckbett hervor und drückte den Knopf der Sleeptaste. Joachim Breitner konnte noch nicht aufstehen. Sein Schädel brummte, das war gestern wohl zu viel gewesen.

Nach dem Gespräch mit Nehrkorn war er türenschlagend aus dem Präsidium gestürzt. Er hätte ihm am liebsten eine runtergehauen. Natürlich waren seine Leute mit den festgefahrenen Ermittlungen unzufrieden, aber deshalb waren sie noch lange nicht blöde.

Und überhaupt, was wollte der Kerl eigentlich. Die Soko hatte doch genau das erreicht, was beabsichtigt war. Nämlich eine neue Sicht auf die Dinge. Nehrkorn konnte es sich aber trotzdem nicht verkneifen, die Kollegin aus der anderen Dienststelle ins Lächerliche zu ziehen. Zeichen, die sich in Rauch auflösen, totaler Quatsch.

Der Chef hatte gestern seinem Frust ordentlich Luft gemacht und Breitner war mal wieder der Prellbock. Kein Wunder, dass er sich danach an der Weinbrandflasche vergriffen hatte. Er machte das wirklich nicht oft und der alte Fusel aus seinem Keller war auch denkbar schlecht gewesen. Und genauso ging es ihm auch heute. Eine halbe Stunde später stürzte Kriminaloberkommissar Joachim Breitner aus der Haustür. Jetzt würde er auch noch zu spät kommen. Die Besprechung war für 9.00 Uhr angesetzt, also in fünf Minuten. Er schloss das Auto auf und zwängte sich hinter das Steuer. In diesem Moment fiel ihm ein, dass er nicht mehr tanken war und schon seit gestern auf Reserve fuhr.

Klasse, das brachte das Fass zum Überlaufen. Laut fluchend fuhr er mit quietschenden Reifen aus der Parklücke. Er nahm gleich die nächste Tankstelle, zum Suchen von günstigeren Angeboten fehlte ihm heute wirklich die Zeit.

Der Spritpreis befand sich mal wieder auf einem Höchststand. Er hatte immer das Glück, dass er tanken musste, wenn das Benzin am teuersten war. Wenigstens musste er so nicht beim Bezahlen warten.

Die Kassiererin sprach nur gebrochen Deutsch.

„Sie wollen noch eine Zeitung?", fragte sie ihn.

Bloß das nicht, als hätte er nicht schon genug Negatives zu verkraften. Gerade lag ihm eine entsprechende Antwort auf der Zunge, als sein Blick auf die Titelseite des Boulevardblattes fiel, das gleich am Kassentresen auslag.

*‚Erdrutsch im Harz‘*

Entsetzte Menschen und Luftaufnahmen des Katastrophengebietes wechselten sich mit Schlagzeilen und Querverweisen auf andere, ähnliche Begebenheiten ab.

Er stutzte, nahm hastig eine Zeitung in die Hand und schlug sie ganz auf. Ja, ganz eindeutig. Die Luftaufnahme zeigte den abgerutschten Berghang und in der erdbraunen Masse des neuentstandenen Hanges erkannte man ganz eindeutig ein übergroßes verschlungenes Symbol, das ihn sofort an die entdeckten Zeichen der Sabine Bellmann erinnerte.

Joachim Breitner öffnete leise die Tür des Raumes, in dem die Soko seit zehn Minuten tagte. Der strafende Blick von Nehrkorn blieb aus. Wahrscheinlich hatte er gemerkt, dass er es gestern etwas zu weit getrieben hatte. Er nickte nur kurz, als sich Breitner auf seinem Stuhl niederließ.

Ein Kollege, der an der Tafel referierte, hatte beim Betreten des Raumes durch Breitner seine Rede unterbrochen und schaute etwas fragend zu Nehrkorn, der daraufhin von dem Mitarbeiter forderte: „Vielleicht fassen Sie kurz die Erkenntnisse noch mal zusammen, damit der Kollege Breitner auch Bescheid weiß." Breitner nickte dankend und schwieg. Seine Entdeckung wollte er lieber erst später zur Sprache bringen.

„Gut, also die Ergebnisse der Spurensicherung sind da. Die Jacke, die in der Baumkrone gefunden wurde, ist eindeutig die von Tania. Die Eltern haben sie identifiziert. Das Zeichen, das auf einer Höhe von 4 Metern in der Rinde gefunden wurde, ist allerdings sehr mysteriös. Es ist ein Symbol, aber es ist nicht eingebrannt worden, wie es auf den ersten Blick aussieht, sondern es hat eine dunklere, aufgeworfene Rindenstruktur, die so gewachsen zu sein scheint, also auch einen natürlichen Ursprung haben könnte. Vielleicht ist die Rinde an dieser Stelle auch einfach nur krank.

Allerdings haben unsere Leute so etwas noch nie gesehen. Wir werden dazu aber noch einige Experten der Botanik befragen. Die Bilder auf der Kamera von Kollegin Bellmann sind noch im Labor.

Aber von ihnen erwarten wir uns nicht allzu viel.

An der Uferbefestigung aus Sandstein sind wirklich keine Anhaltspunkte mehr zu finden. Die Bilder sind also das Einzige, was wir haben. Vielleicht sind die ähnlichen Symbole auch nur ein Zufall. Eine Laune der Natur, sozusagen."

Sabine Bellmann zog die Augenbrauen hoch. *,Eine Laune der Natur? Dass ich nicht lache. Noch erkenne ich eine Spur, wenn ich eine sehe.'* Doch sie blieb stumm.

„Zu dem Fall von gestern gibt es nicht viel Neues", fuhr der Kollege fort. „Die Taucher suchen noch das vermisste Mädchen, aber der Hang ist so massiv abgerutscht, dass die Erdmassen in dem See fast einen Meter dick sind. Das kann Tage dauern, bis die Taucher mit schwerem Gerät das alles durchsucht haben. Weitere Zeugen haben sich nicht gefunden. Trotzdem nehmen wir eher an, dass das Kind unter dem Schlamm im See liegt, als dass hier ein Entführungsfall vorliegt. Es weist nichts darauf hin. Keine Kleidungsstücke, keine Mappe und auch kein weiteres Symbol."

Das ganze Team verwendete immer den Begriff Entführung. Keiner wollte ein schlimmeres Wort in den Mund nehmen.

„Sie werden das Kind nicht finden." Der Einwurf Breitners wurde von den Mitgliedern der Gruppe erstaunt aufgenommen.

„Wie kommen Sie denn darauf?", meldete sich Karl Heinz Rogge, der dickliche Kollege aus dem Westharz, der sich als Kalle vorgestellt hatte, zu Wort.

„Und es gibt ein Zeichen", fuhr Breitner unbeirrt fort und holte die Zeitung aus der Innentasche seiner Jacke, klappte sie auf und warf sie auf den Tisch.

Die Beamten hatten sich teilweise erhoben, um besser sehen zu können und starrten jetzt auf das Titelblatt der bekannten Tageszeitung. Außenstehende hätten unmöglich in dem Bild von dem abgerutschten Berghang etwas anderes gesehen als Schlammmassen. Aber die Beamten erkannten sofort das riesige, verschlungene Symbol, das fast die ganze Seite des Bergrückens einnahm. „Die Hubschrauber waren dann wohl doch zu etwas gut", bemerkte Kalle trocken.

Der Rest der Gruppe schwieg betroffen. Sabine konnte sich eine triumphierende Miene nicht verkneifen. *,Soweit zur Laune der Natur!'*

~~~~~~~~

„Ein bisschen viel Zufall, nicht?", sagte auch Anita Lindner zu Joachim Breitner, als sie nach der aufregenden Sitzung der Soko in Breitners Büro zurückgekehrt waren.

Der war  in seine Gedanken vertieft und schien ihr gar nicht richtig zuzuhören. Nehrkorn hatte die Hälfte der Beamten darauf angesetzt, mehr über diese Symbole herauszubekommen. Sie sollten im Internet recherchieren und die eigenen Institutionen befragen.

Aber er machte sich seine eigenen Gedanken. Mitten in der Sitzung, genauer gesagt, als er die Zeitung dort auf dem Tisch liegen sah, war ihm eingefallen, dass er so ein Zeichen schon mal gesehen hatte. Und zwar bei dieser Frau Hoffmann.

Der Besuch in der alten Mühle war durch die vielen Ereignisse in den letzten Tagen völlig aus seinem Gedächtnis verdrängt worden. Es kam ihm vor, als wäre der Besuch ewig her gewesen, dabei waren erst wenige Tage vergangen. Doch jetzt konnte er sich wieder an die seltsame Karte erinnern, die er bei dieser Frau gezogen hatte. Auch dort war ein verschlungenes Zeichen zu sehen gewesen, mit dem er zu dem damaligen Zeitpunkt überhaupt nichts anfangen konnte.

Auf einmal sah die Sache ganz anders aus. Als er bei der Sitzung die Zeitung auf den Tisch geworfen hatte, war es ihm wieder eingefallen. Was hatte diese Frau noch zu ihm gesagt? Er solle seiner Nase folgen. Und er war ja auch regelrecht mit der Nase auf das Bild in der Zeitung gefallen.

Die Frau wusste garantiert noch mehr! Sein verloren geglaubter Instinkt meldete sich endlich zurück. Er musste sie dringend noch mal besuchen.

„He, ich rede mit dir", schallte es durch den Raum.

Breitner schaute über seinen Schreibtisch auf seine engste Mitarbeiterin. Sie war mit in sein Büro gekommen, um den Fall noch mal zu diskutieren.

„Warst du eigentlich bei dieser Frau Hoffmann?", fragte Anita.

„Wie bitte?" Breitner war total verwirrt.

Hatte er etwa die letzten Gedanken laut ausgesprochen oder konnte seine Kollegin neuerdings Gedanken lesen?

„Ich habe dich gefragt, ob du meiner Anregung gefolgt bist und diese Kartenlegerin angerufen hast?" Anita machte einen leicht genervten Eindruck.

Joachim schien überhaupt nicht bei der Sache zu sein.

„Ja, war ich, am Montag schon. Ich habe ganz vergessen, es dir zu erzählen, weil es hier danach gleich so drunter und drüber ging." Breitner war immer noch verwirrt und versuchte, seine hin und her huschenden Gedanken zu sortieren.

„Und wie war sie?" Anita war plötzlich ganz gespannt und schaute Joachim erwartungsvoll an.

„Interessante Frau. Wir haben uns über Gott und die Welt unterhalten und irgendwie gar nicht über den Fall." Wie er es sagte, klang es, als wäre es ihm eben gerade erst aufgefallen.

„Hast du dir die Karten legen lassen?" Anita war nicht zu bremsen. „Nein, das wollte sie nicht. Sie hat ziemlich schnell gemerkt, dass ich nicht an solchen Hokuspokus glaube."

„Schade." Die Enttäuschung war Anita deutlich anzusehen. „Ich hatte mir mehr davon versprochen."

Breitner zuckte die Schultern. *„Warum erzählst du ihr nicht von der Karte?"*, fragte er sich insgeheim.

Doch im Prinzip wusste er schon warum. Er hatte den anerkennenden Blick von Nehrkorn noch vor sich, als er mit dem sensationellen Bild in der Zeitung vor einer halben Stunde die gesamte Soko erstaunte. Nach der Standpauke von gestern Abend hatte es unglaublich gut getan, ihm diese Anerkennung abzutrotzen. Und Joachim Breitner musste sich eingestehen, dass er mehr davon wollte und die Spur zu Frau Hoffmann würde er vorerst allein verfolgen. Auch war ihm nicht entgangen, dass fast die gesamte Truppe, bis auf diese Bellmann, eine Theorie in Richtung von etwas Übernatürlichem mit irgendwelchen Zeichen eher ablehnte. Das hatten ihm auch die bissigen Bemerkungen während einer gemeinsamen Mittagspause ohne Sabine Bellmann verdeutlicht. Sie machten sich fast alle insgeheim über sie lustig. Er hatte sich in dieser Hinsicht zurückgehalten. Denn, obwohl er Gerda Hoffmann immer noch für etwas überspannt hielt, wollte er sich diese Informationsquelle erst einmal erhalten.

# VIII.
## Im Museum

Gerda Hoffmann war frustriert. Sie hatte den ganzen Tag im Archiv des Klosters zugebracht, um irgendetwas Neues zu Tage zu befördern. Aber da war einfach nichts. Nun war später Nachmittag und die Sonne würde in wenigen Minuten untergehen. Auch heute war wieder ein wunderschöner Herbsttag, den sie leider mit staubigen alten Schriften und Büchern verbracht hatte. Vielleicht hatte sie sich einfach getäuscht und die Tafel deutete gar nicht auf weitere Hinweise im Kloster hin.

Sie wollte sich noch von Frau König, die hier seit einigen Jahren die Verwaltung innehatte, verabschieden. Mitfühlend fragte diese: „Na, Frau Hoffmann, Sie sehen heute nicht so glücklich aus. Nichts Gescheites gefunden?"

Mit unverhohlener Enttäuschung entgegnete Gerda: „Nein, und ich muss sagen, ich hatte mir mehr von meiner Suche versprochen. Aber ich kenne inzwischen wirklich die meisten Schriftstücke aus der Zeit. Es gibt nichts Neues, schade."

Gerda Hoffmann zuckte mit den Schultern. Sie sah aus dem Fenster, das neben der alten, geschnitzten Eingangstür ins Mauerwerk eingelassen war.

„Und dabei haben wir heute so ein schönes Wetter. Da wäre ein langer Spaziergang wohl erfrischender gewesen", fügte sie hinzu. Frau König tröstete sie: „Morgen soll es auch noch schön werden, da können Sie das nachholen. Erst ab Sonntag wird das Wetter wieder kühler und regnerischer."

„Das ist gut, meine Enkel kommen am Wochenende. Da müssen sie nicht die ganze Zeit in der Stube hocken." Gerda grüßte kurz mit der Hand.

„Machen Sie's gut, bis zum nächsten Mal."

Sie zog die schwere Tür mit Mühe auf und trat in den noch vorhandenen Sonnenschein. Nach der schummrigen Beleuchtung in den Kellergewölben musste sie die Augen zusammenkneifen, um nicht geblendet zu werden.

Doch die Sonne tat gut. Sie ging über das Klostergelände auf das große Steintor zu, das früher der einzige Zugang zu ihm war.

Neben dem Tor sah sie einen alten Bekannten, Heinz Stern, sitzen. Er saß mit geschlossenen Augen neben der offenen Tür zum Ausstellungsraum des kleinen Klostermuseums auf einer Bank und genoss, genau wie sie eben, die letzten Sonnenstrahlen.

„Hallo Heinz", sprach sie ihn an und blieb vor ihm stehen.

Er blinzelte in die Sonne.

„Hallo Gerda, warst du heute hier? Ich denke, du hast deine Studien beendet?" Er grinste. Heinz Stern war weit über siebzig und jahrzehntelang für das Kloster und die Archive verantwortlich gewesen. Die Pensionierung war ihm aber nicht bekommen und er hatte sich fürchterlich gelangweilt.

Und so führte er seit mehreren Jahren an drei Tagen geschichts-interessierte Besucher durch das kleine Museum, das auf seine Initiative hin gegründet worden war. Hier waren einige der schönsten Arbeiten der Mönche des Klosters ausgestellt. Wunderschöne Arbeiten, zu denen auch die Fundstücke von Gerda Hoffmann gehörten. Sie hatte sie nach dem Fund abfotografiert und sie dann, bis auf die Papyrusrolle, die vor ihren Augen zerfallen war, dem Kloster zur Verfügung gestellt. Das mit den zerstörten Blättern hatte sie der Stadt damals verschwiegen, denn sie hätte eigentlich sofort die entsprechenden Stellen informieren müssen, bevor sie die Rollen öffnete. Das schlechte Gewissen hatte sie lange geplagt, aber ihre Neugier war damals einfach zu groß.

Gerda Hoffmann war bei der feierlichen Einweihung vor fast zehn Jahren dabei. Kulturdezernent und Bürgermeister hatten die beiden Glasvitrinen eingeweiht, in denen jetzt die alten Schriftrollen zu sehen waren. Von den nicht mehr zu rettenden Skizzen mal abgesehen, konnte nun jeder die lateinischen Schriften betrachten. Ein kleines Schild sagte etwas über den Fundort und den Inhalt aus.

*‚Aus dem 17. Jahrhundert stammende Schriften mit alten Heilpflanzen und Anleitungen zur Herstellung von Heilsäften und Salben'.*

Der schlichte Satz hatte Gerda Hoffmann schon damals nicht so recht gefallen. Es steckte so viel mehr dahinter.

Sie sah das Grinsen von Heinz Stern. Er hatte sie früher schon des Öfteren mit ihrem Forscherdrang aufgezogen. Sie hatte ihn lange nicht gesehen und als sie ihn so betrachtete, stellte sie auch an ihm weitere, untrügliche Anzeichen des Älterwerdens fest.

„Na, Heinz, immer noch am Spotten, was?", fragte Gerda ihn belustigt.

„Nimm es mir nicht übel, du weißt doch, wie ich es meine", entgegnete er und erhob sich schwerfällig. „Du weißt ja, wie das ist. Die alten Knochen machen nicht mehr so richtig mit." Er versuchte, sich gerade zu machen, aber man sah ihm die Schmerzen förmlich an. „Die Sonne hat gut getan, aber alt ist eben alt." Er winkte ab. „Warst du im Archiv?", hakte er nach, um von sich abzulenken. Er wartete die Antwort nicht ab, sondern sah auf seine altmodische Uhr an seinem Arm.

„Oh, fast fünf, gleich Feierabend. Hast du Lust auf einen Tee? Ich wollte mir gerade einen machen, bevor ich schließe." Gerda Hoffmann sagte sofort zu.

„Das wäre super, ich muss dringend den Staub aus der Kehle spülen." Sie sah zu, wie Heinz gebückt durch die niedrige Tür in den Kassenraum am Eingang schlich und den Wasserkocher anstellte. Er nahm eine kleine Kanne aus dem Schrank und holte zwei Teebeutel aus dem Regal.

Gerda setzte sich inzwischen an das kleine Tischchen. In dem schmalen Kassenraum gab es eine Spüle, den Tisch und zwei Stühle. Von ihrem Platz aus konnte sie durch die Tür auf die Wand mit den vielen Flyern und Prospekten sehen. Daneben war der Durchgang zum ersten Ausstellungsraum, der immer offen stand. Ihr fiel ein, dass sie nach der Einweihung damals nie wieder in dem Museum war. Davor hatte sie hier nach Informationen und Hinweisen gesucht, aber nichts gefunden. Von ihrem Platz aus konnte sie noch die Ecken der beiden Vitrinen mit ihren Fundstücken sehen, die seitlich im ersten Ausstellungsraum standen. „Nimmst du Zucker?"

Die Frage riss sie aus ihren Gedanken. „Nein, ich doch nicht. Hast du wohl vergessen, was? Übrigens, ich habe gerade daran gedacht, wie ewig ich nicht mehr hier war. Sind doch bald neun Jahre oder so."

„Ja, das kann hinkommen. Wir sind auch nicht jünger geworden, was?" Heinz schenkte den Tee ein und nahm umständlich auf der anderen

Seite des Tisches Platz.

„Oh, ich sitze wohl auf deinem Platz?" Gerda Hoffmann wollte sich erheben.

„Ach, lass mal", sagte Heinz, „ist doch sowieso keiner da, den ich beobachten müsste."

„Ist wohl nicht viel los bei euch, was?" Gerda Hoffmann trank vorsichtig einen Schluck Tee. Trotz der einfachen Teebeutel schmeckte er ihr unerwartet gut. Nach den langen Stunden der Sucherei hatte sie sich richtig nach einem heißen Getränk gesehnt.

„Es geht auf November zu, da sind kaum noch Touristen in der Stadt. Ab übernächste Woche machen wir nur noch an zwei Tagen auf. Reicht dann auch", beantwortete Heinz ihre Frage.

„Wie lange willst du das denn noch machen, Heinz?", wollte Gerda wissen.

„Ach, so lange, bis sie mich hier raustragen. Was soll ich denn sonst machen? Man wird nur krank, wenn man keine Aufgaben mehr hat. Was macht deine Familie?", entgegnete er daraufhin. Gerda nahm noch einen Schluck. „Alles beim Alten. Ulrike und Thomas arbeiten fast rund um die Uhr. Haben kaum Zeit für die Familie. Die Kinder sind oft bei mir. Das ist meine Beschäftigung." Sie lächelte. „Macht mir aber auch Spaß. Das ist eben meine Aufgabe, die mir die Krankheiten vom Hals hält." Heinz nickte zustimmend. Gerda Hoffmanns Blick fiel wieder auf die Ecken der Glasvitrinen.

Interessiert fragte sie: „Kommen im Sommer viele Leute ins Museum?"

„Ja, in den letzten Jahren hat es zugenommen. Nach dem Domschatz sind wir eines der bestbesuchten Museen der Stadt. Klein aber fein, sag ich immer."

„Habt ihr was Neues?", fragte sie ins Blaue hinein. Der Tee hatte ihre Lebensgeister und scheinbar auch die Hoffnung zurückgebracht. Gerda Hoffmann nahm das Kopfschütteln von Heinz etwas enttäuscht zur Kenntnis.

„Nein, das letzte waren die Schriftrollen von dir."

„Hm, schade." Sie hatte wenigstens danach gefragt. Sie sah wieder auf die Vitrinen und überlegte, ob sich ein Blick darauf lohnen würde. Vielleicht würde es sie inspirieren, so wie Christin am Sonntag bei der Steintafel? Ihre Augen schweiften von der Ecke der Vitrine zur Wand. Dort hingen mehrere bunte Drucke, die ihr bekannt vorkamen. Sie konnte sich aber nicht so richtig erinnern.

„Sind die nicht neu?" Sie zeigte mit dem Zeigefinger auf die Wand mit den Bildern.

„Die?" Heinz wies mit den krummen Fingern ebenfalls auf die Rahmen. Schließlich meinte er: „Nein, die hängen hier von Anfang an. Sind keine Originale. Aber ganz alte Kopien. Man schätzt sie auf über 250 Jahre. Wahrscheinlich eine Auftragsarbeit des Klosters. Kennst du die nicht mehr?" Heinz wunderte sich. Gerda vergaß sonst nie etwas. Aber sie wurde eben auch älter.

„Nein, sie kommen mir zwar bekannt vor, aber als ich zur Einweihung der Schriftrollen hier war, hing dort ein riesiges Gemälde von einem Kloster im Harz."

Heinz überlegte kurz. „Stimmt, du hast Recht. Das hatte ich ganz vergessen. Wir hatten sie zu der Zeit an ein anderes Kloster als Leihgabe vergeben. Fast zwei Jahre waren sie dort. Und im Austausch hatten wir das Gemälde hier."

Gerda war aufgestanden, ging um den Tisch herum und zielstrebig auf den Ausstellungsraum zu. Sie hatte diese Bilder doch schon gesehen.

Je näher sie dem Raum kam, umso größer wurde ihr Sichtfeld. Die Vitrinen mit ihren Ausstellungsstücken konnte sie nun fast ganz sehen, aber sie hatte keinen Blick dafür. Die Wand mit den Drucken faszinierte sie immer mehr. Die Seite, die sie vom Tisch aus einsehen konnte, zeigte fast DIN A3 große Zeichnungen, die sie nun endlich erkannte. Sie betrat den Raum und die Alarmglocke in ihrem Innern schellte wieder überlaut. Sie sah von Wand zu Wand und glaubte ihren Augen nicht zu trauen.

Hier hingen insgesamt zwölf wundervolle, bestens erhaltene Nachbildungen der Schriftrollen, von denen sie glaubte, sie wären vor zehn Jahren unter ihren Händen zerfallen.

Nur die dreizehnte fehlte.

Sie ging von Bild zu Bild und trotz der Aufregung, die in ihrem Innern tobte, gewann die Bewunderung für diese Arbeiten die Oberhand.

Die filigranen Zeichnungen mit den vielen Rot- und Goldtönen waren atemberaubend. Vögel, etliche Tiere, wunderliche Pflanzen bildeten hier ein unübersichtliches Gewirr, das überaus fein und korrekt dargestellt war.

Überhaupt kein Vergleich zu ihren stümperhaften Versuchen, die verblichenen Pergamentrollen zu kopieren. Mein Gott, und sie waren die ganze Zeit hier gewesen. Sie war sicher, damals die Originale gefunden zu haben. Aber das hier? Irgendeiner der Mönche musste sie, bevor sie in ihrem Haus versteckt wurden, abgemalt haben. Sie bewunderte die feinen Linien und die genaue Ausmalung. Am oberen Rand enthielten alle Zeichnungen eine Art Wappen.

Und sie kannte dieses Wappen. Natürlich, es war eines der Wappen, die auch auf der Steintafel an ihrem Haus zu sehen waren. Rechts und links neben dem Christusmonogramm IHS gab es zwei Wappen, die sie nie hatte zuordnen können. Sie hatte immer geglaubt, es wären irgendwelche Familienwappen gewesen. Doch nun bekam alles eine neue Richtung.

Ihre Augen glitten über die Bilder. Am unteren Rand stand in einer äußerst verschnörkelten Schrift etwas geschrieben. Was könnte das heißen? Jedes Bild schien seine eigene Unterschrift oder eine Art Monogramm zu haben. Es konnte aber auch nur einen einzelnen Buchstabe darstellen. Nein, es sah eher wie ein altes Symbol oder etwas Ähnliches aus.

Sie trat zwei Schritte zurück und betrachtete die Bilder als Gesamtheit. Ihr fiel auf, dass sie einige Gemeinsamkeiten aufwiesen, nicht nur die Art der Zeichnung. Die Wappen waren alle gleich, aber die Bilder glichen sich noch auf eine andere, diffusere Art, die man nicht sofort erfassen konnte. Und doch waren alle irgendwie unterschiedlich.

„Kennst du die etwa nicht?"

Gerda Hoffmann erschrak sichtlich. Sie hatte die Anwesenheit von Heinz vollkommen vergessen. Er stand unter der Tür zum Ausstellungsraum, ohne ihn zu betreten.

„Mein Gott, hast du mich erschreckt!", sagte sie zu ihm gewandt. Sie drehte sich zu den Bildern zurück.

„Doch, ich kenne die Bilder... und doch kenne ich sie nicht", setzte sie leise nach.

„Ich mag sie nicht!", kam es plötzlich, fast feindselig von Heinz.

„Aber sie sind wunderschön!", entfuhr es Gerda Hoffmann. Heinz zuckte die Schultern.

„Das mag sein, aber sitz du mal an meinen Platz und schau den ganzen Tag da drauf. Ich habe immer das Gefühl, sie beobachten mich."

Gerda ging einen weiteren Schritt zurück und betrachtete die Bilder erneut. Sie stand jetzt in der Mitte des Raumes und drehte sich langsam im Kreis herum. An jeder Wandseite waren drei der Bilder angebracht.

Es waren hervorragende Arbeiten mittelalterlicher Kunst und plötzlich verstand sie, was Heinz meinte. In dem dichten Gewirr von Ranken, Schriftzeichen, Tierkörpern und Pflanzen meinte man, in jedem Bild zwei dunkle, schwarze Augen zu sehen, die einen stumm musterten und verfolgten. Sie fröstelte. Heinz hatte recht.

Gerda Hoffmann stand inmitten dieses Raumes und hatte plötzlich das Gefühl, zwölf Augenpaare hätten sich auf sie gerichtet.

# IX.
## Tippula

Heike schlug die Holztür zu und schob, so schnell sie konnte, den Riegel davor. Fast augenblicklich hörte sie das Krachen der Fäuste gegen das morsche Holz der Tür.

„Mach sofort die Tür auf!" Die Stimme des Stiefvaters klang mehr als wütend.

Sie würde garantiert nicht aufmachen. Auf Zehenspitzen schlich sie zum anderen Ende des Schuppens und schob die zwei losen Bretter zur Seite. Für so einen Fall hatte sie sich diesen Rettungsweg geschaffen. Vorsichtig schlüpfte sie durch den schmalen Spalt und verschwand in den nahen Büschen. Sie hörte den Stiefvater noch toben, wusste aber, dass er sie in wenigen Minuten vergessen haben und sich wieder dem Trinken zuwenden würde.

Sie erreichte den nahen Wald und nun kamen doch noch die Tränen. Das Mädchen wischte sie trotzig weg. Das konnte sie nicht gebrauchen, sie musste stark sein. Jetzt noch mehr als früher. In wenigen Tagen würde ihre Mutter aus dem Krankenhaus nach Hause kommen und ein kleines Baby mitbringen. Sie hatte es schon gesehen. Heike freute sich riesig über dieses winzige Wesen. Obwohl sie zwei verschiedene Väter hatten, sah man sofort, dass sie Schwestern waren. Sogar ihr, einem neunjährigen Mädchen, war das aufgefallen. Aber auch ihre Mutter, die bleich und erschöpft in den weißen Kissen lag, hatte gleich gemeint: „Schau Heike, wie ähnlich ihr euch jetzt schon seid! Die gleichen blonden Haare und die gleichen, schönen Augen."

Heike hatte die winzigen Hände des Säuglings zwischen Daumen und Zeigefinger genommen und eine kaum gekannte Zärtlichkeit hatte sie übermannt. „Du hast jetzt eine kleine Schwester. Du musst sie immer beschützen", hatte Mutter von ihr gefordert.

Heike wusste genau, was die Mutter meinte, ohne dass diese deutlicher werden musste. Sie hatte es in ihren Augen gesehen. Der Mann, der sich Vater nannte, war ein Scheusal. Heike verstand die Erwachsenen nicht immer, auch ihre Mutter nicht.

Wie hatte sie nur diesen Mann heiraten können?

Er schlug sie und Heike ebenso.

Bis jetzt nur, wenn die Mutter nicht daheim war. Aber in den letzten Tagen hatte es zweimal eine Ohrfeige gesetzt und die Art, wie ihr Stiefvater sie ansah, verursachte bei ihr eine Gänsehaut. Sie verschloss seit Wochen schon ihr Zimmer und jetzt, wo die Mutter sie nicht beschützen konnte, hatte sie richtig Angst.

Heike seufzte. Sie konnte heute unmöglich nach Hause gehen. Erst dann, wenn sie sicher war, dass ihr Stiefvater zu betrunken war, um sie zu schlagen, wollte sie es wagen.

Inzwischen war sie die Anhöhe hinaufgeklettert und konnte von hier das alte Bahnwärterhäuschen sehen, in dem sie seit einigen Jahren wohnten. Es sah von hier oben verwahrlost und traurig aus. War es ja auch. Das Holzhaus war im 19. Jahrhundert erbaut worden, als hier im Harz der Bergbau noch der wichtigste Wirtschaftszweig war. An die alte Bahnstation wurden die geschürften Erze transportiert und auf Züge geladen.

Die typische Holzbauweise dieser Gegend prägte auch ihr Heim. Es war schon lange keine Bahnstation mehr und bevor sie hierherzogen, stand es viele Jahre leer. Sie konnte innen noch den Rauch der Lokomotiven riechen, und das Holz war außen geschwärzt vom Ruß der alten Zeit.

Sie mochte diesen Ort nicht, hatte ihn nie gemocht. Es war düster hier im Tal. Im Winter kam kaum die Sonne über die Berge, sodass es hier immer feucht und ungemütlich war. Nur die Sommer an der ‚Bode‘ fand sie schön. Der Fluss war dann nicht so reißend wie jetzt im Herbst oder im Frühling. Sein kaltes Wasser war an heißen Tagen eine herrliche Erfrischung.

Heike kam ins Schwitzen, als sie den steilen Hang hinaufkletterte. Da, hinter der letzten Steigung, kam der Fluss in Sicht und sie hörte sein Rauschen. Noch einen halben Kilometer wieder talwärts, dann konnte sie über die Brücke auf die andere Seite gehen. Dort konnte man dem Fluss auf einem Wanderweg folgen. Das war ihre Lieblingsstrecke. Vor allem an Tagen wie diesen, wenn sie Sorgen hatte, ging sie oft diesen Weg.

Sie stand lange auf der Brücke und sah in die Fluten. Heute waren keine Forellen zu sehen, die sie sonst so gern bei ihren Spielen beobachtete. *‚Was machten die eigentlich im Winter? Schliefen die irgendwo?‘*, fragte sie sich.

Mit diesen Gedanken verließ sie die Brücke und entfernte sich so von den einzigen beiden Häusern des kleinen Örtchens. Sie hatte Durst. Sie hätte sich etwas zu trinken und zu essen in den Schuppen stellen sollen. Dass sie daran nicht gedacht hatte! Aber sie hatte ja auch nicht vermutet, dass sie so schnell die kleine List mit dem Schuppen brauchen würde. Wenn doch nur ihre Mutter schon wieder da wäre! Sie ging jetzt langsamer. Der Trotz, der sie so schnell hierher gebracht hatte, machte nun Mutlosigkeit Platz. Sie setzte sich auf einen Granitstein und sah auf den Fluss, der inzwischen ein gutes Stück unter ihr dahinrauschte.

Das Wetter war heute herrlich.

Es war warm und das Laub der Bäume leuchtete golden. Hinter ihrem Sitzplatz aus Granit stieg eine ebensolche Wand auf. Trotz des harten Gesteins hatten es einzelne Pflanzen geschafft, sich in den schmalen Ritzen festzukrallen und Wurzeln in den harten Untergrund getrieben. Die Wurzeln hielten sich trotzig fest und sahen aus wie Schlangen, die sich den Weg nach unten bahnten. Wo es auch für sture Wurzeln nichts zu halten gab, hatten sich Farn oder sattgrünes Moos angesiedelt. Aus jeder abgeplatzten Granitecke sprossen diese Pflanzen unverdrossen und behaupteten ihren Standort. Sie liebte Farne und normalerweise sammelte sie die kleinen eingerollten Sprossen dieser Pflanze zuhauf. Nur heute hatte sie keine Lust dazu.

Sie stand auf und ging langsam mit beiden Füßen schlurfend durch das raschelnde Laub weiter. Es häufte sich vor ihren Füßen auf und sie stolperte beinahe. Sie hatte Spaß daran, aber es dauerte nicht lange und sie begann, sich zu langweilen. Der Trotz und die Wut waren dahin und sie überlegte, ob sie es schon wagen könnte, nach Hause zurückzukehren.

Der Wanderweg machte eine Kurve und verließ das Flusstal. Hier wurde die Gegend etwas lieblicher und die schroffen Felsen wichen einer langsam ansteigenden Hügellandschaft, die in einem kleinen Hochplateau endete.

Sie hatte inzwischen für sich beschlossen, noch eine Weile zu warten und erst bei anbrechender Dunkelheit ins Bahnwärterhäuschen zurückzugehen. Sie verließ den Weg und stieg gemächlich die neue Anhöhe hinauf. Dort oben gab es eine Stelle, wo die Sonne im Herbst auch noch um diese Tageszeit schien. Da wollte sie hin.

Auch hier lag das Laub der Bäume schon knöcheltief und sie erfreute sich an dem Rascheln der trockenen Blätter. Oben angekommen setzte sie sich auf einen umgestürzten Baum.

Und nun?

Durch die trockenen Äste des Baumes, auf dem sie saß, sah sie plötzlich etwas glänzen. Sie sprang auf und klaubte mit ausgestrecktem Arm unter den vermodernden Zweigen etwas hervor. Sie öffnete die Hand und auf ihrem Handteller lag ein kleiner weißer Stein, der unter den einfallenden Sonnenstrahlen seltsam glänzte. *‚Ob das wohl Katzengold ist?‘*, fragte sie sich. Sie hatte oft von dem glitzernden Stein hier im Harz gehört, aber noch keinen gesehen. Auch ihre Mitschüler hatten ihr noch keinen zeigen können. Sie hielt den Stein nach oben in die Sonne und jetzt glänzte er fast grünlich. Toll, so etwas hatte sie noch nie gesehen. Wenn die Sonne nicht darauf schien, sah er wie ein einfacher weißer Kiesel aus, aber sowie das Licht darauf fiel, begann er zu glänzen und zu strahlen.

Sie schaute sich um, ob es davon wohl noch mehr gäbe, konnte aber nichts entdecken. Mit dem Fuß schob sie das Laub zur Seite und es dauerte nicht lange und sie hatte den halben, morschen Stamm ringsherum von seinem Laubmantel befreit.

Gerade wollte sie aufgeben, als sie einen zweiten Stein unter einem Blatt hervorblitzen sah. Ihre Laune stieg schlagartig. Der zweite Stein war sogar noch etwas größer und blinkte noch mehr als der erste. Sie begann das Laub an dieser Stelle ebenfalls zur Seite zu schieben und nach einer halben Stunde hatte sie mehr als zehn weiße, glitzernde Steine in ihrer Jackentasche.

Sie hatte inzwischen das Hochplateau erreicht und stand in einer kleinen Senke unter einigen alten Pappeln, die hier im Harz selten anzutreffen waren. Die Sonne schien jetzt schräg durch die Bäume und würde jeden Augenblick untergehen.

*‚Zeit nach Hause zu gehen und sich ins Haus zu schleichen!'*

Heike sah die Strahlen durch das bereits gelichtete Blätterdach fallen und blickte nach oben. Das Licht der untergehenden Sonne vergoldete die Blätter noch mehr.

Nicht ein einziges Blatt bewegte sich, es war absolute Windstille. Das Mädchen schaute mit zurückgelegtem Kopf in die Baumkronen.

Sie sah das leise Erzittern der Espenblätter, noch bevor sie den Windhauch spürte. In den obersten Zweigen fing sich plötzlich der Wind und die Blätter begannen zu tanzen, bevor sie sich zart raschelnd von den Zweigen lösten und lautlos zu ihr segelten. Die Spitze des Baumes, unter dem das Mädchen stand, begann zu rauschen und als hätte sich der Wind nur in diesem einen Baum gefangen, ließ er die Blätter wie gelbe Sterne, auf das Mädchen rieseln. Dieses hob die Arme, wie einst das Mädchen in ihrem Lieblingsmärchen *‚Sterntaler'*. Sie lächelte glücklich und drehte sich unter ihrem *‚Sternschnuppenregen'*. Es kam ihr gar nicht seltsam vor, dass der Wind nur den Baum, unter dem sie stand, erfasst hatte.

Das Strahlen erlosch plötzlich. Der goldene Schein verschwand, als hätte jemand das Licht ausgeknipst. Die Sonne war untergegangen und was eben noch ein himmlischer Ort war, wurde urplötzlich eiskalt.

Sie ahnte die Gefahr, bevor sie sie sah. Ihre Instinkte waren durch die Erfahrungen der letzten Jahre geschärft. Die einsetzende Dämmerung ließ das Plateau von einer Sekunde zur anderen wie einen alten Druidenplatz wirken. Über den Rand der Senke hinweg, in der sie stand, sah sie einen schwarzen Schatten, der wie ein dunkles Tuch langsam auf sie zu kroch.

Sie erstarrte.

Was war denn das? Das konnten doch keine Tiere sein!

Der Wald war so still, als würde er lauschen.

Selbst der Wind hatte das Weite gesucht.

Eine warnende Stimme in ihr schrie: *‚Lauf!'* Doch sie konnte ihre Beine nicht mehr bewegen. Zuerst dachte sie, es wäre panische Angst, die sie ergriffen hatte, aber dann wurde ihr klar, dass irgendetwas sie lähmte. *‚Was passiert mit mir?'*, schrie es in ihr. Ihre Füße waren wie angenagelt.

Sie wollte davonlaufen, aber es ging nicht. Sie hatte die Hände aus den Taschen genommen, um das Gleichgewicht zu halten. In den ausgestreckten Händen hielt sie die weißen Steine immer noch krampfhaft fest. Sie waren nun ebenfalls eiskalt. Und Heike sah, dass sie nun auch ohne Sonne seltsam grün glimmten.

Die bedrohlichen Schatten auf der Kuppe des Hügels vereinten sich zu einem einzigen, der sich nun von allen Seiten gleichzeitig auf sie zubewegte. In der Stille waren nur das stoßweise Atmen des Kindes und ein seltsames Gluckern zu vernehmen.

Vom Rand des Hügels lösten sich kleine Rinnsale glasklaren Wassers, die in Schlangenlinien zur Mitte der Senke liefen und sich schon bald zu Füßen des Mädchens in einer Lache sammelten. Heike spürte noch die Kälte des Wassers, bevor sie mit Entsetzen sah, dass sich ihre Füße in dem, was sie für Quellwasser hielt, förmlich auflösten und sie regelrecht dahinschmolz.

Das Grauen in ihrem Inneren verschlang ihren Schrei und es kam nichts weiter als ein Krächzen aus ihrer Kehle. Bis die Dunkelheit des sich nähernden, todbringenden Schattens das Kind erreicht hatte und auch das Krächzen erstarb.

Als die Sonne den nächsten Tag ankündigte, waren die Bäume der Senke entlaubt. Nur die schmalen schlangenförmigen Rinnen, die das ‚Wasser‘ in den Boden gepflügt hatte, waren noch vorhanden. Von oben gesehen, würden sie wie ein verschlungenes Symbol wirken.

Aber hier würde das niemand bemerken.

# X.
## Gesang

Gerda Hoffmann wartete auf ihre Enkelkinder. Es war inzwischen Freitagnachmittag und sie saß im Wintergarten und genoss die Ruhe bei einer Tasse Kaffee. Sie trank zwar lieber Tee, aber ihre Tochter, die sie erwartete, würde wohl Kaffee bevorzugen.

Sie sah gedankenverloren aus dem Fenster. Vor ihr lagen die dreizehn Karten mit den abgezeichneten Symbolen, nur schien sie sie vergessen zu haben.

Nach ihrem Besuch im Museum war sie reichlich verwirrt gewesen. Sie wollte erst zu diesem Breitner gehen und ihm ihre Entdeckungen mitteilen, aber dann war sie kurz vor dem Präsidium wieder umgekehrt. Sie stand bestimmt geschlagene fünf Minuten vor dem großen, etwas verwahrlosten Gebäude am Stadtpark und hatte überlegt. Letztendlich war sie allerdings nicht durch die große Schwingtür gegangen. Irgendetwas hatte sie davon abgehalten. Stattdessen war sie nach Hause geeilt, hatte die Karten hervorgeholt und sich anschließend in den Wintergarten gesetzt, um nachzudenken. Währenddessen mischte sie wie nebenbei die Karten und legte sie aus. Und es dauerte nicht lange, bis sie bemerkte, dass sich etwas verändert hatte. Nach wie vor zog sie seit dem Besuch Breitners die ‚Dreizehn‘ zuerst. Und dann wie auch schon am Montag die mit der Zahl I. Aber dann, als dritte Karte, zog sie plötzlich eine neue.

Die Karten, die sie noch nie regelmäßig gezogen hatte, besaßen noch keine Nummer und deshalb versuchte sie es erneut. Und als sie das tat, kam die gleiche Karte wie kurz zuvor an dritter Stelle. Sie wiederholte die Prozedur und es passierte wieder haargenau dasselbe. Sie zog die Karten wie gehabt nacheinander und verdeckt. Trotzdem zog sie nach der XIII neuerlich die Karte mit der Nummer I und dann die nächsten beiden immer in unveränderter Reihenfolge. Das geschah mit allen weiteren neun Karten danach nicht, sie kamen dann stets in unterschiedlicher Folge. Sie versah die neuen Karten mit den Zahlen II und III, damit sie sie in ihrer verwirrten Verfassung nicht durcheinanderbrachte.

Am nächsten Tag wieder.

Mit fast dem gleichen Ergebnis.

Zu Gerdas Erstaunen nahm nun allerdings eine weitere Karte immer wieder denselben Platz ein. Nach dem dritten Versuch kennzeichnete sie diese mit der IV.

Irgendetwas geht hier vor. Sie spürte es förmlich. Es war, als ob die Karten sich von selbst sortierten und irgendwie in feste Positionen gingen. Als sie diesen Gedanken hatte, erinnerte sie sich schlagartig an das Gefühl des *'Beobachtetwerdens'* in dem kleinen Museum.

Genau! Das war es! Sie fühlte sich beobachtet.

Sie schob die Karten reflexartig zusammen. Kälte kroch ihre Wirbelsäule hoch. Was war das nur? Rätsel über Rätsel! Sie wusste sich keinen Reim darauf und statt Licht ins Dunkel zu bringen, war sie noch verwirrter als vorher. In diesem Moment hörte sie die Hupe. Die Kinder waren da. Gott sei Dank, die würden sie von ihren Grübeleien ablenken. Sie legte die Karten schnell in die Kiste zurück und ging durch den Flur in den Hof, um die Ankommenden zu begrüßen. Christin kam ihr schon entgegengesprungen.

„Oma! Ich habe eine Eins im Vorsingen bekommen! Und ich darf am Sonntag das Solo in der Kirche ganz allein singen."

Sie sprang an der Großmutter hoch und landete in ihren Armen.

„Kind! Was bist du wild!" Gerda Hoffmann ließ das Mädchen herunter. „Weißt du, wie schwer du inzwischen bist?"

Doch Christin ließ sich nicht abhalten und plapperte weiter drauflos. „Ja, ich weiß, aber hast du gehört, was ich sage, Oma? Das Solo darf ich singen!"

„Ja, ich habe es gehört und ich weiß, du hast eine außergewöhnlich schöne Stimme, mein Schatz."

„Lobe sie nicht noch, Mutter, sonst habe ich noch eine Diva im Haus." Ulrike, Gerda Hoffmanns Tochter, hatte den Hof betreten. Aus ihrer Stimme hörte man deutlich den Stolz auf die Tochter heraus. Trotz der mahnenden Worte sah sie lächelnd auf das Kind herab.

„Sie hat wirklich einen großen Schritt nach vorn gemacht." Zu Christin gewandt sagte sie: „Nun lass Omi erst mal allen Guten Tag sagen, vielleicht kannst du uns ja beim Kaffee etwas vorsingen? Ich krieg doch einen Kaffee, oder?", fragte sie und schaute ihre Mutter augenzwinkernd an. Ulrike sah dabei aus, als würde sie gerade für eine Tasse des dunklen Gebräus morden können.

„Natürlich, kommt rein. Habt ihr Peter und Minchen mitgebracht?" Kopfschüttelnd erklärte Ulrike: „Nein, die kommen später, ist irgendwas dazwischen gekommen."

„Wie immer also! Na macht nichts. Kommt rein!"

Inzwischen waren auch Amara und Mäxchen auf dem Hof eingetroffen und drückten die Großmutter zur Begrüßung.

„Erzählst du uns heute die Geschichte von Johanna weiter?", drängte Max.

„Ach, darüber muss ich noch mit dir reden, Mutter." Das Gesicht von Ulrike wurde ernst. Gerda Hoffmann seufzte mit einem Blick auf Max. *Hätte er nicht noch etwas mit seinem Wunsch warten können? Nun gibt es gleich eine Standpauke von meiner Tochter über Gruselgeschichten und Co.*', ging es ihr durch den Kopf.

Einlenkend sagte sie: „Ja, ja, ich weiß. Vor oder nach dem Kaffee?" „Lieber beim Kaffee." Ulrike klang schon etwas entspannter. „Na, dann geh mal schon in den Wintergarten. In der Kanne ist frischer Kaffee, gerade erst gebrüht. Und Kinder, ihr geht am besten in die Küche. Ich habe euch Malzeug hingestellt. Für gute Bilder gibt es süßen Kakao."

Mit lautem Indianergeheul machten sich die drei Geschwister in die Küche auf und Gerda Hoffmann folgte ihrer Tochter mit gemischten Gefühlen an den Kaffeetisch.

~~~~~~~~~

Der erste Kakao war getrunken. Bei einer gemütlichen Tasse heißen Kaffees hatte Ulrike ihrer Mutter ordentlich ins Gewissen geredet. Gerda Hoffmann hatte sie beschwichtigen können. „Sei doch alles nur ein bisschen Geschichte und die Kinder haben ja auch keine Angstzustände oder so was gezeigt", hatte sie zu ihrer Tochter gesagt. Das hatte Ulrike beruhigt und außerdem war sie ja auch auf ihre Mutter angewiesen und mehr als froh, dass sie die Kinder so gern zu sich nahm. Ihr Mann und sie hatten sich im Gaststättengewerbe vor zwei Jahren selbstständig gemacht und seit geraumer Zeit am Wochenende so viel zu tun, dass sie die Unterstützung dringend gebrauchen konnten und so war sie froh, dass es den Kindern bei ihrer Mutter gefiel. Und die entwickelten sich immer mehr zu kleinen Persönlichkeiten.

Christin sang ihnen, nach dem Gespräch und nachdem Peter und Mindauga eingetroffen waren, etwas vor. Alle lauschten andächtig dem alten, getragenen Kirchenlied, denn ihre glockenhelle Stimme verursachte schon beim ersten Ton eine Gänsehaut.

Gerda Hoffmann wusste schon lange, dass ihre Enkelin wunderbar singen konnte, aber das hier? Das war etwas ganz Besonderes! Das spürte sie sofort. Nicht nur die Kinder waren seltsam berührt von dem engelsgleichen Gesang des kleinen Mädchens. Es war so still im Haus, selbst die tickende Uhr schien zu schweigen. Es war, als lausche plötzlich die ganze Welt diesen wunderbaren Tönen nach. Als der letzte Ton verklungen war, konnte keiner etwas sagen.

Christin blickte forschend von einem zum anderen und wollte ihr Lob, doch keiner ihrer Verwandten sagte etwas. Sie sahen das Mädchen beseelt an und schwiegen. Christin war irritiert. Hatte sie etwa nicht gut gesungen?

„Sagt doch was! War ich so schlecht?", fragte sie verunsichert. Ihre Großmutter stand auf und nahm sie in die Arme.

„Kind, das war das schönste Lied, das ich je gehört habe. Noch nie habe ich solch einen Gesang vernommen. Es war einfach himmlisch. Du singst zurecht am nächsten Sonntag in der Kirche. Die Leute werden glauben, ein Engel sei zu ihnen herabgestiegen."

Gerda konnte es nicht fassen. Wann hatte die Stimme des Kindes so an Klang und Resonanz gewonnen? Auch die anderen waren aus ihrer Verzauberung durch den Gesang erwacht und gratulierten Christin.

„Toll, Christin!", jubelte Minchen. „Singst du mich heute Abend in den Schlaf?"

„Klar, mach ich doch gern", antwortete das Mädchen mit einer ordentlichen Portion Stolz in der Stimme.

Kurz darauf verabschiedete sich Ulrike und Gerda Hoffmann war mit ihren Enkelkindern wieder allein.

Sie saßen jetzt in der Küche, und Oma Gerda begutachtete noch einmal die Bilder der Kinder. Sie waren sehr schön und wurden mit viel Kakao belohnt. Plötzlich fiel Gerdas Blick auf Amara. Das Kind malte noch an seinem letzten Bild.

„Amara, wo hast du denn deine Brille gelassen?" Gerda Hoffmann schwante etwas.

„Die habe ich im Auto vergessen", sagte das Mädchen wie nebenbei zu ihrer Großmutter. „Die vergisst sie neuerdings dauernd!", platzte Christin heraus. Amara streckte ihrer Schwester die Zunge heraus. „Petze!", schimpfte sie gleich los.

„Aber du brauchst die Brille, du siehst doch sonst nichts", stichelte Gerda.

„Ich kann aber gucken!" Amara klang jetzt ziemlich trotzig. Das bestätigte den Gedanken, den die Großmutter eben schon hatte und sie bohrte weiter: „Amara, kannst du auf der Küchenuhr am Herd sehen, wie spät es ist?"

Unwillig, doch froh, der blöden Ausfragerei entkommen zu sein, drehte sich das Kind kurz um und sah auf die kleine grüne, digitale Anzeige am Herd.

„5.58 Uhr", kam es trocken von dem Mädchen.

*,Dachte ich's mir doch!'* Gerda Hoffmann schmunzelte. Nein, es war eigentlich mehr ein Grinsen. Sie ließ das Thema fallen und ging lächelnd in den Keller, um Tee für die Kinder zu holen.

Als sie wiederkam, fragte ausgerechnet Peter, ob sie heute die Geschichte weiter erzählen würde. Gerade von dem so ,erwachsenen' Peter hätte sie das nicht erwartet. Allerdings schwieg sie, froh darüber, dass er sich nicht ausgrenzte, um älter zu wirken, als er war. „Ja, klar", sagte sie deshalb sofort. „Ich mach jetzt Tee und ihr könnt den Tisch zum Abendbrot decken und dann erzähle ich weiter."

Sie klang sehr zufrieden. War sie auch, denn jetzt wusste sie, dass ihr kleiner Plan anfing zu wirken.

Sie hatte in den letzten zehn Jahren so viel über das Rätsel der Schriftrollen nachgedacht, dass sich ihre Gewissheit festigte, die Rezepturen müssten einen bestimmten Sinn haben. Sie vermutete bei einigen gewisse Schutzfunktionen. Sie wusste bereits, dass der Tee die Sinne schärfte, denn sie hatte ihn schon selbst ausprobiert. Ihr war aufgefallen, dass sie nach seinem Genuss besser hören und sehen konnte, mehr erfühlen und sich auch besser konzentrieren konnte als früher.

Nun sah sie an ihren Enkeln, dass er bei ihnen auf eine ähnliche Art und Weise wirkte. Amara vergaß ihre Brille nur deshalb andauernd, weil sie die nicht mehr brauchte. Die kleinen Zahlen auf der Uhr hätte sie unmöglich ohne ihre Brille sehen können, wenn sich die Sehkraft nicht enorm verbessert hätte.

Und Christin? Wer weiß, ob diese überirdische Stimme nicht auch ihre Ursache in dem Gebräu von letzter Woche hatte? Sie würde an diesem Wochenende ihre Enkel genauer unter die Lupe nehmen und sie heimlich beobachten.

Sie sah von einem zum anderen. Tolle Enkelkinder hatte sie und es war herrlich anzusehen, wie sie jetzt aufsprangen und wie die Bienchen in Windeseile den Tisch deckten, um zu erfahren, wie es mit Johanna weiterging.

Sie freute sich auf den Abend mit den Kindern und ließ sich nicht länger bitten, sondern setzte sich zu ihnen an den großen, nun gedeckten Tisch und begann zu erzählen.

# XI.
## Auf der Flucht

Sie hatte die Stadt noch in tiefster Dunkelheit verlassen und war unbemerkt durch das Burchard-Tor entkommen. Ihr Weg führte sie über die Thekenberge am Regenstein vorbei in die tieferen Wälder, die selbst sie nicht kannte. Aber Johanna wollte einfach die Orte meiden, an denen man sie eventuell vermuten konnte.

Sie lief die ersten Stunden sehr schnell, um in dichter bewaldete Gegenden zu kommen. Nur zum Sonnenaufgang kniete sie nieder und verbrachte eine halbe Stunde im Gebet und mit Tränen. Sie betete für ihre Mutter und auch dafür, dass sie das richtige Kerkerfenster erwischt und so die kleine Kräuterschatulle ihre Mutter erreicht hatte. Das kleine Kästchen enthielt betäubende Pflanzen, die, rechtzeitig eingenommen, die Sinne verwirren und das Schmerzempfinden für kurze Zeit fast ganz ausschalten würden.

Nach dem Gebet stand Johanna auf, bekreuzigte sich noch einmal und wischte die Tränen fort. Sie konnte nicht länger verweilen, sondern musste so schnell wie möglich den Hochharz erreichen. Vielleicht noch eine Stunde, dann war sie erst mal sicher. Sie wollte den Harz überqueren und auf der anderen Seite eine neue Bleibe finden. Sie nahm nicht an, dass ihre Häscher sie bis dorthin verfolgen würden.

Eine Stunde später hatte sie den ersten Aufstieg in die höheren Gefilde des Gebirges geschafft. Johanna drehte sich auf der höchsten Stelle nochmals um und sah zurück. Halberstadt, die Stadt mit den großen Kirchtürmen des Doms und der Martinikirche, lag schon weit entfernt im Dunst des frühen Morgens. Sie würde nicht zurückkehren, es sei denn in Ketten.

~~~~~~~~~

Johanna war jetzt seit drei Tagen unterwegs und man erkannte sie fast nicht wieder. Gleich nach dem ersten Aufstieg begegneten ihr unglücklicherweise alte Bekannte, die sofort Alarm schlugen. Cunradh, der Korbmacher, und seine Frau waren früh zum Markt unterwegs, um ihre Waren anzubieten und Johanna war noch in Gedanken bei ihrer Mutter, sodass sie den beiden fast in die Arme gelaufen wäre.

Erst das Keifen der Frau, „Die Hexe, die Hexe! Fangt die Hexe!", schreckte sie auf. Nur ihren jungen Beinen und der nackten Angst hatte sie es zu verdanken, dass sie entkam. Cunradh war ihr gefolgt, hatte aber schnell aufgegeben, als sich Johanna in dichtes Brombeergesträuch warf und ohne Rücksicht auf die stacheligen Zweige das Weite suchte. Cunradh ließ von ihr ab. Er wollte wohl auch seine Frau mit dem schweren Wagen und den Körben nicht so lange allein lassen und kehrte wieder um. Aber nicht, ohne ihr wütend nachzurufen: „Warte, du Hexe, ich werde dir die Häscher auf den Hals schicken! Du wirst brennen wie deine Mutter!"

Johanna wusste, dass er es ernst meinte. Sie hatte den hasserfüllten Blick gesehen und war vor Furcht beinahe erstarrt. Dass ihr Plan, diesen Weg zu nehmen, nun entdeckt war, glich einer Katastrophe. Mit Pferden könnten Verfolger die Flüchtige schneller einholen, als sie laufen konnte. Und hier in den Bergen konnte eine Kursänderung böse Folgen haben. Sie wäre nicht die erste, die derart die Orientierung verlor, dass niemand sie je finden würde.

Nach dieser beängstigenden Begegnung lief sie noch schneller und die folgenden zwei Tage gönnte sie sich kaum eine Pause. Ihr Kleid, das vom Besuch in der Stadt bis zu den Knien mit Kot und Dreck verschmutzt war, war nun nach ihrer panischen Flucht durch die Brombeersträucher an vielen Stellen zerrissen und man sah die zahlreichen blutigen Kratzer, welche die Dornen auf der Haut hinterlassen hatten. Auch hatte sie sich seit Tagen die Haare nicht kämmen können, und die wenigen Bissen trockenen Brotes aus dem geretteten Rucksack waren längst aufgegessen. Bis auf ein paar Beeren hatte sie nichts weiter zu sich genommen, auch weil sie keine Zeit hatte, die entsprechenden Pflanzen und Wurzeln zu suchen. Für Pilze war es noch zu früh im Jahr, ebenso für Nüsse und Bucheckern. Also mussten ihr die Heidelbeeren und einige Kräuter genügen, die sie bei ihrem schnellen Gang fand, wie nebenbei abpflückte und gierig verschlang.

Als sie an einen kleinen Tümpel kam, um sich das Gesicht zu waschen, erschrak sie vor ihrem eigenen Spiegelbild. Aus dem Wasser sah ihr eine hohläugige und verhärmte fremde Frau entgegen. Ihre Schläfen zeigten plötzlich graue Strähnen und sie machte einen irgendwie verrückten Eindruck.

Ihr Verstand jedoch arbeitete nach wie vor messerscharf und sie erkannte die Gefahr. Die Kratzstellen auf ihren Armen und Beinen hatten sich böse entzündet und eiterten bereits. Das kam von ihren schmutzstarrenden Kleidern. Ihre Mutter hatte sie immer vor so etwas gewarnt, aber sie hatte nur dieses Kleid und konnte sich nicht mit Waschen und Trocknen aufhalten. Die entzündeten Stellen begannen jetzt stärker zu schmerzen und sie fühlte, dass sie Fieber bekam. Sie kühlte ihre Stirn mit dem Wasser des Tümpels und gönnte sich eine kleine Rast.

Ihre Gedanken schweiften in die Zukunft. In ihrem Zustand konnte sie das Tempo nicht mehr lange beibehalten und sie musste damit rechnen, bald ihren Henkern zu begegnen. Sie nestelte an einem Säckchen herum und entnahm ihm einen sehr kleinen Tiegel, öffnete ihn vorsichtig und ließ die winzigen Samenkörner in ihre hohle Hand rieseln. Wenige würden genügen, denn das Gift des Eisenhutes war stark und innerhalb kurzer Zeit würde kein Folterknecht mehr etwas aus ihr herausbekommen. Denn das war ihre größte Sorge. Was war, wenn ihre Verfolger sie tatsächlich fangen würden? Hätte sie die Kraft, der Tortur zu widerstehen oder würde sie vielleicht alles vor Angst und Schmerz herausschreien? Dass ihre Tochter bei Froni und Albrecht eine neue Heimat gefunden hätte? Die ganze Familie wäre dem Tod geweiht. Soweit konnte sie es nicht kommen lassen. Sie würde, sollte sie keinen Ausweg und keine Fluchtmöglichkeit mehr sehen, die Samenkörner hinunterschlucken und so der Folter und dem Feuer entgehen.

In diese Gedanken vertieft, vernahm sie erst spät das Hundegebell. Von Weitem hörte sie immer deutlicher das aufgeregte Gekläffe der Meute und die Rufe der sie begleitenden Männer. Sie hatten ihre Spur gefunden. Rasch kamen die lauten Stimmen näher.

Sie sprang auf und hechtete von der kleinen Lichtung seitlich in die Büsche. Im Laufen versuchte sie einzuschätzen, wie weit die Hunde noch entfernt waren. In ihrer rechten Hand hielt sie noch krampfhaft die kleinen Samen und dachte: ‚Gut, dass ich euch habe. Dann soll es wohl so enden'.

Doch auch wenn sie dem Tod entgegensehen sollte, hatte sie nicht im Geringsten vor, es ihren Verfolgern leicht zu machen. Sie fühlte plötzlich weder ihre fiebrige Stirn noch die schmerzenden Gliedmaßen.

Sie steigerte ihr Tempo und flog nur so dahin.

Die Rufe kamen näher und sie hörte deutlich, dass die Hunde aufgeregter wurden, weil sie plötzlich den frischen Geruch der Flüchtenden in der Nase hatten.

Johanna lief einen Berghang hinunter und entdeckte in dem kleinen Tal zu ihrer großen Freude ein Bächlein, in das sie sofort sprang. Sie folgte dem Wasserlauf eine Weile flussaufwärts und verließ ihn erst einige hundert Meter später wieder. Das sollte die Hunde eine Weile verwirren und sie hätte etwas Luft zum Verschnaufen.

Aber es würde sie nicht retten, das wurde ihr immer deutlicher bewusst. Dazu war sie auch viel zu schwach. Das Fieber schüttelte sie bereits und ihr Kräutervorrat war längst aufgebraucht. In den letzten Tagen hatte sie für die eitrigen Stellen nur einige schnelle Auflagen aus der Gundelrebe machen können. Aber was sie wirklich brauchte, war Ruhe, um Kraft für die Genesung zu sammeln.

Doch wozu Genesung? Ihre Henker mussten sie in wenigen Minuten erreichen. Sie floh den Hang hinauf und konnte im Tal die verwirrten Hunde hören, die frustriert das Ufer nach ihr absuchten. Die Männer, es mussten den Stimmen nach zwei oder drei sein, waren von ihren Pferden abgestiegen und trieben die Meute an: „Los! Sucht, sucht...!" Johanna vernahm ihre tiefen Stimmen, die fordernd und vom Jagdfieber vibrierend zu ihr drangen.

Sie sprang über eine Wurzel und wäre beinahe gefallen, konnte sich aber noch im letzten Moment halten und stolperte nur einige Schritte vorwärts. Aus den Augenwinkeln sah sie einen Schatten und ihr klopfendes Herz setzte für einen Schlag aus.

Aber es war kein Verfolger, wie sie zuerst annahm, sondern hinter der Wurzel, über die sie fast gefallen wäre, verbarg sich unter herunterhängendem Gestrüpp ein fast verdeckter Eingang zu einer Höhle oder etwas Ähnlichem.

Bei näherem Hinsehen stellte sie fest, dass es einer der verborgenen Waldkeller sein musste, die die Dorfbewohner manchmal anlegten, um ihre mageren Vorräte vor den Dienstherren und umherziehenden Diebesbanden zu schützen. Nicht selten verlor ein Bauer seine ganze

Ernte und seine Familie war so im nächsten Winter dem Hungertod ausgeliefert. Auch aus diesem Grund versteckte die arme Landbevölkerung oft im Herbst einen Teil der Vorräte heimlich im Wald.

Johanna überlegte blitzschnell. Sie wusste, sie konnte weder die Männer und erst recht nicht die Hunde abschütteln. Sie war verloren. Selbst wenn sie nicht schon so geschwächt und krank gewesen wäre, hätte sie kaum eine Chance. Warum sollte sie also nicht in dieser Höhle auf das Ende warten? Sie sah auf ihre zur Faust geballte rechte Hand und öffnete sie langsam. Die giftigen Samenkörner lagen unschuldig auf der feucht glänzenden Handfläche. Sie ballte die Hand wieder zusammen. Sie hatte sich entschieden. Sie würde hier auf ihre Henker warten. Sie verstaute die Samenkörner sorgfältig wieder in dem Tiegel und legte ihn auf den Boden des Säckchens zurück. Sie hängte sich die Schnur quer über die Brust und trat an den dunklen Schlund.

Der Eingang zur Höhle war durch die vielen Pflanzen des Sommers fast zugewachsen. Sie schätzte, dass es etwa zwei Meter in die Tiefe gehen würde und sie nach dem Sprung hinunter auf einem festgestampften Lehmboden aufkommen würde. Sie hoffte, dass der Keller nicht viel tiefer gelegen war und sie sich noch mehr verletzte. Aber im Prinzip war ihr das jetzt auch egal. In wenigen Minuten würde sie einen grausamen Tod erleiden, denn das Gift des Eisenhutes war furchterregend.

Sie setzte sich mit den Füßen voran in den Eingang, stieß sich kräftig ab und landete nicht weit unterhalb des Erdtunnels auf ihrem Hinterteil. Fast wäre sie in dem schmalen Gang steckengeblieben und sie nahm an, dass der Boden des Kellers nicht tiefer als ein paar Zentimeter unter dem des Waldbodens lag. Mit ihrem Rücken verdeckte sie den Eingang und mit ihm das Tageslicht, sodass sie plötzlich wie von einer pechschwarzen Nacht umgeben war.

Noch verdutzt durch den kurzen Fall und die abrupte Dunkelheit sah sie die beiden glühenden, grünen Augen erst, als sie das bösartige Knurren vernahm.

Johannas Augen hatten sich noch nicht ganz an die Dunkelheit gewöhnt, als ihr Verstand schon tausend verschiedene Tatsachen registrierte. Erstens, das Tier in der Höhle konnte nicht fliehen, da sie vor dem Ausgang saß, würde sie aber wahrscheinlich jeden Moment angreifen. In der Höhle stank es wie Aas, also wahrscheinlich ein Fuchs, der den verlassenen Keller als willkommene Unterkunft annektiert hatte. Und zweitens konnte es noch kein altes Tier sein, denn der Angriff blieb länger aus als erwartet. Johanna vernahm das Knurren und überlegte fieberhaft. In diesem Moment sah sie die funkelnden Augen mit einem Satz auf sich zukommen.

Blitzschnell reagierte sie und versuchte das Tier an den Läufen und der Schnauze zu packen. Sie spürte, ebenso wie ihre eigene Angst, auch die Todesangst des Tieres. Als sie blind in die Dunkelheit griff und die Hinterläufe zu fassen bekam, warf sie sich, so schnell sie konnte, mit dem ganzen Körper auf das sich wehrende Tier. Es schnappte nach Johannas Arm und bekam ihn zu fassen. Der Biss war so schmerzhaft, dass Johanna zwar laut aufschrie, sich aber nur noch vehementer gegen das Tier stemmte. Durch ihren Sprung auf den Leib des Tieres war der Eingang nun frei und das Tageslicht drang, wenn auch durch die herunterhängenden Pflanzen gedämpft, in die Höhle ein. Jetzt konnte sie auch erkennen, dass sich unter ihrer schmalen, abgerissenen Gestalt ein junger Fuchs verzweifelt wand, der nun, da der Eingang frei war, sich noch mehr und mit neu erwachter Energie zu befreien suchte. Johanna bekam seine Schnauze zu fassen und hielt sie mit beiden Händen krampfhaft zu. Sie versuchte mit den Beinen die zappelnden Gliedmaßen des Fuchses unter Kontrolle zu behalten, doch sie spürte, wie er förmlich unter ihr hervorglitt und sich in wenigen Augenblicken befreien würde. Doch sie wollte ihn unbedingt noch wenige Sekunden festhalten.

Sie hörte das Bellen der Hunde näher kommen. In der kurzen Zeit seit ihrer Landung auf dem Höhlengrund hatte sie einen verrückten Plan gefasst.

Der Fuchs hatte sich allmählich befreit und schlüpfte unter ihrem Körper hervor. Ein kräftiges Schütteln der Schnauze und Johanna konnte ihn nicht mehr halten. Mit einem letzten Satz sprang sie dem fliehenden Tier nach und erwischte den Hinterlauf, bevor der Fuchs den Höhleneingang erreichte. Der wieder gefangene Fuchs drehte sich um, fletschte wütend die Zähne und schnappte erneut zu. Johanna verbiss sich den Schmerz, der durch ihr Handgelenk jagte, denn sie hörte das wütende Bellen der immer näher kommenden Hundemeute und wollte auf keinen Fall auf sich aufmerksam machen. Sie konnten nicht weiter als ein paar Meter von ihrem Versteck entfernt sein. Sie ließ den Lauf des Fuchses los. Dieser stutzte kurz über seine neu gewonnene Freiheit und sprang fast im selben Moment aus der Höhle.

Allerdings kam er vom Regen in die Traufe.

Froh der Höhle entkommen zu sein, sah er sich nun in einer Entfernung von wenigen Metern fünf wütenden Hunden gegenüber, die bei seinem Anblick sofort mit lautem Bellen auf ihn zustürzten. Der Fuchs drehte sich um und floh in großen Sprüngen den Abhang hinunter. Die bunt gescheckten Tiere folgten ihm mit drohendem Gekläffe und zusammen verschwanden die Tiere zwischen den Bäumen.

In der Höhle lag Johanna mit angehaltenem Atem und lauschte, die Hand mit den wieder herausgenommenen Samenkörnern an ihr Herz gedrückt. Das sich weiter entfernende Getöse der Hunde zeigte ihr an, dass ihr kleiner Plan vorerst funktioniert hatte.

*,Lauf kleiner Fuchs! Lauf! Lauf um dein Leben und um meins!'* Wenn sie Glück hatte, würde der Fuchs die Hunde viele Meilen weit wegführen, bevor er oder sie aufgaben.

Sie plante, schnell den gleichen Weg bis zum Bach zurückzugehen und ihm einige Kilometer aufwärts zu folgen, damit sich ihre Spur verwischte.

Sie wartete, bis sich auch die Stimmen der drei Männer verloren, die mit den Pferden dem Gekläffe der Hunde folgten. Sie hatten von ihrem kleinen Ablenkungsmanöver nichts mitbekommen.

Kurz darauf verließ Johanna die Höhle. Ihr linker Arm und das linke Handgelenk schmerzten von dem Biss des Fuchses. Im Laufen riss sie ihren Rock bis zur Taille auf, um an etwas saubereren Stoff zu gelangen. Sie verband notdürftig die blutende Wunde. Johanna war zwar der Gefahr vorerst entronnen, aber die größere lauerte in ihr selbst, denn sie wusste, dass sich Tierbisse schneller entzündeten als andere Verletzungen.

Sie erreichte den Bachlauf und sprang hinein. So schnell sie konnte, lief sie in dem kalten Wasser über die glitschigen Steine bergauf. Die sich immer weiter entfernenden Geräusche ihrer Häscher machten ihr Mut und lenkten sie von den schmerzenden Gliedern und ihrer bleiernen

Müdigkeit ab. Bis zum Dunkelwerden lief sie weiter, ohne genau zu wissen, wo sie überhaupt war. Sie hatte völlig die Orientierung verloren.

Der Wald hatte sie gänzlich verschluckt und außer Vogelstimmen und das Gurgeln des kleinen Baches zu ihren Füßen hörte sie nichts mehr. Ihr Fieber war zurückgegangen, das konnte sie spüren. Das lag an dem kalten Wasser, durch das sie lief. Es senkte zwar das Fieber, aber es sorgte auch dafür, dass sie bis auf die Knochen fror. Ihre Zähne klapperten laut aufeinander und sie schaffte es nur ein paar Meter neben den Bach. Sie blieb schwer atmend liegen und fiel in einen unruhigen Schlaf mit bösen Träumen.

Sie wusste nicht, wie lange sie dort gelegen hatte. Später glaubte sie sich zu erinnern, dass die Sonne mehrmals aufgegangen war.

Die Wunde an ihrer Hand hatte sich, wie befürchtet, schwer entzündet und der rote Streifen, der an ihrem Unterarm heraufzog, verhieß nichts Gutes.

Johanna überlegte zwischen den Fieberschüben, ob sie einfach hier auf das Ende warten sollte. Doch irgendwann schleppte sie sich weiter und stolperte, mehr als sie ging, durch den Wald. Sie erreichte trotz ihrer schwindenden Kräfte den Hochharz. Als sie eines Nachts eine baumlose Bergkuppe passierte, sah sie rechts den Brocken, den alle nur den Hexenberg nannten, wie eine dunkle Bedrohung im Licht des Vollmondes thronen. Die Menschen mieden den Berg, besonders nach den Ereignissen dieses Jahres. Hier oben gab es so dunkle Wälder, dass selbst der Mutigste schnell das Weite suchte.

Dunkle Geschichten und Sagen rankten sich um diese Gegend. Viele Menschen sollen in den Sümpfen und zwischen den Klippen spurlos verschwunden sein.

Johanna war nicht allzu abergläubisch, dennoch spiegelte ihr der vernebelte, fiebernde Verstand Trugbilder vor. Nachts sah sie seltsame Gestalten zwischen den Sträuchern, hörte Geraune in den Wipfeln der Bäume, sodass ihr das Blut in den Adern gefror. Dunstschwaden zogen über abgestorbene Baumstümpfe, die sich stumm und bedrohlich in den Nachthimmel erhoben. Gehetzt durchquerte sie ein Hochmoor, sank immer wieder bis zu den Hüften in von Nebeln umwaberte Wasserlöcher ein. Sie fühlte sich beobachtet und verfolgt und geriet in einen immer verwirrteren und ängstlicheren Zustand.

Inzwischen sah sie aus wie ein Gespenst. Die hellbraunen, langen Haare mit den grauen Strähnen hingen verfilzt und mit Blättern und Erde verkrustet über den Schultern. Ihr Kleid war restlos zerfetzt. Die halbwegs sauberen Stellen hatte sie für den Verband verbraucht. Der Rest verdiente den Namen Lumpen nicht. Ihren Rucksack hatte sie schon vor Tagen irgendwo liegen lassen, sie wusste nicht mal mehr, seit wann sie ihn vermisste. Ihre schlanke Gestalt war zu einem wandelnden Skelett abgemagert und die großen Augen in dem hohlwangigen Gesicht wirkten durch das Fieber wie irre Lichter. In den letzten Tagen war es warm gewesen, auch nachts. Selbst in den höheren Lagen sank die Temperatur nicht unter zehn Grad, sonst wäre sie wahrscheinlich schon nicht mehr aufgestanden.

Doch nun braute sich ein Unwetter zusammen und seit den frühen Morgenstunden regnete es in Strömen. Blitze erhellten im Sekundentakt den fast nachtschwarzen Himmel.

Die Berge waren flacher geworden und irgendwann begriff sie, dass sie den Hochharz hinter sich gelassen hatte. Aber in welche Richtung sie sich inzwischen bewegte, ahnte sie nicht. Der dichte Bewuchs verwehrte ihr den Blick zum Brocken. Sie würde auf eine Anhöhe klettern müssen, um sich zu orientieren.

Sie überquerte ein weiteres Flüsschen, das durch das Gewitter bedrohlich anzuschwellen begann. Als hätte der Himmel alle Schleusen geöffnet, stürmte es inzwischen seit Stunden. Der Waldboden hatte sich an vielen Stellen aufgelöst und sie rutschte die neue Anhöhe zweimal wieder hinunter, bevor sie in einem dritten Anlauf, auf allen vieren kriechend, die Kuppe erreichte.

Oben angekommen, brach sie erschöpft zusammen. Ein neuer Fieberschub überfiel sie und sie blieb zitternd und zusammengekauert zwischen den Bäumen liegen.

Als sie wieder halbwegs zu sich kam, war die Nacht ein weiteres Mal hereingebrochen. Der Regen hatte noch nicht aufgehört, aber Blitz und Donner hatten sich ausgetobt.

Sie hob den Kopf und versuchte, sich an einem jungen Bäumchen hochzuziehen. Es gelang ihr, sich aufzusetzen und an einen dickeren Baumstamm zu lehnen.

Zwar war sie den Hunden entkommen, aber es würde ihr wohl nichts mehr nützen. Sie fühlte schon seit Tagen ihre Kräfte immer mehr dahinschwinden und sie wusste, dass sie sich schon in wenigen Stunden nicht mehr würde bewegen können. Nur ihr unbändiger Wille hatte sie bis hierher gebracht. Sie konnte unmöglich einschätzen, wie weit sie in den vergangenen Tagen und Nächten gelaufen war, geschweige denn, in welche Richtung. Wenn sie Pech hatte, war sie vielleicht sogar im Kreis gelaufen und ihren Häschern wieder näher gekommen. Nur die Sorge um die Sicherheit ihres Kindes und ihrer Freunde ließ sie schließlich weiterkriechen. Lieber würde sie hier verrecken, als dass sie im Fieberrausch oder unter der Folter Dinge sagte, die alle ins Unglück stürzen würden. Die Dunkelheit war so tief, dass sie nicht bemerkte, wie sie auf einen Abhang zukroch. Als sie fiel, drang diese Tatsache erst spät in ihr umnebeltes Bewusstsein. Sie kam am Fuße des Abhangs zum Liegen, hatte aber noch die Kraft den Kopf zu heben, um nicht in der tiefen Pfütze, in der sie gelandet war, zu ertrinken. *‚Oder war es wieder ein Bach?‘*

Sie kroch auf allen vieren weiter und nahm verschwommen wahr, dass es sich bei dem vermuteten Bach um eine tiefe Wagenspur handelte, die mit Regenwasser vollgelaufen war.

Und nun sah sie auch das schwache Licht, das in einiger Entfernung von einem meterhohen Gemäuer flackernd zu ihr herüberleuchtete. Ein großes Haus musste das sein. Das erste Mal seit dem Beginn ihrer Flucht sah sie wieder eine menschliche Behausung. Sie hatte jede Waldhütte oder die üblichen Lagerplätze gemieden. Und ihre Überlebensinstinkte ließen sie auch hier sofort an den Rand des Weges in den Schatten der dichten Bäume kriechen.

*‚Wo war sie hier nur?‘*

Trotz der Angst vor ihren Verfolgern wollte sie wissen, wohin ihre Flucht sie letztendlich gebracht hatte, ob sie weit weg war oder die Stadt, die sie überstürzt verlassen hatte, vielleicht schon wieder hinter der nächsten Biegung lag. Sie kroch langsam auf das Licht zu. Immer wieder blieb sie in dem kalten Schlamm liegen, weil ihre Kräfte sie verließen. Es war wohl egal, wo sie war. Sie spürte, dass sie eine weitere Nacht hier draußen nicht überleben würde.

Irgendwann hatte sie die kalten Mauern aus rötlichem Bruchstein erreicht und konnte das Sturmlicht in der kleinen Nische neben dem Eingang erkennen. Und auch das verwitterte Holzschild mit dem Namen Kloster W.

Kloster W.? Das kannte sie doch von einigen Erzählungen umherziehender Prediger und Kaufleute. Sie musste bald achtzig Kilometer zurückgelegt haben. Hier würde wohl niemand nach ihr suchen. Bei dem Gedanken, dass sie es fast geschafft hätte, verlor sie das Bewusstsein und blieb im Schlamm, im strömenden Regen neben dem Eingang liegen.

# XII.
## Der Weißsteinbach

Gerda Hoffmann stand am nächsten Mittag in der Küche und kochte für die Kinder Nudeln mit ihrer berühmten, selbstgemachten Tomatensoße. Die Kinder waren nach dem Frühstück aufgebrochen, um das schöne Wetter auszunutzen und vielleicht das letzte Mal in diesem Jahr ihre Burg im Wald zu besuchen.

Sie waren jetzt über zwei Stunden weg und die Großmutter wurde langsam unruhig. Sie war heute Morgen schon so nervös aufgestanden, und kaum waren die Kinder nach dem Frühstück gegangen, sah sie ständig aus dem Küchenfenster, ob sie nicht schon wieder da wären. Sie hatte ein ungutes Gefühl. Gestern konnte sie nicht einschlafen und war dann nachts immer wieder schweißgebadet aufgewacht.

Wohl zum hundertsten Mal schaute sie nun schon aus dem Fenster. Sie hatte den Kindern eingetrichtert, dass sie heute unbedingt pünktlich um halb eins zu Hause sein sollten.

Sie sah auf die Uhr. Zwei Minuten vor zwölf. Sie fröstelte. Vielleicht wurde sie auch krank? In diesem Moment hörte sie Stimmen auf dem Hof und ein weiterer Blick aus dem Fenster ließ sie aufatmen. Der kleine Trupp Kinder hatte den Hof betreten. Ihr fiel ein Stein vom Herzen. Sie wusste auch nicht, warum sie sich Sorgen machte. Die Kinder waren eigentlich vernünftig und Peter nahm es mit der Pünktlichkeit und seiner Aufgabe als Ältester sehr genau. Und heute wohl besonders, denn normalerweise kamen sie zwar pünktlich, aber nie eine halbe Stunde früher als ausgemacht.

Sie sah die Kinder auf den Eingang zukommen. Irgendetwas an dem Bild störte sie. Peter, Christin und Mindauga kamen zuerst und in einigem Abstand Max und Amara. Sie schienen sich gestritten zu haben. Das war ungewöhnlich. Normalerweise verstanden sich die fünf ausgezeichnet.

Sie hörte die Tür aufgehen und nach einem kurzen ‚Hallo‘ verschwanden die ersten drei im Bad, um sich die Hände zu waschen. Gerda Hoffmann wollte sie erst einmal nicht aushorchen, sondern abwarten, bis die Kinder von alleine erzählten. Sie füllte die Teller auf und nach wenigen Minuten saßen alle am Tisch.

„Und, wie war es?", fragte die Großmutter gleichmütig.

Nach einem betretenen Schweigen, bei dem jeder auf seinen Teller starrte und so tat, als höre er nichts, brach dann Mindauga endlich das Schweigen.

„Max ist ein Spielverderber!"

Max stocherte in seinem Essen herum und erwiderte nichts. Er war sonst nicht so schweigsam und Gerda Hoffmann wunderte sich immer mehr.

„Was ist denn passiert?", fragte sie deshalb in die Runde.

Christin meldete sich zu Wort. Aufgeregt sagte sie: „Es war so schön im Wald! Und ganz warm! Sogar unser Teufelsstein war richtig warm. Und der Wohnwagen ist über und über mit Efeu bewachsen. Es sieht aus wie bei Dornröschen und überall sind Pilze, wie gesät, und wir hatten alle riesigen Spaß, aber Max wollte unbedingt nach Hause. Er hat solange gequengelt, bis wir uns richtig laut gestritten haben. Er hat alles verdorben."

„Aber wieso das denn Max?", fragte ihn Gerda. „Warum wolltest du denn nach Hause?"

Die Großmutter wunderte sich über das Kind. Er war sonst immer der erste, der sich neue Spiele ausdachte und immer der letzte, wenn es ans Nachhausegehen ging.

„Ich weiß nicht, im Wald war etwas." Mehr sagte er nicht. Er schob sich eine Nudel in den Mund und schaute seine Oma nicht mal an.

„Was war denn? Hast du was gesehen?", bohrte seine Oma nach. „Nein, gehört", kam die knappe Antwort.

„Und was?" Die Großmutter wurde langsam ungeduldig. Max ließ sich wirklich alles aus der Nase ziehen.

„Nichts", sagte das Kind.

„Du wolltest nach Hause, weil du  nichts gehört hast?" Hatte der Junge den Verstand verloren?

„Sprich doch endlich!", forderte sie ihn nun nachdrücklich auf. Max legte die Gabel aus der Hand und sprach, ohne seine Großmutter anzusehen.

„Ich höre Dinge, die nicht da sind."

„Wie meinst du das?" Die Großmutter war verwirrt. „Vielleicht liegt es tatsächlich an dem Tee, den du uns gemacht hast. Du hast gesagt, wir werden das Gras wachsen hören und nun ist es irgendwie so, als höre ich immer Dinge, die nicht da sind. Ist mir vorher nicht aufgefallen ..." Er schwieg wieder.

„Und?" Die Großmutter drängte ihn weiterzuerzählen.

„Na, seit letzter Woche höre ich besser, aber mehr die Dinge, die nicht mehr so sind wie früher." Er hob den Kopf und fuhr fort: „Zum Beispiel, dass deine Uhr im Wintergarten vor fünf Minuten stehengeblieben ist."

„Wie, du hörst von hier aus, ob die Uhr im Wintergarten geht?", fragte Gerda entgeistert.

Das konnte nicht sein. Dazu musste man durch zwei Türen und sie hatte vorhin beide geschlossen.

„Warte!" Die Großmutter verließ die Küche und kam nach kurzer Zeit wieder. Ihr Gesicht wirkte ernst.

„Du hast recht, vor fünf Minuten stehengeblieben. Und warum wolltest du nun nach Hause?"

„Es war so still im Wald", sagte er plötzlich laut mit zittriger Stimme und sie hatte schon Angst, er würde in Tränen ausbrechen. „Kein Vogel, kein Zirpen, keine Taube. Da war irgendetwas und das war böse."

Max nahm trotzig die Gabel in die Hand, vergaß aber zu essen.

Die anderen Kinder zuckten die Schultern. Christin tippte sich an die Stirn. Großmutter sah es und sagte: „Ich bin froh, dass Max euch so lange gedrängt hat. Das ist wirklich ungewöhnlich, wenn es im Wald derart still ist. War es wirklich so leise?"

Christin zuckte wieder mit den Schultern und schwärmte erneut: „Ja, aber es war wunderschön. Der Wohnwagen sah ganz verwunschen aus."

Sie konnte noch keine Ruhe geben. „Und Minchen hat einen Schatz gefunden", fügte sie schließlich hinzu.

„Einen Schatz?" Das wurde ja immer verrückter. „Was für einen Schatz?"

Mindauga machte keine Anstalten etwas zu sagen.

*‚Was war nur heute mit den Kindern los?'* Langsam wurde sie wirklich böse. „Mindauga, was hast du gefunden?", forderte die Großmutter laut.

Minchen stand zögernd auf, fasste in die Tasche ihrer Jeans und zog etwas heraus. Sie schaute auf ihre geschlossene Hand und öffnete sie langsam. Auf ihrem Handteller lagen drei wunderschöne, strahlend weiße, glatte Steine.

Großmutter Gerdas Gesicht verlor augenblicklich alle Farbe. Sie fasste sich an die Brust.

„Woher hast du die?", keuchte sie mühsam hervor. Nun endlich hatte sie die volle Aufmerksamkeit aller Kinder. Denn diese bemerkten sehr wohl, wie geschockt ihre Oma war.

„Die habe ich vor dem Wohnwagen gefunden." Minchen begriff nicht, warum ein paar Steine so schlimm sein sollten.

Gerda Hoffmann nahm vorsichtig einen Stein und hielt ihn gegen das Licht. Sein grünliches Licht funkelte bedrohlich. Sie ging zu dem alten hohen Küchenschrank, öffnete ihn und hielt den Stein hinein. Sie schloss, soweit es ging, die Tür. In dem dämmrigen Licht fing der Stein an, von innen heraus zu glimmen. Er war eiskalt.

„Ihr geht nicht wieder in den Wald!", sagte sie plötzlich atemlos. „Wisst ihr nicht, was das ist?" Sie hielt den Kindern die weißen Kiesel hin. „Das sind Steine aus dem Weißsteinbach. Er erscheint nur dort, wo Hexen sind oder waren. Max hat euch heute vielleicht das Leben gerettet."

~~~~~~~~~

Gerda Hoffmann saß im Wintergarten. Die Kinder hatte sie nach dem Mittagessen hinauf in die alte Dachkammer geschickt, die ihr als Spielzimmer diente, wenn die Enkel da waren. Es gab tatsächlich noch Tränen, weil Minchen die weißen Steine nicht hergeben wollte. Bei Gerda saß der Schock über die Erzählungen der Kinder tief. Nun gab es keinen Zweifel mehr, dass die Legende dabei war, sich zu erfüllen. Sie versuchte, nicht daran zu denken, was geschehen wäre, wenn Max nicht dieses besorgte Wesen an den Tag gelegt und die anderen zur Umkehr bewogen hätte.

Und sie war mehr als froh, den Kindern schon letzte Woche den Tee gekocht zu haben. Ohne diesen Schutz, wer weiß, was geschehen wäre. Anscheinend schien der Tee außer den Sinnen auch die natürlichen Instinkte der Kinder zu stärken. Das hatte sie an sich selbst schon bemerkt. Jetzt, im Nachhinein, fiel ihr immer deutlicher auf, dass sie in letzter Zeit mehr auf ihre innere Stimme hörte und damit gut beraten war.

Sie hörte die Kinder oben spielen. Bis auf Max hatten sie das Erlebte wohl nicht als Bedrohung empfunden und gaben sich in der Bodenkammer schon wieder lautstark ihren Spielen hin.

Gerda Hoffmann lauschte kurz auf die Stimmen der Enkel im oberen Geschoss, die ein Brettspiel hervorgekramt hatten und laut lachten, als Christin zum dritten Mal aus dem Spiel flog.

*‚Gut, die waren beschäftigt.'* Sie schlich vorsichtig in den Keller und machte erst da eine kleine Lampe an. Es war ein uralter Sandsteingewölbekeller und man musste sich bücken, um in die hintere Ecke zu gelangen. Dort stand ein Stapel Kisten. Bis auf die unterste stellte sie die anderen zur Seite. Dann rollte sie den schweren Kartoffelbehälter nach vorn. Dahinter kam die Sandsteinwand zum Vorschein. Nur ein geübtes Auge konnte in dem diffusen Licht die schmale, ausgekratzte Fuge erkennen, die hier ein Versteck vermuten ließ. Sie zog einen größeren Sandstein heraus und entnahm dem Verschlag einen alten Holzkasten. Sie hob ihn auf den Stapel Kisten und öffnete den Verschluss.

Gerda Hoffmann legte die Tüte mit dem Tee zur Seite. Hier fehlte schon gut die Hälfte. *‚Ob er wohl reichen würde?'* Sie hatte keine Ahnung. Dann nahm sie eine kleine, dunkelbraune Phiole heraus und hielt sie in das trübe Licht der Kellerlampe. Sie enthielt eine hellrote Flüssigkeit, die durch die braune Färbung des Glases wie dunkelrotes Blut aussah. Sie nahm noch eine zweite Flasche von ähnlichem, tropfenförmigem Aussehen aus dem Kästchen und hielt sie daneben. Diese war durchsichtig und enthielt eine tiefgrüne, dicke Flüssigkeit. Sie hatte dieser Rezeptur den Namen *‚Smaragd-Öl'* gegeben. Es glänzte fast magisch in dem dunklen Keller. Ein wenig wie die Steine aus dem Weißsteinbach, nur viel stärker. Die kleine Flasche tauchte den Keller in ein mattes, grünes Leuchten. In der Kiste befand sich außerdem ein

Tiegel aus verholzten Pflanzenstielen, in dem eine bleiche Salbe zu erkennen war. Fünf Stäbe aus getrockneten Pflanzen, die mit einer Art Hanf zusammengebunden waren, lagen auf dem Grunde der Holzkiste.

Gerda Hoffmann sah auf ihre kleinen Heiligtümer und zerbrach sich wohl zum hundertsten Mal den Kopf über diese seltsamen, ja fast magischen Rezepturen. Sie hatte sie zwar angefertigt, konnte aber beim besten Willen nicht sagen, wofür sie waren.

Den Tee hatte sie damals für am ungefährlichsten gehalten und deshalb ausprobiert. Er hatte seinen Dienst wohl bereits getan, aber wofür die anderen Sachen waren, konnte nicht einmal sie erraten. Sie nahm an, dass die Anweisungen dazu in den anderen Teilen des Buches zu finden waren. *‚Wo könnten die abgeblieben sein?‘* Ihr lief die Zeit davon.

Sie legte alles zurück und vergewisserte sich, dass der Kistenstapel alles verdeckte. Sie hielt das Versteck für sicher, trotzdem überlegte sie, ob sie ein neues suchen sollte. *‚Aber wo?‘* Sie musste darüber nachdenken. Wie über so viel anderes. Das Geschehen heute Vormittag im Wald konnte nicht ohne Folgen bleiben. Sie musste handeln, auch wenn sie keine Ahnung hatte wie.

Sie verließ den Keller leise und schlich in die Küche. Sie bemerkte nicht den kleinen Schatten hinter dem alten Spinnrad, das am Kellereingang langsam verstaubte. Als sie das Licht im Flur losch, schlich sich auch Max vorsichtig wieder nach oben zu den anderen.

~~~~~~~~~

Der Baum erzitterte leise und sah der Geburt des Pilzes zu, der sich wie seine vier Geschwister vor ihm unverwandt aus dem Wurzelgeflecht erhob.

Er hörte es schon seit geraumer Zeit. Es hatte mit dem ersten Pilz als zartes Klopfen in seinen Wurzeln begonnen und stieg mit jedem neuen braunen Hut seiner Kinder weiter hinauf. Und jetzt schlug es fast in seiner Brust und er nahm das dumpfe Dröhnen stärker wahr. Er lauschte auf das stetige Pochen und machte sich bereit. Die Zeit war nah.

Die Abenddämmerung sah den Baum seine Äste herabsenken und sie beschützend und fast zärtlich um die fünf großen Pilze legen, die unbeirrt mit ihm zusammen auf ihr Schicksal warteten.

## XIII.
## Liber contra vim oblivionis

Kommissar Breitner saß im Wintergarten der alten Mühle und nahm den ersten Schluck heißen Kaffees. Frau Hoffmann sah ihn aufmerksam an.

Sie hatte sich etwas gewundert, als er gestern Abend anrief und um einen weiteren Termin bat. Wollte er sich doch noch die Karten legen lassen oder hatte ihm die Kollegin ihren Anruf ausgerichtet? Bei dem Anruf gestern wollte er sich nicht weiter erklären und so saß sie ihm nun erwartungsvoll gegenüber. Er war etwas gelöster als bei ihrer ersten Begegnung und sie war froh, dass er hier war. Das ersparte ihr die Initiative und sie konnte ihn gleich heute nach den Dingen fragen, die ihr auf den Nägeln brannten. Doch sie wartete ab und ließ ihm den Vortritt.

„Nun ja, Frau Hoffmann, Sie wundern sich bestimmt, dass ich nun schon wieder hier sitze. Es ist gerade mal eine Woche her, dass wir uns unterhalten haben und doch sind seitdem so viele Dinge passiert, dass es mir viel länger vorkommt. Ich will mich auch nicht so lange mit der Vorrede aufhalten. Doch bevor ich zum Kern der Dinge vordringe, möchte ich Sie gern um Ihre Verschwiegenheit bitten. Meine Dienststelle weiß nicht, dass ich hier bin und ich muss Sie bei meinen Fragen auch eventuell ein wenig ins Vertrauen ziehen und damit das Dienstgeheimnis umgehen. Das sehen meine Vorgesetzten natürlich gar nicht gern und wenn sie es erfahren, kann ich wahrscheinlich meinen Hut nehmen. Trotzdem sitze ich hier, weil ich glaube, dass Sie mir in einer bestimmten Angelegenheit weiterhelfen können."

Er machte eine Pause und sah seine Gesprächspartnerin so intensiv an, als wolle er erforschen, was sie nun dachte. Gerda Hoffmann sagte jedoch zunächst nichts, sondern schien sich die Antwort noch überlegen zu müssen. Breitner kannte ihre Art bereits etwas und wurde deshalb nicht gleich so nervös wie bei ihrer ersten Begegnung. „Ich kann mir denken, was Sie meinen", sagte sie schließlich. „Und auch ich habe Fragen an Sie. Wissen Sie, dass ich letzte Woche bei Ihnen angerufen habe und am Donnerstag sogar vor dem Präsidium stand und zu Ihnen wollte?"

Breitner war aufrichtig überrascht. „Nein, ich hatte keine Ahnung. Warum haben Sie denn nicht nach mir gefragt?"

„Nun, ich war mir plötzlich nicht mehr sicher, ob das der richtige Weg ist. Und als Sie gestern anriefen, war mir diese Art des Treffens viel lieber." Sie lächelte und nahm einen Schluck aus ihrer Tasse. „Ich habe, wie gesagt, auch dringende Fragen an Sie und dass diese Unterredung unter uns bleiben soll, ist mir mehr als recht. Aber vielleicht erklären Sie mir kurz, worum es geht und ich sehe, ob ich Ihnen helfen kann."

Breitner setze sich in seinem Korbsessel zurecht und räusperte sich. „Also, ich kann Ihnen nicht alle Hintergründe erzählen, aber vielleicht so viel. Wir haben drei vermisste Kinder, eins davon schon seit Wochen. Wir kamen nicht weiter, weil wir absolut nichts an Indizien hatten. Die Kinder waren und sind völlig spurlos verschwunden.

Erst die Bildung einer Sonderkommission aus mehreren Harzkreisen hat etwas Neues gebracht. An allen Tatorten fanden wir seltsame Zeichen, die sich zwar ähneln, aber nicht gleich sind. Und bei dem letzten Fall erinnerte ich mich plötzlich, dass die Karte, die ich vorige Woche bei Ihnen gezogen habe, ganz ähnlich aussah. Deshalb bin ich hier, denn ich frage mich, ob Sie mehr darüber wissen..." Er stutzte, als er ihre Reaktion sah. Die Farbe war aus ihrem Gesicht gewichen und sie griff sich ans Herz.

„Oh Gott, ich habe es gewusst", war die einzige Reaktion Gerdas. Dieser Satz ließ Breitner von einer Sekunde zur anderen hellwach werden. ‚Volltreffer!' Er hatte also richtig gelegen mit seiner Vermutung.

Doch jetzt machte er sich erst einmal Sorgen, dass Frau Hoffmann einen Herzanfall oder gar etwas Schlimmeres erlitten hätte. Er stand hastig auf. „Soll ich Ihnen etwas bringen, Tropfen oder so?" Sie schüttelte den Kopf. „Es geht schon, aber wenn Sie dort aus der Anrichte die Flasche und zwei Gläser holen würden. Ich glaube, ich brauche jetzt was Stärkeres als Kaffee."

Breitner ging zu der kleinen Anrichte, öffnete die filigrane Tür und sah eine Flasche mit warmem, bernsteinfarbenen Inhalt und mehreren Gläsern daneben stehen. ‚Nicht schlecht, die alte Dame, eine Genießerin.'

„Diesen hier?", fragte er mit anerkennendem Blick.

„Genau den! Ich trinke nicht oft Schnaps, aber wenn, dann den Guten. Es ist *‚Echter Nordhäuser Korn-Liqueur‘*, in Deutschland der einzige seiner Art, 20 Jahre in Eichenfässern gereift. Bringen Sie sich doch ein Glas mit. Sie werden es sicher auch gleich brauchen."

*‚Vielleicht eine gute Idee.‘* Breitner entnahm dem Schrank die Flasche und zwei der geschliffenen, kleinen Kelche und setzte sich wieder an den Tisch.

Er goss reichlich in die beiden filigranen Kristallgläser und gab Frau Hoffmann eines davon. Er hob sein Glas und trank einen winzigen Schluck. *‚Na, das ist mal ein Genuss... und diese elegante, rauchige Whisky-Note.‘* Er dachte an den Fusel von letzter Woche, der ihn so außer Kraft gesetzt hatte.

Gerda Hoffmann trank ebenfalls kleine Schlückchen und setzte dann ihr Glas auf dem Tisch ab.

„Bitte entschuldigen Sie meine heftige Reaktion, aber in den letzten Tagen habe ich so manche Überraschung erlebt und ich bin schließlich auch nicht mehr die Jüngste." Sie nahm einen weiteren Schluck und schien sich zusehends zu beruhigen.

„Ich hatte so etwas in der Art erwartet. Meine Frage an  Sie lautete nämlich, ob in den letzten Wochen irgendwelche ungewöhnlichen oder rätselhaften Dinge passiert sind. Die Frage wäre damit schon beantwortet. Das, was ich Ihnen dazu zu sagen habe, wird Ihren Realitätssinn auf eine harte Probe stellen.

Ich werde Ihnen jetzt eine Geschichte erzählen, eine äußerst haarsträubende Geschichte, die Ihre Vorstellungskraft eventuell übersteigen wird. Trotzdem möchte ich Sie bitten, mir bis zum Schluss einfach nur zuzuhören. Das eine oder andere wird Ihnen mehr als fantastisch erscheinen, aber wir können im Anschluss darüber diskutieren. Sind Sie damit einverstanden?" Breitner war jetzt mehr als neugierig.

Die Frau schien entweder wirklich etwas zu wissen oder aber sie war völlig irre. Er war jedenfalls mit der Vorgehensweise einverstanden. „Das ist in Ordnung. Ich höre Ihnen zu." Damit lehnte er sich in seinem Sessel zurück und wartete.

In der nächsten Stunde erzählte Gerda Hoffmann Kommissar Breitner, was sie wusste: von den Funden in ihrem Keller, der alten Legende vom Hexenring und von Johanna, der Äbtissin des hiesigen Klosters, und auch von der Steintafel an ihrem Haus und der verschlüsselten Nachricht darin.

Sie erzählte, wie sie die Papyrusrollen fand und in den Klöstern und Archiven nach weiteren Hinweisen suchte, dass sie die Rollen mit den Pflanzen studiert und versucht hatte, die Rezepturen nachzuarbeiten.

Allerdings erzählte sie ihm nicht, dass sie ihren Enkelkindern den Tee gegeben hatte und was er bewirkte. Der ungläubige Blick von Kommissar Breitner verstärkte sich noch mehr, als sie von den dreizehn Karten sprach, die viele Jahre immer nur eine, die erste Karte aufzeigte und erst seit seinem Besuch die mit der Nummer Dreizehn.

„Und Sie meinen, diese Karten haben etwas mit den verschwundenen Kindern zu tun?" Kommissar Breitner kam nicht mehr so richtig mit. Was er hier zu hören bekam, überstieg wirklich seine Vorstellungskraft.

Gerda zuckte mit den Schultern. „Ich nehme an, dass das alles irgendwie zusammengehört. Ich weiß nur nicht genau wie." „Und Sie vermuten, dass das mit diesen sogenannten Hexen aus dieser Prophezeiung zu tun hat." Breitner war alles andere als überzeugt. „Sie müssen zugeben, dass der Begriff Hexen mehr ins Märchenbuch gehört." Sein Tonfall hörte sich mehr als skeptisch an. Gerda nickte verständnisvoll.

„In diesem Buch werden sie Hexen genannt, aber ich nehme an, es handelt sich um eine typische Bezeichnung aus der Zeit, in der Johanna lebte. Sie können sie genauso gut Dämonen oder das Böse schlechthin nennen. Es gibt in jedem Kulturkreis dieser Welt Wesen, die das Böse verkörpern. Sie finden auf der ganzen Erde Hinweise dazu.

Ich hatte mit den Karten lange Zeit nicht gearbeitet und erst als Sie letzte Woche bei mir waren, bin ich mehr einer Eingebung gefolgt und habe sie hervorgeholt.

Ich war mehr als erstaunt, als Sie die mit der ‚Dreizehn' und nicht wie ich jahrelang, die Karte mit der ‚Eins' gezogen haben. Sie müssen wissen, dass ich, solange ich diese Karten besitze, immer nur diese eine Karte als erste aufdeckte und nie die, die Sie bei Ihrem ersten Besuch hier zogen. Erst dachte ich, es läge an Ihnen, aber seit diesem Tag hat sich noch mehr verändert."

Sie stand auf und holte aus dem ihm schon bekannten Holzkästchen den kleinen Stapel der abgegriffenen Karten, mischte sie kurz und legte sie verdeckt auf den Tisch.

„Und dass Sie nun sagen, Sie haben ähnliche Symbole an den Tatorten gefunden, bringt mich auf eine Idee. Ziehen Sie, langsam bitte, eine Karte!" Breitner kam sich albern vor, aber er zog die Karte und drehte sie um. Es war die Karte mit der ‚Dreizehn'.

„Sehen Sie, wieder die ‚Dreizehn'. Und nun die nächste", forderte sie ihn auf.

Breitner überlegte eine Weile und entschied sich dann für eine weitere. Es war die mit der ‚Eins'. Auch die nächsten vier kamen in der gleichen Reihenfolge, wie Gerda Hoffmann es beschrieben hatte. Er zog noch ein paar weitere Karten, dann mischte sie die Karten erneut und zog diesmal selber. Bis zur sechsten Karte war es exakt dieselbe Reihenfolge, dann zog sie eine andere.

„Sehen Sie, was ich meine? Das ist doch mehr als merkwürdig. Nach Ihrem letzten Besuch habe ich die Karten jeden Tag gelegt und mir ist etwas aufgefallen. Seit die Karte mit der ‚Dreizehn' aufgetaucht ist, scheinen sich die Karten irgendwie von allein zu sortieren. Letzte Woche Mittwoch waren es nur die ersten drei, die nacheinander erschienen. Doch nun sind es schon fünf und deshalb glaube ich, dass es fünf Kinder sein müssten, die verschwunden sind." Kommissar Breitner sah erstaunt zu ihr auf.

„Sie meinen, die Karten zeigen an, wie viele Kinder verschwunden sind?"

Sie zuckte mit den Schultern.

„Warum nicht? Ich habe diese Karten seit zehn Jahren. Es hat sich nie etwas verändert. Und wenn ich die Steintafel und die Zahlen darauf richtig gedeutet habe, ist die Zeit einfach abgelaufen und diese Art Hexen oder Dämonen oder wie auch immer Sie es nennen wollen, versuchen erneut, in unsere Welt einzudringen."

Kommissar Breitner war nicht überzeugt. „Aber selbst wenn es so ist, was soll das alles? Was wollen die hier? Ich meine, was passiert denn dann?"

Gerda Hoffmann sah ihn ernst an. „Kennen Sie die Bibel, Herr Kommissar?"

„Nicht besonders gut. Wieso fragen Sie danach?"

„Weil ich glaube, dass die Ereignisse, die hier vor sich gehen, biblische Auswirkungen haben werden, wenn wir sie nicht zu verhindern wissen."

Spätestens ab diesem Zeitpunkt begann Joachim Breitner am Verstand von Gerda Hoffmann zu zweifeln. *,Immer, wenn die Menschen keine Erklärungen mehr haben, holen sie die alten Weltuntergangstheorien hervor.'* Für ihn war das ein ganz klarer Fall von Kindesentführung. Deshalb schüttelte er auch den Kopf. „Frau Hoffmann, also das glaube ich nun beim besten Willen nicht. Auch, dass noch mehr Kinder verschwunden sein sollen, kann ich mir nicht vorstellen. Die Soko arbeitet rund um die Uhr. Jede Meldung über vermisste Kinde und auch alle anderen Fälle landen automatisch auf unserem Tisch. Wir würden es wissen, wenn irgendwo im gesamten Bundesgebiet auch nur ein weiteres Kind fehlt."

„Stimmt, aber wie viele Kinder verschwinden jedes Jahr und tauchen nie wieder auf. Das ist doch keine neue Situation."

„Da haben Sie zwar recht, allerdings reden Sie hier ja jetzt von Kindern, die gar nicht erst als vermisst gemeldet wurden."

„Und genau da steckt ja das Perfide. *,Spurloses Verschwinden'* bekommt hier eine ganz neue Dimension. Die ganze Sache wird sich im Verborgenen abspielen. Und wenn wir es merken, ist es zu spät." Breitners Gesichtsausdruck wurde noch skeptischer.

„Sie reden hier doch nicht etwa von Zauberei, oder doch?" Gerda schüttelte ernst den Kopf.

„Nein, früher hätte man es Zauberei genannt. Ich nenne es Verschleierung. Es ist ein Puzzle und die wichtigsten Teile fehlen. Ich habe das Gefühl, alles liegt in einem zähen Nebel und jedes Mal, wenn man danach greift, fasst man ins Leere."

„Aber Sie sagen doch selber, dass es außer den Karten, die Sie abgemalt haben, keine weiteren Hinweise auf diese Hexen gegeben hat."

„Stimmt, ein Teil der Informationen beruht wirklich auf Vermutungen, aber ich nehme an, dass Johanna nach den Ereignissen im Jahre 1666 diese Rollen angefertigt hat und dass sie Teil eines Buches waren. Sie muss die einzelnen Teile, wahrscheinlich aus Sicherheitsgründen, an verschiedenen Orten versteckt haben. Sie hat das Buch sozusagen verteilt, damit es nicht in falsche Hände gerät oder nur schwer zu verstehen ist. Sie hat als Äbtissin dieses Haus, das vor 1700 nur noch eine Ruine war, wieder aufgebaut und hier die Rollen versteckt und die Tafel anbringen lassen.

Und ich bin mir ganz sicher, dass an anderen Orten die fehlenden Seiten des Buches zu finden sind, dass nur bestimmte Menschen das Buch überhaupt als solches erkennen." Breitner ließ nicht locker.

„Das mag sein, aber gibt es denn in den vorhandenen Rollen einen Hinweis auf ein Buch? Und wenn, dann müssten Sie auch bedenken, dass das Mittelalter voller Aberglauben war. Auch diese Johanna wird davon nicht frei gewesen sein."

„Das mag sein, aber nach allem, was ich weiß, scheint sie ihrer Zeit recht kritisch und überhaupt nicht abergläubisch gegenübergestanden zu haben. Im Gegenteil, viele weise Frauen ihrer Zeit haben sich eher an Tatsachen, wie der Wirkung von Heilpflanzen, als an irgendwelche Zaubersprüche gehalten. In einer Rolle bei den Rezepturen gibt es zwei Verweise, die mich davon überzeugt haben. Es ist von einem *‚Weißen Orden'* wie in der eigentlichen Prophezeiung und von einem *‚Liber contra vim oblivionis'* die Rede. Das ist Latein und bedeutet *wohl ‚Buch gegen die Macht des Vergessens'*, aber ich nenne es immer *‚l.c.v.o.'*. So wurde es auch im Text abgekürzt." Breitner fragte nach: „Und Sie meinen, die Rollen, die Sie gefunden haben, sind Teile dieses *‚Liber....'*, äh...dieses *'l.c.v.o.'*?" Gerda nickte.

„Genau, und ich bin ganz sicher, aus den anderen Kapiteln dieses Buches würden wir erfahren, was es mit diesen Symbolen auf sich hat und was als Nächstes auf uns zukommt." Sie schwieg plötzlich.

Der Kommissar sah sie erstaunt an.

„Meinen Sie etwa, es werden noch mehr Kinder verschwinden?" Sie sah ihn ernst an.

„Nicht nur das, Herr Breitner. Es werden noch andere, schlimmere Dinge passieren. Es hat gerade erst angefangen."

Breitner erblasste und diesmal war es Gerda Hoffmann, die ihnen einen ‚Korn-Liqueur' einschenkte.

## XIV.
## Veneficia

Als Kommissar Breitner nach über zwei Stunden wieder im Auto saß und ins Präsidium fuhr, versuchte er immer noch, die ganzen Informationen zu verdauen, was ihm zugegebenermaßen sehr schwer fiel. Wenn er nicht selbst die Sache mit den Karten gesehen hätte, er würde es nicht glauben. Sie schienen sich wirklich von allein zu sortieren. Und die Symbole auf den Karten 1-3 ähnelten auffallend den gefundenen Zeichen.

Er hatte Frau Hoffmann gebeten, sie ihm zu leihen, um die Symbole in ihrem Labor untersuchen lassen zu können, aber Frau Hoffmann lehnte das ab. Zum einen sollte niemand erfahren, dass sie diese Karten angefertigt hatte und zum anderen würden sie dadurch ihre Vereinbarung brechen müssen. Das wollten beide nicht. Aber Gerda Hoffmann erzählte ihm daraufhin, was sie am Mittwoch in dem kleinen Museum des Klosters gesehen hatte. Diese Abbildungen waren erheblich besser als ihre stümperhaften Zeichnungen, und ihre heimlichen Treffen würden unbemerkt bleiben. Breitner müsste es nur irgendwie organisieren, dass die Bilder aus dem Museum ‚zufällig' gefunden werden.

Joachim Breitner sah auf seine Uhr. Es war kurz vor 11 Uhr und er musste sich jetzt doch beeilen, um noch zur angesetzten Sitzung der Soko pünktlich zu kommen. Da Nehrkorn heute nicht im Hause war, sollte er die Gruppe anleiten.

Als er im Präsidium endlich in den Besprechungsraum stürzte, sah er etwas erstaunt auf die anwesenden Kollegen. Nur Anita, Hans Kolbe, Sabine Bellmann und Karl Heinz Rogge sowie ein Praktikant und ein relativ neuer Kollege von Frau Bellmann saßen am Tisch. „Was ist denn hier los? Wo sind die anderen?" Er sah verwirrt auf die Uhr. Fünf nach elf. Er hatte eher damit gerechnet, dass er der Letzte wäre. Anita sah zu ihm auf und bemerkte lakonisch: „Die anderen kommen nicht, sind abgezogen worden."

„Wieso das denn? Wir stecken mitten in den Ermittlungen und jetzt kommt gerade etwas Bewegung in den Fall." Joachim Breitner war ehrlich verwirrt.

„Es gab einen Doppelmord und wir sind so knapp mit Leuten, dass Nehrkorn erst mal auf unsere Gruppe zurückgegriffen hat." „Was für einen Doppelmord?" Hier war wohl etwas gründlich an ihm vorbeigegangen. Anita wurde langsam ungeduldig.

„Hörst du keine Nachrichten? Seit gestern Abend ist überall die Hölle los."

Die beiden Beamten aus dem Westharz schwiegen verlegen. Breitner wurde es jetzt zu bunt.

„Natürlich höre ich Nachrichten, aber da war nicht die Rede von einem Doppelmord." Er wurde immer lauter. „Also, was ist los?" Sabine Bellmann schaltete sich ein. Mit ruhiger Stimme erklärte sie: „Aufgrund des Wetters sind am Wochenende viele Pilzsammler unterwegs gewesen. Es gibt so viele Pilze wie seit Jahrzehnten nicht mehr. Nur dass die meisten von Pilzen leider keine Ahnung zu haben scheinen. Im Laufe des gestrigen Abends gingen mehrere Notrufe bei uns ein. Die Kollegen haben die zuständigen Stellen und die Krankenhäuser sofort verständigt, doch die waren bereits in hellem Aufruhr und im Dauereinsatz.

56 Personen insgesamt wurden in verschiedene Krankenhäuser mit zum Teil lebensgefährlichen Vergiftungen eingeliefert. Innerhalb einer Stunde gingen 22 Notrufe ein. Die waren völlig überfordert. Einige der Opfer wurden mit Hubschraubern ins Bezirkskrankenhaus geflogen. Bei ihnen wurde ein beginnendes Leberversagen festgestellt und sie wurden zur Transplantation angemeldet. Alle Krankenwagen, auch die vom ASB, waren in Einsätzen unterwegs. Sie haben nicht gleich bemerkt, dass ein Einsatzwagen nicht wiederkam. Erst am späten Abend entdeckte eine Streife den Krankenwagen auf einem kleinen Waldweg. Der Fahrer und der Notarzt wurden in der Nähe des Wagens mit durchgeschnittenen Kehlen gefunden. Muss ein ziemlich schlimmer Anblick gewesen sein. Irgendwelche Tiere hatten sich wohl schon an den Leichen zu schaffen gemacht. Die Kollegen waren echt geschockt."

Sabine schwieg. Auch die anderen sagten nichts. Dass es zu zahlreichen Pilzvergiftungen gekommen war, hatte Breitner wirklich in den Nachrichten gehört, sich jedoch nichts weiter dabei gedacht.

Dass es solche Ausmaße angenommen hatte, verwunderte ihn doch sehr.

*‚Es wird noch schlimmer werden'*, kamen ihm plötzlich die Worte von Gerda Hoffmann in den Sinn.

„Gibt es Vermisste bei diesen Fällen?", fragte er deshalb mehr sich selbst. Seine Kollegen hoben gleichzeitig die Köpfe und sahen sich etwas verwirrt an.

„Wie meinst du das?", fragte Anita.

„Ob es bei diesen ganzen Vergiftungsfällen Vermisste gibt? War in dem Krankenwagen nicht auch ein Verletzter oder fehlt sonst jemand?"

„Das wissen wir nicht. Ob der Krankenwagen auf dem Hin- oder Rückweg war, ist nicht sicher, also auch nicht, ob dort jemand weiteres im Wagen war. Und bei den anderen, nun ja, es waren teilweise ganze Familien, die eingeliefert wurden, weil sie alle von den Pilzen gegessen hatten. Sie wurden aufgrund des Vergiftungsgrades oft in verschiedene Krankenhäuser eingeliefert. Meinst du etwa, es gibt einen Zusammenhang mit unserem Fall?" Breitner zuckte die Schultern.

„Ich weiß nur, dass dieser Fall immer mysteriöser wird. Wer leitet die Ermittlungen in dem Doppelmord?"

„Siebert hat die Soko übernommen. Und Nehrkorn hat ihm die meisten unserer Gruppe zugeteilt. Gleich heute Morgen. Wo warst du eigentlich heute früh?"

Anitas Frage klang etwas genervt. Ihr Kollege kam hier erst kurz nach elf reingeschneit und benahm sich schon wie Nehrkorn. Sie wurde langsam sauer.

„Ich habe eine Zeugin getroffen. Sie wollte nicht hierher kommen. Reicht dir das als Begründung?", fragte Breitner ebenso gereizt wie sie.

Anita zog die Brauen hoch und schwieg.

Breitner atmete tief ein. *‚Okay, das lief hier nicht so gut und er wollte ja auch nicht den ekligen Chef spielen, aber diese neue Entwicklung machte ihn wirklich nervös'.*

Beschwichtigend erklärte er: „Wie es aussieht, werden wir also vorerst allein zurechtkommen müssen. Also folgendes: Anita, du gehst bitte nachher gleich zu Siebert und erkundigst dich, ob es Vermisste gibt!

Wenn ja, wie viele! Wenn nicht, soll uns Siebert auf jeden Fall die Opferliste zukommen lassen und prüfen, ob alle Beteiligten auch in den Krankenhäusern angekommen sind." Anita nickte und schrieb sich etwas auf.

„Gibt es etwas Neues von den Schriftzeichen?", fragte Breitner als Nächstes in die Runde.

„Ja, der Bericht ist da", warf Kalle ein. „Das ist auch reichlich eigenartig. Wie es aussieht, bestehen die Symbole aus uralten Schriftzeichen, die vermutlich altaramäischer oder hebräischer Abstammung sind. Die Experten kamen zu dem Schluss, dass es sich um die Buchstaben A, C und G oder L handelt. Diese Art Zeichen wurden schon vor Tausenden von Jahren benutzt. Was immer das heißen mag. Jedenfalls waren die Leute sehr interessiert  daran, wo wir jene Symbole gefunden haben."

Breitner schüttelte den Kopf. „Das wird ja immer verrückter. Jetzt fehlen nur noch die Bibelsprüche. Mein Gott, wo soll man da anfangen zu suchen." Er fuhr sich mit der Hand durchs Haar und sah seine Kollegen fast hilfesuchend an.

Hans Kolbe meldete sich zu Wort.

"Wir müssen auch damit rechnen, dass uns hier nur jemand richtig verarschen will und wir den Blick für das Objektive verlieren, während wir uns in altertümliche Schriften vergraben."

Die anderen sahen ihn stirnrunzelnd an. Hans sah etwas scheel zu Sabine Bellmann hinüber, setzte dann fort: „Ich weiß, manche sind der Meinung, dass es irgendetwas Mystisches oder Unvorstellbares ist, aber es könnte ja auch sein, dass unser Täter versucht, uns mit diesen Indizien zu verwirren und abzulenken. Und während wir in alten Schriften wühlen und uns total verzetteln, entführt dieser Mistkerl weiter unentdeckt kleine Mädchen."

Breitner nickte. Er mochte diesen besonnenen, wenn auch manchmal etwas drastischen, Kollegen schon immer und diese Theorie gefiel ihm eigentlich auch besser als die Geschichte von Frau Hoffmann. Doch er war zu erfahren, um diese eigenartige Prophezeiung von den Hexen und diese Karten nur als Hirngespinste einer alten Frau abzutun. Deshalb antwortete er: „Diese Möglichkeit müssen wir wohl in Betracht ziehen, obwohl ich mir schwer vorstellen kann, wie unser Täter diese Symbole in den Berghang bekommen hat. Trotzdem sollten wir alle Aspekte weiter im Auge behalten.

Sabine, nehmen Sie sich bitte unsere beiden jungen Kollegen hier und suchen Sie in den Museen und Archiven nach Bespielen solcher alter Schriften. Die Leute vor Ort wissen meist recht genau, ob so etwas dort zu finden ist, sodass sie nicht alle Archive durchwühlen müssen. Trotzdem wird es eine ganze Weile dauern. Anita, du kümmerst dich um diesen Fall von Siebert und klärst also, ob es Vermisste gibt. Apropos, weiß jemand von euch, ob es weitere ungeklärte Entführungs- oder Vermisstenfälle gibt?"

„Wie kommst du denn da drauf? Du weißt doch, dass wir generell mitbenachrichtigt werden." Anita schien ehrlich überrascht von dieser Frage.

„Ich meine nur, manchmal kommt eine Info eben nicht an, wäre ja nicht das erste Mal." Breitner wandte sich an Kalle Rogge.

„Vielleicht könnten Sie sich darum kümmern. Sie können doch ganz gut mit dem Computer umgehen. Sehen Sie bitte in unseren Programmen nach. Ich will lieber auf Nummer sicher gehen." Karl Heinz Rogge nickte. „Klar, ist kein Problem. Melde mich, wenn ich was finden sollte."

Breitner verließ den Besprechungsraum. Rogge folgte ihm unmittelbar. Der Praktikant und der junge Kollege sahen erwartungsvoll zu Sabine Bellmann, die sofort anwies: „Sie gehen schon an Ihre Schreibtische und fertigen eine Übersicht über die Museen an. Ich komme sofort nach und wir besprechen, wie wir uns aufteilen."

Die jungen Männer verließen den Raum.

Dann fragte Sabine in Richtung Anita: „Der Breitner hatte ja heute ausgesprochen schlechte Laune. Ist er öfter so?"

„Eigentlich nicht. Ich kenne ihn mehr als ausgeglichenen Kollegen, aber dieser Fall macht ihm irgendwie zu schaffen. Nehrkorn setzt ihn auch ganz schön unter Druck", verteidigte Anita ihren Chef. Sabine wollte sich damit nicht zufrieden geben. „Bestimmt wegen uns. Ich habe schon bemerkt, dass dieser Nehrkorn uns nicht so zugetan ist." Anita wusste, was Sabine meinte.

„Ach, diese alten Geschichten von Ost und West. Ist doch totaler Quatsch. Unter den jungen Kollegen gibt es diese Art Konkurrenzdenken gar nicht mehr." Anita lächelte jetzt Sabine an. „Ich bin übrigens Anita." Sie hielt der neuen Kollegin die Hand hin. Sabine nahm sie mit einem breiten Grinsen.

„Sabine, und ich freue mich. Ich glaube, wir werden gut zusammenarbeiten. Vielleicht gehst du mit mir mal nach Feierabend ein Gläschen Wein trinken?"

„Sehr gern."

Die beiden Frauen verließen schwatzend das Büro.

## XV.
## Dunkelheit

Peter konnte einfach nicht schlafen. Er wälzte sich schon seit über einer Stunde von einer Seite auf die andere. Er hatte Angst, dass der Traum wiederkommen würde. Natürlich hatte er niemandem davon erzählt. Er selbst hielt ihn für Unsinn und hatte Angst, ausgelacht zu werden. Doch seit dem Tag, als er bei seiner Großmutter den Tee getrunken hatte, träumte er jede Nacht den gleichen Traum. Am Anfang war es mehr ein leiser, undeutlicher Schatten, während er schlief, und am nächsten Tag konnte er sich kaum erinnern. Aber in der nächsten Nacht war er schon deutlicher. Eine Frau in langem Kleid stand in einem seltsamen Nebel vor ihm und sprach, ja sang fast, immer die gleichen Worte. Dabei sah sie ihn so eindringlich an, als versuche sie, ihn zu hypnotisieren. In den ersten Nächten verstand er sie gar nicht, doch dann las er ihr von den Lippen das Wort ‚lieber' ab. Er konnte damit allerdings nichts anfangen.

Die Frau war recht groß und in dem schwarzen Kleid sah sie sehr schlank aus. Das lange hellbraune Haar ging ihr fast bis zur Taille und ihr Gesicht kam ihm seltsam bekannt vor. Doch solange er auch grübelte, er kannte diese Frau nicht oder konnte sich einfach nicht erinnern, wo er sie schon mal gesehen hatte.

Nach mehreren Nächten hatte er zwei Worte ausmachen können. ‚Lieber' und noch eines, was irgendwie auf die Silbe ‚tor' endete. Erst da kam ihm ein Gedanke und er setzte sich am nächsten Nachmittag in die Schulbibliothek und kramte ein lateinisches Wörterbuch hervor. Dass dieser Traum mit dem Tee und den Erzählungen seiner Großmutter zusammenhing, konnte er sich schon denken. Zuerst glaubte er, dass er die Erzählungen über Johanna einfach im Schlaf erneut erlebte und deshalb so seltsam davon träumte, doch es musste noch einen anderen Grund dafür geben. Er wollte immer noch niemandem davon erzählen. Er, der nie an solche Dinge wie Geister und Hexen geglaubt hatte, konnte jetzt schlecht mit so einer Geschichte ankommen. Deshalb versuchte er, die Erklärung für diese neuen Erfahrungen selbst zu finden und behielt das Erlebte für sich.

Als er das Wörterbuch aufschlug und unter Liebe nachsah, fand er jedoch nur Wörter wie Amor und Venus. Und da fiel ihm sein Fehler auf. Er musste natürlich unter den lateinischen Wörtern nachsehen. Und so fand er: ‚Liber‘ entsprach in der Übersetzung dem Wort ‚Buch‘. Mit ‚Tor‘ endete unter anderem ‚Tutor‘, was der ‚Beschützer‘ heißt. Das machte für ihn Sinn. Vielleicht sollte er jemanden beschützen. Vielleicht oder ganz bestimmt sogar seine Schwester oder sogar seinen Cousin und seine Cousinen. Er hatte immer schon auf die Jüngeren aufgepasst und er tat es gern und nahm seine Rolle sehr ernst.

Er hatte ja den Verdacht, dass er durch den Tee, genau wie seine Cousinen und sein Cousin, ebenfalls besondere Fähigkeiten entwickelte. Dass Christin sang wie ein Engel und Amara plötzlich keine Brille mehr brauchte, war schon erstaunlich. Mindauga hatte allerdings schon immer einen ausgeprägten Geruchssinn, das ging wohl nicht mehr besser. Aber dass sich Max durch seine neuen Hörfähigkeiten zum Beschützer aufspielte, hatte ihn letztes Wochenende richtig gewurmt. Darum war er dort im Wald auch nicht gleich auf das Drängen seines Cousins eingegangen. Nachdem aber seine Großmutter deshalb so in Aufregung geraten war, hatte er es sofort bereut, nicht gleich auf Max gehört zu haben und ihm war das Lachen darüber vergangen.

Die nächtlichen Besuche der geheimnisvollen Frau waren nicht ohne Spuren an ihm vorübergegangen. Er hütete sich jetzt, die Geschichten seiner Oma als Hirngespinste abzutun. Irgendetwas ging hier vor. Er spürte das genau. Es tat ihm leid, dass er nicht gleich beim ersten Einwand von Max nach Hause gegangen war. Auch er hatte an diesem Tag ein sehr ungutes Gefühl gehabt und ständig den Eindruck, die seltsame Stimme aus seinem Traum würde ihm leise etwas zuflüstern und ihn zum Umkehren bewegen wollen. Ständig hatte er sich umgedreht, weil er dachte, jemand gehe hinter ihm her. Es war unheimlich und am liebsten wäre er gleich nach dem Eintreffen an dem schwarzen Stein umgekehrt. Nur seiner Schwester zuliebe, die gleich darauf den ersten weißen Stein fand, war er geblieben.

Überhaupt Mindauga. Er liebte sie sehr, seine kleine Schwester. Er war schon acht Jahre alt, als sie zur Welt kam. Er wollte immer Geschwister haben, doch seine Eltern wollten kein weiteres Kind. Sie waren immer so beschäftigt und schafften es zeitlich kaum, sich um ihn zu kümmern. Peter hatte sich fast damit abgefunden, dass er als Einzelkind aufwachsen würde. Er war schon damals froh, Max, Christin und Amara als Spielgefährten zu haben, als seine Eltern ihm eines Tages sagten, dass er nun doch noch ein Geschwisterchen bekommen würde.

Deshalb war er auch vom ersten Tag an von seiner kleinen Schwester restlos begeistert und fast ein wenig verliebt. Statt Fußball mit seinen Freunden, spielte er, schon als sie noch ein Baby war, viel lieber mit ihr. Vielleicht hatte er deshalb dieses Bedürfnis, immer in ihrer Nähe zu sein und sie zu beschützen. Er stand leise auf und schlich sich in das Zimmer seiner Schwester, das gleich neben seinem lag. Es war nur klein und es stand nicht viel mehr darin als das Bett und ein Kleiderschrank. Meist spielte sie sowieso bei ihrem Bruder im Zimmer.

Peter knipste die kleine Nachttischlampe an und betrachtete das runde Gesicht von Minchen. Sie schlief fest und atmete kaum hörbar. Er lächelte und setzte sich vor das Bett, um sie noch ein wenig zu betrachten. Seit dem letzten Wochenende schlief auch sie unruhig. Er glaubte, es sei wegen dieser blöden Steine, die sie gefunden hatte. Minchen war von ihnen fasziniert gewesen und hatte ein fürchterliches Theater gemacht, als sie die Steine ihrer Großmutter aushändigen sollte. Das war eigentlich gar nicht ihre Art. Sie war sonst sehr lieb und ließ sich leicht lenken. Aber da war sie unglaublich stur. Peter ängstigte das. So kannte er seine Schwester überhaupt nicht. Sogar jetzt, wo sie wieder zu Hause waren, war Minchen immer noch böse auf ihre Großmutter. Nachts redete sie im Schlaf von den weißen Steinen, die sie ‚*Plugs*' nannte, und Peter durfte schon gar nicht von ihnen anfangen. Am Montag war sie deswegen richtig auf ihn losgegangen. Peter war regelrecht entsetzt, als seine sonst so liebe Schwester mit ihren kleinen Fäusten auf ihn losging, weil er sie etwas mit ihrem ‚*Schatz*' aufzog.

Heute schlief sie friedlich und er hoffte, dass sie sich weiter beruhigen würde und diesen blöden Steinen nicht länger nachtrauerte.

Peter erhob sich leise und ging aus dem Zimmer. Die kleine Lampe ließ er an, denn es war eine stockfinstere Nacht und er hatte Angst, über ein liegengebliebenes Spielzeug von Minchen zu stolpern und seine Schwester aufzuwecken.

Er schlich zurück in sein Bett und sah durch das Dachfenster in den Nachthimmel. Auch heute waren keine Sterne zu sehen, wie gestern schon nicht. Der Himmel war bedeckt, denn seit Sonntagnachmittag hatte sich der schöne warme Altweibersommer endgültig verabschiedet. Nach dem Mittagessen hatte es sich eingetrübt und der Herbst hatte nun mit Nebel und Nieselregen Einzug gehalten. Es war schon früh dunkel geworden an diesem Sonntag und die Dunkelheit vertiefte sich scheinbar von Tag zu Tag. Montag wurde es schon gar nicht mehr richtig hell und Peter hatte in der Bibliothek schon um drei Uhr nachmittags Licht gebraucht. Komisch, eben war fast noch Sommer und nun ist es so dunkel wie im tiefsten Winter. Die Augen fielen ihm endlich zu und er schlief mit dem Gedanken an diese seltsame Dunkelheit ein.

~~~~~~~~

Auch bei seinen Cousinen und seinem Cousin Max hing der Haussegen an diesem Tag schief. Max hatte mal wieder in der Küche des Restaurants seiner Eltern ein kleines Chemieexperiment mit dem Ergebnis durchgeführt, dass sie wohl alles renovieren mussten. Zu allem Unglück hatte sich für die kommende Woche die Hygieneabteilung der Kreisverwaltung angemeldet. Wenn sie das nicht schnellstens wieder in Ordnung brächten, würde womöglich das Restaurant gesperrt werden. Ulrike, die Mutter von Max, hatte ihm diesmal wirklich eine Ohrfeige verpasst. Sie war sowieso schon mit der vielen Arbeit überfordert und nun auch noch das. Sie schickte Max schon nachmittags um fünf ins Bett, ohne Abendbrot.

Während die beiden Mädchen Amara und Christin schweigend ihr Abendbrot aßen, telefonierte sie mit allen möglichen Leuten, um ein paar Kräfte für eine schnelle Schadensbeseitigung zu organisieren. Gott sei Dank hatten sie ein paar Freunde, die nicht nur ständig ihre gute Restaurantküche genossen, sondern auch in so einem Fall gern bereit waren, ihr aus der Patsche zu helfen.

Amara gab ihrer Schwester ein Zeichen.

„Komm, wir gehen schon ins Bad", sagte sie leise zu Christin, um ihre Mutter nicht bei ihrem Telefonat zu stören. In so einer Stimmung war es besser, unsichtbar zu bleiben.

„Wo wollt ihr hin?" Ulrike hatte es natürlich mitbekommen, hielt mit der Hand den Hörer zu und sah die Kinder streng an.

„Wir gehen schon ins Bad und dann ins Bett." Christin tat sehr unschuldig mit der beabsichtigten Wirkung. Ulrike lächelte etwas. „Tut mir leid, dass ich heute so nervös war, aber Max hat uns wirklich in Schwierigkeiten gebracht und ihr wisst, dass das nicht das erste Mal ist." Ihr waren die zerfetzten Gardinen vom letzten Silvester in Erinnerung gekommen. *,Max hatte eine ganze Packung Knallfrösche heimlich auf der Fensterbank entzündet. Die vielen kleinen Brandlöcher hatte sie erst viel später entdeckt. Sie hätten alle verbrennen können.'* Zu den Mädchen sagte sie: „Wenn wir diesen verflixten Behördentermin glücklich hinter uns gebracht haben, suche ich jemanden, der meine Aufgaben im Restaurant übernimmt, okay? Kommt, gebt mir noch einen Kuss!" Die Mädchen gingen zu ihr und küssten die Mutter. Ulrike zog sie an sich und drückte sie besonders lange. Als die beiden aus der Tür gingen, wandte sie sich wieder dem Telefon zu.

Als die Mädchen aus dem Bad kamen, ging Amara noch kurz zu Christin ins Zimmer und kroch wie fast jeden Abend ein paar Minuten zu ihrer Schwester mit ins Bett. Sie unterhielten sich noch eine ganze Weile. Christin sprach davon, wie sehr sie sich auf ihren Auftritt am nächsten Sonntag freue.

„Das wird toll, Amara. Ich weiß es ganz genau. Wenn ich groß bin, werde ich Sängerin." Sie hob die kleine Hand und gähnte. Amara sah es und versprach: „Na klar, das weiß ich. Und ich besuche deine Konzerte in der ganzen Welt." Sie schob vorsichtig die Bettdecke zur Seite und stand auf. Mit einem, „Schlaf gut!", schlich sie hinaus. Der jüngeren Schwester fielen die Augen zu. Sie hörte ihre Mutter immer noch telefonieren und schlich sich leise ans Geländer. Aber sie konnte nichts verstehen. *,Ja, wenn Max jetzt hier wäre!'* Sie sah zu seiner Zimmertür hinüber. Da fiel doch ein Lichtstrahl unter der Tür durch? Er wird doch nicht...?

Lautlos schlich sie sich an und öffnete so leise wie möglich die Tür. Aber natürlich hatte Max sie gehört. Kunststück, bei seinen neuen Fähigkeiten. Aber sie sah auch das Licht unter der Bettdecke noch ausgehen. Sie ging schnell zum Bett und mit einem Ruck zerrte sie die Bettdecke herunter.

„Du hast wohl noch nicht genug heute, was?" Sie stand wie eine kleine Gouvernante mit angewinkelten Armen vor ihm.

Max war erschrocken und versuchte, die Taschenlampe und mehrere Zettel vor ihr zu verstecken. Als er sah, dass es nur seine kleine, wichtigtuerische Schwester und nicht seine Mutter war, ging er gleich zum Angriff über.

„Was willst du denn hier? Kleine Mädchen sollten schon längst im Bett liegen." Doch so schnell ließ sich Amara nicht aufhalten. Flink wie ein Wiesel hatte sie ein paar Seiten unter Max hervorgezerrt.

„Was ist denn das?", wollte sie von ihm wissen. Max sprang wie der Blitz aus dem Bett und versuchte, ihr die Blätter wieder abzujagen. Amara hielt sie jedoch hoch und zischte ihm zu: „Ich rufe Mutti, wenn du mir das nicht sagst." Normalerweise ließ sich Max von solchen Drohungen wenig beeindrucken, aber dass sein Maß heute bei der Mutter voll war, wusste auch er. Ihm blieb also nichts weiter übrig, als dem Erpressungsversuch dieser kleinen Kröte nachzugeben. Er ließ den Arm seiner Schwester, den er ihr gerade verdrehen wollte, los und presste zwischen seinen Lippen hervor: „Wehe, wenn du was sagst! Dann sage ich, dass du die genommen hast." Amara sah sich die Blätter genauer an. Es waren Abbildungen von Pflanzen und Bäumen, deren Früchte, Wurzeln und Blätter.

Mit großen Augen sagte Amara: „Ich weiß, was das ist. Die hast du von Oma."

Sie sah ihn empört an und fauchte zurück: „Du hast die geklaut. Das ist doch die zweite Rolle, von der Oma erzählt hat. Die mit den Rezepten. Wenn Omi das mitkriegt, kannst du dein blaues Wunder erleben." Obwohl sie noch mehr sagen wollte, setzte sie sich langsam auf die Bettkante von Maximilians Bett und blätterte staunend die Zettel durch. Völlig fasziniert sagte sie zu ihrem Bruder: „Guck doch mal! Sehen die aber schön aus! Wie genau die Blüten gezeichnet wurden! Man erkennt sogar die kleinen schwarzen Punkte an diesen Blättern hier. Was ist das für eine Pflanze? Die habe ich schon einmal gesehen."

Amara hatte längst den Streit mit Max vergessen und suchte die nächste Seite unter den durcheinandergewirbelten Blättern, die nun im ganzen Zimmer herumlagen. Max setzte sich neben sie und erklärte kleinlaut: „Das ist nicht die echte Rolle, nur eine Kopie. Ich habe sie im Keller bei Oma gefunden. Sie merkt doch gar nicht, wenn die weg ist. Ich wollte auch wie Oma etwas daraus herstellen. Aber das ist mehr als kompliziert und die drücken sich so komisch aus. Du kannst sie haben, wenn du willst." Er hatte sowieso schon das Interesse daran verloren, wollte sich Amara aber vorsichtshalber als Komplizin erhalten. Dann würde sie ihn wenigstens nicht verraten. Amara nickte zwar geistesabwesend, hatte aber die Botschaft verstanden. Sie sammelte die Blätter auf.

„Du brauchst keine Angst zu haben. Ich verrate dich schon nicht. Ich nehme sie mit in mein Zimmer, okay? Wenn wir das nächste Mal bei Oma sind, bringen wir sie zurück. Ich denke nämlich, sie wird sie sehr wohl vermissen."

Amaras altkluges Gehabe ging ihm auf den Geist. Aber er verdrehte nur die Augen und streckte ihr die Zunge raus. Amara tat es ihm nach, verließ sein Zimmer und schloss behutsam die Tür. Heute Nacht würde sie noch ein wenig lesen, wenigstens so lange, bis ihre Mutter später noch mal nach den Kindern sah.

~~~~~~~~

Es wird heute aber auch gar nicht hell, dachte Kommissar Breitner am nächsten Morgen, als er an seinem Schreibtisch saß und aus dem Fenster schaute. Er hatte sich gerade die zweite Tasse Kaffee aus dem Automaten im Flur geholt. Er war früher als sonst hier, da er am zeitigen Morgen die meiste Ruhe hatte, um etwas seinen Schreibtisch aufzuräumen. Auch wollte er sich die nächsten Schritte der Soko überlegen.

Er hatte kaum den ersten Schluck getrunken, als sein Telefon schellte. Er nahm ab und meldete sich: „Breitner."

Es klang etwas ungeduldig, denn er wollte sich nicht mit unnützen Telefonaten von seinen Gedanken ablenken lassen.

„Hallo, hier ist Kalle. Sie wollten doch, dass ich mich wegen weiteren eventuellen Vermissten erkundige?"

Breitner war mit einem Mal hellwach und überhaupt nicht mehr genervt.

„Ja natürlich, haben Sie etwa was gefunden?" Er schwankte zwischen der Hoffnung, dass es keine neuen Fälle gäbe und einem plötzlichen bangen Gefühl, dass es nicht so sein würde.

„Tja, also wie es aussieht, könnten hier noch zwei weitere Fälle in Frage kommen. Ich verstehe allerdings nicht, warum wir nichts davon erfahren haben. Die Infos sind angeblich an uns rausgegangen. Sie müssen irgendwo auf einem Schreibtisch unserer Truppe untergegangen sein." Kalle machte einen recht ratlosen Eindruck. „Nun erzählen Sie schon!", drängte Breitner seinen Kollegen aus dem Nachbarkreis. Er fühlte das alte Jagdfieber in sich erwachen. Früher, als er noch Spaß an seiner Arbeit verspürte, hatte er dieses Gefühl geliebt. Eine Spur zu entdecken und zu verfolgen war einst eine Sucht für ihn und nicht wie diese Quälerei der letzten Jahre. Obwohl der jetzige Fall schwieriger und trauriger als viele andere war, fühlte er sich zum ersten Mal seit langer Zeit wieder lebendig und nicht mehr so leer und antriebslos. Er konnte nicht so richtig einordnen, ob das nun eher positiv oder in Anbetracht der Umstände als makaber einzuschätzen war.

Kalle erklärte: „Also, letzte Woche war eine junge Mutter hier, die ihre Tochter vermisst. Sie lag im Krankenhaus, weil sie ein Baby bekommen hat. Der Stiefvater sollte auf das Kind aufpassen, doch es ist wohl ausgerissen und er hat das nicht gemeldet. Die Kollegen haben ihn daraufhin verhört, da die Mutter nicht glauben will, dass die Tochter ohne Grund das Haus verlassen hat. Aber der Stiefvater behauptet, so betrunken gewesen zu sein, dass er sich an nichts erinnert. Er steht nach wie vor unter Verdacht, etwas mit dem Verschwinden des Mädchens zu tun zu haben. Der zweite Fall ist ebenso bizarr. Letzte Woche ist eine Familie aus Sachsen, die hier Urlaub macht, mit ihren achtjährigen Zwillingen auf dem Brocken gewesen. Es war ein schöner Tag mit wunderbarer Fernsicht, kein Wölkchen am Himmel. Sogar dort oben waren es über zehn Grad, also für die Jahreszeit richtig schön. Die Kinder wären dort oben zusammen herumgelaufen und hätten sich etwas von den Eltern entfernt. Plötzlich sei ein starker Wind aufgekommen. Ich habe mir das von der Bergwetterstation bestätigen lassen. Die finden das sehr ungewöhnlich und der Spuk war in wenigen Sekunden vorbei.

Kurz darauf kam eine der Zwillinge völlig verstört zu ihren Eltern und berichtete, die Schwester sei von einer Art Wolke aufgesaugt worden. So eine Wolke hat aber keiner gesehen, deshalb vermuteten sie, dass die Kleine durch den plötzlichen Sturm abgestürzt sei. Es ist dort oben an manchen Stellen recht steil. Die Bergwacht hat alles abgesucht, aber nicht den kleinsten Hinweis auf das Kind gefunden.

Die Schwester ist mehrmals befragt worden und sollte dann schließlich diese sogenannte Wolke aufmalen. Ich habe Ihnen das Bild aufs Fax gelegt, müsste gleich da sein."

In diesem Moment hörte Breitner das Faxgerät anspringen.

„Ja, es kommt gerade. Ist denn diese Kinderzeichnung von Bedeutung?" Er erhob sich und entwirrte etwas die Telefonschnur, damit er bis zu dem Fax gelangen konnte, ohne den Apparat herunterzureißen.

„Das werden Sie gleich sehen", kam es in einem wissenden Tonfall von Karl Heinz Rogge.

Breitner hatte sich wieder gesetzt und rollte nun mit seinem Bürostuhl zum Faxgerät, ohne den Hörer loszulassen und nahm das Blatt aus der Ablage.

Es zeigte ein kleines Strichmännchen mit Rock und dahinter eine riesige, dunkle, fast schwarze Wolke, in deren Mitte eigenartige Krakel gemalt waren. Für die Kollegen der Bergwacht mögen es nur die Malkünste einer Achtjährigen gewesen sein, aber Breitner erkannte genau wie sein Kollege Rogge sofort in den seltsamen Linien ein ihnen nun schon bekanntes Symbol.

~~~~~~~~~

Breitner steckte den Kopf in Anita Lindners Büro. Diese war eben angekommen und hängte gerade ihre Jacke an den Wandhaken. Das Klappen der Tür veranlasste sie, den Kopf zu drehen. Das bereitete ihr etwas Kopfschmerzen, denn sie war gestern Abend noch mit der neuen Kollegin auf ein Glas Wein in ihrer Stammkneipe versunken. Ihr Kollege und Vorgesetzter machte ein bedenkliches Gesicht. ‚Sah man ihr den Kater so an?' Breitner überfiel sie gleich mit Fragen.

„Hast du schon was rausbekommen wegen der Verletztenliste der Vergifteten? Fehlt dort jemand?"

Anita machte ein enttäuschtes Gesicht und gestand: „Leider noch nicht so viel, wie ich wollte. Siebert hat noch nicht alle Listen. Dieser Einsatz mit dem Rettungswagen, wo der Doppelmord stattfand, ist auch noch nicht restlos geklärt. Sie waren wohl zu einer Familie geschickt worden, die es ziemlich schlimm erwischt hatte. Insgesamt sieben Familienmitglieder sind in drei verschiedene Krankenhäuser eingeliefert worden. In dem Haus lebten außer den Eltern und drei Kindern auch die Großeltern. Der Großvater ist wohl inzwischen verstorben. Die Behörden haben nicht mehr alle Einsatzpläne und der zuständige Einsatzleiter hatte 24 Stunden Dienst und ist gestern nicht mehr da gewesen. Ich habe mich mit ihm um zehn im Café am Krankenhaus verabredet. Seine Dienststelle will ihn dorthin schicken." Sie sah kurz auf ihre Armbanduhr. „Ich will nur meine Mails abrufen, dann mache ich mich auf den Weg. Wieso fragst du?

Gibt es etwas Neues?" Breitner nickte ernst.

„Ja, aber dir das jetzt zu erklären, dauert zu lange. Wir treffen uns um 14.00 Uhr bei mir im Büro zu einer kurzen Besprechung, dann werden alle informiert. Hast du Sabine Bellmann gesehen? Weißt du, ob die schon was in Erfahrung bringen konnte?" Anita konnte wieder nur den Kopf schütteln.

„Soviel ich weiß, noch nicht. Ich war übrigens gestern Abend mit ihr ein Glas trinken."

Breitner zog die Brauen hoch. Sein Gesichtsausdruck wurde etwas gelöster. „Oho, bahnen sich da etwa länderübergreifende Freundschaften an?" Er grinste.

„Ich finde sie sehr nett und ich glaube, sie ist noch viel schlauer, als wir denken", erwiderte Anita

Joachim Breitner nickte zustimmend: „Das glaube ich dir gern. Von der Dame werden wir bestimmt noch überrascht. Aber lass dich nicht ausfragen über uns hier, meine ich."

„Keine Angst, eigentlich wollte ich sie ein bisschen ausfragen." Anita zwinkerte ihm zu.

„Sie hat übrigens die beiden jungen Kerle auf die Museen losgelassen und wollte heute Morgen irgendwo in den Südharz in so ein Nest. Sie hätte da eine heiße Spur. Sie wollte mir allerdings nicht sagen, was sie gefunden hat." Anita verzog säuerlich den Mund. „Wohl nach dem Motto ,*Vertrauen ist gut, Kontrolle ist besser!'*."

Breitner sah ihr die Enttäuschung förmlich an.

Mit einem Schulterzucken meinte Anita: „Naja, das Vertrauen muss wohl noch wachsen, aber es war ein wirklich netter und sehr langer Abend." Wie zur Bestätigung unterdrückte sie ein Gähnen und mit einem, „Ich muss mich ranhalten, wenn ich alles bis 14.00 Uhr schaffen will, also bis dann", verabschiedete sie Joachim Breitner, der mit einem kurzen Winken die Tür schloss.

~~~~~~~~~

Sie suchten das Kind jetzt schon seit Stunden. Voller Panik liefen sie durch diesen fürchterlichen Wald, riefen wieder und wieder ihren Namen: „Natalie, Natalie, wo bist du?"

Doch sie bekamen keine Antwort.

Im Gegenteil, das Schweigen des Waldes schien immer tiefer zu werden und die einsetzende Dunkelheit machte es zunehmend schwieriger, sich zu orientieren. Sie war völlig in ihrer Sorge um das Kind versunken und die Tränen liefen ihr seit Stunden über das Gesicht, das inzwischen völlig verschwollen und entstellt von der Angst war. Er wollte ihr Halt geben, wenngleich auch ihm immer mulmiger wurde. Er konnte ihr nicht mehr lange verschweigen, dass sie sich verirrt hatten. Aber sie konnten sowieso nicht ohne das Kind zum Auto zurückkehren, auch wenn sie wüssten, wo sie es abgestellt hatten. Und bald würde es Nacht sein und eine weitere Suche ohne fremde Hilfe zwecklos. Als er das grünliche Licht durch die Bäume sah, hoffte er, ein Haus zu finden und damit ein Telefon, um Hilfe anzufordern. Er nahm seine Frau bei der Hand und rannte mit ihr darauf zu. Doch es war nur eine Lichtung in diesem undurchdringlichen Wald. Ein Blick auf die Uhr erschreckte ihn. ,Erst drei Uhr.' Er hatte gedacht, es sei viel später. Nicht nur, dass ihm diese Sucherei schon unendlich lang vorkam, auch das schwindende Tageslicht hatte ihn vermuten lassen, es müsse bereits früher Abend sein.

Sie gingen weiter auf der Lichtung, bis ihnen ein etwas wackliges, verrostetes Metallgeländer Einhalt gebot. Hier ging es nur noch steil bergab. Vorsichtig sah er über den Rand. Durch die Dämmerung konnte er den Wald in der Tiefe nur noch schemenhaft ausmachen. Keine Lichtquelle in der Ferne verriet einen Ort oder auch nur ein Forsthaus.

Als er sie in seine Arme nahm, fiel es ihm schwer, seine aufkommende Panik zu unterdrücken. Er sah stumm und unbeweglich zurück auf den Waldrand.

Eine unglaubliche Bedrohung schien von ihm auszugehen. Er griff nach der Hand seiner Frau und versuchte zu lächeln. Ohne ein weiteres Wort gingen sie gemeinsam auf die schweigende Dunkelheit zu.

# XVI.
## Im Kloster

Herbst 1666. Die Mutter Oberin des Zisterzienserinnenklosters beschleunigte ihre Schritte. Der Tag neigte sich einem frühen Abend zu und in einer halben Stunde würde die Sonne untergehen. Sie hatte den Tag im Klostergut Grauhof verbracht. Dort hatte sie sich mit dem Bürgermeister, dem Voigt und dem Abt des Benediktinerklosters getroffen. Sie hatten viel zu besprechen gehabt. Die Pest machte alle nervös. Noch war sie nicht nach Goslar gekommen, aber sie wussten alle, dass es nur eine Frage der Zeit war. Jetzt, Ende Oktober, wo die Nächte kühl wurden, kamen jeden Tag mehr Menschen in die kleine Gemeinde gedrängt.

Es war ein schlimmes Jahr. Nach einem langen Winter hatten späte Fröste der Obstblüte schlimm zugesetzt, das Frühjahrshochwasser hatte die schon bestellten Felder überflutet und dann noch dieser Hagel im Mai. Viele konnten die Steuer nicht mehr zahlen und verloren Heim und Hof. Diese unglücklichen Menschen suchten nun in den Städten ihr Heil.

Der Unrat und die Armut verschlimmerten die Lage weiter. Und nun die Pest. Zuerst wollte niemand darüber reden. Die Toten wurden heimlich aus den betroffenen Städten geschafft. Alle wollten die Augen vor dem nun Kommenden verschließen.

Aber Mutter Angelika wusste, dass das der größte Fehler war, den sie machen konnten. Sie mussten vorbereitet sein. Deshalb hatte sie den Brief, der vor einigen Tagen kam und sie zu dieser Besprechung einlud, mit einer spürbaren Erleichterung aufgenommen.

Nach langer Erörterung waren sie zu einem gewissen Plan gelangt, wie sie den bevorstehenden Winter überstehen und den Schwarzen Tod aufhalten könnten. Sollte es nicht bei einem Einzelfall der Krankheit bleiben, wollten sie Teile der Klosteranlage wieder in ein Lazarett umwandeln und auch außerhalb der Stadt eine Unterkunft für Erkrankte zur Verfügung stellen. Die Wachen an der Stadtmauer sollten verstärkt werden, um Kranke schon am Zugang zu hindern. Wie sie aber der zu erwartenden Hungersnot des nächsten Winters begegnen sollten, war ihr ein Rätsel. So viele Bedürftige und so wenig Brot. Obst war nur schwer und zu unerschwinglichen Preisen zu bekommen. Das Brot war jetzt schon knapp. Es würde wohl ebenso viele Tote durch Hunger, wie durch die Pest geben.

Mutter Angelika seufzte. In ihre Gedanken vertieft, hatte sie unmerklich ihre Schritte vergrößert und war in recht schnellem Gange durch die Wiesen und an dem kleinen Weiher vorbei in den Wald gekommen. Verschnaufend blieb sie stehen. Die langen Gewänder waren zwar gut gegen die Feuchte eines Herbstabends, aber sie waren auch schwer und in diesem Jahr machte sich ihr Alter von 75 Jahren immer mehr bemerkbar.

Aber das waren ihre ganz persönlichen Sorgen. Seit fast zwanzig Jahren leitete sie das Kloster und es war unter ihrer Führung zu altem Ruhm und auch Vermögen zurückgekehrt. Die ihr anvertrauten Nonnen lebten heute noch genauso wie vor Hunderten von Jahren nach den strengen Regeln der Zisterzienserinnen. Sie hatten das Schweigegelübde abgelegt und nahmen ein Leben in Bescheidenheit und harter Arbeit klaglos hin. Nur ihr als Klostervorsteherin war es erlaubt zu sprechen, um die Angelegenheiten des Klosters außerhalb der dicken Mauern zu regeln. Doch innerhalb herrschte das ewige Schweigen. Die Bewohnerinnen verständigten sich durch eine Art Gebärdensprache, mit denen die wichtigsten alltäglichen Dinge geregelt werden konnten. Jede Nonne hatte einen strengen Tagesplan. Siebenmal am Tag trafen sie sich zum Beten und zur Andacht in der Kirche. Zwischen den Gängen zur Kirche und einer gewissen, sehr wenig Zeit umfassenden Tätigkeit für den persönlichen Bedarf, waren die Mitglieder der kleinen Gemeinde in mehrere Gruppen eingeteilt. Einige arbeiteten im Garten und auf den Feldern des Klosters in unmittelbarer Umgebung. Andere webten und färbten Tücher in der Färberei. Die Nonnen versorgten Hühner, Schweine, Schafe und mehrere Ziegen für den täglichen Bedarf. In der Meierei verarbeiteten sie deren Milch zu Käse, Sahne und Butter. Auch der Fischfang gehörte zu den täglichen Aufgaben, denn die nahe Oker war mit Forellen gesegnet.

Ein Teil ihrer Erzeugnisse wurde jede Woche von einem Mitglied des Rates abgeholt, genauestens in den Büchern erfasst und auf den umliegenden Märkten verkauft. Den anderen behielten die Nonnen in den eigenen Mauern.

*,In diesem Jahr werden wir wohl mehr behalten müssen'*, dachte Mutter Angelika. *,In den nächsten Monaten werden täglich Hungernde und Verzweifelte vor unseren Toren stehen.'*

Doch die Gedanken kehrten zu ihrem anderen Problem zurück und das war ihr Alter. Sie spürte ihre Knochen morgens jetzt immer steifer werden und ihr rechtes Knie konnte sie manchmal gar nicht mehr bewegen, sodass sie öfter für mehrere Tage das Bett hüten musste. Auch heute hatte sie schon zu Mittag die Schwellung bemerkt, die ihr das Laufen morgen unmöglich machen würde. Sie müsste sich heute Abend noch von Schwester Johanna einen dieser wunderbaren Umschläge machen lassen.

Diese Schwester war ein Segen und sie dachte in letzter Zeit immer öfter, dass sie auch eine gute Nachfolgerin ihres Amtes sein würde. Noch vor wenigen Monaten hätte sie auf die Frage, wen sie für das schwere Amt einer Äbtissin vorschlagen sollte, ohne Zögern *,Schwester Katharina'* gesagt.

Schwester Katharina war seit vielen Jahren im Kloster und hatte sich mehr als bewährt. Ihre Frömmigkeit war beispielgebend und sie hatte sich bei den anderen Bewohnern des Klosters über die Jahre viel Respekt verdient. Lange Zeit mit den Arbeiten in der Küche und der Tierversorgung betraut, hatte ihr die Äbtissin schließlich die Buchführung der Verkäufe und die Organisation der gesamten Produktion in die Hände gelegt. Und sie erfüllte diese Aufgabe wirklich vorbildlich. Sie würde eine gute Nachfolgerin werden, wenn sie nicht mehr in der Lage war, die Zügel in der Hand zu halten. Aber Mutter Angelika hatte auch ein gutes Gefühl für die Schwächen ihrer Schutzbefohlenen. Und bei Schwester Katharina hatte sie schon früh ein Streben nach Einfluss und Macht festgestellt, was über die Belange der Alltäglichkeit weit hinausging.

Trotz des Schweigegebotes nahm sie genau die unterschiedlichen Charaktere der Schwestern wahr. Und Katharina hatte durchaus Seiten, die man als Stärke ansehen konnte, die aber auch leicht in Egoismus und Arroganz ausarten könnten. Würde die große Verantwortung, ein Kloster zu leiten, sie demütiger machen oder die schlechten Eigenschaften in ihr zum Wachsen bringen?

Dann kam vor ein paar Monaten diese junge Frau in ihr Kloster. Sie erinnerte sich genau. Es war an einem Sommerabend und es hatte ein schreckliches Unwetter gegeben. Schon morgens verdunkelte sich der Himmel und bald darauf öffneten sich die Schleusen des Himmels und es regnete an einem Tag so schlimm wie sonst in einem ganzen Monat.

Und wären nicht zwei Ziegen vermisst worden, die wegen des Donners vor Angst ausgerissen waren, hätte wahrscheinlich keiner diese erbarmungswürdige Gestalt vor dem Tor der Abtei gefunden. Als zwei Nonnen dort nach den Tieren suchten, stolperte Schwester Bonifazia direkt über die im Schlamm liegende Gestalt. Zusammen hatten sie die besinnungslose Frau ins Kloster getragen und fürs Erste versorgt. Schwester Bonifazia war in Kräuterkunde sehr bewandert und sah sofort, dass es nicht gut um die Frau stand. Hohes Fieber und eine Blutvergiftung hatten ihr bereits die Sinne geraubt und sie befürchtete, dass die Schwerverletzte die Nacht nicht überleben würde. Sie tat, was in ihrer Macht stand, und entgegen aller Annahmen schlug die Frau nach fünf Tagen im Fieberwahn die Augen auf. Die Mutter Oberin hatte gerade Wache an ihrem Bett gehalten und mit der eben Erwachten gesprochen. An den Wortlaut dieses Gespräches erinnerte sie sich oft.

„Sie sind wieder bei uns, wie schön!", hatte sie gesagt und dabei die bis auf die Knochen abgemagerte Gestalt angelächelt. Sie hatte leicht die Stirn der Kranken berührt und dabei festgestellt, dass ihr Fieber zurückgegangen war. Sie hatte sie gefragt, ob sie sich erinnern könne, was passiert sei.

Die großen Augen der Frau füllten sich damals mit Tränen. Sie hatte das Gesicht zur Wand gedreht und geschwiegen. Mutter Angelika kannte solche Reaktionen. Viele Verzweifelte suchten im Kloster aus den verschiedensten Gründen Obdach und so beruhigte sie die Frau, indem sie ihr versprach, dass sie in Sicherheit sei. Zur Bestärkung ihrer Worte gab sie ihr ein paar Löffel Hühnerbrühe. Mutter Angelika fiel wieder ein, dass sie eigenhändig die Kranke gefüttert hatte. Nach ein paar Löffeln Suppe war die junge Frau erschöpft in die Kissen zurückgesunken. Weiteres Essen hatte sie abgewehrt.

Mutter Angelika hatte die hölzerne Schüssel dann auf die abgegriffene Kiste neben dem Bett gestellt. Mit den Worten, „kommen Sie erst einmal wieder zu Kräften, dann sehen wir weiter", hatte sie Johanna verlassen.

~~~~~~~~~

Als Johanna aus ihrer tiefen Ohnmacht erwachte, wusste sie im ersten Moment nicht, wo sie sich befand oder was überhaupt passiert war. Sie schlug die Augen auf und hatte plötzlich nur den Gedanken an Flucht und die Panik griff mit großen Klauen nach ihr. Erst nach einigen Sekunden begriff sie, dass die kalten Natursteinwände, auf die sie starrte, nicht die Wände eines Kerkers, sondern wahrscheinlich die des Klosters waren, vor dem sie erschöpft liegengeblieben war. Schlagartig kehrte die Erinnerung zurück: ihre Mutter, Susanna, die panische Flucht und dieses fürchterliche Unwetter.

Sie drehte den Kopf und sah neben sich eine Nonne sitzen, die eben bemerkte, dass sie erwacht war und sie leise ansprach. Doch sie hatte nicht antworten können. Der Schock und die Erlebnisse der letzten Tage hatten ihr förmlich die Sprache verschlagen. Sie spürte die Erschöpfung ihres Körpers und fühlte sich irgendwie wie aus Watte. So trieb ihr die Frage der Nonne sofort die Tränen in die Augen. Zu der körperlichen Erschöpfung kamen augenblicklich die seelischen Anstrengungen der letzten Tage hinzu und die Tränen flossen unaufhörlich an ihren eingefallenen Wangen hinunter.

Als die Nonne den kahlen Raum verlassen hatte, gab ihr das etwas Zeit, zu sich zu finden. Während sie angestrengt nachdachte, wie sie sich verhalten sollte, versiegten die Tränen.

Sie beschloss, vorerst keine Auskünfte zu erteilen und erst einmal in Ruhe nachzudenken. Eine bleierne Müdigkeit senkte sich auf sie. Nach den paar Löffeln Suppe konnte sie kaum noch die Augen aufhalten und sank erschöpft auf ihr Lager, nur um fast augenblicklich einzuschlafen.

In den nächsten Tagen erholte sich Johanna langsam, aber stetig. Nach zwei Wochen konnte sie das Bett schon manchmal verlassen und ging ein wenig auf dem Klostergelände herum. Ihre Spaziergänge wurden von Tag zu Tag länger und sie kam wieder zu Kräften. In dieser Zeit saß oft die Mutter Oberin an ihrem Bett. Während der Zeit ihrer Genesung fasste

Johanna langsam etwas Vertrauen zu der gütigen Frau und eines Tages erzählte sie ihr von ihrem Schicksal, dem Tod ihrer Mutter und ihrer unglaublichen Flucht.

Immer wieder suchte sie dabei in dem Gesicht der älteren Nonne ein Anzeichen für Verurteilung oder Missbilligung, fand jedoch nur Verständnis und Liebe. Das beruhigte sie ungemein und sie bereute ihren Entschluss nicht, sich ihr anvertraut zu haben. Nur dass sie bereits ein Kind geboren und bei ihren Freunden zurückgelassen hatte, verschwieg sie. Auch jetzt wollte sie um keinen Preis die Sicherheit ihrer kleinen Tochter gefährden.

Mutter Angelika hörte sehr aufmerksam zu und bot Johanna bald darauf an, dauerhaft im Kloster zu bleiben.

Nach einem dieser Gespräche sagte die Oberin zu Johanna: „Du kannst gern hier bei uns bleiben. Wie du sagst, hast du kein Zuhause mehr und niemand wartet auf dich. Schwester Bonifazia kann gut Hilfe im Klostergarten gebrauchen. Ich glaube nämlich, dass sie diese Arbeit gern abgeben möchte. Sie hat sie mehr aus Pflichtgefühl, als aus Liebe zu den Pflanzen gemacht." Sie lächelte wissend und fuhr fort: „Ich rede mit ihr, wenn du möchtest. Du könntest eine Weile als Gast bleiben. Wie du weißt, haben wir hier viele Bauern, Handwerker und weltliche Gäste. Du würdest nicht weiter auffallen. Du kannst auch in das Kloster eintreten, ich würde mich für deine Aufnahme verwenden. Dann müsstest du natürlich nach der Klausur und deiner Zeit als Novizin ebenfalls das Schweigegelübde ablegen."

Fragend sah sie Johanna an. Diese zögerte etwas mit der Antwort. Schließlich lächelte sie und antwortete: „Ich danke Euch, Mutter Oberin, für das Angebot. Im Moment würde ich es gern annehmen und als Gast oder auch als Novizin ins Kloster eintreten. Ob ich aber den Schleier dann auch endgültig nehme, kann ich noch nicht sagen.

Ich muss erst über alles nachdenken. Es war so viel in letzter Zeit. Ich weiß es noch nicht. Aber um den Kräutergarten würde ich mich gern kümmern. Ich habe auf meinen Spaziergängen schon oft nach ihm geschaut. Er hätte etwas Pflege nötig und es gibt viele Pflanzen, die dort noch gut hinpassen würden." Sie deutete auf das Knie der Älteren und fragte mitfühlend: „Schmerzt es an trüben Tagen noch mehr als sonst?"

Angelika reagierte überrascht: „Das hast du bemerkt? Ich hatte immer gehofft, man sieht mir die Schmerzen nicht so an."

Johanna verstand die Oberin und entgegnete: „Ich habe gleich vor dem Tor zum Kräutergarten eine Pflanze entdeckt, die gut gegen Gelenkschmerzen hilft. Wenn Ihr möchtet, mache ich Euch eine Salbe daraus. Sie bewirkt wirklich Wunder."

„Wie? Du meinst, vor dem Tor wachsen Pflanzen, die mir helfen könnten? Ich dachte immer, die Heilpflanzen wachsen nur innerhalb unserer Klostermauern", tat sie überrascht, was aber nicht wirklich stimmte.

Dass der Garten nicht so berauschend war, hatte ihr im Vertrauen schon der Abt des Benediktinerklosters in seiner süffisanten Art bei einem seiner Besuche mitgeteilt. Mutter Angelika hatte sich damals darüber zwar geärgert, konnte aber wenig ausrichten. Sollte sich dieser Zustand jetzt ändern, würde sie das sehr freuen. Auf das Gesicht des Abtes war sie jetzt schon gespannt. Johanna lächelte auch und erklärte: „Am Ende des Kräutergartens, wo das halb verfallene, alte Steinhäuschen steht, gibt es eine Tür, die gleich zum Wald führt. Dort steht die Pflanze."

„Stimmt, die Pforte wird kaum benutzt. Ich wusste gar nicht, dass man die noch öffnen kann. Die Scharniere der Tür müssen doch total verrottet sein. Das Haus wird nur noch zur Lagerung von Stroh genutzt, wenn die Scheune am Waldrand nichts mehr aufnehmen kann. Und dieses Jahr wird sie wahrscheinlich ganz leer bleiben, bei dieser kläglichen Ernte." Angelika verstummte. Sie machte sich außerordentliche Sorgen wegen der Missernten in diesem Jahr. Sie schob jedoch die Bedenken vorerst beiseite und sah wieder zu Johanna. Diese machte immer noch ein etwas bedenkliches Gesicht. „Ich weiß nicht, ob mich die Mauern des Klosters nicht doch erdrücken. Ich habe bis jetzt immer direkt in der Natur gelebt und war zwar an viel Arbeit, aber nicht an so strenge Regeln gewöhnt." Mutter Angelika winkte ab und betonte nochmals: „Ach was, als Gast unseres Klosters ist das vorläufig kein wirkliches Hindernis. Erst wenn du das Gelübde ablegst und Nonne bist, gelten die Regeln bis an dein Lebensende. Wichtig ist nur, dass du zu den Betstunden in der Kapelle bist." Ihr kam plötzlich eine Idee.

„Was hältst du davon, wenn du dir das kleine Häuschen ein wenig zurechtmachst und dort erst einmal bis zu deiner endgültigen Entscheidung bleibst? Du kannst dich um den Garten kümmern und in Ruhe über alles nachdenken."

An der Miene von Johanna erkannte sie, dass dieser Vorschlag ihre Zustimmung fand.

„Ich glaube, das könnte mir gefallen. Aber, werden die anderen Schwestern damit einverstanden sein?"

Wieder winkte Angelika ab.

„Pah, noch entscheide ich hier und solange du Gast oder Novizin bist, gelten sowieso andere Maßstäbe."

In den darauffolgenden Wochen zog Johanna in das kleine Häuschen. Es bestand nur aus einem Raum und einer winzigen, rückwärtig gelegenen Kammer. Dorthin ließ sie sich eine einfache Bettstatt aus dem Kloster bringen und in dem anderen Raum richtete sie sich eine kleine Kräuterküche ein. Schwester Bonifazia gab ihr nur zu gern die Verantwortung für den Garten ab, unterstützte sie aber weiterhin bei der Ernte und Zubereitung der verschiedenen Arzneien. Die Schwesternschaft fand nichts weiter dabei, dass die seltsame junge Frau dort ein abgeschiedenes Leben führte. Es kam oft vor, dass Gäste sich über längere Zeit auf dem Klostergelände aufhielten. Das Schweigegelübde der Nonnen schützte Johanna zudem vor ungebetenen Fragen und unnützen Gesprächen über Dinge, die nicht zu ändern waren.

Im Gegenteil, die Schwestern merkten bald, dass die neue Bewohnerin eine ausgesprochen fleißige und fromme Frau war. Kein Gebet verpasste sie und ihre sanfte Art öffnete ihr den Weg zu den Herzen der Schwesternschaft. So war es nicht verwunderlich, dass Johanna schon bald die typische Tracht der Novizin trug und sich kaum noch von den anderen Nonnen unterschied.

Sie war vom Morgengrauen bis zum späten Abend im Garten beschäftigt, der schon bald ganz andere Formen annahm. Die einzelnen Beete erhielten eine Buchseinfassung und es wurden ständig neue Pflanzen gesetzt, die Johanna meist in der unmittelbaren Umgebung des Klosters fand. Angelika bemerkte auch, dass Johanna öfters des Nachts das

Klostergelände durch die alte Pforte verließ und erst gegen Morgen wiederkam. Meist zeigte sie ihr bald darauf eine neue Pflanze in ihrem Garten.

Sie fertigte, wie sie es versprochen hatte, die Salbe an und jene besaß wirklich eine kühlende und abschwellende Wirkung. Damit erwarb sich Johanna Dankbarkeit sowie den tiefen Respekt von Mutter Angelika. Diese kam oft in den Garten und sah sich die neuesten Veränderungen an. Manchmal redete sie sogar ein paar Worte mit Johanna, die das Gelübde auch nach weiteren zwei Monaten immer noch nicht ablegen wollte.

In der kleinen Kräuterküche füllten sich nach und nach die Regale mit Fläschchen und Tiegeln. Johanna empfand zunehmend Befriedigung bei ihrer Arbeit und sie dachte immer öfter an einen Eintritt ins Kloster. Nur der Gedanke an ihre kleine Tochter ließ sie zögern. Wenn sie hier als Nonne blieb, würde sie Susanna wahrscheinlich niemals wiedersehen, denn sie durfte dann das Klostergelände nicht mehr ohne Erlaubnis verlassen. Deshalb wollte sie lieber noch eine Weile hier bleiben und vielleicht im nächsten Jahr, wenn sich alles beruhigt hatte, nach der Kleinen suchen.

So ging der Sommer in den Herbst über und Johanna hatte sich ihren Platz in der kleinen Klostergemeinschaft erobert. Die Tage wurden kürzer und mit ihnen die Sorgen größer.

Mutter Angelika plagten die Bedenken um den kommenden Winter immer mehr und als sie nun, in Gedanken an vergangene Tage versunken, auf dem Heimweg zum Kloster war, waren sie größer als je zuvor. Die Entscheidung, wen sie als ihre Nachfolgerin empfehlen würde, musste warten. Jetzt hatten erst einmal die Bewältigung der Pest und der kommenden Hungersnot Vorrang. Angelika dachte daran, das alte Siechenhaus im Kloster notfalls wieder als Lazarett einzurichten. Es war lange als Lagerraum genutzt worden. Doch nun mussten vielleicht bald wieder viele Kranke von den Nonnen gepflegt werden.

Mit solcherart Gedanken befasst, nahm die Dunkelheit des frühen Abends weiter zu. Die Sonne musste jeden Augenblick untergehen, als Angelika plötzlich ein Flüstern vernahm, sodass sie zunächst dachte, sie hätte ihre Gedanken laut ausgesprochen. Sie blieb stehen, um sich kurz zu orientieren, wie weit sie eigentlich auf ihrem Weg zum Kloster war. Oh, sie stand ja schon an der Gabelung mit den drei großen Eichen. Sie war also nicht mehr weit vom Klostergelände entfernt. Sie würde dort demzufolge kurz nach Sonnenuntergang eintreffen. Das war gut, denn sie war nachts nicht gern im Wald unterwegs.

Sie vernahm wieder ein Flüstern und sah sich nach der Ursache um. Dort, hinter der Gabelung, wo der kleine Waldpfad auf den breiteren Weg traf, hörte Schwester Angelika leise Stimmen. Sie konnte zwei Männerstimmen unterscheiden. Gerade sagte einer von ihnen: „Wir können es nicht hier lassen. Du siehst doch, dass es hier nicht mit rechten Dingen zugeht. Wir müssen einen der Ratsherren herholen. Der soll entscheiden, was mit dem Kind geschieht."

Der andere flehte: „Lass mich nicht allein mit dem Teufelsbalg. Es wird mich verhexen, so wie es mit meiner Tante geschehen ist." „Unsinn, lass das Gefasel, es ist nur ein Kind", versuchte der Angesprochene Stärke zu suggerieren. Aber ein geübter Zuhörer vernahm die gleiche Angst hinter den Worten.

Angelikas Sinne waren sofort hellwach. Sie trat leise hinter eine der mächtigen Eichen und lugte vorsichtig daran vorbei. Sie sah im schwindenden Licht des Tages auf dem kleinen Waldweg eine Gestalt sitzen, die in einem endlosen Takt vor- und zurückschaukelte. ‚Was war das? Ein Kind?' Sie kniff die Augen zusammen und sah jetzt, dass die schmale Gestalt nackt war und leise unverständliche Worte murmelte. Man konnte in der ständig dunkler werdenden Umgebung nichts mehr erkennen. Nur die beiden Männer, die in der Nähe des Kindes direkt auf der anderen Seite ihrer Eiche standen, hörte man deutlich.

„Einer muss hier bleiben und aufpassen, dass es nicht abhaut. Ich kenne die meisten Ratsherren. Mir werden sie glauben und mit hierherkommen. Wir müssen das Kind in die Stadt bringen. Es muss befragt werden. Sieh es doch an, die Bosheit schaut ihm ja schon aus den Augen."

Angelika erschrak. Wollten sie etwa dieses Kind der peinlichen Befragung unterziehen? Augenblicklich dachte sie sofort an Johanna und deren grausame Geschichte. Das war mehr als unerhört. Sie dachte schon lange, dass diese Praktiken der Vergangenheit angehören sollten. Das Schicksal von Johanna hatte sie in ihrem Urteil nur bekräftigt. Doch sie

171

wusste auch um die abergläubischen, einfachen Leute, die nur zu gern alle Unbilden dieses Jahres auf jemanden wie dieses, offensichtlich vollkommen verwirrte, Kind schieben wollten.

Der Größere der beiden sagte: „Du gehst einfach zurück zur Abzweigung und passt auf, dass niemand hier auf den Waldweg geht. Das Kind kann hier nicht weg, rechts und links sind dicke Dornenbüsche." Er sah sich nach dem Kind um. Es wiegte sich nach wie vor in einem gleichmäßigen Takt und murmelte vor sich hin. „Sieh doch, es macht keine Anstalten zu fliehen. Du darfst nur nicht in seine Nähe kommen. Pass auf, dass es dich nicht berührt, sonst geht der Teufel auf dich über."

Diese Worte hatten offensichtlich nicht die erhoffte Wirkung bei dem Ängstlichen, denn er klammerte sich an seinen Freund und bettelte:

„Lass mich nicht alleine hier. Die Nacht kommt schon, ich spür es genau, die bösen Mächte sind überall." Wiederholt bekreuzigte er sich.

Der Angesprochene riss sich los und ohne Widerspruch zu dulden, wies er den anderen an: „Schluss jetzt, wir machen es, wie ich es gesagt habe. Du stellst dich dort vorn an die Eiche und hältst Wache. Ich bin in spätestens zwei Stunden wieder da." Ohne ein weiteres Wort ging er auf die Bäume an der Abzweigung zu. Der kleinere von beiden redete weiter unaufhörlich auf ihn ein. Doch es war entschieden.

Angelika sah, wie die beiden ungleichen Männer sich an der Kreuzung trennten und der eine verzagt zurückblieb. Aus ihrem Versteck heraus sah sie, wie dieser sich daran machte, auf den Baum zu klettern und auf den untersten Ästen sitzen blieb. Er fühlte sich dort auf seinem Aussichtsplatz wohl wesentlich sicherer.

Angelika wartete geraume Zeit und überlegte. Dann nahm sie einen Ast, der direkt neben dem Stamm lag, der sie verbarg und schlug gegen den dicken Baum. Das dröhnende Geräusch hörte sich selbst in ihren Ohren in der hereinbrechenden Nacht bedrohlich an. Die erhoffte Reaktion blieb nicht lange aus. Als sie die Schläge nach wenigen Augenblicken wiederholte, sah sie den Schatten vom Baum gleiten und in wenigen Augenblicken hatte ihn die Nacht verschlungen. *,Na, den war sie los.'*

So schnell, wie es ihre schmerzenden Gelenke zuließen, lief sie zu der am Boden kauernden Gestalt und sah sich das Kind genauer an. Es schaukelte immer noch hin und her. Die angebrochene Nacht schien es gar nicht wahrzunehmen. Es murmelte irgendetwas. Angelika konnte sich aber keinen Reim darauf machen. Sie wedelte mit ihrer Hand vor den Augen des kleinen Mädchens hin und her. Ergebnislos, es zeigte keine Reaktion.

So etwas hatte Angelika bisher nur bei unter Schock stehenden oder schwer geistig gestörten Menschen gesehen. Die Arme und Beine des Kindes waren mit eitrigen Geschwüren und seltsamen Zeichnungen überzogen. Die Haare hingen ihr wirr und dreckverkrustet über den schmalen Rücken. Sie war sehr dünn, schien jedoch älter zu sein, als man auf den ersten Blick vermuten konnte.

„Hallo, kannst du mich hören?", sprach sie das Mädchen leise an. Keine Reaktion. Was sollte sie nun tun? Es würde nicht lange dauern, bis die Männer zurückkamen und sie hatte allerdings etwas Angst, das Kind anzufassen. *‚Was, wenn es um sich schlüge, wie sie es schon oft bei anderen Irren gesehen hatte?'*

Für lange Überlegungen blieb ihr jetzt nicht viel Zeit. Sie musste es probieren und sagte zu dem Mädchen: „Mein Kind, ich werde dich jetzt hochnehmen und tragen." Sie versuchte, das Kind am Arm hochzuziehen. Erfolglos! Allerdings schlug es auch nicht um sich, wie sie angenommen hatte. Es wiegte sich einfach weiter und begann einen seltsamen Gesang in einer unverständlichen Sprache. *‚Was war das nun wieder?'* Angelika musste schnellstmöglich handeln, wenn sie hier nicht entdeckt werden wollte. Was, wenn die Männer sie hier finden würden? Sie hielt es für besser, das Kind bliebe vorerst verschwunden. Besser für alle!

Sie beugte sich nach vorn und nahm das Mädchen einfach auf die Arme, indem sie ihr eine Hand unter die Knie und die andere um den Rücken herum und unter die Achseln schob. Sie war viel leichter, als Angelika angenommen hatte. Darüber war sie mehr als froh, denn die zusätzliche Last tat ihrem Knie gar nicht gut, und sie humpelte vorsichtig am Wegesrand entlang in die Dunkelheit.

Mutter Angelika wickelte das Kind etwas in ihren langen Mantel ein, was während des Gehens gar nicht so einfach war. Der Körper des Mädchens war stark unterkühlt und es sollte so schnell wie möglich ins Warme kommen. Zum Glück war es bis zum Kloster nicht mehr weit.

Angelika hatte, um sich von ihren Schmerzen abzulenken, überlegt, dass es vielleicht besser war, das Kind vorerst zu verstecken, bis es ihm besser gehen würde. Bestimmt suchten sie nach ihm, und sie kamen auf dieser Suche garantiert auch am Kloster vorbei. Es lag nahe, hier danach zu forschen, da es bis auf einige Hütten die einzige menschliche Behausung in unmittelbarer Nachbarschaft war. So lief sie an dem großen Tor vorbei und folgte der Mauer bis zur gegenüberliegenden Seite und fand die kleine Pforte, die direkt an Johannas Kate grenzte. Bei ihr wäre das Kind gut aufgehoben. Sie würde sich bestimmt gut um die Kleine kümmern. Hier kamen die Schwestern auch nicht so oft her und der neue Gast konnte sich etwas erholen, bevor sie entscheiden mussten, was mit ihm geschah. Mit Mühe öffnete Mutter Angelika die Tür mit dem Ellenbogen, die leise quietschend nachgab. Sie war am Ende ihrer Kräfte. Das Knie schmerzte jetzt noch stärker und sie fühlte, wie es unter der schweren Last nachgeben wollte. Sie erreichte die Tür des kleinen Häuschens und klopfte vorsichtig an.

Es dauerte nur einen Augenblick, bis sich eine Stimme aus dem Inneren meldete, ohne dass die Tür geöffnet wurde.

„Wer da?" Die Worte klangen nicht ängstlich, nur sehr aufmerksam. „Ich bin es, Mutter Angelika, bitte öffne schnell!" Sofort wurde der Riegel an der Innenseite der Tür zurückgeschoben und aus dem Türspalt fiel Kerzenlicht.

„Mutter Oberin, Ihr seid wieder da. Dem Herrn sei gedankt." Angelika stand schwer atmend in der Tür und als Johanna sie dort mit der Last auf den Armen sah, trat sie der Älteren schnell entgegen und nahm ihr das Kind ab. „Was ist denn passiert?", wollte sie sofort wissen. Noch bevor sie eine Antwort erhielt, bettete Johanna das Kind vorsichtig auf ein Strohlager neben der Tür. Dann schob sie Mutter Angelika rasch einen Schemel hin, denn sie sah, dass diese total erschöpft war und sich zitternd an dem alten Tisch festhielt. Sowie sich Angelika gesetzt hatte, ging Johanna zu dem Kind zurück. In dem diffusen Licht der Kerzen konnte sie nicht viel erkennen, aber dass dieses Kind schwer krank war, sah sie sofort. Trotz dieser Tatsache hatte es sich im Stroh wieder aufgesetzt und begann von Neuem sein unaufhörliches Wiegen und die leisen Gesänge. Die Augen hielt es geschlossen, als würde es sich konzentrieren müssen. Johanna sah die eitrigen Schwielen auf der Haut und die abgezehrte nackte Gestalt ließ Schlimmes ahnen. Fragend sah Johanna zu Angelika. „Was ist geschehen?"

Mutter Angelika erzählte ihr, wo und wie sie das Kind gefunden hatte. Bei der Wiedergabe des Gespräches der beiden Männer wurden Johannas Augen ganz dunkel und eine unterdrückte Wut flammte darin auf.

„Das sieht denen ähnlich, sich an einem Kind auszutoben. Da muss man nur eins und eins zusammenzählen, um zu erkennen, dass diesem Kind bereits das Schlimmste widerfahren ist", stieß sie zwischen zusammengepressten Lippen hervor.

Schnell machte sie sich an der Feuerstelle zu schaffen, nahm einen kleinen Becher vom Regal und füllte ihn mit einem heißen Getränk. Sie pustete und kostete vorsichtig. Dann ging sie zu dem Kind und versuchte, ihm die Flüssigkeit vorsichtig einzuflößen. Da das Mädchen weder das Wiegen noch den leisen Gesang unterbrach, lief der Tee zu beiden Seiten des Mundes am Hals herunter.

„Sie ist schwer krank, ihr Geist befindet sich in einer anderen Welt", flüsterte Johanna in Richtung der Mutter Oberin.

Diese fragte daraufhin: „Kannst du dich um sie kümmern? Ich will sie nicht mit ins Kloster nehmen, sie suchen sie bestimmt."

„Ich will tun, was ich kann, aber ich kenne mich mit den Krankheiten des Geistes nur ein wenig aus. Meine Mutter kannte viele Rezepte und ich erinnere mich, dass sie mir einmal von einem kleinen Kraut erzählte. Das könnte vielleicht helfen. Wächst hier das Nebelkraut? Man nennt es auch Gauchheil. Es ist eine kleine Pflanze mit orangefarbenen Blüten, ähnlich dem Ehrenpreis." „Ich weiß es nicht. Ich könnte allerdings Schwester Bonifazia fragen. Aber zurück zu meiner Frage. Was meinst du, kann die Kleine hierbleiben?"

„Natürlich, ich kümmere mich gern um das arme Kind." Johanna empfand tiefes Mitgefühl mit dem kleinen Mädchen. Was mag ihr wohl geschehen sein? Aber vielleicht war es besser, es nicht zu wissen. Sie sah zu der Sitzenden hin. Die Decke, die Johanna ihr um den abgemagerten

Leib gelegt hatte, war vom Wiegen schon halb herabgerutscht. Sie schob sie dem Kind wieder über die Schultern und sagte: „Ich werde erst einmal die Wunden versorgen und heute Nacht an ihrer Schlafstatt wachen. Vielleicht trinkt sie nachher doch noch etwas Tee. Ich habe einige beruhigende Wurzeln da, davon werde ich ihr einen Auszug machen. Das sollte fürs Erste helfen." Sie sah Mutter Angelika an. Diese verzog schmerzhaft das Gesicht. Mitfühlend sagte Johanna: „Und für Euch hole ich den Umschlag mit der Salbe. Ich habe ihn bereits vorbereitet. Ich konnte mir schon denken, dass Euch heute die Gelenke schmerzen." Mit einem Leuchten in den Augen sah die Mutter Oberin zu der Novizin auf. „Du kannst dir gar nicht vorstellen, wie dankbar ich dir dafür bin. Ich weiß gar nicht, wie ich in meine Zelle kommen soll." Sie sah auf ihr stark geschwollenes Knie. „Das Tragen des Kindes hat mir jetzt den Rest gegeben." Nach einem besorgten Blick auf das Kind sprach Johanna: „Ich denke, wir können sie einen Augenblick allein lassen. Ich werde Euch helfen ins Haus zu kommen. Ich hole nur schnell die Umschläge." Sie verschwand in ihrer Schlafkammer und kam mit einem Leinentuch wieder. Sie half Angelika auf und stützte sie. Dann verließen sie die Hütte und machten sich im Schein einer Fackel auf den Weg in den Kreuzgang des Klosters.

Als Johanna wenige Minuten später ins Haus zurückkehrte, wiegte sich das Kind immer noch wie in Trance. Mitten in der Bewegung hielt es aber plötzlich inne. Es hatte aufgehört zu singen und schlug unvermittelt die Augen auf und starrte nun blicklos ins Feuer. Es hatte den Kopf etwas gesenkt und sah ohne einen Lidschlag unter den dichten Wimpern hervor.

Johanna bemerkte die Veränderung, beugte sich zu dem Mädchen hinab und sah ihr in die Augen. Das Herdfeuer spiegelte sich in den Pupillen.

Johanna erstarrte noch in der Bewegung des Herunterbeugens und schlug die Hände vor den Mund.

Diese Augen kannte sie nur zu gut. Große, grüne Lichter mit einer seltenen Intensität hefteten sich auf sie. Wie aus Vergangenheit und Zukunft zugleich sah dieses Kind sie durch die Augen ihrer Tochter an.

# XVII.
## Bestazia

Kommissar Breitner versuchte schon den ganzen Vormittag, Gerda Hoffmann zu erreichen. Bisher jedoch vergebens. Sie ging einfach nicht an ihr Telefon. Und ein Handy hatte sie wohl nicht, jedenfalls hatte er keine Nummer von ihr bekommen. Er wollte ihr unbedingt noch die Ergebnisse des gestrigen Tages mitteilen und sie nach ihrer Meinung fragen. Jetzt musste das wohl warten.

Die Sitzung gestern Nachmittag hatte neue, beunruhigende Tatsachen zum Vorschein gebracht. Sabine Bellmann hatte es nicht geschafft, zu der Besprechung zu kommen. Sie hatte ihn kurz vor zwei Uhr angerufen und gefragt, ob sie die Nacht oben im Harz verbringen könnte. Sie erzählte ihm, sie sei bei einem Verein für Folklore und Traditionen, der eine recht große Sammlung von überlieferten Sagen, Mythen, Tänzen und Trachten hätte. Sie glaube, dort etwas gefunden zu haben. Sie bat darum, das dortige Archiv über Nacht sichten zu können. Breitner sagte ihr, dass sie so lange bleiben könne, wie es nötig sei, aber sie solle sich beeilen, es gäbe neue Entwicklungen und er bräuchte sie hier dringend.

Mit aufgeregter Stimme hatte Sabine gefragt: „Haben die beiden etwa in den Museen etwas gefunden?"

„Allerdings", antwortete Breitner. „Sie haben etwas gefunden, aber das möchte ich Ihnen lieber morgen in aller Ruhe erzählen. Wir haben uns einen Beschluss geholt und alle in Frage kommenden Beweisstücke sind gestern Abend noch ins Labor gewandert. Ich treffe mich morgen gegen Mittag mit den anderen. Dann müssten die Ergebnisse vorliegen. Wann werden Sie ungefähr hier sein?" Sabine zögerte kurz, meinte aber dann: „Ich hoffe, gegen Mittag die Sichtung des Materials abgeschlossen zu haben. Bis jetzt ist die Ausbeute aber noch etwas mau. Die Mitarbeiterin hier kann sich bruchstückhaft erinnern, schon einmal etwas von einer Prophezeiung und Symbolen in einem der Bücher gelesen zu haben. Deshalb will ich nicht aufgeben, bevor ich alles gesehen habe."

„Machen Sie weiter! Ich halte Sie auf dem Laufenden. Morgen gegen 11.00 Uhr trifft sich unsere Truppe wieder, vielleicht schaffen Sie es ja bis dahin."

~~~~~~~~

Das Treffen um elf hatte eben begonnen. Breitner sah auf seine klein gewordene Gruppe. Anita war heute die einzige Frau. Sabine Bellmann hatte eine Nachricht hinterlassen, dass sie erst am frühen Nachmittag eintreffen würde.

Hans Kolbe und Kalle Rogge unterhielten sich leise. Die beiden schienen sich genauso gut zu verstehen wie Anita und Sabine. ,Vielleicht wird ja doch noch eine gute Truppe aus dem zusammengewürfelten Haufen', dachte Breitner in diesem Moment. Den beiden jungen Beamten, die gestern die Zeichnungen gefunden hatten, sah man die Befriedigung über diese Entdeckung förmlich an. Breitner schmunzelte. ,Da war seine Rechnung ja wohl aufgegangen. Keiner vermutete, dass er diese Sache eingefädelt hatte und seine Treffen mit dieser Hoffmann blieben weiter geheim. Schade, dass er die Frau nicht erreicht hatte. Er hätte ihr gern diese Geschichte erzählt.'

Obwohl sich diese Zeichnungen nun im Labor befanden, konnte er immer noch nicht so recht an eine solche Prophezeiung, wie Gerda Hoffmann sie beschrieben hatte, glauben.

Da war ihm einfach zu viel Fantasie im Spiel.

Er sah in die Runde seiner Kollegen. Breitner konnte sich auch bei denen nicht vorstellen, dass diese Art der Ermittlung bei ihnen ankommen würde. Er spann seine Gedanken weiter. ,Anita war eher bodenständig und hielt nicht viel von esoterischem Geschwafel. Obwohl, eigentlich war dieser Tipp mit Frau Hoffmann ja von ihr gekommen. Woher wusste sie überhaupt, dass diese Frau die Karten legte? War sie vielleicht selbst schon mal da gewesen, um einen Blick in die Zukunft zu wagen? Aber wenn er nicht noch einmal die Sprache auf die Kartenlegerin bringen wollte, konnte er sie schlecht danach fragen. Und was würden die anderen dazu sagen? Hans Kolbe sagte nicht wirklich, was er dachte, aber Breitner wusste es auch so. Er hielt das ganze Gerede von Schriftzeichen und mysteriösen Zusammenhängen für ausgemachten Unsinn. Er hielt sich lieber an Tatsachen als an alte Legenden und ganz bestimmt hielt er nichts von einem Hokuspokus wie Kartenlegen. Wenn der wüsste, dass er, Joachim Breitner, diese Möglichkeit auch nur in Betracht zog, würde er wahrscheinlich jeden Respekt vor ihm verlieren.'

Aus diesem Grund hielt sich Breitner mit seinem Wissen noch zurück. Auf jeden Fall wollte er bei den anderen Kollegen sein Gesicht wahren, auch wenn dieser Fall anders als alle anderen während seiner Laufbahn bei der Kripo war. Auch die Art der Zusammenarbeit mit den Kollegen aus dem Westharz war neu. Breitner hatte während der kurzen Zeit der Zusammenarbeit erkannt, dass Karl Heinz Rogge eine ganze Menge auf dem Kasten hat und er war ebenso von dessen Kollegin Sabine Bellmann beeindruckt. Rogge hatte sofort das Problem mit den Hunden auf dem Video erkannt. Breitner und Anita hatten sich wieder und wieder das Video angesehen und nichts entdeckt. Der Kollege hingegen brauchte nur einen einzigen Blick darauf zu werfen und schon erkannte er die Diskrepanz zwischen den einzelnen Bildern. Und mit dem Computer konnte er auch mehr als gut umgehen, das hatte er gestern wieder bewiesen.

Breitner fiel es zunehmend schwer, die ständig neuen Programme und Anwendungen der Dienststelle im Überblick zu behalten. Fast jeden Monat kam neue Software mit der dazugehörigen, meist sehr umfassenden, um nicht zu sagen, völlig überdimensionierten Beschreibung hier im Revier an. Nur Freaks konnten da noch folgen. Er schätzte die gute alte Polizeiarbeit an der Basis mehr als diesen zunehmend technischen Kram, was er auf sein Alter schob.

Ihm war aber aufgefallen, dass er sich seit seinem ersten Besuch in der Mühle bedeutend besser fühlte und er wieder – trotz der traurigen Umstände - eine fast unbegreiflich scheinende Freude an seiner Arbeit empfand. Unabhängig davon wurde er unruhig, denn die Zeit schien gegen ihn zu arbeiten. Gerda Hoffmann hatte recht behalten. Es war schlimmer geworden. Obwohl Anita gestern den Einsatzleiter nicht sprechen konnte, weil er nicht zu dem vereinbarten Treffen erschienen und sich zu allem Überfluss auch noch krank gemeldet hatte, beschlich ihn immer mehr das Gefühl, dass diese Vergiftungen mit den Entführungen zusammenhingen. Er würde nach dieser Sitzung noch mal ins Krankenhaus gehen und dort nachfragen. Sein Bauchgefühl sagte ihm einfach, dass er hier nicht aufgeben durfte.

Er wandte sich seinen Kollegen zu und fragte: „Wie weit sind Sie mit den Recherchen wegen eventueller weiterer Vermisstenfälle, Herr Rogge?"

Der Angesprochene räusperte sich und berichtete: „Oh, außer den beiden, von denen wir gestern schon gesprochen haben, gibt es etwas. Aber, ich bitte darum, dass wir das etwas später besprechen, denn ich warte noch auf einige Schriftstücke. Ich habe den Kollegen aus der Poststelle gebeten, sie mir zu bringen, sobald sie ausgedruckt sind." Er machte dabei ein bedenkliches Gesicht, das Breitner nicht verborgen blieb.

*‚Gab es etwa neue Hiobsbotschaften?'*

„Okay", sagte er trotz der drängenden Frage, die er auf der Zunge hatte. „Dann fangen wir mit anderen Sachen an." Er sah zu Hans Kolbe hinüber und fragte: „Was gibt es aus dem Labor?"

Hans Kolbe erhob sich, ging nach vorn und schaltete den Overheadprojektor an. Er legte nacheinander mehrere Folien auf, dann begann er seine Präsentation.

„Die Bilder, die die Kollegen", er nickte in Richtung der beiden Jüngsten, die den Stolz in ihren Mienen kaum unterdrücken konnten, „in dem kleinen Museum gefunden haben, sind Zeichnungen aus dem Kloster um die Jahrhundertwende zum 18. Jahrhundert. Meisterliche Arbeiten!

Bemerkenswert sind jedoch die Unterschiede in den Bildern. Mal abgesehen von den filigranen Zeichnungen der Pflanzen- und Tierwelt sind bei genauerer Betrachtung zwölf Augenpaare zu erkennen, die so gezeichnet sind, dass sie dem Betrachter folgen, wenn man die Zeichnungen aus verschiedenen Blickwinkeln betrachtet. Diese Art der Malerei wurde allerdings nur von wenigen Künstlern beherrscht. Die Augenpaare sind in winzigen Nuancen alle verschieden. Ein weiterer Unterschied ist in den Zeichen am unteren Ende des Kreises zu erkennen. Das Labor hat unsere ersten Annahmen in Bezug auf die Symbole bereits bestätigt. Es ist aramäisch und es handelt sich um insgesamt zwölf Buchstaben. Es sind die Zeichen A, zweimal, C, B, P, S, L, V, I, N und zweimal das T. Unsere Leute sitzen schon an der Dechiffrierung, weil sie vermuten, dass diese Buchstaben auf etwas Bestimmtes hindeuten, können aber noch nichts sagen."

In diesem Moment ging die Tür auf und ein Beamter übergab einige Blätter an Kalle Rogge.

„Danke", sagte dieser. Der junge Kollege grüßte kurz in Richtung der anderen und sagte dann zu Kalle: „Sie hatten recht mit Ihrer Annahme. Ich habe die entscheidenden Fakten markiert. Sind gut zu erkennen." Er tippte sich kurz grüßend an die Stirn und verließ den Raum.

„Womit hatten Sie recht?", fragte Breitner, der nun mehr als neugierig war. Kolbe und seine Zeichnungen waren vergessen.

‚Was hatte dieser Mann jetzt wieder herausgefunden?'

Kalle sah kurz auf die vor ihm liegenden Seiten und Folien, begann sie zu sortieren und überlegte sich dabei seine Vorgehensweise. „Ich komme gleich zur Sache, muss nur mal kurz alles durchsehen, damit ich nichts Falsches sage."

Er legte die Blätter auf verschiedene Haufen und stapelte sie zum Schluss neu. Kolbe hatte sich wieder auf seinen Platz gesetzt und wartete wie die anderen gespannt auf den Bericht von Rogge. Dieser nahm die Blätter zusammen und erhob sich, um nach vorn an die Tafel zu gehen. Er sah die anderen im Raum kurz an und begann dann seinen Bericht.

Also folgendes: „Wie ihr wisst, habe ich gestern nach weiteren Vermissten gesucht. Tatsächlich habe ich auch zwei gefunden, von denen wir zumindest bei einem, dem Mädchen, das auf dem Brocken verschwunden ist, annehmen müssen, dass es zu unseren Fällen gehört. Die Zeichnung des Zwillings legt diesen Verdacht nahe.

Der andere Fall kann allerdings auf das Konto des Lebensgefährten der Mutter eines weiteren Mädchens gehen, aber ich habe ihn trotzdem bei meinen Überlegungen berücksichtigt. Nachdem wir hier gestern raus sind, habe ich mir nochmal die Mühe gemacht und alle wahrscheinlichen Tatorte auf einer Karte des Harzes eingezeichnet." Er legte eine Folie auf. Darauf waren die topografischen Höhenzüge des Harzes mit dem Brocken als höchstem Punkt zu sehen. An fünf weiteren Stellen war ein kleines rotes Kreuz eingezeichnet. Rogge fuhr mit seinen Ausführungen fort: „Obwohl wir davon ausgehen müssen, dass der sechste Fall vielleicht nicht dazugehört, werde ich ihn mit einzeichnen."

Er nahm einen Marker und zeichnete ein weiteres Kreuz ein. „Hier wurde der Krankenwagen gefunden", fügte er hinzu. Jetzt erkannten seine Kollegen, worauf er hinauswollte. Alle Kreuze lagen in unmittelbarer

Nähe des Brockens. Und als er die Kreuze mit dem Marker verband, entstand eine fast kreisrunde Fläche.

Rogge tippte auf diese und meinte: „Wie es aussieht, operieren der oder die Täter in diesem Gebiet. Obwohl wir nicht wissen, ob in diesem Krankenwagen jemanden transportiert wurde, passt der Tatort zu den anderen. Das Ungewöhnliche an all dem sind die Orte an sich. Der Harz ist nämlich an diesen Stellen schwer zugänglich. Wie ihr seht, sind die Tatorte am Rande von Ortschaften oder gänzlich außerhalb und grenzen ein ganz bestimmtes Gebiet ein. Der Brocken ist dabei so etwas wie ein Orientierungspunkt. Er steht sozusagen im Zenit der Ereignisse. So nah am Brocken ist das Gelände sehr schroff, liegt teilweise schon über der Baumgrenze. Überall gibt es Klippen und steile Granithänge, die sehr gefährlich sind und wo es deshalb schon oft zu Abstürzen kam.

Erschwerend kommt noch dazu, dass es hier die Hochmoore gibt, die abseits der Wege sehr gefährlich werden können. Weite Teile dieses Gebietes ähneln zudem einem Urwald. Das ist das ehemalige Grenzgebiet. Da sind über sechzig Jahre überhaupt keine Menschen hingekommen und auch nach der Wende wurde dort die Natur sich selbst überlassen. Unser Täter kann sich also überall verstecken und zurückziehen. Er muss sich allerdings hervorragend auskennen, denn in dieser Gegend haben sich in den letzten Jahren die meisten Wanderer verlaufen, wenn sie die offiziellen Wanderwege verließen."

Er machte eine Pause. Breitner nickte anerkennend und sagte: „Respekt, Kollege, das sind erstaunliche Schlussfolgerungen und in meinen Augen auch nachvollziehbar. Was sagen die anderen?" „Moment", unterbrach ihn Rogge, „ich bin noch nicht ganz fertig." Erstaunt sahen alle zu ihm auf.

Er räusperte sich kurz: „Das war eigentlich der Teil, den man noch verstehen kann. Herr Breitner, Sie hatten mich doch gebeten, nach ungewöhnlichen Sachverhalten zu suchen. Nun, als ich gestern Abend nach Ihnen mit Sabine, also Frau Bellmann, telefoniert habe, sagte sie mir, ich solle die Veterinärämter überprüfen. Wie sie auf die Idee gekommen ist, weiß ich nicht. Sie hatte ihr Handy gleich nach unserem Gespräch abgestellt und ich konnte sie nicht mehr danach fragen. Schade, dass sie noch nicht da ist.

Tatsache ist aber, dass seit gestern mehrere Meldungen von Tierärzten eingegangen sind, die ein verstärktes Auftreten von Tollwutverdachtsfällen anzeigen. Das ist natürlich meldepflichtig und erscheint deshalb in manchen unserer Updates. Es gab insgesamt elf Fälle von ungewöhnlichem Verhalten von Haustieren, meist Hunden. Zwei Besitzer wurden sogar von ihren Tieren angegriffen und verletzt. Ein Hund wurde von seinem Herrn dabei getötet. Er ist zur Untersuchung wegen des Tollwutverdachtes eingeschickt worden, die anderen Tiere sind nach den Attacken weggelaufen. Ich habe mir alle Fälle notiert und ebenfalls in eine Karte eingetragen."

Er suchte in dem kleinen Stapel zwischen den Papieren eine weitere Folie und legte diese auf die bereits auf dem Projektor liegende. Die grünen Kreuze der Hundeattacken legten sich genau zwischen die Tatorte der vermutlichen Entführungen und die zugrundeliegende Kreisstruktur wurde noch besser sichtbar.

Kolbe blieb der Mund offen stehen und sagte kopfschüttelnd: „Das verstehe ich nicht! Sind das denn nicht ganz verschiedene Sachverhalte? Was haben unsere Entführer und verrückt gewordene Tiere miteinander zu tun?"

Rogge nickte und entgegnete: „Das habe ich mich auch gefragt. Gleichzeitig brachte mich das auf eine Idee. Ich rief in der Nationalparkverwaltung an und ließ mich mit dem zuständigen Leiter verbinden und erkundigte mich bei ihm nach ungewöhnlichen Vorkommnissen. Ihr werdet es nicht glauben, was der mir erzählt hat."

Er machte eine bedeutungsvolle Pause und sah von einem zum anderen.

„Seit gestern fliehen fast alle Tiere, die größer als ein Hase sind, also Rehe, Hirsche, Schwarzwild usw. aus diesen Gebieten." Er legte während dieses Satzes eine weitere Folie auf die beiden anderen. Auf ihr waren die Fluchtpunkte mit mehreren blauen Kreuzen gekennzeichnet, die genau zwischen die roten und grünen Markierungen passten. Damit war ein Kreis zu erkennen, der nun an den meisten Stellen geschlossen war. „Genau hier wurde das Verhalten beobachtet", fügte Rogge noch hinzu, indem er auf die Punkte zeigte.

„Okay!" Breitner schaltete sich an dieser Stelle ein. „Wie es aussieht, konzentriert sich unser Fall auf den Brocken und seine unmittelbare Umgebung. Auch wenn hier keiner versteht, was das eine mit dem anderen zu tun hat, sollten wir auf jeden Fall diesen Hinweisen nachgehen und handeln. Ich werde Nehrkorn diese neuen Sachverhalte mitteilen und ihn darum bitten, uns genügend Leute zur Verfügung zu stellen, die dieses Gebiet morgen durchsuchen." Er wandte sich Rogge zu.

„Kalle, du hast doch schon Kontakte zu den Rangern, oder wie die sich jetzt nennen, aufgenommen?"

Zum ersten Mal duzte er den Kollegen aus dem Nachbarkreis. Es geschah ganz unbewusst und wurde von keinem mit Unbehagen aufgefasst. Sie waren wohl endgültig ein Team geworden.

„Frage mal nach, ob sie uns da oben unterstützen können. Ich will nicht noch mehr Verschwundene. Wenn alles klappt, gehen wir morgen früh sofort nach Sonnenaufgang in das Naturschutzgebiet." Seine aufgeregte Stimme wurde leiser.

„Vielleicht kommen wir noch nicht zu spät und finden die Kinder. Ich hoffe es sehr."

Hans Kolbe fragte nach. „Kann ich etwas tun?"

Breitner überlegte kurz und beauftragte ihn anschließend: „Ja, du könntest aus den gesamten Akten kurze Zusammenfassungen machen. Da können wir morgen den Rangern etwas in die Hand geben. Ich denke da an die Abbildungen von den Symbolen, die Erkenntnisse Kalles, einfach alles, was helfen könnte. Anita wird dich unterstützen."

Die beiden sahen sich kurz an. Anita nahm den recht großen Aktenstapel vom Konferenztisch und verließ zusammen mit Kolbe den Raum.

„Einen Augenblick noch", rief Breitner ihnen nach. „Ich habe euch gar nicht gefragt, ob ihr morgen alle mitkommen wollt. Es könnte immerhin gefährlich werden. Also, was sagt ihr?"

Die kleine Gruppe sah sich kurz an. Die jungen Kollegen ließen sich sofort anmerken, dass sie sich die Gelegenheit auf ein kleines Abenteuer nicht nehmen lassen wollten. Anita ergriff zuerst das Wort und sagte erleichtert: „Klar, ich für meine Person möchte unbedingt mit. Ich hatte jetzt genug Innendienst." Sie verdrehte die Augen. Rogge und Kolbe nickten ebenfalls zustimmend.

Kalle bestätigte den Eindruck, indem er betonte: „Ich denke, wir haben alle großes Interesse daran, diesen Fall weiter zu untersuchen. Wir wollen endlich etwas tun. Bis jetzt haben wir doch ausschließlich abgewartet. Wir sind dabei!"

Die beiden jungen Beamten verließen zusammen mit Kolbe und Anita den Raum.

Kalle Rogge legte noch seine Unterlagen zusammen, etwas zu langsam, befand Breitner.

„Ist noch was?", fragte er deshalb.

„Naja, ich wollte vorhin nichts sagen, aber die Sache mit den verschwundenen Notizen über die anderen Vermisstenanzeigen finde ich schon etwas merkwürdig. Ich habe den Kollegen richtig die Hölle heiß gemacht deswegen. Behrends hat mir hoch und heilig versichert, er hätte die beiden Faxe mit den Infos hier mitten auf unseren Tisch gelegt. Da waren sie aber nicht mehr. Letztendlich habe ich sie gefunden. Jemand hatte sie ganz nach unten in den Aktenstapel gelegt. Vielleicht war es nur ein Versehen, aber ich finde es trotzdem merkwürdig. Das wollte ich dir unter vier Augen sagen."

„Willst du damit etwa andeuten, jemand habe absichtlich diese Informationen zurückgehalten? Das wäre ja ungeheuerlich!" Breitner schaute seinen Kollegen mit hochgezogenen Augenbrauen an und war regelrecht sprachlos. Kalle zuckte die Schultern und entgegnete entschuldigend: „Ich möchte wirklich niemanden beschuldigen, aber wir sollten einfach nicht von vornherein alles als zufällig hinnehmen. Finde ich zumindest."

Er hatte mit seinem kleinen Stapel Blättern die Tür erreicht und drehte sich noch einmal kurz zu dem schweigenden Breitner um.

Beschwichtigend sagte er zu ihm: „Mach dir nicht zu viele Gedanken. Eigentlich wollte ich dich nur darüber informieren, dass sich die Sache aufgeklärt hat." Er verließ das Büro und ließ einen nachdenklichen Kommissar Breitner zurück.

Kurz darauf ging dieser in sein eigenes Büro zurück und versuchte ein weiteres Mal, Gerda Hoffmann zu erreichen. Wieder wurde der Hörer nicht abgenommen. Gerade hatte er es aufgegeben und den Hörer aufgelegt, als sein Apparat klingelte. *‚Vielleicht war sie das?‘*

„Breitner", meldete er sich hastig.

„Kommissar Breitner? Ist die Konferenz schon zu Ende?" Eine aufgeregte Sabine Bellmann schallte ihm aus dem Hörer entgegen.

„Ja, vor wenigen Minuten. Wo sind Sie?"

„Noch im Oberharz. Ich bin gerade erst losgefahren. Ich habe wichtige Neuigkeiten."

Breitner fühlte sofort sein neu erwachtes Jagdfieber und wollte umgehend mehr wissen. Er sah auf seine Uhr und stellte allerdings fest, dass es schon fast vier Uhr nachmittags war. Eigentlich hatte er noch einen Besuch im Krankenhaus machen wollen. Den konnte er heute wohl vergessen. Außerdem musste er noch zu Nehrkorn, um Bericht zu erstatten.

„Was gibt es, was haben Sie herausgefunden?", wollte Breitner jetzt wissen.

„Eine Menge, aber das ist nichts fürs Telefon. Glauben Sie mir! Ich bin in einer guten Stunde bei Ihnen und erzähle Ihnen alles in Ruhe." Mit nicht zu überhörender Enttäuschung in der Stimme sagte er: „Na gut, dann muss ich mich wohl etwas gedulden".

Sabine ging darauf nicht ein und fragte: „Kann ich Kalle kurz sprechen?"

„Das geht momentan nicht. Alle sind unterwegs und haben wichtige Aufgaben zu erledigen. Hier hat sich nämlich auch einiges getan. Das erzähle ich Ihnen aber auch erst, wenn Sie hier sind. Kommen Sie auf dem schnellsten Weg in mein Büro."

„Mache ich", war noch die knappe Antwort und augenblicklich hatte Sabine aufgelegt.

Breitner rieb sich die Hände und dachte*: ‚Jetzt kommt ja richtig Fahrt in die Ermittlungen.‘*

Mit einem Mal hatte er das dringende Bedürfnis nach einer Tasse Kaffee. Er ging hinaus auf den Flur zum Automaten und drückte verschiedene Knöpfe. Das ratternde Geräusch des Mahlwerkes erhöhte die Vorfreude auf das schwarze Getränk.

Er nahm die Tasse und ging mit einem zufriedenen Lächeln zurück in sein Büro. Er trank den ersten Schluck und dachte augenblicklich an Gerda Hoffmann und ihren guten Kaffee. Erneut nahm er den Hörer in die Hand und wählte ihre Nummer. Zu seiner Überraschung meldete sich nach zweimaligem Klingeln die ihm bekannte Stimme.

Fast fröhlich klang es aus dem Hörer: „Ja, Hoffmann hier!"

Er verbrühte sich beinahe an dem Kaffee, weil er gar nicht mehr mit ihr gerechnet hatte und gerade einen großen Schluck aus seiner Tasse nahm.

„Hallo Frau Hoffmann, hier Breitner! Das ist aber schön, dass ich Sie erreiche. Ich habe es schon den ganzen Tag versucht. Wie geht es Ihnen?"

Er wollte sie nicht gleich mit den neuesten Nachrichten überfallen. „Ich war nicht zu Hause. Ich bin auf der anderen Seite des Harzes unterwegs gewesen. Die ganze Angelegenheit ließ mir einfach keine Ruhe und ich habe mich gefragt, ob Johanna nach ihrer Flucht in einem Kloster im Westharz Unterschlupf fand. Leider befinden sich dazu keinerlei Informationen in den Aufzeichnungen. Sie kann dort auch nicht so lange gelebt haben, denn bereits fünf Jahre später wurde sie zur Äbtissin des hiesigen Klosters ernannt. Erst über zwanzig Jahre später wurde die Mühle wieder aufgebaut und in der Zeit wird sie das Buch geschrieben haben. Ich hatte diesen Fakt zunächst nicht für so wichtig gehalten, aber mittlerweile bin ich davon überzeugt, dass es eine gute Idee ist, nach diesem Ort zu forschen. Ich habe mir alle in Frage kommenden Anlagen rausgesucht und bin heute zu dreien gefahren." „Und hatten Sie Glück?", wollte Breitner wissen.

„Leider nein. Das erste Kloster, das ich aufsuchte, ist schon total verfallen. Von dem gibt es nur noch alte Mauerreste. Bei den zwei anderen hatte ich auch kein Glück. In dem einen hat eine Feuersbrunst dafür gesorgt, dass es aus dieser Zeit keine Unterlagen mehr gibt. In dem anderen Kloster konnte man mir mit ziemlicher Gewissheit sagen, dass Johanna dort nicht gelebt hat. Die besitzen nämlich recht genaue und lückenlose Aufzeichnungen aus der Zeit. Für morgen früh habe ich mich noch in einem anderen Kloster angemeldet. Dort leben heute zwar keine Nonnen mehr, aber es wird von Nonnen verwaltet. Mit einer von ihnen habe ich telefoniert. Ich soll aber persönlich vorbeikommen, wenn ich Auskünfte haben möchte. Ich finde, das klingt vielversprechend. Meinen Sie nicht auch?"

Breitner stimmte zu und fragte nach: „Glauben Sie, dadurch etwas Neues zu erfahren?"

„Ja, es könnte doch sein, dass sie auch dort Kapitel des Buches versteckt hat? Vielleicht ist sie zurückgegangen?"

„Hm, stimmt, das wäre möglich. Vielleicht bringt es wirklich was", stimmte Breitner geistesabwesend zu, denn eigentlich platzte er regelrecht vor Mitteilungsbedürfnis und konnte sich kaum noch zurückhalten.

Gerda spürte das irgendwie und fragte deshalb: „Weshalb haben Sie eigentlich angerufen?" Sie schien sich daran zu erinnern, dass nicht sie den Hörer in die Hand genommen hatte.

„Ich wollte Ihnen unbedingt sagen, dass unsere kleine List geklappt hat." Er senkte seine Stimme zu einem verschwörerischen Flüstern herab. Zwar war er allein im Büro, aber es konnte ja jederzeit ein Kollege in die Tür treten.

„Das ist ja prima, und was haben Ihre Leute herausgefunden?" Die Stimme von Gerda Hoffmann wurde ebenfalls leiser und deutlich aufgeregter.

„Sie hatten recht! In den Bildern sind so etwas wie Augen eingezeichnet und es wird der Eindruck erweckt, als werde der Betrachter verfolgt. Es gibt sogar einen Namen für diese Maltechnik, sie wurde wohl auch bei Gemälden manchmal angewandt. Diese seltsamen Hieroglyphen am unteren Rand sind Buchstaben. Wir nehmen an, dass sie, anders zusammengesetzt, irgendwelche Geheimnisse preisgeben. Unsere Leute sind noch dabei, das zu untersuchen. Haben Sie noch einmal in die Karten geschaut?"

„Nein, dazu bin ich nicht gekommen, aber ich werde mir jetzt einen schönen Tee kochen und dann nachsehen. Soll ich Sie anrufen, wenn sich etwas Neues ergibt?"

„Unbedingt. Ich habe gleich eine kleine Besprechung mit meinem Chef, aber Sie können sich ruhig melden. Am besten erreichen Sie mich über mein Handy. Haben Sie die Nummer noch?"

„Ja, die liegt griffbereit neben mir. Also bis später und geben Sie mir bitte sofort Bescheid, wenn Ihre Leute etwas herausgefunden haben." Er wollte ihr gerade von den anderen merkwürdigen Dingen dieses Tages berichten, als seine Tür aufgerissen wurde und ein furchtbar wütender Nehrkorn in der Tür stand.

Schnell verabschiedete Breitner sich mit den Worten: „Ich rufe Sie später dazu noch mal an, mein Chef steht gerade in der Tür." „In Ordnung, wer zuerst etwas weiß, meldet sich", sagte Gerda noch und legte auf.

Breitner drehte sich zu Nehrkorn um.

„Wollen Sie auch einen Kaffee? So wie Sie aussehen, könnten Sie einen gebrauchen."

Er wusste nicht so recht, woher er den Mut für freche Sprüche nahm, doch irgendwie wurde ihm das Chefgehabe langsam zu viel und er hatte keine Lust mehr, sich von Nehrkorn ständig ungerechtfertigt kritisieren zu lassen.

„Breitner, was fällt Ihnen ein? Haben Sie angeordnet, dass morgen die gesamte Soko und zehn weitere Leute einen kleinen Wandertag machen? Und auch noch die Nationalparkverwaltung. Die haben mich eben angerufen. Und ich weiß wieder mal nichts davon." Breitner atmete tief ein. Ruhig entgegnete er: „Da waren die Kollegen wohl schneller als ihr Ruf. Ich wollte eben zu Ihnen und die Sachlage erläutern. Es haben sich neue Indizien ergeben. Es sieht so aus, als ob der oder die Täter in einem relativ abgegrenzten, aber unwegsamen Gelände im Hochharz operieren. Wir haben auch Anlass zu glauben, dass die Entführungsfälle und der Doppelmord zusammenhängen. Die Ranger haben wir zu Hilfe gerufen, weil dort oben alles voller Klippen und Moore ist und ich keine Lust habe, dass sich meine Leute verletzen oder Schlimmeres geschieht."

Jetzt war Breitner doch noch laut geworden. Eigentlich hatte er genau das vermeiden wollen. Allerdings hatte er erreicht, dass Nehrkorn überrascht den Mund hielt.

In den nächsten zwei Stunden erklärte Breitner seinem Chef die Sachlage. Dazu ließ er sich die Folien von Rogge kommen und als Nehrkorn das Büro verließ, war der einverstanden, dass die Soko ‚Wald' zusammen mit acht weiteren Kollegen am nächsten Tag das Waldgebiet durchsucht. Breitner wandte sich zudem selbst noch einmal an das Büro der Nationalparkverwaltung. Die dortigen Mitarbeiter versicherten, zwei hauptamtliche Ranger und zwei ehrenamtliche Wanderführer zu schicken, die sie begleiten würden. Breitner bat auch noch um Unterstützung durch einige Spürhunde. Er hielt deren Einsatz für ratsam. Wenn die Mädchen dort oben irgendwo waren, hatten sie mit Hunden größere Chancen, sie zu finden. Er hatte mitbekommen, dass Rogge sich mit Hunden bestens auskannte, sodass er notfalls auch einen Hund nehmen konnte, falls sie nicht genug Leute zur Verfügung hätten.

Nachdem nun alles geregelt war, setzte sich Joachim Breitner auf seinen Stuhl und starrte geschlagene fünf Minuten Löcher in die Luft und dachte bei sich. ‚Das war ein hartes Stück Arbeit gewesen.' Aber diesmal hatte er nicht kleinbeigegeben. Er hatte diesem Ekel endlich mal die Meinung gesagt. Dass er seine Leute für sehr fähig und loyal hielt und ihm dieses eifrige Machtgehabe zum Hals heraushing. Die Soko hatte bis jetzt solide Arbeit geleistet und die Kollegen arbeiteten gut zusammen. Er fühlte sich verantwortlich, auch für die Neuen aus dem Westharz. In den letzten Tagen waren sie ihm als gute Kollegen und mit außergewöhnlichen Instinkten versehene Polizisten direkt ans Herz gewachsen.

Er sah auf die Uhr. ‚Was, es war schon fast sechs Uhr abends? Wo blieb denn Sabine Bellmann? Und Gerda Hoffmann hatte auch noch nicht angerufen.' Er wollte gerade den Telefonhörer aufnehmen, da sah er, dass er nur halb eingehängt war und jetzt nahm er auch das leise ‚tut, tut, tut' des Besetztzeichens wahr. Der Streit mit Nehrkorn hatte ihn die beiden völlig vergessen lassen und jetzt konnten sie ihn nicht einmal erreichen.

Er suchte sein Handy und fand es in der Aktentasche. Es war seit der Sitzung heute Vormittag immer noch ausgeschaltet. Er fluchte laut und gab die Codenummer ein. Nach der kleinen Erkennungsmelodie, die ihm heute unglaublich lang vorkam, zeigte ihm das mehrmalige Piepen neue Nachrichten an. Fünf Anrufe in Abwesenheit. Klasse! Einer von Sabine und vier von Gerda Hoffmann. Er wählte die Nummer der Mailbox. Zwei Nachrichten. Die erste Nachricht war von Sabine.

„Hallo Herr Breitner, mein Akku ist gleich leer. Nur so viel, hier ist die Hölle los. Bin nicht weit gekommen, ein plötzlicher Sturm hat mehrere Bäume umkippen lassen, einen direkt vor mein Auto. Ich bin noch total geschockt, aber mir ist nichts passiert. Ich bin zurückgefahren und habe mir eine Pension gesucht. Das THW ist schon da, aber es dauert wohl die ganze Nacht, sagen sie. Sämtliche Zufahrtsstraßen sind gesperrt. Ich komme morgen.....“ Hier brach die Verbindung zusammen. Wohl der Akku. Jetzt wusste er nicht mal, wo sie abgestiegen war. Zumindest war er froh, dass ihr nichts passiert war.

Die nächste Nachricht war von Gerda Hoffmann. Ihre Stimme klang aufgeregt und hektisch.

„Hallo, Herr Breitner? Habe versucht, Sie mehrmals anzurufen, ist immer besetzt. Ich spreche jetzt hierauf, weil ich nichts in der Zentrale hinterlassen will. Hoffentlich kommt die Nachricht an...“, sie hatte eine kurze Pause gemacht ... „Herr Breitner, die Karten, es sind jetzt schon acht, hören Sie, es sind schon acht!“

Ende der neuen Nachrichten. Die Stimme verwies ihn auf das Haupt-menü. Er drückte auf den roten Hörer seines Handys.

Ungläubig schüttelte er den Kopf über die Nachricht, dass es nach Auffassung von Gerda Hoffmann schon  acht Kinder sein sollten, die verschwunden sind? Das konnte seiner Meinung nach nicht sein. So eine Meldung wäre auf ihrem Revier sofort eingegangen. Er sprang von seinem Stuhl auf und rannte regelrecht aus dem Büro zu dem von Karl Heinz Rogge. Er wollte sich die Vermisstenkartei noch einmal anschauen.

Als er in Karl Heinz Rogges Büro kam, fand er jedoch den Schreibtisch verlassen vor. Ein Kollege aus dem Raum nebenan sagte ihm dann, dass der Mitarbeiter heute schon Feierabend gemacht hätte. Er müsse morgen früh raus, habe er gesagt und sich bei den anderen abgemeldet.

Noch während Breitner in sein Büro zurückging, zog er sein Handy aus der Jackentasche und wählte die Nummer von Kalle. Dieser meldete sich auch sofort: „Hier Rogge."

„Hallo Kalle, ich bin's, Joachim. Ich habe Sabine Bellmann nicht erreichen können. Wie es aussieht, steckt sie oben im Harz noch fest. Sie wird erst morgen wieder da sein. Aber ich habe hier einige Hinweise auf weitere Vermisste. Gab es außer den Vorkommnissen vom Brocken vielleicht doch noch andere Indizien für außergewöhnliche Fälle?"

Kalle überlegte kurz und versicherte: „Nein, bis heute Nachmittag zumindest nicht. Aber ich habe den Kollegen eingeschärft, uns jede noch so seltsame Begebenheit zu melden. Selbst wenn es so aussehen sollte, als ob sie nichts mit uns zu tun hat. Ich kann mir nicht vorstellen, dass uns das noch mal passiert."

„Hm", reagierte Breitner, „vielleicht irre ich mich auch. Ich habe nur so ein komisches Gefühl. Aber ich wollte dich noch fragen, wie Sabine auf die Sache mit den Hunden gekommen ist. Hat sie dir dazu etwas gesagt?"

„Nur ganz kurz. Sie sei da oben auf eine alte Geschichte gestoßen, in der auch wilde Tiere eine Rolle spielten. Aber keine Wildtiere, sondern wild gewordene Tiere. Deshalb sollte ich mich bei den Veterinären erkundigen. Sie machte nicht den Eindruck, dass sie Konkreteres wusste. War wohl mehr so eine Ahnung. Du weißt doch ...", er machte eine Pause.

„Ja, ich weiß, Sabine hat manchmal so eine Ahnung", stimmte Breitner zu.

Kalle setzte fort: „So ist sie eben. Ihre Intuition ist unglaublich. Das kannst du mir wirklich glauben! Damit hat sie uns schon oft auf die richtige Spur gebracht." Kalles Worte klangen fast wie eine Entschuldigung. Deshalb erwiderte Breitner schnell: „Du brauchst sie nicht zu verteidigen. Ich weiß eine Sabine Bellmann mehr zu schätzen, als du glaubst. Was soll ich sagen? Ich habe auch so meine Ahnungen. Deshalb werde ich heute noch länger im Büro bleiben und mir noch mal die Akten vornehmen. Ich habe das unbestimmte Gefühl, dass wir etwas übersehen haben. Also Kalle, dann bis morgen früh."

„Ist gut. Ich gehe heute mal pünktlich ins Bett, aber wenn du mich brauchst, rufst du an. Versprochen?"

„Versprochen, mache ich. Aber ich werde mich sowieso an die Akten halten und den Computer meiden. Der ist eher dein Fachgebiet. Vielleicht telefoniere ich noch mal mit dem Tierarzt. Hast du die Nummer noch?"

„Steht alles in den Akten", sagte Kalle und legte auf.

Auch Breitner legte auf, blieb aber grübelnd an seinem Schreibtisch sitzen. Endlich griff er zu den Akten und suchte die Nummer des zuständigen Tierarztes der Region Harz heraus. Ein Blick auf die Uhr sagte ihm, dass es kurz nach sechs Uhr abends war. Vielleicht hatte er Glück und würde diesen Doktor Müller noch in dessen Praxis erreichen. Schnell tippte er die Rufnummer ein.

Eine dunkle Männerstimme meldete sich am anderen Ende. Breitner stellte sich kurz vor und ließ sich den ganzen Vorgang erklären. „Und wie viele Höfe waren davon betroffen?", fragte er nach. „Insgesamt acht. Einige hatten mehrere Hunde. Wir wissen von elf Tieren, zehn Hunden und einer Katze. Ob noch mehr betroffen sind, werden wir wohl erst in den nächsten Tagen erfahren. Vorsichtshalber haben wir für das gesamte Gebiet Zwingerpflicht angeordnet."

„Und wird die auch eingehalten? Ich meine, halten sich die Eigentümer daran?", wollte der Kommissar wissen.

„Im Prinzip schon. Die Tierhalter wissen, dass die Jäger in so einem Fall kurzen Prozess machen und jedes freilaufende Tier sofort erschießen. Der Besitzer, der seinen Hund getötet hat, ist selbst Jäger und hat den Rüden bei den ersten Anzeichen erschossen. Eigentlich war es ein sehr gutmütiges Tier, deshalb hatte er sofort den Verdacht, dass hier Tollwut vorliegt. Im Übrigen habe ich so etwas noch nicht erlebt." Doktor Müller klang beunruhigt.

„Was meinen Sie?"

„Nun, ich habe ja die Erstuntersuchung gemacht. Es war, wie gesagt, ein sehr ruhiges Tier, ein richtiger Familienhund. Ich kannte ihn schon viele Jahre. Aber ich hab ihn kaum wiedererkannt. Er muss sich in irgendetwas gewälzt haben. Das Fell war mit einer Art Schleim beschmiert und sah furchtbar aus. Ekelerregend! Und gestunken hat dieses Tier, als hätte es sich in Aas gesuhlt. Und noch etwas fand ich merkwürdig..."

Breitner wurde hellhörig und hakte nach: „Ja, was denn?"

„Die Zähne des Tieres hatten sich verändert. Wissen Sie, diese Rasse hat normalerweise kein sehr starkes Gebiss. Aber dieser Hund hatte jetzt riesige Fangzähne und es glich mehr dem Gebiss eines Kampfhundes oder eines Wolfes. Auch die Pupillen hatten sich verändert, obwohl das auch durch die Krankheit gekommen sein kann. Sie waren extrem geweitet, sahen aus wie riesige, schwarze Löcher. Furchterregend! Wie ich schon sagte, so etwas habe ich noch nicht gesehen."

Jetzt wollte Breitner wissen: „Wenn das so merkwürdig ist, wie Sie sagen, besteht also größte Ansteckungsgefahr?"

„Nein, solange die anderen Tiere noch nicht gebissen wurden und im Zwinger bleiben, eigentlich nicht. Zumal ich sofort den Impfstatus überprüft habe. Dabei stellte ich eigenartigerweise fest, dass drei der Tiere sich gar nicht hätten anstecken dürfen. Ich habe die erst vor Kurzem deswegen vorbeugend geimpft. Bei den anderen ist die Impfung länger her, da kann das schon mal passieren. Es kann sich aber im Prinzip auch um etwas anderes als Tollwut handeln. Allerdings habe ich keine Idee, was es sein könnte. Ich habe diesbezüglich schon mit meinen Kollegen gesprochen, die ebenfalls ratlos sind. Wir werden jetzt zwei Tage abwarten. Sollte es danach weitere Fälle geben, werden wohl die Tiere auf den gesperrten Höfen eingeschläfert. Außerdem warten wir noch die Ergebnisse der Hirnuntersuchung des getöteten Hundes ab."

„Mit dieser Entscheidung werden Sie sich bestimmt keine Freunde machen?", schätzte Breitner die Sachlage ein.

„Darauf können wir keine Rücksicht nehmen. Haben Sie schon mal einen Menschen an Tollwut zugrunde gehen sehen?"

„Zum Glück noch nicht, aber ich stelle es mir schrecklich vor." „Ist es auch, so ziemlich das Schrecklichste, was ich je gesehen habe. Ab einem bestimmten Zeitpunkt gibt es kein Gegenmittel mehr. Die Menschen früher sind in Käfige gesperrt worden und jämmerlich verreckt, wenn sie sich angesteckt hatten", fügte der Arzt hinzu. „Sind denn noch alle Bewohner wohlauf bei Ihnen?"

„Ja, die mit den Tieren in Berührung gekommen waren, wurden ins Krankenhaus gebracht und haben schon die ersten Impfungen erhalten. Wir wollen kein Risiko eingehen. Und ich wiederhole, die anderen sind von der Zwingermaßnahme unterrichtet."

„Wird das auch überprüft? Ich meine, kontrolliert das jemand?" „Ja, die Jäger hier wollen mehrmals am Tag die Höfe aufsuchen und haben außerdem Impfköder ausgelegt, um die Wildtiere zu schützen."

Erleichtert sagte Breitner: „Gut, würden Sie sich bitte meine Handynummer aufschreiben, damit Sie mich anrufen können, sobald die Ergebnisse von der Untersuchung vorliegen? Ich muss da wirklich auf dem neuesten Stand sein." Er machte eine kleine Pause. „Noch etwas! Nur aus Routine. Es gibt doch keine Vermissten oder so? Ich meine, haben Sie alle Anlieger angetroffen und wissen auch alle Bescheid?"

„Mit einigen habe ich selbst gesprochen, den Rest haben die Jäger benachrichtigt. Ich treffe mich in einer halben Stunde mit ihnen, um die Lage zu besprechen. Sie können mir glauben, dass ich diese Vorkommnisse sehr ernst nehme, auch weil mir das alles reichlich mysteriös erscheint. So eine große Zahl an Erkrankungsfällen in so kurzer Zeit ist mehr als ungewöhnlich."

Dringend betonte der Kommissar: „Bitte melden Sie sich bei mir. Erst recht, wenn nicht sämtliche Anwohner erreicht worden sind. Wir haben leider Grund zu der Annahme, dass es sich hier um eine komplexe Sache von weit größerem Ausmaß handelt."

„Ich verstehe zwar nicht so genau, wie Sie das meinen, aber auch ich finde die Situation mehr als beunruhigend. Ich rufe Sie später nach dem Treffen mit den Jägern an, okay?" „Gut, dann bis später."

Breitner ging in den Flur und holte sich eine weitere Tasse Kaffee. Er überlegte, dass das heute schon die siebente oder achte Tasse sein müsse. Ihm war bewusst, dass das viel zu viele waren, aber er konnte eben mit

Kaffee besser denken. Auf dem Flur war es inzwischen ruhig geworden. Die meisten Kollegen waren nach Hause gegangen.

Joachim Breitner versuchte, seine Gedankengänge zu sortieren. Acht verschwundene Kinder. Bei fünf konnte er sich das ja noch vorstellen, aber acht? Sein Verdacht, bei dieser Hundegeschichte fündig zu werden, schien sich nicht zu bewahrheiten. Blieb noch die Sache mit den Vergiftungen. Da würde er noch mal nachhaken, wenn diese verdammten Verletztenlisten eintrafen.

Die Gedanken sprangen in seinem Kopf hin und her. Er nahm seine Tasse und ging zum Besprechungsraum. Dort stand eine große Tafel, auf der er die Namen der verschwundenen Kinder schreiben wollte. Diese Variante nutzte er ab und zu, denn manchmal kamen ihm beim bloßen Anblick von Fakten eben neue Ideen.

Als er in dem Raum angekommen war, schaltete er das Licht an und stellte seine halbleere Tasse auf den Besprechungstisch neben ein paar lose Blätter, die jemand dort vergessen haben musste.

Er trat an die Tafel und begann die Namen der Kinder aufzuschreiben.


1.    *Tania Wilkerling*

Sie verschwand als Erste. Alles, was sie fanden, war die Jacke im Geäst des Baumes. Er schrieb den Namen des Kindes hinter die Eins.

2.    *Jessica Buchholz*

Sie verschwand morgens auf dem Schulweg im dichten Nebel. Nach wie vor vermuteten sie, dass das Mädchen in den kleinen Fluss gestürzt sei. Nur Sabine Bellmann hielt das für unwahrscheinlich.

3.    *Melanie Schröder*

Von ihr fand man gar nichts. Noch nicht einmal ein Zeuge war gefunden worden, der sich an das Kind auf seinem Weg zum Schulbus erinnerte.

Von Kind zu Kind gab es immer weniger Hinweise. Bei dem ersten gab es noch Zeugen und eine Jacke, dann noch ein paar Leute, die Jessica gesehen hatten. Bei Melanie schon gar nichts mehr, nur das Symbol in dem abgerutschten Hang. Doch danach?

4.    *Heike Schulz*

Wenn die kleine Heike, die von ihrer Mutter erst mehrere Tage später als vermisst gemeldet wurde, auch zu den Opfern gehörte, wusste man nicht einmal den ungefähren Ort, an dem sie verschwunden sein könnte.

5.    *Bettina Schneider*

Das Zwillingsmädchen, das auf dem Brocken verschwand. Die Schwester war zwar Zeugin, wurde aber von allen Beteiligten als zu verstört angesehen. Ihre Aussagen waren so für die Ermittler als unglaubhaft angesehen worden. Und von sämtlichen Touristen, die an diesem Tag auf dem Berg unterwegs waren, hat nicht einer die Aussage des Kindes, eine Wolke hätte die Schwester aufgesogen, auch nur annähernd bestätigt. Sie hatten alle ausgesagt, es sei ein wolkenloser, schöner Tag gewesen und bis auf einige starke Windböen sei nichts Außergewöhnliches passiert.

Breitner überlegte. *‚Wenn ich davon ausgehe, dass unter den Vergifteten noch jemand verschwand, dann sind es sechs. Gerda Hoffmann hat aber gesagt, es seien jetzt schon acht Kinder.‘*

Er sah auf die Tafel. Die Bilder der Mädchen hatte er neben die Namen geheftet. Doch solange er auch darauf starrte, es fiel ihm nichts ein.

Er suchte seinen Kaffee. Breitner sah sich um und entdeckte die halbleere Tasse auf dem Tisch neben ihm. Auch wenn der inzwischen eiskalt war, nahm er einen Schluck. Mit der Tasse in der Hand lief er zum Tisch und langte auf die andere Seite. Sein Blick fiel dabei auf die verstreuten Blätter. Er stutzte und alles andere war augenblicklich vergessen.

Rasch griff er nach den Papieren und blickte verdutzt auf die langerwartete Verletztenliste.

Im gleichen Augenblick machte sich eine unheimliche Wut in seinem Bauch breit. *„Welcher Idiot hatte die Listen hierhergelegt, ohne auch nur einem aus ihrer Gruppe Bescheid zu sagen, dass sie endlich da waren?'*

Hastig blätterte er die Liste durch und auf der letzten Seite fand er seine Vermutung bestätigt. Die Familie, zu der der Krankenwagen unterwegs und deren Mitglieder in verschiedene Krankenhäuser eingeliefert worden waren, vermisste die jüngste Tochter. Sie war diejenige, die den Notruf 112 bestätigt hatte, weil sie von allen die wenigsten Vergiftungserscheinungen zeigte. Und sie war deshalb die letzte, die von den Sanitätern mitgenommen wurde.

Breitner zog sich einen Stuhl heran und setzte sich erschöpft darauf. Er hatte immer mehr das Gefühl, machtlos zu sein. Er hatte nicht verhindern können, dass Kinder entführt wurden. Jetzt konnte er nicht einmal eingreifen, weil kein Muster zu erkennen war, geschweige denn ein oder mehrere Verdächtige.

Alle infrage kommenden einschlägig vorbestraften Personen waren längst mehrfach überprüft worden. Alle besaßen Alibis. Er war der machtlose Beobachter dazu verurteilt, wie als Zuschauer eines Films, nur zuzusehen, wie sich die Dinge entwickelten, ohne eingreifen zu können. Auch den für morgen geplanten Einsatz hielt er mittlerweile für bloßen Aktionismus, weil man endlich handeln wollte, weil man die Tatenlosigkeit einfach nicht mehr aushielt. Ermittlungspannen wie diese waren ganz und gar nicht dazu angetan, die Situation zu verbessern. Wenn der morgige Einsatz vorüber war, mussten sie diese Vorfälle unbedingt auswerten, nahm sich Breitner deshalb vor. Die Presse hatte von all dem zum Glück noch keinen Wind bekommen. Bis jetzt gab es keine Außenstehenden, die einen Zusammenhang zwischen den verschiedenen Vorfällen vermuteten. Aber Breitner nahm an, dass es nur noch eine Frage der Zeit war, bis ein findiger Reporter eins und eins zusammenzählte und die richtigen Fragen stellte.

Das Klingeln des Handys riss ihn aus seinen Gedanken. Er nahm es aus seiner Jackentasche und drückte den Knopf mit dem grünen Hörer. „Ja, hallo", meldete er sich leicht abwesend.

„Herr Breitner? Hier Doktor Müller, wir haben vor einer Stunde schon mal telefoniert. Ich hatte doch versprochen, mich zu melden. Ich sitze hier noch mit den Jägern zusammen. Einer davon berichtete gerade, dass er auf einem Hof in der Nähe von Schierke merkwürdige Dinge gesehen hat. Die Haustür soll sperrangelweit aufstehen und es scheint eingebrochen worden zu sein, denn alles wäre ziemlich verwüstet. Der Eigentümer, ein älterer, alleinstehender Herr ist nirgends zu finden. Auch sein Schäferhund ist nicht im Zwinger. Gestern Abend sei alles noch in Ordnung gewesen, meinte der Jäger." Bei Joachim Breitner schrillten die Alarmglocken.

„Wohnen noch weitere Leute in dem Haus?"

„Moment, ich frage mal nach."

Breitner vernahm Stimmengemurmel aus dem Hörer.

„Hören Sie?", meldete Müller sich wieder. „Er wohnt dort allein..." Breitner atmete auf.

„...aber in dieser Woche ist wohl seine Enkelin zu Besuch, die Kinder haben doch Ferien ..."

Joachim Breitner hörte nicht mehr zu. Er hasste es, zunehmend recht zu behalten. Er sprang auf und verließ den Raum. In seiner Hand die Blätter mit den Listen.

Ein Blatt blieb allerdings auf dem Tisch liegen. Es war ein Fax aus Thüringen. In einem südlichen Harzörtchen hatte eine kleine Pension eine Familie mit drei Personen vermisst gemeldet. Sie hatten am Montag eine Wanderung im Hochharz unternommen und waren nicht zurückgekehrt. In der Unterkunft befanden sich sämtliche Gepäckstücke und Utensilien der Familie. Es sah aus, als wären alle nur eben kurz weggegangen, um jeden Moment wieder lachend in der Tür zu stehen.

## XVIII.
## Die Hexen der Finsternis

Die Morgensonne schien schräg durch die Bäume. Kommissar Breitner wollte gerade in sein Auto steigen, um die Rückfahrt ins Präsidium anzutreten, als sein Handy klingelte. Die Nummer kannte er nicht. Er hoffte, dass es Sabine Bellmann sein würde. Und sie war es auch, die sich am anderen Ende meldete.

„Ja, hier Sabine Bellmann, hallo Herr Breitner. Ich bin schon losgefahren und könnte so in einer halben Stunde in Ihrem Büro sein. Ist Ihnen das recht?"

„Im Prinzip schon, aber wenn Sie ohnehin schon unterwegs sind, könnten wir uns vielleicht in Wernigerode treffen. Ich fahre gerade aus dem Hochharz hinunter. Wir könnten uns dort in ein Café setzen und ich bringe Sie auf den neuesten Stand."

Sabine fand die Idee gut. Sie verabredeten sich in einem Café in der Altstadtpassage, die ganz in der Nähe des Marktplatzes lag. Dort waren sie etwas abseits vom Touristentrubel und um diese frühe Morgenstunde ungestörter.

Breitner stieg ins Auto. Er war schon vor Sonnenaufgang mit den anderen in den Hochharz gefahren und hatte die Suchtrupps mit eingeteilt. Joachim Breitner hatte seine gestrigen Entdeckungen nur Kalle Rogge anvertraut. Sie hatten daraufhin beschlossen, erst nach dem heutigen Einsatz zu beraten, wie in dieser Angelegenheit weiter zu verfahren sei.

Heute sollten sich erst mal alle auf die Suchaktion konzentrieren. Sie wollten in Teams zu je drei bis vier Mann die einzelnen Gegenden durchforsten. Zwei Gruppen würden in die Moore gehen, zwei andere sollten das Gebiet um die Klippen erkunden. Allen Gruppen wurde ein Forstbeamter oder Wanderführer zugeteilt. Drei dieser so gebildeten Abteilungen erhielten auch noch Hundeführer mit Suchhunden.

In einer halben Stunde war alles erledigt und die Gruppen hatten sich auf den Weg gemacht. Breitner informierte die anderen der Soko, dass er zurückfahren und sich mit Sabine Bellmann treffen würde. Er würde sie in Kenntnis setzen und nach dem Gespräch mit ihr zusammen in das

Suchgebiet nachkommen.

Zwanzig Minuten später saß Breitner in dem Café und hatte die erste Tasse Kaffee schon getrunken, als er Sabine Bellmann durch die Passage eilen sah. Er saß etwas versteckt, sodass er sich bemerkbar machte, indem er ihr zuwinkte. Sie sah ihn und nahm ihm gegenüber auf der halbrunden Bank Platz.

„Hallo, tut mir leid, ich habe nicht gleich einen Parkplatz gefunden." Sie zog ihren Parka aus, schaute ihn erwartungsvoll an und fragte: „Gibt es Neuigkeiten?"

„Jede Menge, aber vielleicht sollte ich Ihnen erst einen Kaffee bestellen."

„Das wäre super", sagte sie noch etwas atemlos.

Breitner winkte der Bedienung zu und bestellte für sich und Sabine noch einen Kaffee und belegte Brötchen.

„Wo kann man denn hier die Jacken aufhängen?" Sabine sah sich suchend um. Ihr Kollege stand auf und nahm ihr die Jacke ab. „Geben Sie her, ich habe dort hinten die Garderobe entdeckt." Er nahm das Kleidungsstück und als er nach wenigen Augenblicken wiederkam, stellte die Serviererin gerade den Kaffee auf den Tisch. Er setzte sich und sah Sabine etwas schmunzelnd an.

„Wir sind in der Soko inzwischen alle zum du übergegangen. Also, wenn du möchtest? Ich bin Joachim."

Sabines Augen wurden groß.

„Oh, das finde ich gut! Ich bin Sabine. Mit Anita habe ich ja schon vor einigen Tagen Brüderschaft getrunken."

Sie errötete innerlich, als sie an den Abend dachte. *,Es war mehr als ein Gläschen geworden und sie konnte sich nicht mehr an alles erinnern. Aber das würde sie Breitner bestimmt nicht auf die Nase binden.'*

Stattdessen fragte sie: „Dann scheint hier ja einiges in Bewegung gekommen zu sein, wenn sich alles verbrüdert, oder?" Dabei zwinkerte sie Joachim ein wenig linkisch zu. Sabine riss den kleinen Milchbehälter auf und sah dann, dass sie keinen Löffel bekommen hatte. Ungerührt nahm sie ihren Kugelschreiber, den sie zusammen mit ihrem Schreibblock auf die Bank neben sich gelegt hatte, und rührte ihren Kaffee damit um.

Breitner grinste und dachte bei sich. *‚Wenn sie sich unbeobachtet fühlt, ist Sabine wirklich reizend in ihrer unbekümmerten Art. Sie wirkt wie eine Studentin im Erstsemester. Dabei wird sie auch einiges über die dreißig sein, aber bei Frauen ihres Typs kann man sich schließlich mit dem Alter total verschätzen.‘*

„Und, alle Bäume aus dem Weg geräumt?“, fragte er mit einem spöttischen Unterton.

„Wie bitte?“

Sie war noch in Gedanken etwas abgeschweift, sah Breitner verwirrt an und meinte entschuldigend: „Sorry, ich war schon wieder bei meinen Recherchen. Das ist alles ziemlich unglaublich. Jaja, die Bäume sind weg, aber dazu vielleicht später noch mehr. Ich habe da so eine Theorie. Soll ich anfangen oder wollen Sie? Ich meine natürlich du. Also noch einmal von vorn. Willst du anfangen?“ Breitner winkte lächelnd ab und forderte: „Fang du mal an. Erzähl, was gibt es im Südharz für tolle Traditionsvereine.“

Sie ging nicht auf den spöttischen Unterton ein. *‚Sollte er sich nur lustig machen, das Lachen würde ihm noch vergehen.‘*

„Tja, der Traditionsverein ist eine recht abenteuerliche Angelegenheit. Als ich nach der letzten Sitzung den Auftrag bekam, die Museen nach Informationen abzugrasen, habe ich unsere beiden jungen Kollegen auf die angesetzt und ich habe mich inzwischen im Internet getummelt. Und das war ziemlich aufschlussreich. Aber vielleicht andersherum.“ Sie sah ihn eindringlich an.

„Ich weiß, dass mich einige in der Soko für leicht überspannt halten und mir die Sache mit diesen Rauchzeichen an der Brücke nicht so recht abgenommen wurde. Das kann ich sogar irgendwie verstehen. Aber weißt du, ich habe es gesehen. Ich habe gesehen, wie das Zeichen vor meinen Augen verschwand. Plötzlich war es weg. Und im Übrigen bin ich nicht sonderlich fantasiebegabt und sehe auch keine Gespenster oder so. Ich bin nicht zur Polizei gegangen, weil ich Fantasie habe, sondern über ein sehr logisch funktionierendes Gehirn verfüge.“

Sie machte eine Pause und wartete auf eine Reaktion Joachims.

Der zuckte die Schultern und meinte ganz ruhig: „Auch wenn du es vielleicht nicht glaubst, genau so habe ich dich eingeschätzt. Und ich habe deine Entdeckung auch nicht als Fantasterei abgetan. Im Gegenteil, mich hat es ziemlich neugierig gemacht." Sabine lächelte. „Ja, das stimmt, ich habe auch den Eindruck, dass du einer der wenigen bist, die mich etwas ernster nehmen. Aber wie auch immer. Ich glaube nicht an einen einzeln operierenden Täter, der Kinder entführt. Ich hatte von Anfang an den Verdacht, dass da etwas ganz Anderes und viel Umfassenderes dahintersteckt.

Als du das Bild aus der Zeitung auf den Tisch legtest, hatte ich das Gefühl, dass hier was viel Größeres im Gange ist. Etwas, was wir nur in unserer Vorstellungskraft nicht erfassen können. Jedenfalls begann ich zu recherchieren und weil ich nicht wusste, wo ich anfangen sollte, gab ich alle möglichen Suchwörter bei Google ein. Harz, Tradition, Brauchtum, Sagen, Mythen, Geschichte und... und ... und. Ich weiß gar nicht mehr wie viele. Ich verbrachte einige Stunden mit dem Klicken von Seite zu Seite. Wie das eben immer so ist. Zum Schluss weiß man nicht mehr, wie man wohin gekommen ist. Ist aber auch egal.

Jedenfalls stieß ich bei meiner Suche auf diesen Verein. Das ist eine wirklich interessante Geschichte.

Kurz nach dem Krieg starb dort in der Nähe von Meisdorf ein alter Mann. Er lebte total einsam in einem kleinen alten Haus mitten im Wald. Viele erzählten sich gruselige Geschichten über ihn. Aber ich nehme an, er war einfach ein Einsiedler, denn er hatte zu fast niemandem Kontakt. So ein Kinderschreck eben, mit dem man unartigen Kindern einheizt. Na, jedenfalls starb er eines Tages und vererbte sein ganzes Hab und Gut einer Frau namens Karla Schreiber. Das Komische daran war, dass diese Karla Schreiber diesen Mann weder kannte noch mit ihm verwandt war. Karla Schreiber war auch schon älter und eine jener Kräuterfrauen, die es heute noch im Harz gibt. Viele alte Leute aus dem Dorf gingen lieber zu ihr als zum Arzt, um sich Salben und Kräuter von ihr zu holen.

Diese Karla fand ihr Erbe ziemlich ungewöhnlich, war aber zu neugierig, um darauf zu verzichten und so nahm sie es an. Es handelte sich nicht um Gelder oder Reichtümer, sondern um eine riesige Bücher- und

Schriftensammlung. Das ganze Haus dieses komischen Kauzes war voll damit. Sie sichtete es und erkannte es als das, was es war, eine Schatzkammer der Geschichte des Harzes. Sagen, Mythen, industrielle und geologische Entwicklung und noch vieles mehr. Er musste fast sein ganzes Leben darauf verwendet haben, das alles zu sammeln. Offenbar stand er mit vielen Menschen in brieflichem Kontakt, ohne sie jemals zu treffen und hatte in seinem Leben unendlich viel über den Harz zusammengetragen und das Haus damit gefüllt. Karla erkannte das, und auch wenn sie nicht wusste, warum gerade sie dieses Erbe antreten sollte, nahm sie es doch als Verpflichtung.

Sie fand einige Mitstreiter und gründete diesen Verein. Als sie nur wenige Jahre später starb, verfügte sie, dass in ihrem Haus, das sie dem Verein vermacht hatte, ein Museum eingerichtet werden sollte. Im Erdgeschoss befand sich ihre alte Wohnung, die kostenlos von einem Vereinsmitglied genutzt werden durfte. Im Gegenzug sollte dieses Mitglied das Museum in Ordnung halten und Interessierte herumführen, soweit es die gab.

Nach ihrem Tod in den sechziger Jahren geriet der Verein aber immer mehr in Vergessenheit. Niemand meinte es mehr ernst mit den dortigen Schätzen und nur die Verfügung, dass ein Mitglied das kostenlose Wohnrecht innehatte, rettete ihn überhaupt über die letzten Jahrzehnte. Jedenfalls rief ich dort an und die derzeitige Nutzerin der Wohnung, eine Frau mit Namen Schubert, freute sich wirklich, dass sich mal wieder jemand zu ihr verirrte. Als ich die seltsamen Zeichen an den Orten des Verschwindens erwähnte, glaubte sie, sich zu erinnern, etwas Ähnliches mal im Museum gesehen oder in einem der Bücher gelesen zu haben. Ich war total aufgeregt. Wenn ich nicht mit Anita verabredet gewesen wäre, wäre ich noch am selben Abend zu ihr gefahren. So fuhr ich erst am nächsten Morgen."

Sie machte eine bedeutungsvolle Pause und sah Breitner an, trank einen Schluck Kaffee und sprach weiter: „Und dann erzählte sie mir eine alte Geschichte. Sie hatte wohl über Nacht schon etwas in ihrem Archiv gewühlt. Sie erzählte mir die alte Legende..."

„...vom Hexenring", fiel Joachim ihr ins Wort.

Sabine blieb der Mund offen stehen.

„Woher weißt du das?" Sie war regelrecht geschockt.

„Ich habe da so meine Quellen. Allerdings hielt ich das Gerede davon bisher für etwas überspannt, aber es gibt einige Dinge, sehr verwirrende Dinge, die ich mir nur schwer erklären kann."

Jetzt war es Sabine, die mehr hören wollte und forderte: „Erzähl! Du weißt, ich glaube dir! Nach der letzten Nacht glaube ich sogar fast alles." Sabine beugte sich nach vorn über den Tisch.

Joachim legte aufgeregt los: „Ich habe eine ältere Dame kennengelernt, die mir vom Hexenring erzählt hat. Angefangen hat es mit einem Tipp von Anita. Als wir in dem ersten Entführungsfall nicht weiterkamen und mir Nehrkorn immer mehr im Nacken saß, sprach sie davon, ich solle doch wie in diesen Hollywood Filmen, eine Kartenlegerin befragen. Sie hätte da eine Adresse. Ich hielt das natürlich zunächst für ausgemachten Unsinn, doch als wir nicht weiterkamen, habe ich heimlich einen Termin mit der Frau ausgemacht.

Sie heißt Gerda Hoffmann und wohnt in der sogenannten ,Geistmühle', einer ehemaligen Klosterwassermühle.

Ich habe niemandem davon erzählt, denn ich kam mir reichlich blöd dabei vor. Wir haben uns dann zu Beginn auch über ganz andere Dinge unterhalten, überhaupt nicht über den Fall. Es war sehr interessant bei ihr, aber irgendwie auch surreal. Jedenfalls habe ich nach ihrer Aufforderung im Anschluss an unser Gespräch schließlich eine Karte gezogen. Als sie sah, welche ich da gewählt hatte, komplimentierte sie mich ganz schnell raus. Das war mir damals gar nicht so richtig bewusst, aber sie war mit einmal sehr beflissen, mich an dem Tag loszuwerden. Sie sagte nur noch, ich solle meiner Nase folgen. Zwei Tage später bin ich wirklich fast direkt mit der Nase draufgefallen."

Sabine sah ihn unverständlich an.

„Das Bild in der Zeitung", erklärte er. „Ich war tanken und bin direkt mit der Nase draufgestoßen." Er grinste.

„Inzwischen war ich ein zweites Mal bei ihr. Der Besuch war dann noch verwirrender. Aber genug von mir. Was hast du rausbekommen über den Hexenring?" Er brannte darauf, dass sie weitersprach. Er konnte es jetzt kaum erwarten und wollte möglichst schnell mehr erfahren.

*‚Hatte Sabine etwas erfahren, was bestätigte, dass Frau Hoffmann etwa recht mit ihrer Geschichte hatte oder war alles doch nur ein Mythos und entbehrte jeder Grundlage?‘*

Sabine schaute ihn an und lehnte sich auf der Bank entspannt zurück.

„Was ist der meistverkaufte Artikel an die Touristen, die hier im Harz Urlaub machen?“

Breitner verstand die Frage nicht.

„Wie meinst du das? Was hat der Tourismus mit unserem Fall zu tun?“

„Ich meine es ernst! Was ist das Mitbringsel Nummer eins für die Daheimgebliebenen?“

Joachim ging darauf ein und überlegte kurz. Dann grinste er wieder auf seine schiefe Art.

„Eine Brockenhexe. Die ganze Stadt hier ist voll davon.“

Er war erst vor wenigen Minuten die *‚Breite Straße‘* bis zum Marktplatz mit seinem wunderschönen Rathaus gegangen. Vor den Souvenir-geschäften hingen auf vielen Ständern massenweise die verschiedensten Hexen in jeder Form und Größe. Es gab *‚Flugbenzin‘* und *‚Teufelswasser‘* in kleinen flachen Flaschen, Reisigbesen und *‚Flugsalbe‘*.

„Siehst du, aber weißt du auch, warum hier die Hexen so präsent sind?“

Breitner stutzte. „Eigentlich nicht. War das nicht schon immer so?“

„Eben“, stellte Sabine mit einiger Selbstzufriedenheit fest. „Das war schon immer so, nur dass keiner zu wissen scheint, worauf diese ganzen Geschichten von Hexen beruhen. Sogar Goethe hat sie in seinem Faust beschrieben. Sie reiten zu Walpurgis auf den Brocken und tanzen mit dem Teufel. Aber niemand kann mit absoluter Sicherheit sagen, woher dieser Mythos eigentlich kommt und warum er sich über die Jahrhunderte hier so gehalten hat. Schon seit ewigen Zeiten gibt es hier Hexengeschichten und Sagen. Irgendwann haben sich aber die Grenzen verwischt. Der mythische Ursprung ging verloren oder versauert in irgendwelchen Archiven. Der Rest ist zu Touristenattraktionen und Volksfesten verkommen. Und das ist auch so gewollt. Man kann schließlich jede Menge Geld damit machen." Breitner nickte zustimmend.

„Diese Frau Hoffmann hat erzählt, dass sich die Geschichte erst wiederholt, wenn niemand mehr daran glaubt. Der Legende nach, wie sie meinte, wohl alle 333 Jahre."

Sabine wusste, worauf er hinauswollte.

„Genau, alle 333 Jahre! Das letzte Mal war hier im Jahr 1666 die Hölle los. Darauf weisen meine Recherchen hin. Wusstest du, dass in Quedlinburg an einem einzigen Tag 133 Frauen wegen Hexerei verbrannt worden sein sollen?

Anno 1666, drei sechsen in der Jahreszahl, die Zahl des Teufels. Und das in der Neuzeit. Auch wenn die Inquisition schon den Zenit überschritten hatte, kam es nach wie vor zu zahlreichen Hexenprozessen und es war schnell getan, jemanden zu verdächtigen. In der Welt außerhalb des Harzes kam es ebenfalls zu zahlreichen beunruhigenden Ereignissen. Unter anderem zu dem größten Stadtbrand in Londons Geschichte, der fast die ganze Stadt vernichtete.

Am 30. August des Jahres 1666 starb auch ein Mann hier ganz in der Nähe. Er hieß angeblich Montesanto, ein berüchtigter Hexenjäger. Er erkrankte von einer Sekunde auf die andere an Durchfall und erbrach Blut. Herbeigeeilte Mönche versuchten, ihn zu retten, indem sie einen Kreis um ihn bildeten und sangen. Im Gesang der Umstehenden verstarb er innerhalb von wenigen Minuten." Sie machte eine unheilschwangere Pause.

„All das und noch etliches mehr nährte die Legende. In jenem Jahr verschwanden hier in der Gegend ebenso Kinder wie jetzt auch. In dem Archiv habe ich mehrere Hinweise dazu gefunden und noch etwas anderes."

Sie nahm ihre Tasche auf und kramte darin. Es war ein übergroßer Leinenbeutel und sie brauchte ein paar Sekunden, bis sie das Gewünschte fand. Es waren mehrere Blätter, die Breitner sogleich als Fotokopien erkannte.

„In dem Archiv fand ich eine Papyrusrolle. Sie trug die römische Ziffer III."

Sie kam nicht weiter, denn Breitner riss ihr die Blätter aus der Hand. Er war blass geworden und stammelte regelrecht: „Das *'Liber contra vim oblivionis'*, das *'l.c.v.o.'*!"

Er blätterte die einzelnen Seiten durch. Die lateinischen Sätze sagten ihm nichts.

„Sie hat also recht!", sagte Joachim bestimmt.

Sabine war ein weiteres Mal überrascht. „Du kennst das Buch?" *,Was hatte er der Gruppe noch alles vorenthalten?'* Sie wurde langsam richtig wütend.

„Meinst du nicht, dass du uns hättest einweihen müssen? In alles, was du schon darüber wusstest? Wir sind vollkommen im Dunkeln herumgetappt und du..." Sie funkelte ihn an.

Er wurde auch etwas lauter: „Ja klar! Ich hätte euch sagen sollen, dass irgendwelche Hexen die Kinder entführt haben und dass es ein Buch gegen das Vergessen gibt, in dem das alles steht. Wie bei *,Indiana Jones'* oder was? Nehrkorn hätte mich umgehend in die Klapper eingewiesen. Du bist die einzige, die solch eine Spur auch nur im Entferntesten verfolgen würde und hast es ja auch getan." Er blätterte wieder in den Seiten.

„Weißt du, was dort steht?", wollte er von Sabine wissen.

Joachim sah sie aufmerksam an und bemerkte, dass sie zwar immer noch wütend war, aber seiner Argumentation wohl folgen konnte. Auch sie war mit ihrer Herangehensweise auf Widerstand gestoßen, nur hatte er sie als Einziger nicht ins Lächerliche gezogen. Jetzt wusste sie, warum. Deshalb entschloss sie sich, das Thema *,Teamarbeit'* später noch mal in Ruhe zur Sprache zu bringen.

„Ja, ich hatte Latein, habe damals sogar den Leistungskurs belegt. Ich habe nicht alles verstanden, denn um diese Zeit drückten die Verfasser solcher Schriften sich noch anders aus, aber im Prinzip geht es in diesem III. Teil des Buches um die zwölf Hexen der Finsternis." Sie sah ihn erneut eindringlich an.

„Ich glaube, wir haben schon einige davon kennengelernt. Sie haben Namen."

Sie blätterte in den Kopien und las dann vor: „Wir haben *Arbocusta, Caligara, Limosia, Bestazia, Cruenta, Primora, Ignepedia, Tippula, Nimbifer, Torvita, Venefizia und Salamanca.*" Hier schaltete sich Joachim wieder ein.

„Die zwölf Zeichnungen aus dem Kloster." Er sah ihre Wut zurückkehren und hob abwehrend die Hände.

„Das weiß ich auch erst seit gestern", entschuldigte er sich.

Dass er es doch vorher schon gewusst hatte, verschwieg er angesichts ihres Gesichtsausdrucks vorerst lieber. Breitner fuhr fort: „Die Jungs, die du ins Museum geschickt hast, haben zwölf Zeichnungen gefunden, auf denen jene Symbole zu sehen sind. Es sollen wohl aramäische Buchstaben sein."

Jetzt begann er in seiner Aktentasche zu kramen und holte einen mit einem Heftstreifen versehenen Blätterstapel hervor.

„Hans und Anita haben die Sachlage kurz zusammengestellt. Ich habe dir ein Exemplar mitgebracht. Wir waren die letzten beiden Tage auch nicht tatenlos."

Er suchte und fand nach kurzer Zeit die Stelle mit den Erklärungen der Bilder.

„Hier! Hier steht es: alte, wahrscheinlich aramäische Buchstaben, die folgendermaßen zu deuten sind. 1xA, 2xC, 1xL' usw."

Er sah kurz auf die Namen in der Kopie von Sabine. Seine Augen wanderten zwischen seinen Aufzeichnungen und den Namen auf Sabines Zettel hin und her. Dann richteten sie sich wieder auf die junge Kollegin.

„Stimmt genau. Die Buchstaben sind die Anfangsbuchstaben der Namen."

Er lehnte sich zurück. „Das ist ein Ding."

Sabine sah sich ebenfalls die kurze Zusammenfassung an. Dann sagte sie: „Also haben wir schon, wie gedacht, mit einigen Bekanntschaft geschlossen. Da wäre Arbocusta. Sie wird in der Schriftrolle die *‚Hüterin des Baumes'* genannt. Der Baum scheint eine zentrale Funktion einzunehmen, aber es geht nirgendwo hervor, wo er steht oder was sein

Zweck ist. Arbocusta ist die einzige von den zwölf Hexen, die immer hierbleibt. Die anderen können wohl nur alle 333 Jahre erscheinen, wohingegen diese Arbocusta nicht 1666 mit den anderen verschwand. Sie blieb in der Welt der Menschen, alterte und starb scheinbar, nur um sich dann irgendwie zu verjüngen und eine andere Identität anzunehmen, so wie bei dem ‚Highlander', weißt du?" Sabine sah das Erstaunen in den Augen Joachims. Er schien zu verstehen, was seine folgende Frage bestätigte. „Und die hat das erste Mädchen entführt?"

„Genau, sie hat das erste Mädchen, Tania, auf den Baum gezogen und dieses Zeichen hinterlassen. Deshalb haben wir auch am Boden trotz der Hunde nichts finden können. In der Rolle steht, dass jeder Hexe ein Element zugeschrieben ist, das sie besonders beherrscht. Bei Arbocusta sind es die Bäume.

Das zweite Mädchen ist von Caligara entführt worden, der Nebelhexe. Kannst du dich erinnern, dass es an diesem Tag so dunstig war, dass sich alle Zeugen, sämtliche Autofahrer, an kein Mädchen erinnern konnten? Sie haben sie einfach aufgrund des Nebels nicht sehen können. Caligara hat das Kind in die Irre geführt, ohne Zeugen.

Und die dritte war Limosia, die Schlammhexe. Sie hat den Hang abrutschen lassen und uns beinahe getäuscht. Wenn du das Bild nicht in dem Hang entdeckt hättest, hätten wir gar keinen Zusammenhang erkennen können und ihr Verschwinden auf ein natürliches Unglück geschoben.

Jedenfalls ist es wohl so, dass Arbocusta das erste Kind raubt, wenn die Zeit gekommen ist, ihre Schwestern zu rufen. Sie brauchen die Kinder irgendwie für ihre Rückkehr. Wenn Arbocusta ihre Schwester ‚gerufen' hat, muss diese dann ein neues Kind entführen, um eine weitere Hexe heraufzubeschwören.

Für uns wäre es jetzt am wichtigsten zu erfahren, wie viele Hexen sich schon in den Wäldern aufhalten. Daraus könnten wir ableiten, wie viel Zeit uns noch zur Verfügung steht. Ich glaube nämlich, dass uns das Schlimmste erst noch bevorsteht. Wenn alle Hexen wieder hier sind, wird es schwer werden, sie zu finden und unschädlich zu machen. In dem Schriftstück steht, dass ihr Erscheinen so was wie apokalyptische Ausmaße annehmen wird. Nach unseren Recherchen sind es ja bis jetzt wohl drei. Hat Kalle noch was rausfinden können? Sind es womöglich bereits mehr geworden?"

Sie konnte sich noch daran erinnern, dass Joachim Kalle auf den Computer angesetzt hatte, um eventuell weitere Vermisstenfälle aufzuspüren.

Joachim machte ein sehr bedenkliches Gesicht.

„Ja, er hat noch zwei weitere Verdachtsfälle gefunden und wir vermuten einen weiteren. Aber ich weiß jetzt, dass es bereits acht sein müssen. Diese Gerda Hoffmann, hat mir eine Nachricht hinterlassen." „Wieso sind es schon acht? Woher willst du das wissen?" Sabines Augen spiegelten plötzlich Angst wider. „Und was hat Kalle herausgefunden?", wollte sie schnell wissen.

„Kalle hat ein Kind ausfindig gemacht, eine Heike Schulz, die von ihrer Mutter als vermisst gemeldet wurde. Als Täter kam für uns zuerst der Stiefvater in Frage, nur konnten wir ihm nichts nachweisen. In Anbetracht der Umstände müssen wir davon ausgehen, dass auch dieses Mädchen zu unseren Fällen gehört.

Dann ist da noch ein Zwillingsmädchen, das auf dem Brocken verschwand. Ihre Schwester, acht Jahre alt, sagte aus, sie sei von einer Wolke aufgesogen worden. In der Zusammenfassung von Kalle habe ich ein Bild, das das Mädchen dazu gemalt hat."

Er suchte die Kinderzeichnung heraus und gab sie ihr über den Tisch. Ein Blick darauf genügte und Sabine verstand.

Breitner erklärte kurz: „Es gab da oben wohl einen plötzlichen Sturm, eigentlich nur ein paar kurze Sturmböen. Er hatte sich in keiner Weise angekündigt. Die Wetterwarte war auch recht ratlos und konnte sich das nicht erklären."

Sabine flüsterte: „Das war Nimbifer, die Sturmhexe. Ich glaube, ich hatte schon selbst das Vergnügen."

Joachim stutzte. „Wie meinst du das?"

„Als ich gestern zu euch wollte, ist es unterwegs auch zu einem plötzlichen Sturm gekommen. Ich sage dir, das ging nicht mit rechten Dingen zu. Es war, als hätte der Sturm nur wenige Bäume erfasst und die sind direkt vor mir auf die Straße gekracht. Wenn ich nicht schon vorher gebremst hätte, hätte es mich voll erwischt. Und als ich umkehrte und die andere Zufahrtsstraße nehmen wollte, sind auch dort die Bäume wie Streichhölzer umgeknickt. Als wollte mich jemand daran hindern, zu euch zu gelangen. Ich hatte echt Schiss und war froh, als ich die Herberge wieder erreichte. Der Sturm hatte sämtliche Telefonleitungen abgerissen und ich konnte niemanden mehr erreichen. Da oben gibt es nicht einmal Internet.

Selbst die Leute vom THW hatten keine Erklärung dafür. Sie hatten von einem Sturm nichts mitbekommen und haben mich reichlich komisch angesehen, während ich ihnen den Hergang schilderte. Wie auch immer. Zurück zum Thema! Deine Aufzählung ergibt nach wie vor nur fünf Kinder. Du hast aber gesagt, es wären schon acht! Wie kommst du darauf?"

„Als erstes vermutete ich, dass es bei dieser Giftpilzgeschichte und dem Doppelmord doch noch Vermisste geben könnte. Die Recherche dazu hat das leider bestätigt. Gestern erhielten wir die Information. Ein kleines Mädchen, eine Cordula Gerisch, wird vermisst. Deinen Ermittlungen zufolge können wir wohl von einer weiteren Entführung ausgehen, oder?"

„Ja, das würde zu dieser Venefizia passen, sie wird als Gift- oder Giftmischer-Hexe benannt. Das wären dann sechs. Und die beiden anderen?"

„Ich habe gestern noch mit dem Tierarzt gesprochen, der diverse Tollwutfälle untersucht. Ein Hauseigentümer und seine Enkeltochter sind spurlos verschwunden. Aber sag mal, woher wusstest du eigentlich von der Verbindung zu Tieren?"

„Ganz einfach", sagte Sabine: „In den Aufzeichnungen, die aus dem Jahr 1666 berichten, ist immer wieder von Höllenhunden die Rede gewesen. Ich dachte, dass ein Zusammenhang zwischen denen und den verschwundenen Kindern bestand."

„Ich verstehe. Jedenfalls ist die Enkelin wohl Nummer sieben. Wir müssen ganz einfach davon ausgehen, denn ich hatte außer deiner Nachricht auch noch eine von der Gerda Hoffmann auf dem

Anrufbeantworter. Sie klang ziemlich aufgeregt und sagte, dass es nach ihren Karten jetzt schon acht sein müssten. Deshalb nehme ich an, dass noch ein weiteres Kind verschleppt wurde."

„Welche Karten?" Sabines Gesichtsausdruck nahm einen erstaunten Ausdruck an.

Joachim seufzte. „Ich habe dir doch erzählt, dass sie eigentlich eine Kartenlegerin ist. Aber sie hat kaum Kunden und sie betreibt wohl auch kein Geschäft damit, wie man das normalerweise kennt. Jedenfalls hat sie mir von diesem ‚l.c.v.o.' erzählt. Sie hat vor zehn Jahren drei der Kapitel in ihrem Keller gefunden. Wie ich vorhin sagte, wohnt sie in einer achthundert Jahre alten Wassermühle, die lange zu einem Kloster gehörte.

Und dort war um 1700 eine gewisse Äbtissin Johanna ansässig. Sie ist vermutlich die Verfasserin dieses Buches. Alles weist jedenfalls darauf hin, dass sie in die Ereignisse von 1666 verwickelt war. Ihre Mutter wurde als Hexe verbrannt und sie ist später in ein Kloster eingetreten. Es ist sehr wahrscheinlich, dass sie das Buch geschrieben, es in einzelne Teile zerteilt und an verschiedenen Orten versteckt hat.

Gerda Hoffmann vermutet, dass die Äbtissin das getan hat, um es nicht in falsche Hände geraten zu lassen. Auf alle Fälle hat sie die Kapitel I, II und VI in ihrem Keller gefunden. Das erste der Kapitel enthielt ihrer Aussage nach etliche Aufzeichnungen über den Lebensweg dieser Johanna und die eigentliche Prophezeiung, das zweite eine Menge über Pflanzen und die Zubereitungen einiger Arzneien beziehungsweise Salben und Öle. Diese beiden Teile übergab sie später dem Museum. Das letzte Kapitel aber, das mit der Zahl VI, übergab sie nicht. Als sie die Rolle das erste Mal auseinanderfaltete, zerfiel sie ihr regelrecht unter den Händen. Auf ihr befanden sich dreizehn Bilder, die sie rasch in groben Zügen abzeichnete. Aber die Rolle an sich war nicht mehr zu retten. Sie sagte darüber nichts den Behörden, da sie Angst hatte, eine Anzeige zu bekommen. Sie hätte den Fund gleich melden müssen, ohne ihn zu berühren, aber ihre Neugier...

Kann ich verstehen. Ist bestimmt aufregend, so etwas im eigenen Haus zu entdecken. Jedenfalls experimentierte sie all die Jahre mit den Karten und holte sie ab und zu hervor. Dabei fiel ihr nach einiger Zeit etwas auf.

Wenn sie die Karten verdeckt auf den Tisch legte und eine zog, war es immer die gleiche. Sie gab an, es wirklich jahrelang immer wieder versucht zu haben. Sogar mit geschlossenen Augen. Also so, dass sie sich nicht selbst betrügen konnte. Sie versuchte es immer wieder, es war aber immer die gleiche Karte.

Sie gab ihr die Ziffer I. Und noch etwas fiel ihr auf. Alle Karten, die sie danach zog, kamen immer durcheinander und sie konnte keine Regelmäßigkeit dabei erkennen. Nur die letzte war immer die gleiche, denn sie blieb immer als letzte liegen. Nie zog sie diese Karte als erste und sie war nie unter den ersten zwölf. Sie bekam die Nummer *,Dreizehn'*.

Als ich bei ihr war, ließ sie mich aus einer Eingebung heraus eine dieser Karten ziehen. Und was passierte? Ich zog genau diese 13. Karte als erste. Sie war so entgeistert, dass sie mich so schnell wie möglich loswerden wollte. Später hat sie mir dann gebeichtet, dass auch sie seit diesem Tag immer die mit der *,Dreizehn'* als erste zog und dann die Karte mit der Nummer *,Eins'*.

Außerdem ist es seit diesem Tag wohl so, dass sich die Karten anscheinend von allein sortieren. Mit jedem verschwundenen Kind zog sie eine weitere Karte in immer der gleichen Reihenfolge. Bei meinem letzten Besuch bei ihr zog ich als erste Karte die *,Dreizehn'* und danach fünf weitere. Sie ebenfalls und was soll ich sagen, genau die gleiche Reihenfolge. Die folgenden Karten kamen wieder durcheinander. Deshalb habe ich Kalle beauftragt, nach weiteren Vermissten zu suchen. Mein Verstand sagte mir zwar, es könne nicht sein, aber ich habe es trotzdem getan.

Du kannst dir vielleicht mein Gesicht vorstellen, als Kalle am nächsten Tag mit den beiden neuen Fällen von dieser Heike und dem Zwillingsmädchen auf dem Brocken ankam. Und dann rief Frau Hoffmann mich an. Sie ließ mich wissen, dass es bereits weitere drei Karten sind, die sich selbst sortieren. Sie klang unglaublich beunruhigt und aufgeregt."

„Hast du sie denn inzwischen erreicht?", fragte Sabine.

„Nein, sie ist heute Morgen zu einem Kloster in den Westharz gefahren und sie besitzt kein Handy. Ihrer Mitteilung habe ich entnommen, dass sie vermutet, dass dort diese Johanna nach ihrer Flucht über den Harz gelandet sei. Sie hofft, weitere Hinweise zu finden, vielleicht auch Teile dieses Buches. Sie klang bei unserem letzten Gespräch auch sehr zuversichtlich, Neues herauszufinden. Da Johanna dort nur wenige Jahre lebte und schon bald nach 1666 in das hiesige Kloster eintrat, glaubte sie bisher, dass sie das Buch erst hier geschrieben hat. Du musst wissen, dass es über dem Eingang zur Mühle eine Steintafel gibt. Diese enthält einen Hinweis auf jene Johanna und ein Datum, den 7. Oktober 1701. Deshalb hatte sie bisher den früheren Teil von Johannas Leben nicht für so wichtig gehalten. Sie dachte immer, dass das Buch erst um 1700 geschrieben wurde. Jetzt hat sie aber entdeckt, dass die Jahreszahl noch etwas anderes enthält. Hinter der Sieben des Datums gibt es einen kleinen Kringel, der wie eine Eins aussieht und schon mehrmals falsch gedeutet wurde.

Aber das Zeichen soll wohl einen Schlüssel darstellen. Das Datum ist sozusagen der Schlüssel. Wenn man diesen Schlüssel als Eins liest und mit der Sieben und der Zehn für den Oktober addiert, kommt die Zahl Neun heraus. Und das gleiche gilt für die Jahreszahl 1701. Gerda Hoffmann vermutet darin einen Hinweis auf das Jahr 99, also dieses Jahr, um vor einer erneuten Erfüllung der Prophezeiung zu warnen. Dadurch bekommt natürlich auch diese Geschichte mit dem Kartenlegen einen ganz anderen Blickwinkel.

Nur, warum Gerda Hoffmann dreizehn Karten hat, in dem Museum aber nur zwölf Abbildungen gefunden wurden und du ja auch sagst, dass es zwölf Hexen gibt, erschließt sich mir noch nicht." Joachim sah Sabine an. Diese nickte wissend.

„Ich glaube, da kann ich dir helfen. Ich hatte ja schon erzählt, dass die Hexen die Mädchen brauchen, um die jeweils nächste auf den Plan zu rufen. Aber dazu brauchen sie nur elf, denn Arbocusta ist bereits da. Die zwölfte Hexe aber, Salamanca, hat eine besondere Stellung. Sie beschwört mit dem letzten Kind den Feuerrubin. Das ist der Stein, der es ihnen ermöglicht, diese Welt dauerhaft zu betreten und den Wald zu verlassen. Bis dahin kann einzig Arbocusta dies tun. Sie ist die Schlüsselfigur für das Erscheinen der Hexen. Salamanca aber ist für das

Hierbleiben dieser Kreaturen verantwortlich. Und wenn sie erst den Wald verlassen haben, sind sie nicht mehr aufzuhalten.

Die Karte mit der ‚Dreizehn' ist also vermutlich die Karte des Feuerrubins. Sie erschien, als das erste Kind verschwunden war, denn der Legende nach fängt er dann dort, wo er versteckt ist, an zu schlagen wie ein Herz.

Die erste Karte verkörpert Arbocusta. Deine Frau Hoffmann hat sie deswegen immer als erste gezogen, weil sie immer hier war. Mitten unter uns.

Wir müssen unbedingt mit Frau Hoffmann sprechen. Mit ihrer Hilfe könnten wir so das Heraufbeschwören der Hexen annähernd genau verfolgen. Das ist, wie es aussieht, unsere einzige Chance. Und du sagtest ja auch, dass es zunehmend schneller passiert, dass Kinder verschwinden. Wenn das alles stimmt, sind in den letzten beiden Tagen drei Kinder verschwunden. Und wir wissen noch nicht einmal genau, wo oder wie. Wir haben also nicht viel Zeit. Eigentlich müssten wir sogar die Wälder für Touristen sperren lassen, die sind nicht mehr sicher. Zumindest die meisten von ihnen." Sabine verstummte.

„Wie meinst du das, die meisten von ihnen?" Breitner verstand nicht, was sie damit sagen wollte.

„Das ist das Letzte, was ich herausgefunden habe. Es sind offensichtlich nicht irgendwelche Kinder, die verschwinden. In der Schrift werden sie als ‚Waldkinder' bezeichnet, was immer das heißen soll. Und das zwölfte Kind scheint eine Art Priesterin sein zu müssen, etwas Besonderes also. Sie wird als ‚Alruna' bezeichnet. Mehr stand dazu nichts. Da fällt mir ein, hatten die Kinder irgendwelche Gemeinsamkeiten? Irgendetwas, was wir übersehen haben? Es muss etwas geben. Solange wir das nicht wissen, können wir auch nicht sagen, wer genau in Gefahr ist. Wir sollten deshalb die oberen Waldgebiete sperren. War nicht in dem Kurzbericht von Kalle nur von einem ganz bestimmten Gebiet die Rede?" Sie sah zu Joachim und begann erneut in den Unterlagen zu wühlen.

„Ja", sagte Joachim, „Kalle ist aufgefallen, dass sich die Ereignisse auf ein begrenztes Waldgebiet rund um den Brocken konzentrieren und hat alles eingezeichnet." Er zeigte ihr die Zeichnung mit den verschieden-farbigen Kreuzen, die die zugrundeliegende Kreisstruktur sichtbar machte.

Sabine war sehr ernst geworden.

„Wir müssen dieses Areal sofort sperren lassen. Niemand darf dort hinein."

Joachim entgegnete schnell: „Aber die Soko ist bereits seit heute früh zusammen mit einigen Forstbeamten und Angestellten der Nationalparkverwaltung dort. Sie suchen nach den Kindern."

In den Augen von Sabine spiegelte sich urplötzlich die nackte Angst. „Sie müssen sofort zurückgerufen werden. Sie sind in akuter Lebensgefahr, und zwar alle! Um Gottes willen, ich glaube, wir haben noch nicht recht begriffen, in welcher Gefahr wir uns befinden. Diese Hexen sind tödlicher als alles, was wir kennen, und sie morden gnadenlos. Das hier ist ihre Chance, sie werden sie nutzen, denn sie haben über dreihundert Jahre darauf gewartet. Hast du die Telefonnummer von Hans Kolbe und Anita? Ruf sie sofort an."

Die Stimme von Sabine zitterte. Sie hatte erreicht, dass auch Joachim mehr als beunruhigt war. Wenn dieses Szenario sich bewahrheiten sollte, dann gnade ihnen Gott.

Er nahm sein Handy und wählte die Nummer von Anita. Nach ein paar Ruftönen sprang nur der Anrufbeantworter an.

Resigniert sagte er: „Sie nimmt nicht ab."

Sabine ließ nicht locker. „Probiere es bei den anderen. Ich versuche Kalle zu erreichen."

Auch Sabine hatte ihr Telefon aus der Tasche genommen und wählte bereits seine Nummer. Sofort ertönte der Ansagetext des Anrufbeantworters. Das Handy war also ganz ausgestellt. Welche Nummer sie auch wählten, keiner ihrer Kollegen ging ans Telefon. Sie sahen sich nichts Gutes ahnend an und die große Sorge um die Kollegen machte sie vorerst stumm.

Joachim fand als erster seine Stimme wieder.

„Pass auf, wir machen es so! Du fährst in den Nationalpark, versuchst die Trupps zu finden und warnst sie! Geh aber bloß nicht zu tief in den Wald! Sie wollten von Schierke aus das Gebiet durchforsten. Da befindet sich auch ein Büro der Nationalparkverwaltung. Notfalls forderst du Hubschrauber an, die nach den Leuten suchen. Ich fahre zu Frau Hoffmann. Vielleicht kann sie uns helfen."

Er schaute auf die Uhr. Es war inzwischen später Vormittag.

„Vielleicht habe ich Glück und sie ist schon aus diesem Kloster zurück. Ich muss es versuchen. Falls sie nicht da ist, werde ich ihr eine Nachricht hinterlassen, damit sie mich anruft. Sollte sie also tatsächlich nicht da sein, werde ich noch einmal ins Präsidium fahren und in den Akten nach Gemeinsamkeiten der vermissten Kinder suchen. Ich kann nur hoffen, dass uns das weiterhilft. Was hältst du davon?"

„Ich glaube, das ist das Beste. Diese Frau Hoffmann kennt dich und wird uns helfen, wenn sie kann. Ich fahre hoch in die Wälder. Ich habe nicht oft Angst, weißt du, aber diese Sache hier ist etwas anderes. Ich bekomme schon bei dem Gedanken daran eine Gänsehaut. Gestern, als die Bäume da umfielen, bin ich aus dem Wagen gestiegen und habe mich umgeschaut und umgehört. Ich sage dir, die Stille in diesem Wald war gruseliger, als alles, was ich bisher erlebt habe. Und dass unsere Kollegen jetzt genau an so einem Ort sind, macht mich mehr als nervös."

Sie packte wortlos ihre Sachen in den Rucksack und erhob sich. „Wir müssen uns beeilen, Joachim. Ich rechne, ehrlich gesagt, mit dem Schlimmsten. Versuch du, diese Frau zu erreichen und komm so schnell wie möglich nach."

„Darauf kannst du dich verlassen. Noch einmal, geh keinesfalls in dieses Gebiet, um keinen Preis! Versprich mir, dass du nicht ohne Ranger unterwegs sein wirst!"

„Kein Versprechen könnte leichter sein. Alleine begebe ich mich bestimmt nicht in diese Wildnis, das kannst du glauben."

Sie verabschiedete sich mit einem kleinen Winken ihrer schmalen Hand. Sie war blass geworden in den letzten Minuten. Ihre auch sonst schon helle Haut war noch eine Spur weißer. Joachim hatte den Eindruck, dass ihr das gestrige Erlebnis die Ahnung von noch etwas viel Grässlicherem in ihr heraufbeschworen hatte. Er glaubte, dass Sabine als Einzige von ihnen den Hauch dieser Kreaturen schon im Nacken gespürt hatte.

Nachdem er bezahlt hatte, verließ er raschen Schrittes das Café.

# XIX.
## Ruf der Vergangenheit

Kommissar Breitner fuhr zu schnell, doch er war so in Gedanken, dass er das nicht bemerkte. Kurz vor Mittag stand er auf dem Hof der Mühle. Als niemand auf sein Klingeln und Klopfen hörte, ging er um das Haus herum. Mit den Händen schirmte er das Licht ab, um in die Fenster des Wintergartens zu sehen. Er musste wohl akzeptieren, dass Frau Hoffmann noch nicht zurück war. Er klopfte an alle Fenster, die er erreichen konnte. Keine Reaktion! Also blieb ihm nichts anderes übrig, als einen Zettel in die Eingangstür zu klemmen.

'Bitte rufen Sie mich sofort an, es ist sehr dringend! KOK J. Breitner.' Er fummelte die Nachricht in den Spalt an der Tür, verließ den Hof, stieg in sein Auto und fuhr, nun etwas vorsichtiger, über die kleine Brücke zu dem Feldweg zurück, der zur Mühle führte. Er nahm sich vor, einfach alle halbe Stunde bei ihr anzurufen.

Wie abgesprochen wollte er ins Büro, um die Akten nochmals zu sichten. Mit dem Krankenhaus würde er sich auch noch in Verbindung setzen. Eigentlich hatte er sich das schon für gestern vorgenommen. Aber nach dem Gespräch mit Nehrkorn und der Information von Frau Hoffmann, dass weitere Kinder verschwunden seien, hatte er dafür keine Zeit mehr gefunden.

Ein Auto kam ihm auf dem schmalen Weg entgegen und er lenkte den Wagen in eine Ausweichbucht, um ihn vorbeizulassen. Hinter dem Lenkrad saß eine blonde Frau, die dankend die Hand hob. Breitner hob ebenfalls die Hand zum Gruß. Er sah zum Auto der Frau hinüber und erblickte auf dem Beifahrersitz einen halbwüchsigen Jungen. Auf der Rückbank saßen noch weitere Kinder. ,Na, ob das nicht ein paar Insassen zu viel waren?', fragte er sich kurz. Doch er war weit ab davon, sich darüber aufzuregen und lenkte den Wagen wieder auf die Straße. Seine Gedanken kehrten zu seinen nächsten Schritten zurück. Er nahm sich vor, bis fünfzehn Uhr zu warten und dann eben, ohne mit Gerda Hoffmann gesprochen zu haben, in das Suchgebiet zu fahren.

~~~~~~~~~

Ulrike nahm den kleinen Zettel aus dem Türspalt und schloss die Tür zur Mühle auf. Sie trat in den Flur und rief laut: „Mutter?"

Keine Antwort. Nach ihr drängten sich bereits die Kinder in den Flur. Amara sagte: „Ich geh mal in den Garten gucken. Vielleicht ist sie da." Schnell verschwand sie durch die Terrassentür in den Garten. Max war schon auf der Treppe und suchte im oberen Stockwerk nach der Großmutter. Nach wenigen Augenblicken waren die beiden Kinder zurück.

Max meldete: „Oben ist sie nicht."

„Im Garten ist auch niemand." Amara schloss gerade die Terrassentür. Ulrike zuckte etwas hilflos die Schultern.

„Vielleicht ist sie einkaufen. Das Auto ist weg und sie wusste ja nicht, dass wir heute kommen. Übers Telefon habe ich sie nicht erreicht, um uns anzukündigen." Sie sah die Kinder etwas verwirrt an.

„Was mache ich jetzt nur? Ich muss diesen Termin unbedingt wahrnehmen, sonst rückt uns die Hygiene auf den Hals." Sie sah zu Peter hinüber und dann zu den anderen.

Zaghaft fragte sie: „Kann ich euch vielleicht allein hierlassen? Oma kommt bestimmt gleich zurück und ich bin auch nicht lange fort." Die Kinder sahen sich verschwörerisch an. Der Vorschlag gefiel ihnen.

„Klar", sagte Max sofort. *,Dann kann ich noch ein wenig in Omas Keller herumwühlen, bevor sie zurück ist.'*

Dass Max sofort dafür war, erfüllte Ulrike mit Sorge.

„Max, du machst keinen Unsinn, hörst du mich?" Sie wandte sich an Peter.

„Peter, du bist der Älteste. Du musst auf die anderen achtgeben. Kann ich mich auf dich verlassen?" Sie sah Peter eindringlich an. Ihr Neffe war immer eher zurückhaltend gewesen, aber in den letzten Tagen kam er ihr noch ernster vor als sonst. Er sah sie nun an und sagte:

„Okay, ich pass schon auf."

„Und ihr verlasst nicht das Haus, ist das klar? Ihr wartet hier, bis Oma kommt oder ich zurück bin." Peter verdrehte die Augen. Er hatte sie schon verstanden, war ja kein kleines Kind mehr.

„Alles in Ordnung, Tantchen. Wir bleiben hier und warten auf Oma." Alle hatten sich inzwischen in der Küche versammelt. Die Kinder saßen, bis auf Peter, am Tisch. Peter stand lässig am Herd und hob in diesem Moment den Deckel eines Tortenbehälters hoch.

„Mmh, guckt mal! Verhungern werden wir nicht." Unter dem Deckel kam ein Schokoladenkuchen zum Vorschein, der nur zu einem Drittel aufgegessen war. Irgendwie beruhigte der Anblick von Essen Ulrike ungemein.

„Okay, ich schreibe ein paar Zeilen für Oma." Sie nahm einen Stift und einen Zettelblock aus der Schublade und schrieb ein paar Zeilen. „Gut, ihr gebt Oma meinen Brief und diesen Zettel hier von diesem KOK J. Breitner, wer immer das ist. Vergesst das nicht!" Sie sah zur Uhr. 12.45 Uhr. Sie musste sich beeilen, wenn sie nicht zu spät kommen wollte. Innerlich hoffte sie, dass sich ihr Mann früh genug hatte loseisen können, damit sie nicht allein in die Höhle des Löwen musste.

Sie küsste die Kinder und umarmte Peter.

„Ich kann mich auf dich verlassen, ja?" Sie sah ihn auf ihrem Weg zur Tür noch mal an. „Klar, versprochen."

Ulrike zog, mit einem letzten Blick auf die fünf Kinder, die Tür hinter sich zu.

~~~~~~~~~

Gerda Hoffmann hatte eine geschlagene viertel Stunde vor dem großen Tor gewartet. Sie wusste nicht, warum ihr Herz plötzlich so schnell schlug.

Sie war früh, als es gerade hell wurde, aufgebrochen und nun war sie hier vor den Toren des Klosters Wöltingerode. Sie nahm an, dass Johanna hier vor vielen Jahren Unterschlupf gefunden hatte. Ihr pochendes Herz erinnerte sie an einen Spruch ihrer eigenen Großmutter.

*,Die Vergangenheit ist vorbei, aber sie bleibt ein Wagnis!'*

Früher hatte sie die eigenartigen Sprüche alter Menschen nicht verstanden. Doch hier, an diesem Ort, spürte sie plötzlich die Weisheit hinter diesen Worten.

Sie stieg aus, es war gleich neun Uhr, und sie wurde erwartet. Sie hatte vor der langen Mauer geparkt und sah jetzt an ihr entlang. Das steinerne Gebilde verlief zu beiden Seiten in einem Bogen und entschwand so den Blicken des Besuchers. Das Kloster war eines der wenigen, die noch über eine intakte Klostermauer verfügten. Sie schritt durch das große Osttor und sah rechts und links direkt an die Mauer gebaute Wirtschaftsräume und Ställe. In einiger Entfernung stand eine Scheune mit einem hohen Turm. Ein Flaschenzug sah aus einer Luke hervor. Dahinter konnte man schon das eigentliche Klostergebäude erkennen.

Aus dem großen Portal traten in diesem Moment zwei Nonnen, die sie sofort sahen und ihr zuwinkten. Die beiden Frauen in der typischen Nonnentracht kamen zügig auf sie zu. Man konnte erahnen, dass die eine schon älter, so um die siebzig Jahre, und die andere noch keine vierzig war.

Gerda Hoffmann wunderte sich, dass sich auch heute noch Frauen entschieden, diesen stillen Weg zu gehen. Sie selbst war zwar getauft worden, aber nicht sonderlich gläubig und in die Kirche war sie in letzter Zeit nur zu Weihnachten gegangen. Die beiden Frauen hatten sie erreicht. Die ältere begrüßte Gerda: „Sie müssen Frau Hoffmann sein. Herzlich willkommen in unserem Kloster."

Sie zeigte auf die andere Nonne. „Schwester Maria", stellte sie die jüngere vor.

„Und ich bin Schwester Marianne. Wir haben gestern telefoniert."

Sie reichten Gerda Hoffmann ihre Hände und der feste Händedruck ließ darauf schließen, dass schwere körperliche Arbeit kein Fremdwort für die Frauen war.

Schwester Marianne übernahm das Wort. „Wir haben uns gedacht, wir führen Sie zunächst erst einmal durch unser Klostergelände, bevor wir Sie zur Mutter Oberin bringen. Unsere Mutter Oberin ist gesundheitlich sehr angeschlagen. Sie hatte vor einiger Zeit einen Schlaganfall und kann nicht sprechen, aber sie hat uns zu verstehen gegeben, dass sie Sie unbedingt sehen möchte."

Gerda Hoffmann erschrak etwas. Mitfühlend meinte sie: „Oh, das tut mir leid. Wenn ich ungelegen komme, kann ich auch später...“

Doch die Nonne wehrte ab.

„Nein, es ist alles in Ordnung. Wir waren überrascht, aber auch sehr froh, als wir hörten, dass sich jemand für diesen Teil unserer Geschichte interessiert."

Sie sah erst Gerda Hoffmann und dann ihre jüngere Glaubensschwester eindringlich an. „Ich glaube, wir können Ihnen tatsächlich helfen." Sie machte erneut eine Pause.

„Na, dann wollen wir mal!", sagte sie plötzlich aufgeräumt und machte mit dem rechten Arm eine einladende Geste. „Vielleicht fangen wir unseren Rundgang gleich neben dem Osttor an." Sie schritt voran und Gerda Hoffmann und die jüngere Nonne folgten ihr. Die drei gingen auf die linke Seite des Tores zu. Die dort befindlichen Stallungen waren neu restauriert. Daran anschließend sah man weitere Wirtschaftsräume. Auf einem Schild stand:

*'Brennerei'.*

Schwester Marianne erklärte: „Das hier rechts ist das große Osttor und wir befinden uns auf dem ältesten erhaltenen Torweg des Klosters. Das Tor stammt in fast allen Teilen noch aus der Zeit der Gründung vor über 800 Jahren. Sie werden sehen, dass es auch innerhalb des Geländes noch zahlreiche Mauern gibt. Das Kloster ist im Laufe der Jahrhunderte rasant gewachsen und hat immer wieder neue Mauern dazubekommen. Es hat vier Ausgänge: nach Norden, Osten, Süden und Westen, wobei das Westtor erst in den letzten hundert Jahren verstärkt genutzt wurde. Das Haupttor steht in Richtung Osten. Hier schließen sich gleich die Ställe und Wirtschaftsräume an.

Wie Sie sehen, haben wir auch eine Brennerei. Hier wird unser berühmter Kräuterschnaps hergestellt, nach einem sehr alten Rezept." Sie machte eine bedeutungsvolle Pause und sah Gerda Hoffmann, die bei dem Tonfall der Nonne hellhörig geworden war, aufmerksam an. Die Nonne lächelte, nickte und sagte zustimmend: „Ja, Sie ahnen schon richtig. Es gibt Aufzeichnungen darüber, dass hier im Jahre 1666 während eines fürchterlichen Sturmes eine Frau vor einem der Tore des Klosters gefunden wurde. Sie hat hier ein paar Jahre gelebt und den Kräutergarten gepflegt und erweitert. Unter anderem hat sie das Rezept des Kräuterlikörs, den wir heute noch herstellen und inzwischen deutschlandweit vertreiben, hinterlassen."

Gerda Hoffmann wusste nicht, was sie denken sollte. *‚War sie wirklich an ihrem Ziel? Hatte sie den Lebensfaden von Johanna wieder aufgenommen, und zwar dort, wo er in ihren Aufzeichnungen endete?'*

Sie blieb stehen und sah Schwester Marianne an.

Diese nickte verständnisvoll und sagte mit einem Lächeln auf ihren Lippen: „Das wollte ich Ihnen nicht schon gestern am Telefon sagen. Ich habe mich einfach auf Ihr Gesicht gefreut, wenn ich Ihnen dies mitteile."

Gerda Hoffmann war noch immer sprachlos. Ihr sich erst kürzlich beruhigtes Herz begann wieder wild zu schlagen und sie suchte nach Worten.

„Also…das ist,...das ist wirklich wunderbar, einfach wunderbar." Ihr versagte die Stimme. Gerda wusste einfach nicht, wie sie ihre Gefühle im Zaum halten sollte. Sie drückte die Hand der Nonne und ging schnell weiter, um ihre Rührung zu verbergen. Die beiden Frauen folgten ihr und schritten genau wie sie auf ein Torhaus zu, welches auch gleichzeitig das Nordtor war. Es bestand ebenso aus einer Mischung von Fachwerk mit rotem Sandstein, wie fast alle Mauerteile der Anlage. Gerda Hoffmann beruhigte sich zusehends. Als sie am Tor ankam, blieb sie stehen und wartete auf die beiden Schwestern, die ihr in einigem Abstand gefolgt waren.

„Entschuldigung, aber ich musste mich erst ein wenig fassen."

„Ist schon in Ordnung. Wir verstehen das sehr gut."

Die jüngere Nonne begann sogleich mit einem kleinen Vortrag über das Gebäude, welches sie vor sich sahen.

„Und rechts davon haben wir wieder eine kleine Mauer, die den Obstgarten umgab", beendete sie ihre Ausführungen.

Das Gelände hinter der Mauer stieg sanft nach Norden hin an, sodass der Garten das ganze Jahr der Sonne zugewandt war und die Erde sich schon durch die ersten zarten Strahlen der Frühlingssonne erwärmen musste. Einige uralte, knorrige Obstbäume zeugten von alten Anpflanzungen.

Gerda versuchte sich vorzustellen, wie es früher hier war. Die jüngere Nonne zeigte auf das Ende der Streuobstwiese.

„Dort hinten, am Ende der Wiese, war der Kräutergarten."

Die drei Frauen gingen an der Mauer entlang und gelangten zu einem weiteren großen Torweg, dem Westeingang. Neben der Einfahrt sah man die Mauerreste eines kleinen Steinhauses. Es musste schon vor langer Zeit eingefallen sein, denn der Efeu hatte es bereits überwuchert und war an den großen alten Bäumen emporgeklettert. Gerda sah sich zu den Frauen um. „Hier hat sie gelebt, stimmt's?"

Die ältere Nonne nickte.

„Ja, hier hat Johanna mehr als drei Jahre gelebt. Zu dem Zeitpunkt wollte sie noch keine Nonne werden und hat ihren Status als Novizin beibehalten. Erst später ist sie unserem Orden beigetreten." Gerda zeigte auf das große Zufahrtstor.

„In meinen Aufzeichnungen steht, dass an der Stelle nur eine kleine Pforte war. Von einem so großen Tor war nicht die Rede."

„Das stimmt, es ist erst später wegen der größeren Arbeitsmaschinen und Ackergeräte erweitert worden. Vorher war es eher ein kleiner Durchlass. Die Felder wurden auch erst später vergrößert. Die kleineren Gärten lagen innerhalb der Mauern."

Gerda Hoffmann nickte verstehend. „Ja, ich kann es mir vorstellen." Sie drehte sich zu den Schwestern um und sagte: „Ich würde jetzt gern die Mutter Oberin besuchen, wenn es ihr Zustand erlaubt." Die jüngere nickte und Schwester Marianne sah Gerda Hoffmann wohlwollend an.

Zusätzlich betonte sie: „Natürlich, unsere Äbtissin freut sich auf Sie und erwartet Sie bereits. Folgen Sie mir!"

Die beiden Nonnen gingen voran. Schon bald waren sie wieder an dem eigentlichen Klostergebäude mit dem Kreuzgang und der Kirche angekommen.

Gerade als sie um die Ecke zum Hauptportal biegen wollten, fiel der Blick von Gerda Hoffmann auf ein großes Sandsteinrelief, das dort, wie vergessen, an der Mauer lehnte. Sie stutzte und sagte dann zu Schwester Marianne: „Moment bitte, was ist das?"

Sie war vor das fast zwei Meter große Steinbild getreten und sah es erstaunt an. Auf dem Relief war eine Nonne in ihrer typischen Tracht abgebildet. Ihr Gesichtsausdruck strahlte Ruhe und innere Gelassenheit aus. In sich versunken blieb Gerda Hoffmann davor stehen und betrachtete das Bild. Sie fühlte urplötzlich eine tiefe Verbundenheit mit dieser Frau und horchte, wie in der letzten Zeit immer öfter, in sich hinein. Urplötzlich fühlte sie sich zutiefst an Liebe und Geborgenheit erinnert. ‚Woher kam diese Regung?‘

Sie hatte die beiden Nonnen, die sich nur wissend ansahen und dann still hinter sie traten, fast vergessen. Auf einmal fiel ihr Blick auf ein Wappen am unteren rechten Rand des Bildes. Sie trat dichter heran und berührte es. Aus der Nähe erkannte sie, dass die verwitterte Stelle ursprünglich ein Tier, genauer gesagt einen Schwan, darstellte. Er war mit hoch aufgerecktem Hals abgebildet und schlug mit den Flügeln, als wolle er jemanden abwehren oder angreifen. Rechts und links von dem Tier sah man eine Art Pflanze oder Federbusch, der das Tier zu umhüllen schien. Mit der Berührung des Bildes, wusste sie augenblicklich, woran es sie erinnerte.

Es war das gleiche Wappen, das auch auf der Tafel an ihrem Haus prangte. Hier stand also nun ein weiteres Stück des Rätsels, das sie zu lösen gedachte. Schon als sie im Museum ein ähnliches Wappen auf den alten Zeichnungen sah, war sie eigenartig berührt gewesen. Sie drehte sich zu den Nonnen um und fragte: „Was ist das für ein Wappen? Auf einer alten Steintafel an meinem Haus ist auch so eines eingelassen.“

Die beiden Frauen sahen sich an und die ältere nickte der jüngeren zu.

Diese wandte sich an Frau Hoffmann und sagte: „Es ist das Wappen des ‚Weißen Ordens‘. Der weiße Schwan und der Waldfarn  sind seine Symbole. Johanna ist wohl Mitglied dieses Ordens geworden. Allerdings viel später, lange nach ihrem Aufenthalt hier. Sie ist unserem Kloster sehr verbunden geblieben und hat nach dem großen Brand 1676 viel zum Wiederaufbau beigetragen. Auch deshalb wird sie hier heute noch verehrt. Sie setzte sich damals für das Weiterbestehen des Klosters ein, sammelte Gelder in den befreundeten Abteien und bei den Adligen der damaligen Zeit. Dieses Sandsteinrelief ist erst circa einhundert Jahre später in Auftrag gegeben worden. Es wurde nach dem Gemälde eines

damaligen Malers, der hier lebte, gefertigt. Der Künstler malte das ursprüngliche Bild nach dem Wiederaufbau des Klosters. Es hängt in einer kleinen Kammer neben der Krypta. Wir können es uns nachher vielleicht ansehen."

*‚Das ist also Johanna?'* Gerda war fassungslos. Nach der langen Zeit stand sie plötzlich vor dem Bildnis der Frau, deren Lebensweg sie so begierig verfolgte. *‚War sie deshalb so tief berührt, so bis ins Innere erschüttert? War sie ihr deshalb so vertraut?'* Mit diesen Gedanken im Kopf sah sie fragend zu der älteren Nonne hinüber.

Als ob diese wusste, was Gerda in dem Moment dachte, sagte sie: „Ja, das ist Johanna. Doch dazu später mehr. Wir müssen jetzt zur Mutter Oberin. Sie wartet bestimmt schon auf uns."

Mit diesen Worten drehte sie sich um und ging schnellen Schrittes auf das Eingangsportal zu. Die beiden Frauen folgten schweigend, die eine wohl aus Gehorsam, die andere in stummer Verblüffung. Nach ein paar Minuten betraten sie den Kreuzgang des Klosters. Ihr Weg führte sie zu einer etwas abgelegenen Tür. Schwester Marianne öffnete sie vorsichtig und sagte leise in den Raum hinein: „Mutter Oberin, Ihr Besuch ist jetzt da!"

Sie drehte sich zu Gerda um und gab ihr einen kleinen Wink.

„Sie können jetzt zu ihr."

Gerda Hoffmann schlüpfte an der Nonne vorbei und betrat das Zimmer. Es war etwas abgedunkelt, aber sie konnte trotzdem die einfache Einrichtung des Zimmers erkennen. Ein Pflegebett stand an der hinteren Wand. Es war so aufgestellt, dass die Oberin aus dem Fenster auf das Klostergelände schauen konnte. Neben dem Bett standen ein kleiner Nachttisch und ein einfacher Holzstuhl für Besucher. Durch einen Vorhang wurde der Raum geteilt und Gerda vermutete, dass sich da eine Waschgelegenheit oder Toilette befand. Doch sie sah sich nicht weiter um, denn ihr Blick wurde von der alten Frau in den weißen Kissen angezogen. Diese war trotz der Krankheit noch von kräftiger Gestalt. Aus einem voller Runzeln gezeichneten Gesicht sahen ihr zwei trübe Augen aufmerksam entgegen. Gerda erkannte, dass die Bettlägerige einseitig gelähmt war. Gleichzeitig erfasste sie den durch den grauen Star getrübten Blick der Mutter Oberin. Trotzdem erkannte Gerda auch, dass diese bei klarem Verstand war. Die Oberin blickte zu Gerda und wies mit der gesunden Hand auf den Stuhl neben ihrem Bett. Gerda verstand und setzte sich.

Gerda Hoffmann sah die alte Frau an und die greise Nonne heftete ihrerseits ihren Blick auf sie. Dieser war so intensiv, als wolle jene ihr bis auf den Grund der Seele schauen. Minuten vergingen, ohne dass ein einziges Wort fiel. Gerda Hoffmann hatte es schlichtweg die Sprache verschlagen. Sie war bereits von den Erlebnissen so überwältigt, dass sie ihre Gefühle nicht mehr länger unter Kontrolle hatte. Der prüfende Blick der alten Augen machte ihr keine Angst. Im Gegenteil, sie schien darin zu versinken und ihr war, als verbinde sich tief in ihrer Seele etwas mit dieser alten Frau. Ein Gefühl von Frieden und Liebe breitete sich in ihr aus, und zwar so, als sei eine lange gefahrvolle Reise zu Ende. Sie hatte das unglaublich schöne Gefühl, nach Hause gekommen zu sein.

Still lief eine einzelne Träne aus den milchigen Augen der Nonne und sie löste ihre Finger von den ihren. Gerda Hoffmann bemerkte erst jetzt, dass die alte Frau die ganze Zeit ihre Hand gehalten hatte. Der Blick der Kranken ging zur Tür, in der immer noch die ebenfalls schweigenden Frauen warteten. Die Mutter Oberin nickte den beiden zu und man sah einen Anflug von Lächeln in dem alten, von Furchen durchzogenen Gesicht. Sie sah wieder zu der Frau auf dem Besucherstuhl und lächelte auch ihr zu. Ein Wink ihrer Hand gab Gerda zu verstehen, dass die Oberin den Besuch gern beenden würde. Gerda Hoffmann erhob sich, beugte sich zu der alten Frau hinab und flüsterte leise: „Danke, danke für alles."

Sie wusste nicht genau, wofür sie sich bedankte, nur dass es ihr einfach ein inneres Bedürfnis war. Auch sie wischte sich eine Träne aus dem Gesicht. Leise verließ sie den kargen Raum. Die beiden Nonnen folgten ihr still den Flur zum Ausgang entlang.

Gerda Hoffmann wünschte sich sehnlichst allein zu sein und wollte das Kloster so schnell wie möglich verlassen. Sie wollte in Ruhe darüber nachdenken, was ihr hier begegnet war.

Doch Schwester Marianne hielt sie plötzlich von hinten am Ärmel fest.

„Ich kann verstehen, dass das alles für Sie ein bisschen viel ist, aber ich soll Ihnen etwas zeigen. Die Mutter Oberin hat lange auf diesen Moment gewartet."

Die Nonne sah das Unverständnis im Gesicht Gerdas und fuhr deshalb fort: „Es gibt hier etwas, von dem wir glauben, dass es für Sie bestimmt ist. Die Mutter Oberin wollte deshalb, bevor wir es Ihnen zeigen, Sie unbedingt sehen. Sie wollte sicher sein, dass sie sich nicht irrt. Bitte folgen Sie mir."

Gerda Hoffmann verstand nun gar nichts mehr, doch sie nickte schwach und folgte den beiden Frauen den Gang zurück in einen Raum, der wie ein Büro eingerichtet war.

Schwester Marianne nahm einen Schlüssel von ihrem Bund, das sie noch, wie ihre Schwestern aus vergangenen Jahrhunderten, an einem Ring an ihrem Gürtel trug und schloss mit ihm einen sehr alten, geschnitzten Schrank auf. Sie nahm eine Art Truhe heraus, öffnete sie und holte eine vergilbte Papyrusrolle hervor. Gerda Hoffmanns Herz setzte einen Schlag aus. *,War das vielleicht noch eine weitere Schriftrolle des l.c.v.o.?'* Automatisch griff sie zu, als ihr die Nonne die Papierrolle hinhielt.

„Es ist nicht das, was Sie denken."

Gerda Hoffmann nahm das Papierstück, rollte es auf und sah die Frau fragend an.

Schwester Marianne erklärte: „Es ist ein Brief von Johanna, den sie am Vorabend ihrer Abreise geschrieben hat. Er hat die Zeit überdauert, auch das Feuer, das damals hier ausbrach, weil sie ihn in dem Steinhaus versteckt hatte. Wir haben ihn vor etwa fünfzig Jahren gefunden, als das Haus während eines Sturms von einem Baum getroffen und nicht wieder aufgebaut wurde."

Sie nahm einen weiteren Bogen Papier aus dem Kästchen.

„Was hier steht, ist auf Latein verfasst. Wir haben den Text übersetzen lassen."

Gerda Hoffmann griff nach dem Papier und suchte mit den Augen einen Platz, wo sie sich hinsetzen konnte. Die Ereignisse waren äußerst kraftraubend und sie spürte ein Zittern in den Knien.

Die Nonne verstand und zeigte auf einen großen geschnitzten Stuhl aus schwerem Eichenholz, der vor dem Schreibtisch stand. Gerda nahm Platz und begann zu lesen.

*'An die, die nach mir kommen,*

*vor nunmehr fast drei Jahren fand ich in diesem Kloster Unterschlupf, Pflege und Nahrung. Ich wurde liebevoll umsorgt und ich hoffe, dass es mir gelungen ist, auch etwas davon zurückzugeben.*

*Doch nun ist die Stunde des Abschiednehmens gekommen. Mutter Angelika ist zu unserem Schöpfer heimgegangen und ruht bei ihren Vorgängerinnen in der Gruft der Klosterkirche. Schwester Katharina ist zum neuen Oberhaupt des Klosters ernannt worden. Ich freue mich für sie, aber für mich ist somit hier kein Platz mehr. Ich glaube, das sehr gute Verhältnis zu Mutter Angelika würde mir jetzt, nach ihrem Tod, im Wege stehen.*

*Und so nehme ich das Angebot des Bischofs an, in ein Kloster auf der anderen Seite des Harzes einzutreten. Ich möchte nicht verheimlichen, dass es nicht allzu weit von der Burg Falkenstein entfernt liegt. Also ganz in der Nähe der Familie, in deren Dienst nun vor einigen Jahren Fronis Mann Albrecht getreten ist. Die Pest hat dort sehr gewütet und ich hoffe, dass sich niemand mehr für meine Geschichte und die meiner Mutter interessiert. Ich gehe davon aus, dass die Menschen inzwischen ganz andere Sorgen haben.*

*Ich will es nun wagen, nach meinem Kind zu suchen. Die Lage des Klosters wird es mir ermöglichen, unauffällig nach Susanna zu forschen. Wenn Gott will, werde ich sie finden.*

*Nicht ein Tag ist vergangen, an dem ich nicht an sie gedacht hätte, mein Herz nicht bei ihr gewesen wäre.*

*Marie, das Mädchen, das Mutter Angelika im Jahr meiner Ankunft zu mir brachte, und das mich so an meine Tochter erinnert, wird mich begleiten.*

*Sie ist ein ganz außergewöhnliches Kind, das mir immer noch, auch nach drei Jahren, Rätsel aufgibt. Sie beginnt erst jetzt an manchen Tagen ein Wort zu sprechen, obwohl sie es früher gekonnt haben muss. Trotzdem kann ich behaupten, dass sie ansonsten als gesund zu bezeichnen ist.*

*Seit jener Nacht, als sie zu uns kam, hat sie erhebliche Fortschritte gemacht. Bald, nachdem sie aus ihrer Erstarrung erwacht war, folgte sie mir auf Schritt und Tritt. Sie hat ein unglaubliches Vertrauen zu mir gefasst. Und so ging ich die erste Zeit kaum aus meiner Hütte und verließ später zunächst nur nachts die Klostermauern.*

*Bei unseren langen nächtlichen Waldspaziergängen fiel mir bald auf, dass dieses stumme, verwirrte Kind anfing, bestimmte Pflanzen zu pflücken und zu essen. Wie nebenbei nahm sie deren Blätter, Stiele oder Wurzeln auf und aß sie. Zuerst wollte ich sie davon abhalten, aber sie wehrte sich so vehement, dass ich sie gewähren ließ. Bald darauf verbesserte sich ihr Zustand zusehends. Ich begann, sie noch genauer zu beobachten. Sie aß weiterhin die Pflanzen des Waldes. Viele kannte ich, andere wiederum nicht. Sie aß einige von ihnen nur an bestimmten Tagen, an anderen wiederum vermied sie die gleichen Blätter und Stängel, die sie noch am Tag davor gierig verschlungen hatte.*

*Inzwischen bin ich zu der Überzeugung gekommen, dass sie ein tiefes, uraltes Wissen in sich trägt, von dem ich nicht mal erahnen kann, wie weit es reicht. Ich hoffe, dass sie eines Tages zu mir spricht und mich daran teilhaben lässt. Ihr Verhalten lässt auf eine Art Ausbildung oder Studium dieser Dinge schließen. Vielleicht begreife ich dann diese wundersame Selbstheilung.*

*Sie wird mir ins Kloster folgen, so ihr Wille. Mittlerweile ist sie mir wie eine Tochter ans Herz gewachsen. Und sollte ich meine Susanna nicht wieder in meine Arme schließen können, wird dieses Mädchen mir helfen, den Verlust zu verkraften.*

*Ich verspreche, alles aufzuzeichnen, was ich von diesem Kind lernen darf. Ich werde das geheime Wissen weitergeben und hoffe, dass auch die, die nach mir kommen, dieses hüten und bewahren.'*

Hier endete der Brief und Gerda Hoffmann ließ ihn auf ihren Schoß sinken. So also verlief die Geschichte weiter. Sie vermutete, dass Johanna irgendwann weiter Zugang zu dem Mädchen fand und dass sie von ihr in alle Geheimnisse eingeweiht wurde. Daher rührten also die vielen geheimen Rezepte in der Papyrusrolle, die sie gefunden hatte. Irgendwann musste dieses Kind seine Sprache wiedergefunden und Johanna eingeweiht haben. Gerda Hoffmann sah zu den beiden Nonnen, die still darauf warteten, dass sie etwas sagte.

„Dieses Mädchen, diese Marie, woher wusste sie so viel über Kräuterkunde und dergleichen?", wandte sie sich an Schwester Marianne.

„Die Mutter Oberin, die sie eben besuchten, hat sich lange damit befasst. Sie vermutet, dass dieses Kind eine Alruna, eine germanische Seherin, war und dass sie dem *'Weißen Orden'* angehörte. Dieser Orden ist eine uralte Vereinigung weiser Frauen, die wohl schon seit Tausenden von Jahren besteht. Durch verschiedene Umstände ist er leider fast gänzlich in Vergessenheit geraten. Die Mutter Oberin hat dazu eigene Aufzeichnungen verfasst, die wir Ihnen übergeben sollen."

„Aber wieso an mich?" Gerda Hoffmann war verwirrt. Sie war von den Geschehnissen völlig erschlagen. „Was habe ich damit zu tun?" Schwester Marianne erklärte weiter: „Die Mutter Oberin wartet seit langer Zeit darauf, dass sich jemand in dieser Angelegenheit an sie wendet." Sie sah ihre Mitschwester verschwörerisch an. „Wir vermuten, dass sie selbst diesem geheimen Orden angehört. Genaueres wissen wir allerdings nicht. Sie wollte Sie jedenfalls unbedingt sehen, um etwas zu überprüfen." Sie verstummte.

Verblüfft fragte Gerda: „Was überprüfen? Ich verstehe gar nichts mehr."

Die Nonnen nahm den Faden wieder auf und erklärte: „Trotz dieses Briefes und der späteren Kontakte zu Johannas Kloster war niemals klar, ob sie ihre Tochter Susanna wiedergefunden hat. Es konnte auch nie geklärt werden, ob das Kind den damaligen Pestausbruch überlebt hat oder nicht."

Gerda verstand immer noch nicht. „Ja und, was hat das mit meiner Person zu tun? Ich bin doch nur die Frau, die jetzt sozusagen in Johannas Mühle wohnt."

Die beiden Nonnen sahen sich an.

„Kommen Sie bitte mal mit! Ich möchte Ihnen etwas zeigen." Schwester Marianne verließ den Raum. Gerda Hoffmann stand mühsam von ihrem Stuhl auf und folgte ihr. Auch Schwester Maria ging ihnen nach. Schwester Marianne ging auf die Tür neben der Krypta der Kirche zu und öffnete sie. Sie hielt sie auf und ließ Gerda Hoffmann den Vortritt. Diese ging, von einer seltsamen Vorahnung ergriffen, zwei Stufen in den kleinen Raum hinunter.

Plötzlich stand sie vor dem übergroßen Gemälde einer Nonne. Sie erkannte sofort, um was für ein Bild es sich handelte. Es war das

Gemälde, das als Vorlage für das Sandsteinrelief gedient und das sie so beeindruckt und seltsam berührt hatte. Doch anders als bei dem verwitterten Sandsteinrelief wurde sie sofort von dem Gesicht der Nonne angezogen und Gerda fühlte, wie ihre Knie anfingen zu zittern.

Sie griff nach hinten, um am Arm der Nonne Halt zu suchen. Schlagartig wurde ihr klar, warum sie beim Anblick des Reliefs so ein Gefühl der Liebe und Geborgenheit empfunden hatte.

In den fein gezeichneten Linien des Ölgemäldes erkannte sie die Züge und das Ebenbild ihrer Großmutter.

Und die Erkenntnis, dass die kleine Susanna überlebt haben musste und das Blut von Johanna und dem Mädchen in ihren Adern floss, nahm ihr den Atem. Sie spürte noch ihre Beine zusammenknicken und dann wurde es dunkel um sie herum.

## XX.
## Die Alruna

Joachim Breitner betrat sein Büro und griff sofort zum Telefonhörer, um Gerda Hoffmann anzurufen, jedoch ohne Erfolg. Gut, dass er den Zettel hinterlassen hatte. Sie würde sich bestimmt umgehend melden, wenn sie nach Hause kam und den fand.

Außerdem hatte er bis dahin auch genug zu tun, denn er musste noch einmal sämtliche Akten durchgehen und nach Gemeinsamkeiten durchforsten. Deshalb nahm Breitner einige der Schriftstücke unter den Arm und verließ sein Büro. Er wollte sich die Akten lieber im Besprechungsraum ansehen, zumal sich ein Teil der Unterlagen sowieso schon dort befand. Er hatte ja bereits am Tag zuvor damit angefangen, die Namen der vermissten Kinder an die Tafel zu schreiben.

Er trat an den Kaffeeautomat und nahm sich eine große Tasse frischen Kaffee mit. Als er im Besprechungsraum ankam, kontrollierte er als erstes sein Handy und legte es auf den Konferenztisch. *„So etwas wie gestern sollte ihm nicht noch einmal passieren.'*

Breitner stellte den Kaffee auf die Tischplatte, auf der große Kaffeeflecken zu sehen waren. *„Hatte er gestern so eine Schweinerei hinterlassen? Er musste die Tasse wohl vor lauter Schreck über die Entdeckung auf dem ganzen Tisch verteilt haben.'*

Der Kaffee war inzwischen eingetrocknet und teilweise von einem liegengebliebenen Fax aufgesaugt worden. Das Blatt war wellig und dunkelbraun.

Breitner stutzte und sah sich das Fax genauer an. Als er den Text gelesen hatte, kam wieder die Wut, doch diesmal auf sich selbst. *„Das habe ich eindeutig gestern in meiner Aufregung übersehen, denn wenn der Ausdruck gestern nicht schon hier gelegen hätte, wäre wohl kaum Kaffee auf dem Blatt!'*

Dabei war er sich nicht sicher, ob das nicht auch jemand anderes übersehen haben könnte. Das war kein Ruhmesblatt für ihn und sein Team. Er schüttelte den Kopf und musste wohl oder übel davon ausgehen, dass die vermisste Familie, die in dem Fax erwähnt wurde, ebenfalls mit ihrem Fall zu tun hatte. Er ging an die Tafel und beschloss, da weiterzumachen, wo er gestern aufgehört hatte.

An der Tafel standen immer noch die fünf Namen der Mädchen. Er erweiterte den Anschrieb um die Namen der anderen Verdachtsfälle.

6.   *Cordula Gerisch*

Das Mädchen, das sich an den Pilzen vergiftet hatte.

7.   *Das Kind, das mit ihrem Großvater zusammen vermisst wurde.*

8.   *Die Namen der Familie von dem Fax.*

Er trat zurück und während er auf die Tafel starrte und seinen Kaffee trank, grübelte er darüber nach, wie er weiter verfahren sollte.

Ihm war klar geworden, dass Gerda Hoffmann recht hatte.

Acht verschwundene Kinder und zusätzlich mehrere andere Tote und Vermisste. Sabine hatte ebenfalls die Lage aus seiner Sicht heraus realistisch eingeschätzt. Sie hatte ihn davor gewarnt, dass diese Kreaturen vor nichts Halt machen würden.

Trotz dieser Tatsachen besaß er keinen konkreten Plan. Er nahm sich erneut einen Aktenstapel und blätterte ihn durch. Wieder nichts Neues.

Er überlegte, was Sabine ihm noch alles gesagt hatte. Unter anderem fiel ihm ein, dass Sabine bestimmte Kinder erwähnte. Waldkinder. Leider konnte er damit nichts anfangen. Er hielt es in Anbetracht dieser Situation für eine gute Idee, nochmals die Eltern und die Familien der verschwundenen Kinder zu besuchen, um mehr über die Mädchen zu erfahren. Gleichzeitig war ihm bewusst, dass er dazu eigentlich keine Zeit mehr hatte. Trotzdem griff er zu dem Telefon, das im Konferenzraum stand und wählte die Nummer von Tania Wilkerlings Eltern. Die Mutter war, seitdem ihre Tochter verschwand, nicht zur Arbeit gegangen. Auch wenn er ihr nicht noch mehr Kummer bereiten wollte, musste er dennoch mit ihr reden. „Hier Wilkerling", meldete sich eine leise Frauenstimme.

„Hallo Frau Wilkerling, hier ist Kommissar Breitner, es tut mir leid, Sie stören zu müssen, aber ich habe noch einige dringende Fragen an Sie.

Können wir uns unterhalten?"

„Gibt es etwas Neues?" Die Stimme von Frau Wilkerling verriet zaghafte Hoffnung.

„Ja und nein! Wir haben zwar einige neue Erkenntnisse und Spuren, wissen aber noch nichts Genaues. Deshalb rufe ich an. Wir vermuten, dass Tania aus einem bestimmten Grund entführt wurde und sie eventuell kein Zufallsopfer war. Vielleicht können Sie uns weiterhelfen. Verfügt Tania über außergewöhnliche Merkmale, Vorlieben oder Fähigkeiten?"

„Tania ist ein Kind, Herr Breitner. Sie ist ein ganz normales Kind. Sie hat keine besonderen Fähigkeiten. Sie ist doch erst acht Jahre alt."

Breitner ließ nicht locker. „Ja, ich weiß, das ist alles schwer vorstellbar, aber trotzdem. Gibt es vielleicht etwas, was sie für ihr Alter besonders gut kann oder gern macht?"

„Na ja", sagte Frau Wilkerling, „sie malt gern und das kann sie auch sehr gut. Ihre Lehrerin meint, sie hat großes Talent. Aber was soll das mit ihrem Verschwinden zu tun haben?" Breitner ging nicht auf ihre Frage ein. „Was malt sie denn so?", bohrte er weiter.

„Vor allem Bäume, Blumen und so was. Sie sitzt die meiste Zeit im Garten und malt alles, was ihr vor die Nase kommt. Aber wieso ist das wichtig?"

Breitner kam plötzlich ein Gedanke.

„Würden Sie sie als besonders naturverbunden einschätzen?" „Ja, auf jeden Fall! Mit einer Wanderung oder einem Ausflug in die Gegend hier konnte ich sie immer begeistern. Sie hatte sich auch so auf den Wandertag mit ihrer Klasse gefreut..." Die Stimme brach ab. Bei Breitner hallten die Worte von Frau Wilkerling nach und er wusste plötzlich: ‚Das war die richtige Spur! Naturverbundenheit, Waldkinder! Da muss ich dranbleiben!‘

Er sprach noch Frau Wilkerling Mut zu und versicherte ihr, sich zu melden, sobald er mehr wisse.

Nach dem Gespräch mit Frau Wilkerling rief der Kommissar umgehend auch bei den Eltern der anderen vermissten Kinder an.

Der Vater von Jessica, der Bauunternehmer, sagte von seiner Tochter, dass sie einen besonderen Zugang zu Tieren habe. Tiere seien immer zu ihr gekommen, egal ob es sich dabei um streunende Katzen oder entlaufene Hunde handelte. Wenn sie im Garten gespielt hat, seien sogar Vögel immer in ihrer Nähe gewesen.

Bei zwei anderen Kindern verhielt es sich ähnlich. Breitner telefonierte bereits über eine Stunde und es ging langsam auf den Nachmittag zu. Sabine hatte sich noch nicht gemeldet, auch keine Frau Hoffmann. Er begann sich Sorgen zu machen, doch er wollte noch die Mutter von Heike sprechen. Danach würde er probieren, mit Sabine Kontakt aufzunehmen.

„Hier Schulz." Frau Schulz, die Mutter von der verschwundenen Heike, klang gefasst. Im Hintergrund hörte man ein Baby leise weinen. „Entschuldigung Frau Schulz, wenn ich Sie störe, hier ist Breitner. Ich habe noch ein paar dringende Fragen, die ich gern mit Ihrer Hilfe klären möchte. Haben Sie ein paar Minuten Zeit?"

„Ja, wenn es nicht allzu lange dauert. Ich glaube, meine Kleine hat wieder Bauchkrämpfe und ich will mit ihr deswegen zum Arzt. Gibt es etwas Neues von Heike?" Sie wollte die Hoffnung nicht aufgeben, dass man ihr Kind noch finden würde.

„Wir haben ein paar neue Fakten, sind aber noch mitten in den Ermittlungen. Es ist zu früh, um schon etwas Konkretes sagen zu können. Ich habe aber zu Heike einige Fragen an Sie. Gibt es etwas Besonderes an ihr? War sie gern draußen oder spielte sie lieber im Haus?"

Die Mutter von Heike musste nun etwas lachen.

„Nein!", sagte sie. „Heike war immer draußen, es gab oft Krach deswegen. Ständig hat sie sich im Wald herumgetrieben und lauter so ein Grünzeug mitgebracht. Farne und Baumwurzeln. Mein Mann hat immer Theater gemacht, weil die Erdklumpen bis in ihr Zimmer lagen. Warum wollen Sie das wissen?"

„Nun ja, wir müssen davon ausgehen, dass der oder die Entführer nicht einfach irgendein Kind mitnehmen, sondern nur Kinder, die etwas Besonderes an sich haben." Er machte eine Pause. Auch Frau Schulz schwieg kurz, bevor sie weitersprach.

„Meine Heike ist etwas ganz Besonderes, Herr Breitner. Das wusste ich schon immer. Sie war von Anfang an anders als wir, anders als ihr Vater und auch ich. Als wäre sie nicht unser Kind. Verstehen Sie, was ich meine? Sie hat etwas ganz Eigenes an sich, eben eine besondere Wesensart und ich glaube, ihre kleine Schwester hat die auch. Obwohl sie erst ein paar Tage alt ist, weiß ich das jetzt schon. Wenn ich die Kleine ansehe, muss ich immer an Heike denken. Sie ist genau wie sie, obwohl sie nicht den gleichen Vater haben. Verstehen Sie, was ich meine?"

„Nicht so recht, Frau Schulz. Ich glaube, ich kann Ihnen nicht ganz folgen."

„Ich kann es auch nicht richtig beschreiben. Es ist einfach so ein Gefühl. Als hätte mir jemand dieses Kind vertauscht. Nicht, dass Sie denken, ich würde meine Kinder nicht lieben oder dass ich sie ablehne. Nein, es ist...ich meine...die beiden sind sich so ähnlich...es ist verblüffend."

„Wie meinen Sie das, Frau Schulz?" Breitner war während der letzten Worte hellhörig geworden.

„Ich meine die ungeheure Ähnlichkeit von Heike mit ihrer kleinen Schwester. Heike sieht mir überhaupt nicht ähnlich, aber die Kleine ist ihr wie aus dem Gesicht geschnitten. Vor allem hat sie auch diese wunderschönen Augen. Die Augen der Kleinen sind zwar noch braun, aber fangen bereits an, heller zu werden. Das war bei Heike auch so. Ich weiß, dass sie in ein paar Wochen genauso grün sein werden wie Heikes."

„Heike hat grüne Augen? Das ist sehr selten, oder?"

„So wird es vermutet. Allerdings glaube ich das eher nicht. Aber Heikes Augen sind nicht nur einfach grün, sondern von einem ganz besonderen Grün."

Die Alarmglocken klingelten bei Joachim Breitner. Waldkinder, Naturkinder, grüne Augen, natürlich!

*,Wenn Heike wirklich ein Opfer war, war dann nicht auch die kleine Schwester in akuter Gefahr?'*

„Frau Schulz, ich bin mir nicht ganz sicher, aber ich würde es besser finden, wenn Sie sofort in die Stadt kommen und für eine Weile hier bleiben."

„Warum das denn? Ich bin froh hier zu sein und mit der Kleinen ist das kompliziert. Meinen Sie etwa, wir sind in Gefahr?" Sie klang plötzlich ängstlich. Ihr war die veränderte Stimmlage von Breitner nicht verborgen geblieben.

„Nein! Ich habe eine bessere Idee. Bleiben Sie, wo Sie sind. Ich schicke Ihnen einen Streifenwagen vorbei. Ihnen geschieht nichts." Damit war Frau Schulz einverstanden. Sie beendeten ihr Telefonat. Breitner unterrichtete seine Kollegen und beorderte sofort einen Wagen vor das alte Bahnwärterhäuschen. Mehr konnte er vorerst nicht tun.

Erneut griff er nach den Akten und schlug die von Tania auf. Er sah auf das Bild an der Tafel. Leider nur, wie auch die anderen, ein Schwarz-Weiß-Foto. Hastig blätterte er weiter und suchte die Personenbeschreibung. Da! Alter, Größe, Statur, Augenfarbe ... grün. Er schlug die Akte zu und nahm die nächste.

Jessica...Augenfarbe...grün.

*,Wir sind solche Idioten. Keinem ist das aufgefallen. Nicht einem.'* Er schlug eine Akte nach der anderen auf, auch wenn er das Ergebnis schon im Vorfeld kannte. Alle Kinder hatten grüne Augen und waren außergewöhnlich naturverbunden, ja wuchsen sogar fast in der Natur auf. Alle mieden enge oder geschlossene Räume, liebten Tiere und Pflanzen. Das hätte ihnen früher auffallen müssen. Breitner war sich jedoch sicher, dass das nicht der einzige Grund sein könne, warum gerade diese Mädchen verschwunden waren. Er beschloss, sich darüber mit Sabine auszutauschen.

„Herr Breitner?" Er hatte den Beamten nicht in das Besprechungszimmer kommen hören.

„Ja, was gibt es denn?", fragte er genervt. Er hasste es, in seinen Gedankengängen gestört zu werden. Der Beamte war auch gleich etwas beleidigt und schmiss einen Zettel auf den Tisch.

„Hier, Sie wollten doch, dass Sie sofort informiert werden. Im Harzklinikum ist ein neugeborenes Baby entführt worden. Kam gerade rein! Muss eben erst passiert sein!" Er verließ ohne ein weiteres Wort den Raum. Breitner sprang auf, nahm das Blatt vom Tisch, überflog den Text und lief aus dem Raum.

Die Tür blieb offen stehen.

Zwei Minuten später war er zum Krankenhaus unterwegs. Er befestigte während des Fahrens die Sirene auf dem Autodach und raste in Richtung Wernigerode. Es war ihm klar, dass er schnell sein musste. Er telefonierte und forderte vorsorglich Verstärkung an. Er hoffte, dass sie das Gelände noch rechtzeitig absperren konnten, bevor es der Entführer verlassen würde.

Den Wagen ließ er mit eingeschaltetem Blaulicht direkt vor dem Eingang der Klinik stehen und stürzte durch die Tür.

An der Aufnahme hatte sich eine Menschentraube angesammelt und er hatte Mühe, zu der völlig entnervten Krankenschwester vorzudringen. Breitner schob einen Mann energisch zur Seite. Der versuchte, ihn zur Seite zu drücken und drohte ihm gleich Prügel an. Er ignorierte den Mann und zeigte der Angestellten seinen Ausweis. „Kommissar Breitner, lassen Sie mich sofort auf die Station 3."

Die diensthabende Krankenschwester zuckte jedoch die Schultern. „Tut mir leid, ich darf niemanden reinlassen. Sie sehen ja, was hier los ist. Das Krankenhaus steht unter Quarantäne."

„Wieso unter Quarantäne? Wer hat das denn angeordnet?"

Die Schwester zeigte auf einen großen Mann, der am anderen Ende des Flures in ein Handy brüllte. Der Kommissar konnte durch den Tumult nicht verstehen, was der sagte, allein der wütende Gesichtsausdruck verriet nichts Gutes.

„Wenden Sie sich an den, der hat hier im Moment das Sagen."

Dann wandte sich die Schwester einer aufgeregten Frau zu, die ihr Kind nach einem Unfall besuchen und mit Tränen in den Augen die Schwester zu einem Einlass überreden wollte.

Breitner drängte sich durch die Menschentraube an der Rezeption und lief auf den Mann mit dem Handy zu. Als er ihn erreichte, zeigte er ihm seinen Ausweis und fragte.

„Was ist hier los? Ich muss dringend auf die Entbindungsstation. Es gibt dort einen Entführungsfall. Warum darf niemand in das Krankenhaus?" Der Mann sah sich den Ausweis genauestens an. Dann reichte er Breitner ein Schreiben vom BKA und vom Seuchenschutz, aus dem hervorging, dass er, ein Herr Singer, hier ab heute Mittag das alleinige Befehlskommando habe.

„Das geht im Moment nicht", meinte dieser auch prompt, nachdem sich Breitner die Schriftstücke angesehen hatte. „Das Krankenhaus untersteht im Moment dem Seuchenschutz. Ich bin zwar nicht gezwungen, Ihnen Auskunft zu erteilen, aber nur so viel: Gestern Nacht sind wir zu einem Haus in der Schulstraße geholt worden. Dort fanden wir eine Frau im Hausflur, in ihrem eigenen Blut. Sie war tot. Wir sind erst von einem Kapitalverbrechen ausgegangen. Aber eben ist das erste Obduktionsergebnis gekommen. Sie ist hier vor Ort obduziert worden. Es war kein Mord, sondern eine Infektionskrankheit. Alle Organe haben sich so gut wie verflüssigt. Wir müssen leider von einem Fall von Ebola oder etwas Ähnlichem ausgehen. Solange die Ergebnisse nicht eindeutig sind, steht dieses Krankenhaus unter Quarantäne und nicht eine Maus kommt hier raus oder rein. Tut mir leid, es geht nicht anders. Diese Krankheit ist ein wahrer Killer, da können sich schnell ein paar tausend Leute anstecken."

Breitner wurde blass. ‚Nein, das hier ist kein Ebola‘, dachte er sofort. ‚Solcherart ist also der Terror, der uns bevorsteht!‘

Joachim Breitner ahnte, wem er dieses weitere Horrorszenario zu verdanken hatte. Und da musste er auch eigentlich nicht weiter fragen. Trotzdem wollte er Gewissheit.

„Gibt es weitere Kranke oder Verletzte?"

„Nein, die Frau war allein. Sie ist geschieden, lebt aber mit ihrer Tochter zusammen."

„Haben Sie das Kind gefunden?"

„Nein, aber es hat nichts darauf hingewiesen, dass auch ihr etwas zugestoßen ist. Wir prüfen das gerade nach. Wir nehmen an, dass sich das Kind bei seinem Vater aufhält, es sind schließlich noch Ferien." Breitner hörte nicht mehr zu. Schnell lief er den Flur zurück, drehte sich aber noch einmal kurz zu Singer um und rief ihm zu: „Danke, danke, dass Sie mich informiert haben."

Dann wandte er sich zurück und hastete weiter den langen Flur hinunter.

Er würde jetzt nicht auf die Kinderstation kommen und er konnte sich das auch sparen. Seine Fragen konnte er sich selbst beantworten.

*,Nun waren es also schon mindestens zehn Kinder. Konnte denn niemand diese Kreaturen aufhalten?'*

Die einzige Chance dazu hatte aus seiner Sicht Frau Hoffmann. Er war sich sicher, dass, wenn sie mehr Zeit gehabt hätte, sie garantiert dahintergekommen wäre, wie sie gemeinsam diese Teufel aufhalten könnten. Es musste einen Weg geben! Wenn die Geschichte wirklich wahr wäre, musste es eine Möglichkeit geben! Sonst wären sie ja nicht schon im Jahre 1666 vertrieben worden. Da hatte sie schließlich auch etwas aufgehalten.

Er stieg in sein Auto und fuhr los. Er musste zu Frau Hoffmann. Diese Frau war für ihn und viele Menschen die einzige Chance. Das war ihm jetzt restlos klar geworden.

～～～～～～

Gerda Hoffmann war auf dem Weg nach Hause. Sie hatte noch eine ganze Weile auf einem Sofa in dem kleinen Büro der Nonnen verbracht. Nachdem sie aus der Ohnmacht erwacht war, brauchte sie einige Zeit, um ihre Gedanken zu ordnen und sich ohne Risiko an die Rückfahrt machen zu können. Die Nonnen hatten ihr einen Kaffee gemacht, stark und schwarz. Und sie hatten ihr ein Gläschen ihres berühmten Schnapses eingeflößt. Sie übergaben ihr die Unterlagen der Mutter Oberin. Dabei handelte es sich um einen dünnen Ordner mit handschriftlichen Aufzeichnungen der alten Frau.

Als Gerda auf dem Hof der Mühle ankam, stellte sie den Motor ab und blieb noch einen Augenblick im Fahrzeug sitzen. Dann stieg sie aus, schloss die Haustür auf und verschwand dahinter.

～～～～～～

Kommissar Breitner raste die schmale Straße zur alten Mühle hinunter. Der Holperweg ließ so eine Fahrweise eigentlich nicht zu, doch er war mit seinen Gedanken ganz woanders. Als er auf dem kleinen Parkplatz an dem alten Haus ankam, sah er sogleich den kleinen Wagen von Frau Hoffmann stehen und atmete auf.

Sie war also zu Hause.

Er lief über den Hof und wollte gerade an die Holztür klopfen, als diese von innen aufgerissen wurde und eine völlig aufgelöste Gerda Hoffmann ihn entgeistert anstarrte.

Sie schien sich nicht zu wundern, dass gerade er vor der Tür stand. Aufgeregt stammelte sie: „Die Kinder, die Kinder! Die Kinder sind verschwunden!"

Joachim Breitner verstand nicht gleich, was sie meinte.

*‚Sie konnte unmöglich schon wissen, dass zwei weitere Kinder vermisst wurden oder hatte sie eben in ihre Karten geschaut?'* Er fragte sie danach.

Schnell klärte sie ihn auf: „Nein, für die Karten hatte ich keine Zeit, aber meine Enkelkinder sind weg. Alle fünf. Meine Tochter muss sie hergebracht haben. Sie hatte wohl einen wichtigen Termin und hat geglaubt, ich komme gleich wieder. Sie hat einen Schlüssel für das Haus. Sie hat mir einen Zettel geschrieben, dass sie gegen vier Uhr wieder da ist und die Kinder abholt. Was mache ich jetzt nur? Wie soll ich das meiner Tochter beibringen?"

Sie war wieder ins Haus gegangen und stand nun in der Küche. Breitner folgte ihr. Angesichts ihrer Sorgen traute er sich nicht, seine neuesten Erlebnisse zu erzählen und sie um Hilfe zu bitten.

Gerda Hoffmann war völlig aufgelöst.

„Mein Gott, ich ahne Schlimmes. Wie es aussieht, ist Minchen, unsere Jüngste, heimlich ausgerissen. Ich kann mir denken, warum. Sie hat letzte Woche im Wald Steine aus dem Weißsteinbach gefunden. Ich habe sie ihr weggenommen. Danach hat sie ein unglaubliches Theater gemacht. Sie ist bestimmt wieder dort hingegangen. Oh Gott, sie sind alle in Gefahr!" Jetzt schaltete Breitner sich ein.

„Wieso glauben Sie, dass sie in Gefahr sind? Ich glaube das nicht. Ich habe etwas herausgefunden, Frau Hoffmann."

Hastig erklärte er: „Es werden nicht irgendwelche Kinder entführt. Es sind bestimmte Kinder. Ihre Enkel sind sicherlich gleich wieder da." Gerda Hoffmann wurde augenblicklich aufmerksam.

„Was haben Sie herausgefunden?", fragte sie atemlos.

„Wie ich schon sagte. Die Hexen brauchen ganz bestimmte Kinder, sogenannte Waldkinder. Diese haben alle grüne Augen und eine besondere Beziehung zu ihrer Umwelt."

Gerda Hoffmann sank auf einen Küchenstuhl. Sie hatte das Gefühl, dass ihr ein zweites Mal an diesem Tag die Sinne schwanden.

Sie sah Breitner völlig aufgelöst an und sagte mit tonloser Stimme: „Sie verstehen nicht, Herr Kommissar, Sie verstehen nichts..." „Was verstehe ich nicht?" Breitner war ratlos.

„Meine Enkelin, Minchen. Sie heißt eigentlich Mindauga, aber wir nennen sie nur Minchen."

„Ja, und?", zuckte Breitner mit den Schultern.

„Sie heißt Mindauga, Herr Breitner. Mint-Auge. Sie hat grüne Augen, wunderschöne grüne Augen. Nach ihnen ist sie benannt worden." Breitner erblasste.

Er nahm sich einen Stuhl und ließ sich darauf fallen.

# XXI.
## Der Aufbruch

Peter wusste einfach nicht, wann genau Mindauga verschwunden sein könnte. Sie hatten sich die Zeit mit einem Brettspiel vertrieben und saßen in der oberen Dachkammer. Er konnte sich noch erinnern, dass Minchen aufgestanden war und gesagt hatte, sie müsse zur Toilette. Er hatte sich nichts dabei gedacht, sondern war ganz in das Spiel vertieft.

Der entsetzte Ruf von Max „Minchen ist weg" holte ihn in die Wirklichkeit zurück und augenblicklich fühlte er die Angst um seine Schwester wie einen steinernen Kloß in seinem Magen. Sofort sprang er auf und lief die Treppe in den Flur hinunter. Hier stand Max und schaute ihm etwas unsicher entgegen.

„Sie ist nirgends, Peter. Wo kann sie hin sein? Hat sie sich versteckt?" Er glaubte wohl an einen Scherz seiner kleinen Cousine. Doch Peter hielt sich nicht mit einer Antwort auf, sondern stürzte aus der Tür und lief über den Hof zum Parkplatz. Er konnte sich genau denken, wo seine kleine Schwester hingelaufen war. Sie hatte ihn mit ihrer Teilnahmslosigkeit getäuscht, sodass er dachte, dass sie diese blöden Steine wirklich vergessen hätte. Nun wusste er es besser. Er konnte sich jede weitere Suche in der näheren Umgebung sparen. Wenn er sie noch einholen wollte, musste er sich beeilen. Es ging schon auf den Nachmittag zu und jetzt, Ende Oktober, wurde es schnell dunkel.

Er musste sofort aufbrechen.

Peter lief zurück und traf im Flur auf seinen Cousin und seine Cousinen. Sie sahen ihn fragend an. „Hast du sie gefunden?" Er schüttelte den Kopf.

„Nein, aber ich kann mir denken, wo sie ist. Ich muss sofort los." „Wie jetzt? Du willst allein los? Ohne uns?" Max fand das gar nicht lustig.

„Ihr wartet hier, bis Oma kommt. Vielleicht hole ich sie ja gleich ein. Ich muss mich eben beeilen."

Amara meldete sich zu Wort. „Aber wo ist sie hin?"

Peter sah sie ernst an.

„Ich glaube, sie ist zu unserer Burg und versucht, neue weiße Steine zu finden. Sie hat sie nicht vergessen und sie weiß genau, dass ich oder Oma nie erlaubt hätten, dass sie da noch mal hingeht." „Aber das ist doch so gefährlich." Christin war entsetzt.

„Deswegen bleibt ihr auch da!", sagte Peter entschieden. Er ging in den Raum, wo sie immer die Jacken und Schuhe aufbewahrten, zog sich sein Regencape über und suchte die Gummistiefel heraus. Allerdings hatte er die Rechnung ohne Max gemacht.

„Wir kommen mit. Was meinst du, was Oma sagt, wenn sie nach Hause kommt und erfährt, dass du uns hier allein gelassen hast?"
Peter hielt in der Bewegung inne. Sein Cousin hatte nicht ganz unrecht und dass er jetzt an sein Verantwortungsbewusstsein appellierte, blieb nicht ohne Wirkung. Wenn er Minchen allein hinterherlief, dann musste er notgedrungen die anderen hier lassen. Trotzdem zögerte er. Er wollte sich nicht mit den Kleinen belasten, er musste sich beeilen und allein konnte er am schnellsten laufen. „Max, du musst auf die beiden Mädchen aufpassen", sagte er deshalb.

Max verdrehte gleich die Augen und meint protestierend: „Kommt gar nicht infrage, ich komme mit. Du wirst mich brauchen."

„Wozu soll ich dich brauchen können?" Peter konnte den Spott nicht aus seiner Stimme verbannen. Max ließ sich nicht aus dem Konzept bringen.

„Es wird bald dunkel und denke daran, dass ich der Einzige bin, der richtig gut hören kann und außerdem..." Ihm schien eine Idee gekommen zu sein.

„Warte!" Er ließ die verdutzten Kinder stehen und verschwand hinter der Tür. Sie hörten ihn die Kellertreppe hinunterlaufen und nach wenigen Augenblicken stand er, etwas außer Atem, wieder vor den anderen. In der Hand hielt er einen alten, dunkelbraunen Rucksack. „Was ist das?" Peter verstand gar nichts mehr. In Amara, die die ganze Sache stumm verfolgt hatte, kam plötzlich Bewegung. Sie riss den Rucksack aus den Händen von Max und fauchte: „Max, wenn Oma das mitkriegt, ist es nicht nur ein Abendbrot, das du nicht bekommst."

Peter war verdutzt. *, Was war hier los? Hatte er etwas verpasst? Mussten die beiden ausgerechnet jetzt anfangen zu streiten?'*

„Amara, lass das!", sagte er deshalb und nahm ihr den Rucksack ab. Er sah hinein. Der untere Teil des Sackes war mit einer Art Spreu gefüllt. Darauf lag eine relativ große Holzkiste. Er sah Max an und wartete auf eine Erklärung. Max wand sich zwar ein wenig, schließlich machte er den Mund auf und gestand schuldbewusst: „Das sind die Sachen, die Oma gemacht hat. Auch wenn sie nicht wusste, wie sie gesagt hat, wofür die sind, können wir sie vielleicht gebrauchen. Wir sollten sie mitnehmen."

Peter hatte inzwischen die Kiste aus dem Sack geholt und sie vorsichtig auf den Tisch gestellt. Er öffnete den altmodischen Verschluss und spähte hinein. Eine kleine Flasche mit einer roten Flüssigkeit war auf mehrere, gebundene Reisigbündel gebettet. Daneben lagen ein Lederbeutel, den er sofort als die Teetüte seiner Großmutter wiedererkannte sowie ein flacher Tiegel. Außerdem gab es noch einen Gegenstand, der vollständig in einen Lappen gewickelt war.

Peter nahm ihn in die Hand und vorsichtig holte er aus dem Tuch eine weitere Flasche hervor. Die tiefgrüne Flüssigkeit tauchte den Flur sofort in ein grünes Leuchten. Peter sah erstaunt auf seinen Cousin. „Woher wusstest du das? Ich denke, Oma hatte alles versteckt?" „Ist doch egal, aber wir sollten es vorsichtshalber mitnehmen", wiegelte Max ab, denn er wollte nicht zugeben, seiner Großmutter heimlich hinterherspioniert zu haben.

„Ich höre immer 'wir'! Ihr bleibt hier", bestimmte Peter.

Plötzlich bekam Max Rückendeckung von seiner Schwester Amara, obwohl sie ihn eben noch angegiftet hatte.

„Max hat aber recht, Peter. Wir sollten es mitnehmen. Und wir werden mitkommen. Du kannst uns nicht daran hindern. Vielleicht können wir dir helfen. Ich kann besser gucken als jeder andere von euch und Max hört die Dinge fast, bevor sie passieren. Und außerdem hat er recht. Die Rezepturen, die Oma hergestellt hat, haben einen Zweck. Das weiß ich genau."

„Und woher willst du das wissen, Fräulein Oberschlau?"

Wenn Amara solch einen Ton anschlug, fand Peter sie einfach unerträglich.

Amara ging an ihren eigenen Rucksack und holte mehrere Blätter hervor. Peter sah sie sich an. Während er die Blätter nacheinander bestaunte, erklärte Amara: „Das ist das Kapitel, von dem Oma erzählt hat. Ich habe es gelesen. Dort steht zwar nicht, wofür diese Dinge gemacht sind, aber auf jeden Fall kann es nicht schaden, sie mitzunehmen. Vielleicht bekommen wir auch noch heraus, wofür sie sind. Aber du musst uns mitnehmen. Max hört super, ich kann besser gucken als ein Falke und Christin können wir schlecht allein hierlassen. Außerdem sollten wir nicht so überstürzt aufbrechen. Es wird gleich dunkel und wenn du nicht in einer Stunde wieder umkehren willst, sollten wir etwas zu essen mitnehmen, eine Taschenlampe und noch ein paar Sachen."

Obwohl Peter es hasste, musste er zugeben, dass Amara in einigen Dingen recht hatte. Und auch wenn es ihm widerstrebte, fragte er nach: „Was meinst du mit *ein paar Sachen'*?"

Amara erkannte, dass sie Peter fast überzeugt hatte und sprach hastig weiter: „Ich habe aus dem Inhalt der Blätter ein paar sehr erstaunliche Dinge erfahren. Ich erkläre es dir später. Max und ich gehen schnell in den Garten und besorgen etwas. Christin, du hast doch im Sommer diese ganzen Federn gesammelt. Hast du die noch?"

Christin war sichtlich etwas verängstigt, konnte sich aber auch nicht vorstellen, allein hierzubleiben und ergab sich in ihr Schicksal. Deshalb sagte sie: „Ja, die müssten oben sein."

„Gut! Hol sie und dann pack deinen Rucksack und zieh dir die dicke Jacke an!"

An Peter gewandt forderte sie: „Nimm alles zu essen und trinken mit, was du findest. Such noch ein paar Decken und Streichhölzer und..." Sie hatte Max bereits am Arm gegriffen und zerrte ihn hinter sich her. „He, was wird das denn?", wehrte sich dieser.

„Hast du dein großes Taschenmesser noch?", fragte ihn Amara unbeeindruckt.

„Ja, klar."

„Gut. Hol es und dann komm schnell in den Garten! Wir müssen uns beeilen." Sie lief ins Wohnzimmer, öffnete die Terrassentür und verschwand im Garten.

Peter hatte vor Erstaunen über seine kleine Cousine die letzte Minute gar nichts mehr gesagt. Die Situation entglitt zusehends seiner Kontrolle. Doch er musste zugeben, dass Amara offensichtlich ein paar Dinge wusste, die ihm vielleicht wirklich helfen würden und er konnte jede Hilfe gebrauchen. Also fügte er sich und lief in die Küche, um die Vorräte zusammenzusuchen und als Christin mit den großen weißen Federn die Treppe herunterkam, war er fast fertig mit dem Packen. In dem Moment kamen auch Max und Amara wieder zur Tür herein. In den Händen hielten sie einige längere und viele kleine Stöcke.

Peter fragte nicht, was das sollte. Das wollte er später klären. Sie hatten durch das Zusammensuchen der Sachen wertvolle Zeit verloren. Max und Amara zogen sich in Windeseile die bereitgelegten Sachen an. Zwei Minuten später sah man die vier Kinder an dem kleinen Bach entlang den Weg zum Wald laufen.

Wenige Augenblicke später verschwanden sie zwischen den Bäumen.

Als sie nach einer halben Stunde die Biegung des Baches erreichten, waren sie total aus der Puste, denn Peter trieb sie unbarmherzig an. Neben dem schnell dahinfließenden Flüsschen sahen sie schon den schwarzen Stein, der ihnen so oft als wärmender Sitz gedient hatte.

Heute hatte Peter keinen Sinn für diese Erinnerung und befahl den anderen: „Legt eure Sachen hier neben den Stein. Wir suchen hier erst mal nach den weißen Steinen. Da, wo die ‚Plugs‘ sind, kann Minchen nicht weit sein.“

Max und Amara legten ihre Rucksäcke ab. Christin ließ sich neben die Sachen fallen und stöhnte: „Peter, ich kann nicht mehr. Ich muss mich ausruhen. Und ich habe Durst.“

Christin war die jüngste von ihnen und was Peter die ganze Zeit befürchtet hatte, schien sich jetzt zu bewahrheiten. Sie war einfach zu klein für diese Art der Verfolgung. Von der Gefährlichkeit mal ganz abgesehen.

Er hatte Mitleid mit dem Mädchen. Das war selbst für ihn zu viel. Aber er wusste instinktiv, wenn er seine Schwester nicht bald fände, würde er sie nie wiedersehen.

Mitfühlend sagte er zu seiner Cousine: „Dann bleib du hier, Christin! Wir suchen die Umgebung ab. Wir gehen nicht weit weg, du kannst uns immer sehen, in Ordnung?"

Christin nickte und machte sich am Rucksack zu schaffen. Sie zog eine Flasche mit Wasser hervor und trank gierig.

Peter sah zu den anderen beiden.

„Gut, wir teilen uns auf. Max, du suchst hier in der Umgebung des Teufelssteines. Amara und ich gehen bis zum Wohnwagen und suchen dort. Wir müssen immer in Sichtkontakt bleiben. Ist das klar, Max? Du bleibst hier in der Nähe von Christin! Amara und ich gehen zur Burg."

Ebenfalls außer Atem nickte Max. Aber er war weit entfernt davon, das zuzugeben. Er nahm seiner Schwester die Flasche aus der Hand und trank ein wenig. Dann schraubte er die Kappe wieder drauf und ermahnte Christin.

„Du bleibst hier am Stein, okay? Ich suche den Bach zuerst aufwärts ab."

„Ja, ja. Ich laufe schon nicht weg."

Christin sah wieder in den Rucksack und suchte unter den Vorräten nach den Schokokeksen, die sie eingepackt hatten. Max machte sich mit einem kritischen Blick auf seine Schwester in Richtung Bach auf.

Peter und Amara waren schon ein Stück weiter und konnten bereits in einiger Entfernung den Wohnwagen sehen. Amara lief neben Peter her und versuchte, mit ihm Schritt zu halten.

„Meinst du, wir finden Minchen? Ich habe ein wenig Angst. Findest du es nicht auch unheimlich? Sonst war es hier immer hell und jetzt kommt es mir irgendwie richtig düster vor." Amara sah sich um. Sie waren fast am Wohnwagen angekommen. Er war nun völlig mit Efeu überzogen und Amara blieb abrupt stehen.

„Peter, sieh doch nur! In der letzten Zeit ist der Efeu mindestens einen Meter gewachsen. Das ist doch nicht normal." Peter hatte das natürlich auch bemerkt.

„Hier ist nichts mehr normal, Amara. Das stimmt, es ist unheimlich hier und auch dunkler als sonst. Sieh nur, der Efeu ist hoch in die Bäume geklettert und hat den ganzen Platz überwuchert. Oma wird recht haben, dass Hexen hier waren und irgendetwas mit diesem Wald gemacht haben. Es ist nicht nur dunkler, auch kälter und vor allem...", er horchte plötzlich, „... furchtbar still."

Amara war stehengeblieben und fing an zu zittern. Peter hatte recht. Es war unglaublich still. Gerade sie hatte bisher diesen Platz im Wald so gemocht, weil sie hier die verschiedensten Vogelstimmen hören konnte. Sie wusste zwar nicht, wie die meisten der Vögel hießen, aber konnte inzwischen gut die einzelnen Laute unterscheiden. Sie horchte erneut und die unglaubliche Ruhe nahm ihr den Atem.

Peter drehte sich zu ihr um und legte trotz der Stille den Finger auf den Mund. Dann ging er vorsichtig rückwärts und nahm die Hand von Amara, als er auf ihrer Höhe war. Wieder blieb er stehen und lauschte ein weiteres Mal. Plötzlich gurrte eine Waldtaube und Peters Erstarrung löste sich ein wenig. Er wollte gerade zum Sprechen ansetzen, da hörten sie den schrillen Schrei von Christin.

Peter und Amara starrten sich an. Wie auf ein geheimes Kommando drehten sie sich um und rannten zurück zum Bach.

Als sie an dem schwarzen Stein ankamen, neben dem Christin kniete, war auch Max im selben Augenblick zur Stelle. Der Schreck stand ihm ins Gesicht geschrieben.

Atemlos fragte er: „Was ist passiert?"

Er sah auf seine jüngste Schwester hinab, die neben dem Stein kniete und fürchterlich schrie. Mit der rechten Hand hielt sie sich das andere Handgelenk und starrte auf ihre Finger. Auch Amara und Peter sahen jetzt dorthin und konnten sehen, dass sich drei Fingerspitzen feuerrot verfärbten und sich vor ihren Augen zu großen Blasen entwickelten. Amara fragte erschüttert: „Was hast du gemacht, Christin?" Verstört schüttelte sie die Schwester, die daraufhin nur noch lauter weinte. „Aua, das tut so weh." Sie schluchzte laut. „Ich habe mich verbrannt. Ich wollte auf den Stein klettern, aber er ist so heiß, ich habe mich verbrannt."

Peter beugte sich zu ihr hinunter und versuchte vorsichtig, ihre Hand zu nehmen, doch Christin fing sofort wieder an zu schreien. Max war inzwischen an den Stein getreten und hielt seine Hand in einem Abstand von einigen Zentimetern über ihn.

„Er ist glühend heiß! Wie kann das denn sein?"

Peter schüttelte entkräftet den Kopf und stellte fest: „Mist, wir werden umkehren müssen, das sieht schlimm aus. Ich habe euch ja gleich gesagt, das ist nichts für euch. Und ich muss doch Minchen finden."

Peter war jetzt fast den Tränen nah. Das hier war einfach zu viel für einen Dreizehnjährigen. Amara sprang auf und versuchte, den Rucksack von Peters Rücken zu nehmen. „Was machst du denn?", fragte dieser ungeduldig und verzweifelt. Dennoch gab er ihr den Rucksack.

„Ich will was ausprobieren." „Was denn?", fragte er noch.

Er sah zu, wie Amara den Rucksack öffnete und die große Holzkiste entnahm.

Peter versuchte, sie daran zu hindern und schimpfte: „Du willst doch wohl nicht an Christin irgendwas von den Sachen ausprobieren? Bist du verrückt? Wir wissen überhaupt nicht, welche Wirkung die haben."

Amara ließ sich nicht beirren. Sie schien zu wissen, was sie tat, denn sie öffnete, ohne zu zögern, den Deckel und entnahm den kleinen Tiegel.

Beruhigend meinte sie. „Keine Angst, ich weiß natürlich nicht, ob ich helfen kann, aber ich habe die Rollen von Oma gelesen und auch die Erläuterungen zu den Pflanzenrezepturen. Den Tee haben wir schon getrunken. Jetzt will ich die Salbe ausprobieren, weil sie auch keine giftigen Pflanzen enthält. Es kann also nichts passieren."

Peter staunte. Trotzdem wollte er Gewissheit und fragte: „Woher willst du das so genau wissen? Oma hat Jahre gebraucht, um diese Rezepte zu studieren oder die Pflanzen kennenzulernen?" Amara zuckte mit den Schultern.

„Ehrlich gesagt, ist es mir auch ein Rätsel, aber diese ganzen Schriften über Pflanzen kamen mir bekannt vor. Ich kann dir die Seiten fast auswendig aufsagen. Ich brauchte sie nur einmal zu lesen. Lass mich einfach machen! Ich will Christin schließlich nur helfen."

Sie schien Peter noch nicht restlos überzeugt zu haben, aber auf dem Gesicht von Max erschien der alte Forschergeist. Er war da viel risikofreudiger. Währenddessen schluchzte Christin weiter vor sich hin.

Die Tränen liefen ihr über das Gesicht und sie schaute ängstlich auf die anderen. Sie war keinesfalls davon überzeugt, dass hier Hilfe kam.

Amara hatte inzwischen den Tiegel geöffnet und schaute von einem zum anderen, bevor sie tief Luft holte und ihren Zeigefinger in die Salbe steckte. Sofort spürte sie eine Eiseskälte ihren Finger hochziehen und fühlte, wie er förmlich ertaubte. Sie wollte ihn schon vor Schreck wieder herausnehmen. Die anderen hielten den Atem an und sahen auf das Mädchen. Als diese ihnen zulächelte, stießen sie erleichtert den Atem aus. Es schien nichts Schlimmes zu passieren. Amara zog den Finger aus dem Topf und nahm mit der anderen Hand das Handgelenk von Christin. Diese zögerte und wollte die Hand zurückziehen, doch Amara hielt sie fest.

Mit ruhiger Stimme erklärte sie: „Keine Angst, Christin, es ist nur kalt."

Vorsichtig strich sie die Salbe auf die feuerroten Fingerspitzen und sah ihre Schwester dann an.

„Und, was sagst du?"

Christin schniefte und wischte sich die Tränen aus dem Gesicht. „Es ist kalt und tut gut." An den Fingerspitzen ging sofort die Schwellung zurück. Die Haut wurde blasser und die Blasen lösten sich regelrecht vor den Augen der erstaunten Kinder auf. Verblüfft sah Peter zu Amara.

„Das ist ja Zauberei! Das gibt es doch nicht!"

Amara grinste stolz. „Genau, das ist Zauberei. Oma hat da was richtig Tolles zusammengebraut. Aus den Zutaten konnte ich entnehmen, dass sie fast nur Pflanzen verwendet hat, die mit Heilung und Schmerzlinderung zu tun haben. Aber normalerweise dauert es Tage, bis eine Wirkung eintritt. Sie muss noch irgendetwas hinzugesetzt haben, wodurch sich der Heilungsprozess beschleunigt." Auch Max war restlos begeistert und klatschte in die Hände.

„Ist das toll! Lasst uns die anderen Sachen auch gleich ausprobieren!" Schon machte er sich an der Kiste zu schaffen. Amara konnte ihn gerade noch zurückhalten und ermahnte Max: „Lass das lieber! Es ist gut, wenn Peter den Sack trägt. Bei den Räucherstäben weiß ich es nicht genau, aber die rote Flüssigkeit ist garantiert gefährlich. In ihr hat Oma ein paar giftige Pflanzen verarbeitet."

Peter sah fast ehrfürchtig auf seine Cousine. *,Woher hatte sie nur dieses Wissen? Konnte sie das wirklich von einem einmaligen Lesen einer alten Rezeptanweisung gelernt haben?'*

Max war da bedeutend weniger beeindruckt. Er wollte lieber gleich alles testen. Flink schnappte er sich die eingewickelte Flasche mit der grünen Flüssigkeit. Amara sah ihn mit schreckgeweiteten Augen an und zischte: „Max, lass das!"

Sie streckte die Hand aus und verlangte die Flasche zurück. „Warum? Das möchte ich ausprobieren." Seine Schwester schaute ihm todernst ins Gesicht und sagte ganz trocken: „Wenn du tot umfallen willst!"

Das zeigte Wirkung und Max erschrak zutiefst. Dennoch dachte er bei sich: *,Will Amara mich wieder mal mit einer List dazu bewegen, das zu tun, was sie will?'*

Amara jedoch verzog keine Miene, sondern sagte kurz und knapp: „In dieser Flasche sind die giftigsten Pflanzen verarbeitet, die die Menschheit kennt. Wenn du sie fallen lässt, sind wir alle tot."

Sie verstummte und sah ihn reglos an. Max wollte einen Witz machen, doch er blieb ihm im Hals stecken. Er legte die eingepackte Flasche wie ein rohes Ei in die Kiste zurück.

„Und das soll ich dir glauben?", murmelte er leise. So ganz wollte er noch nicht klein beigeben, aber Amara sagte ruhig: „Es ist besser, du tust es."

Sie drehte sich zu Peter um.

„Wir sollten hier ein wenig rasten, bevor wir weitergehen. Christin braucht ein paar Minuten Ruhe. Du solltest auch was essen und Max könnte uns die Stöcke auf die richtige Länge schneiden."

Max vergaß augenblicklich seinen Frust über die altkluge Amara und suchte in seiner Jeanshose nach dem Taschenmesser.

„Ach ja, das hätte ich ja fast vergessen. Wofür brauchen wir eigentlich die Stöcke?"

Peter erinnerte sich in diesem Moment ebenso daran, dass Amara darauf bestanden hatte, Stöcke aus dem Garten mitzunehmen.

„Ja genau, wofür brauchen wir die denn?"

Amara seufzte: „Ich weiß es leider nicht genau, aber es sind Haselnussruten und in den Aufzeichnungen stand, dass sie unter anderem vor Hexen schützen sollen. Deshalb dachte ich, wir machen uns einen Wanderstab daraus und aus den kleineren könnte uns Max so etwas wie Traumfänger basteln. Du weißt schon, so wie die, die es manchmal an einzelnen Ständen auf dem Weihnachtsmarkt gibt. Mit weißen Federn geschmückt werden sie in Räume gehängt, um sich vor bösen Geistern und Dämonen zu schützen. Und ich dachte, dass es nicht schaden kann, einige anzufertigen."

Während der Erklärung hatte sie die Salbe wieder in die Kiste getan und auch alle anderen Dinge darin verstaut. Sie verschloss den Deckel und legte die Kiste vorsichtig in den Rucksack.

„Soll ich das Zeug, das da drin ist, ausschütten?" Peter wollte ihr schon den Beutel abnehmen.

Amara schüttelte den Kopf. „Nein, lass das lieber drin. Ich glaube, das polstert das alles ganz gut ab." Sie fasste in den Sack und holte etwas von der Spreu heraus. „Was ist das eigentlich?" Sie sah sich die gelblichen Körner an.

„Sieht aus wie..., das ist keine Spreu, das sind irgendwelche Samen. Aber ich weiß nicht, zu welcher Pflanze sie gehören."

Sie ließ die kleinen, federleichten Samen durch die Hand rieseln. In einer fast durchsichtigen Hülle sah man das eingeschlossene dunklere Korn. Peter sah, wie verzückt seine Cousine auf ihre Hand starrte. Sie war regelrecht von dem Anblick gefangen. Doch Max holte sie aus der Verzauberung.

„Guckt mal, reicht das?" Er hielt ihnen einen recht großen Stock hin, den er von den Seitenzweigen befreit hatte. Oben war eine Gabelung, die als Handgriff zu verwenden war.

„Ja, klasse", sagte Peter und nahm den Stock gleich in die Hand, stand auf und testete die Höhe. Plötzlich meldete sich Christin zu Wort.

„So einen möchte ich auch." Die drei sahen zu ihr herab. Sie machte einen guten Eindruck. Die Tränen waren versiegt.

„Was macht deine Hand?", fragte Peter fürsorglich.

Christin streckte ihm die Hand entgegen.

„Es geht schon wieder. Sie ist immer noch ganz kalt, aber tut nicht mehr weh." An den Fingerspitzen sah man nur noch eine leichte Rötung. Erleichtert atmete Peter auf. Dann konnten sie wohl weiter. „Wir sollten aufbrechen. Packt die Sachen zusammen!" Er sah sich um und begann, die Decken und Essensreste in den Beuteln zu verstauen. Ein Ausruf von Max ließ ihn erneut erstarren.

„Kommt mal schnell!"

Keiner hatte gemerkt, dass Max verschwunden war. Er musste um den Teufelsstein herumgegangen sein. Peter und Amara folgten ihm auf die andere Seite des Steines. Die Seite, die dem Wasser zugeneigt war. Dort stand Max und sah ihnen entgegen. In seiner Hand hielt er einen Gegenstand. Als sie näher kamen, erkannten sie auch, was es war. Es waren drei weiße Steine, die im untergehenden Licht der Sonne grünlich glänzten. Peter machte einen Satz auf ihn zu.

„Die ‚Plugs'! Woher hast du die?"

Er schaute auf Max, der den Finger hob und auf den schwarzen, glühend heißen Stein zeigte. Auf die Seite mit der erhöhten Lehne. Der Stein hatte sich verschoben, denn auf dieser Seite wuchs kein Gras und ließ nun eine kleine Treppe sehen, die ins Innere der Erde führte.

Amara sah Peter fragend an: „Was ist das? Hat sich der Stein bewegt? Was ist das für ein Eingang?" Sie war skeptisch näher gekommen.

Peter untersuchte die Treppe. Sie war nur schmal und aus dem Höhleneingang roch es nach feuchter Erde.

„Ich weiß es nicht, aber ich kann mir denken, dass Minchen da runtergegangen ist, wenn sie hier die Steine gefunden hat." „Sie ist nie und nimmer diese Treppe ins Dunkle gegangen." Amara wollte nicht glauben, dass ihre kleine Cousine sich das getraut hat. Peter war anderer Meinung. „Du hast sie die letzten Tage nicht erlebt. Sie hat sich sehr verändert. Irgendetwas haben diese Steine mit ihr gemacht." Plötzlich fühlte er einen Windhauch im Nacken. Er bekam eine Gänsehaut. Das kannte er bereits aus den letzten Tagen. Er streckte sich etwas und lauschte. „Kannst du dich erinnern, wie still es vorhin hier war?"

Er hörte weiter auf die Geräusche des Waldes. Amara tat es ihm nach. Sie hörte jetzt wieder viele Vogelstimmen, das Gefühl der Bedrohung war verschwunden.

Amara bejahte die Frage: „Ja, da war etwas, aber was es auch war, es scheint jetzt weg zu sein."

„Genau, ich glaube, vorhin, als wir ankamen, war hier kurz vorher eine Hexe. Deshalb war es so still und deshalb hat Max uns auch nicht gewarnt. Es war schon still, als wir ankamen und er merkt nur, wenn es anfängt, still zu werden. Sie war hier und ich glaube, sie hat Minchen mit den Steinen hierhergelockt und ich glaube, sie ist in dieser Höhle verschwunden." „Aber wie kommst du darauf?"

Peter sah Amara ernst an. *'Sollte er es ihr sagen?'* Er zögerte die Antwort hinaus und dachte. *'Wenn ihn jemand verstand, dann war das seine Cousine. Sie, die selbst diese seltsamen Veränderungen an sich wahrnahm.'*

„Amara, ich habe bis jetzt nichts gesagt, aber seit wir diesen Tee getrunken haben, habe ich jede Nacht den gleichen Traum. Ich träume von einer Frau. Sie spricht mit mir. Zuerst war es nur ein Flüstern, aber inzwischen verstehe ich sie ganz gut." Er machte eine kleine Pause und senkte die Stimme. Er wollte nicht, dass Max oder Christin etwas davon mitbekamen. Aber Max war mit dem Untersuchen des Eingangs abgelenkt und Christin betrachtete immer noch ihre Finger und schien sich nichts weiter dabei zu denken, dass der schwarze Stein plötzlich diesen Eingang freigegeben hatte. Peter zog Amara etwas zur Seite.

„Seit ein paar Tagen kann ich sie manchmal auch am Tag sehen. Wie einen Geist. Am Anfang macht sie sich durch einen Windhauch bemerkbar und dann habe ich das Gefühl, dass sie direkt neben mir steht." Er machte eine Bewegung mit dem Kopf und deutete auf seine Rückseite.

Amara hielt den Atem an.

„Du meinst, sie ist hier, in diesem Augenblick?" Sie sprach plötzlich ebenfalls ganz leise und sah Peter über die Schulter. Da war nichts! Ihre Geschwister schienen nach wie vor nichts von ihrem Gespräch mitzukriegen.

Peter nickte andeutungsweise.

„Meinst du, dass sie böse ist?" Amara bekam jetzt doch etwas Angst. Sie glaubte Peter aufs Wort, auch wenn sie und ihre Geschwister offenbar nichts von der Anwesenheit einer Person feststellen konnten. Sie kannte ihn lange genug, um zu wissen, dass er nie log und in diesem Moment keine Scherze auf ihre Kosten machen würde. Erst recht nicht, da es hier um Minchen ging.

Peter versicherte: „Nein, sie ist nicht böse, im Gegenteil. Sie hat mir zu verstehen gegeben, dass ich Minchen beschützen soll. Irgendetwas haben diese Kreaturen mit ihr vor, das habe ich deutlich im Gefühl. Wir müssen sie finden, sonst ist sie verloren." Er sah Amara ängstlich an und sie sah, dass Tränen in seinen Augen glänzten.

„Was sollen wir tun?" Amara war wirklich ratlos. Sie sah Peter wieder über die Schulter und versuchte, sich eine Art Geist dort vorzustellen.

„Sagt sie denn irgendwas?", wollte Amara wissen. Peter schüttelte den Kopf.

„Nein, aber ich ahne, was sie sagen will. Wir sollen diese Treppe hinuntergehen. Ich glaube, dass Minchen hineingegangen ist und sie wurde verfolgt. Es waren diese Hexen. Das weiß ich genau. Das erste Mal habe ich die Erscheinung an dem Tage gesehen, als Max uns hier weghaben wollte. Erinnerst du dich? Auch mir kam das damals seltsam vor, aber ich wollte nicht an übernatürliche Dinge glauben und habe es ignoriert. Das wird mir nicht wieder passieren. Ich werde da runtergehen, Amara."

Er sah sie eindringlich an und forderte: „Aber ihr solltet umkehren. Du hast ja gemerkt, wie schnell etwas passieren kann." Er sah zu Christin hinüber.

Amara schüttelte den Kopf.

„Und du hast gesehen, wie sehr du uns brauchst. Ich bin mir ganz sicher, dass Max als erster merken würde, wenn sich eine Hexe nähert. Er spürt sie einfach. Das erste Geräusch, das verschwindet, warnt ihn. Und ich kriege vielleicht noch raus, wofür die anderen Gegenstände sind. Wahrscheinlich ist Christin eher eine Last, aber wir können sie nicht hierlassen, Peter. Wir müssen also alle mit. Hast du die Taschenlampe eingesteckt?"

Peter kramte in seinem Beutel, in den er die Wasserflasche und ein paar Wäschestücke eingepackt hatte. Diesen trug er zusätzlich zu dem Rucksack mit der Kiste. Er holte eine große Stabtaschenlampe hervor.

„Natürlich, gut, dass du daran gedacht hast. Neue Batterien sind auch drin." Ein scharrendes Geräusch ließ sie aufhorchen. Sie schauten in die Richtung des Geräusches und sahen entsetzt, dass sich der schwarze Stein bewegte und sich langsam in seine alte Position zurückschob. Peter griff Amaras Arm.

„Was ist das? Der Stein bewegt sich!"

Mäxchen war erstaunt vom Eingang zurückgesprungen. Auch Christin war plötzlich von dem Betrachten ihrer Finger abgelenkt. Peter schrie die anderen an: „Schnell, wir müssen da rein." Max und Christin sahen ihn entgeistert an.

„Das meinst du nicht ernst, oder?", fragten beide wie aus einem Mund.

Doch Peter ließ keinen Zweifel an seinem Entschluss und lief die ersten Stufen in die Höhle hinein.

Er drehte sich um und rief: „Entweder ihr kommt jetzt mit oder ihr geht nach Hause." Auf Peters Kopf fiel ein Schatten. Der Stein hatte sich bereits schon fast über Peter geschoben. In wenigen Sekunden würde er nicht mehr erreichbar sein. Amara lief ihm nach und rief den anderen zu: „Kommt mit! Schnell! Das ist in Ordnung. Ihr braucht keine Angst zu haben."

Irgendwie schaffte sie es, glaubwürdig zu klingen, denn Max griff die Hand seiner Schwester Christin, zerrte sie zum Eingang der Höhle und stürzte ein paar Stufen hinunter. Beinahe hätte er dabei Peter über den Haufen gerannt, doch dieser fing ihn rechtzeitig auf. Keine Sekunde zu früh, denn der Stein schob sich in diesem Moment über den letzten schmalen Spalt. Von einem Augenblick zum anderen standen die vier Kinder schwer atmend in absoluter Dunkelheit. Ein kurzes Flimmern und die Taschenlampe von Peter warf einen hellen Lichtkegel an die Decke der Höhle.

„Ich hab Angst!", ließ sich die Stimme von Christin vernehmen. Max drückte sie an sich.

„Ist nicht schlimm, Christin. Alles ist gut." Max sah Peter hilfesuchend an.

Der versuchte, sicher zu wirken und sagte mit fester Stimme: „Irgendwohin muss dieser Gang ja führen. Kommt, lasst uns gehen!"

Er wandte sich um und begann, zügig die Stufen hinabzusteigen. Das Licht der Taschenlampe erhellte den Gang nur spärlich, aber ausreichend, um die nächsten Meter ins Dunkle zu erleuchten. Amara folgte ihrem Cousin, und auch Max setzte sich in Bewegung. An der Hand seine Schwester Christin.

Sie gingen lange, so lange, bis Christin zunehmend quengelte, sie sei müde. Inzwischen mussten sie fast zwei Stunden unterwegs sein. Peter bemühte sich tapfer, alle aufzumuntern und sie zur Eile zu treiben. Amara erwies sich dabei immer mehr als Stütze, denn sie beschwerte sich nicht ein einziges Mal, sondern machte auch ihrer kleinen Schwester Christin beharrlich Mut. Als Max und Christin ihnen einmal vorangingen, flüsterte sie Peter ihre Bedenken zu: „Die beiden sind sehr müde. Max will es ja nicht zugeben, aber ich weiß, dass er sich kaum noch aufrechthalten kann. Wenn wir nicht gleich hier raus sind, müssen sie hier etwas schlafen."

„Ich möchte lieber nicht hierbleiben", erwiderte Peter. Er wies mit der Lampe auf den Weg. „Sieh mal, wir sind nach den Stufen eine ganze Weile waagerecht gegangen und jetzt gehen wir schon seit einer gefühlten halben Stunde bergauf. Ich vermute, wir sind gleich draußen." Er nickte Amara aufmunternd zu, denn er ahnte, dass auch sie völlig erschöpft war, was diese jedoch nie zugeben würde.

Peter behielt recht.

Kurze Zeit später spürten sie einen frischen Windhauch und wenige Minuten später traten sie in die Nacht hinaus, die sich inzwischen wie dunkelblauer Taft über den Wald gelegt hatte, in dem sie nun standen.

Peter atmete hörbar auf. Er sah zu Amara.

„Siehst du! Habe ich es nicht gesagt? Es wird am besten sein, wir bleiben hier. Im Dunkeln würden wir uns nur verlaufen."

Er kramte in seiner Tasche und holte zwei Decken hervor.

Der Höhleneingang, aus dem sie gekommen waren, war von Moosflechten überzogen, die diesen fast völlig verbargen. Peter rupfte Moos ab und stopfte es unter die Decke. Max und Christin legten sich sofort hin und er deckte sie mit der zweiten Decke zu. Die beiden schliefen fast augenblicklich ein. Peter setzte sich mit Amara neben sie auf den Boden.

Unsicher und zugleich traurig fragte Amara: „Was meinst du? Ob sie uns schon suchen?"

„Bestimmt suchen sie uns, aber ob sie uns hier finden?" Amara schüttelte den Kopf und schaute zu Peter auf.

„Du hast keine Ahnung, wo wir sind, oder?" Peter schüttelte den Kopf.

„Nein, ich habe keine Ahnung und ich weiß auch nicht, ob ich es morgen früh weiß, wenn es hell wird."

Er nahm die letzte Decke aus Amaras Rucksack und breitete sie aus. „Aber jetzt lass uns versuchen zu schlafen. Wir müssen uns die Decke teilen. Ich denke, dass wir hier im Eingang der Höhle trocken bleiben, auch wenn es regnen sollte." Er winkte seine Cousine zu sich. Sie schlüpfte zu ihm unter die Decke und kuschelte sich dicht an ihn.

„Meinst du, wir sind hier sicher? Oder werden uns diese Hexen finden?"

Amara machte die absolute Dunkelheit doch mehr Angst, als sie zugeben mochte.

„Ich glaube nicht, dass sie uns schon entdeckt haben. Und hör mal! Der Zaunkönig singt hier, so spät im Jahr."

Jetzt nahm auch sie die Geräusche des nächtlichen Waldes wahr. Sie fühlte sich zunehmend beruhigt und schließlich fielen ihr die Augen zu. Wenige Minuten nach ihr schlief auch Peter erschöpft ein.

## XXII.
### Arbocusta

*‚Wie war sie nur hierhergekommen?'* Sabine Bellmann tastete sich durch die Dunkelheit und stolperte wohl zum zwanzigsten Mal über eine Wurzel, die sie in dieser unheimlichen Finsternis einfach nicht sehen konnte. Sie ahnte, dass das keine natürliche Dunkelheit war. Und vielleicht war es gerade die, die sie ihre Sinne schärfen und mit einer kaum gekannten Vorsicht weitergehen ließ.

*‚Eigentlich konnte sie noch nicht so weit vom Waldrand entfernt sein, oder doch?'*

Sie hatte die Orientierung verloren. Es kam ihr vor, als hätte sie erst vor wenigen Minuten den Wald betreten, aber in Wirklichkeit war es Stunden her, seit sie, alle guten Vorsätze vergessend, mitten in ihr Verderben gelaufen war.

Schnell war ihr klargeworden, dass dies ein Fehler war. Jedoch niemand, der diesen gellenden Schrei, den Schrei ihrer neuen Kollegin Anita gehört hätte, konnte anders handeln. Sabine ahnte, was dieser Hilferuf bedeuten musste. Anita war diesen Monstern begegnet, und ihr Schrei hatte wie ein Schrei des Todes geklungen. So sehr sie sich auch bemühte, sie hatte weder Anita noch die anderen der Gruppe bis jetzt finden können. Die unnatürliche Dunkelheit war mit den Augen nicht zu durchdringen. Sie konnte immer nur wenige Meter sehen, und in diesem Waldstück war mittlerweile kein Laut mehr zu vernehmen.

Die zunehmende Stille hatte sie nervös gemacht. Als nach und nach die Vogelstimmen erstarben, hörte auch sie auf zu rufen. Es dauerte nicht lange, bis sie begriff, dass sie nicht hier war, um ihrer neuen Freundin zu helfen, sondern um ihr eigenes Leben zu retten. Wahrscheinlich wäre sie sowieso zu spät gekommen, denn als sie vorgestern aus dem Wagen gestiegen war, um die umgeknickten Bäume zu begutachten, hatte sie genau dasselbe unheimliche Gefühl gehabt wie in diesem Moment. Der Hauch des Todes war ihr schon an jenem Nachmittag über den Nacken gestrichen, das wusste sie jetzt mit seltsamer Gewissheit.

Sie hatte Joachim Breitner gern das Versprechen gegeben, diesen Wald nicht zu betreten. Doch nun irrte sie schon seit Stunden durch die

Gegend. Der Regen hatte aufgehört, aber die beginnende Nacht hatte die Schwärze des Gewitters nur abgelöst. Und zu ihrer aufkommenden Unruhe und der Gewissheit, sich verirrt zu haben, kam nun auch noch das Gefühl, von einer unsichtbaren Gefahr verfolgt zu werden.

Vor ein paar Minuten hatte es angefangen.

Diese langsam einsetzende Stille war so unheimlich, dass die Angst wie eine Spinne ihren Nacken hochkroch. Sie konnte die Gefahr spüren und suchte mit zunehmender Panik nach einer Möglichkeit, sich zu verstecken. Diese Dunkelheit schien nicht sie zu schützen, sondern nur die anderen, ihre Verfolger. Leider gab es nur hohe Bäume, dichtes Unterholz und riesige Findlinge, die ihr aber keinen wirklichen Schutz bieten konnten. Sie brauchte letztendlich einen Unterschlupf. Etwas, wo sie von allen Seiten geschützt war. Immer wieder suchte sie vergeblich einen hohlen Baumstamm oder eine Erdhöhle.

Sie drückte sich, kaum atmend, rücklings an einen mannshohen Strauch und fühlte mit den Händen, dass er voller langer Dornen war. Da würde sie sich nicht verstecken können. Langsam tastete sie sich an der Hecke weiter. Sie versuchte immer noch, sich an die Dunkelheit zu gewöhnen, doch ihre Augen konnten nur wenige Umrisse ausmachen. Die Geräusche des Waldes waren indes beinahe gänzlich verstummt und sie fühlte, wie sich völlige Lautlosigkeit von allen Seiten näherte. *,Sie brauchte ein Versteck, und zwar schnell.'* Sabine machte einen Schritt zur Seite und spürte mit einem Mal keinen Widerstand mehr an ihren Waden. Sie sah nach unten und konnte gerade noch so in der zunehmenden Dunkelheit kurz über dem Boden ein schwarzes Loch in der Hecke erkennen.

*,Ist das eine Höhle? Hier in der Hecke? Vielleicht hatte sich dort ein Tier verkrochen?'*

Die Senke sah aus wie ein natürlicher Unterschlupf, der durch die überhängenden Zweige entstanden war. Sie tastete mit dem Fuß danach und fand ihre Vermutung bestätigt. Kurz lauschte sie und stellte fest, dass es nun vollends still geworden war. Nur ein sanfter Nachtwind strich ihr noch übers Gesicht.

Sie versuchte, sich hinzuknien. Die Öffnung im Dornengestrüpp war keinen halben Meter hoch. Sie konnte unmöglich vorwärts dort hineinkriechen und so ging sie, so leise wie möglich, auf die Knie und schob sich mit den Füßen voran langsam rückwärts in die stachelige Höhle. Sie hatte zwar eine Lederjacke an, von der sie aber wusste, dass die sie nur bedingt vor den großen Dornen schützen würde. Trotzdem schob sie sich Millimeter für Millimeter, immer wieder an den Dornen hängen bleibend, nach hinten. Als nur noch ihr Kopf und die Schultern aus dem Versteck heraussahen, erstarb auch der Wind.

Einen Augenblick später war ihr Kopf unter dem Strauch verschwunden. Sie hielt den Atem an und versuchte, sich zu beruhigen. Ihr Herz schlug bis zum Hals und sie meinte, das Pochen müsse noch in zehn Metern Entfernung zu hören sein. Die plötzliche Kälte, die durch den schmalen Eingang in die Höhle drang, ließ ihr das Blut gefrieren. *‚Sie waren hier!‘*

Schon hörte sie einen Flügelschlag wie von riesigen Schwingen und fühlte, dass sich etwas auf der Hecke niederließ und mit seinem Gewicht die ohnehin schon niedrige Höhlendecke um einige Zentimeter herabsenkte. Langsam durchbohrten die Dornen ihre Jacke. Sie versuchte, sich reflexartig flacher an die Erde zu drücken, um den Stacheln zu entgehen. Sie lag auf den Knien und den angewinkelten Armen und die Angst schnürte ihr die Kehle zu. Sie wollte sich ausstrecken, um flacher am Boden zu liegen, doch ihr Versteck ließ das nicht zu. Sie spürte die Spitzen, die sich Millimeter für Millimeter unaufhörlich durch die Jacke drückten und sie konnte sie bereits auf der Haut spüren.

Ihr kamen plötzlich die Bilder einer mittelalterlichen Folterkammer in den Sinn, die sie einmal in einer Burg besichtigt hatte. Dort war etwas ausgestellt worden, eine Vorrichtung. Sie erinnerte sich an den Namen: eine *‚Eiserne Jungfrau‘*. Dabei handelte es sich um einen Sarkophag, der mit eisernen Stiften versehen war, die den Verurteilten langsam durchbohrten und unter unsäglichen Qualen verbluten ließen. Unwillkürlich sah sie dieses Bild vor sich und urplötzlich verharrte sie atemlos in ihrer ohnehin schon gehockten Haltung.

Die Stacheln des Strauches verursachten inzwischen einen immer stärker werdenden Schmerz, doch sie ahnte, dass nur ein Laut von ihr, eine Bewegung, ihr Tod wäre. Ebenso wenig konnte sie dieses Gefängnis verlassen, denn die Lautlosigkeit dort draußen war tödlicher als die langsam eindringenden Dornen. Das wusste sie mit seltsamer Gewissheit. Sie erwartete regelrecht, dass in jedem Moment etwas durch den niedrigen Eingang dringen und sie an den Haaren, die ihr lang ins Gesicht fielen, herauszerren würde, um ihrer Qual ein Ende zu bereiten. Oder, um sich noch mehr an ihren Schmerzen zu ergötzen.

Dergleichen geschah jedoch nicht. Sie verbiss die Schmerzen und fühlte eine warme Flüssigkeit an ihren Rippen. Die Dornen hatten ihr die Haut auf dem Rücken aufgerissen und das Blut floss ihr feucht an den Seiten hinunter.

In dieser Situation tat Sabine etwas, was sie schon seit ihrer Kindheit nicht mehr getan hatte. Sie faltete die Hände und legte verzweifelt ihren Kopf darauf. Tränen des Schmerzes und der Hilflosigkeit rannen ihr über die Finger und sie betete das halb vergessene Vaterunser. Sie wollte sich unter allen Umständen ablenken, denn sie konnte sich immer weniger beherrschen und ahnte, dass sie in wenigen Minuten zu schreien beginnen würde, wenn die Qual nicht gleich ein Ende nahm.

Aber das Wunder geschah. Mit einem gewaltigen Rauschen erhob sich das gewaltige Wesen von dem Strauch und augenblicklich ließ der Schmerz auf ihrem Rücken nach. Sie bemühte sich, das Schluchzen der Erleichterung zu unterdrücken und lauschte in die Nacht. Ein hohes Zirpen, der langgezogene Ruf einer Eule und das danach einsetzende leise Rauschen der Bäume kündigten die Rückkehr zur Normalität an.

Nach einigen mit Lauschen verbrachten Minuten schob sich Sabine äußerst vorsichtig aus ihrem niedrigen Versteck, das ihr fast zum Verhängnis geworden wäre. Sie versuchte sich so nach vorn zu schieben, dass die Dornen nicht ihren Rücken berührten, denn dieser brannte jetzt unsäglich.

Sie blieb mit den Haaren in den Zweigen hängen, als sie sich vorsichtig nach beiden Seiten umsah. Sie zerrte an den Zweigen und riss sich ein Büschel Haare aus. Doch diesen Schmerz nahm sie kaum wahr. Sie wollte sich nur endlich aus diesem tödlichen Gefängnis befreien. Nach schier endlosen Minuten blieb sie, erschöpft und stoßweise atmend, in der kühlen Nachtluft liegen.

~~~~~~~~~

Der Baum streckte seine Zweige und wuchs förmlich ein ganzes Stück in die tiefblaue Nacht. Seine Blattränder glänzten mehr als in den ganzen Jahrhunderten davor und tauchten den runden Platz in ein geheimnisvolles Licht. Der alte Baum sah nun den kommenden Ereignissen mit freudiger Erwartung entgegen. Gestern hatte er der Geburt seines jüngsten Kindes zugesehen. Der Pilz war größer als die anderen und er stand genau vor der Felswand. Wenn er durch den Schirm aus Baumwipfel sehen könnte, würde er bemerken, dass er genau unter dem Nordstern geboren worden war.

Die Pilze bildeten nun einen vollkommenen Kreis. Der Baum wartete mit seinen Kindern stumm auf das Erscheinen seiner Herrinnen und senkte die Blätter etwas herab, denn er fühlte bereits, wie sich ihm die dunklen Schatten von allen Seiten näherten.

Und dann sah er sie. Sie krochen wie schwarze Laken die Felswände herunter oder schoben sich über die Felskante vor ihm, weil sie aus den unteren Tiefen des Waldes kamen. Wie flüssiges schwarzes Quecksilber zog sich jede zu einem bestimmten Pilz hin und hüllte ihn fast liebevoll ein, bis alle tiefschwarz erschienen. Auf zehn dieser Plätze lag nun ein dunkler Schein. Nur zwei der Pilze waren noch als solche zu erkennen.

Der Baum lauschte, denn jetzt vernahm er ein fernes Rauschen, das schnell zu einem wahren Donnergrollen anschwoll. Durch die Wipfel der Fichten über ihm brach ein riesiges, geflügeltes Wesen, das vor der Felswand und seinem jüngsten Kind, dem größten Pilz, zur Landung ansetzte. In den Klauen hielt es ein Bündel gepackt, das es noch im Flug und laut mit den Schwingen schlagend ihm direkt vor die Füße warf. Das Bündel rollte auf ihn zu und blieb reglos zwischen seinen Wurzeln liegen.

Das geflügelte Wesen landete fast lautlos vor dem großen Pilz und stand dort, übergroß, die schwarzen Flügel weit ausgebreitet, wie ein Engel des Todes.

Es gab keinen Zweifel, die dunkle Herrin Salamanca war wieder in diese Welt getreten. Sie hielt die Flügel schlagend ausgebreitet. Unvermittelt klappte sie diese zusammen. Dadurch schien ihr ganzer Körper zu schrumpfen. Das eulenartige Gesicht mit dem Schnabel verzog sich zu einer dämonischen Fratze und in wenigen Sekunden war die Gestalt nur noch halb so groß und sah mit katzenhaften, bösen Augen auf ihre

Schwestern. Die dunklen Schatten auf den Pilzen erhoben sich und wuchsen ebenfalls zu fast menschenähnlichen Figuren heran. Sie ähnelten sich jetzt stark und ließen sich nach ihrer Verwandlung auf den Pilzen wie auf einem Thron nieder.

Es war so still, dass kein menschliches Ohr ein Geräusch wahrgenommen hätte. Nur der Baum hörte die umherschwirrenden Gedanken der Wesen unter ihm. Die zuletzt Angekommene sah sich um und ihr alles durchbohrender Blick blieb auf dem einen, noch unbesetzten Platz hängen.

„Wo ist Arbocusta?", vernahm der Baum eine krächzende, unheilvolle Stimme. Weder eine Antwort noch eine Reaktion erfolgte seitens der Angesprochenen. Stattdessen sah man plötzlich Risse in der Erde vor dem unbesetzten Pilz und vor den Augen aller drang aus den Ritzen ein Keimblatt, das sich rasend schnell zu einem Heister und dann zu einem kurzen gedrungenen Stamm entwickelte. Der Stamm bekam Äste, die zu Armen wurden, einen Kopf, dessen Gesicht, von Borke überzogen, wie eine einzige Wunde wirkte und unter Brauen, wie kleine Äste, starrten zwei schwarze Löcher auf die anderen.

„Ich bin hier!" Die Stimme klang so abgrundtief böse, dass selbst der Baum den Atem anhielt. Er kannte sie schon so lange. Oft hatte sie ihn besucht und ihm von den alten Tagen aus längst vergangener Zeit berichtet. So manchen Abend hatten sie gemeinsam von einer großen Zukunft geträumt. In all der Zeit hatte er sie aber noch nie so erbost erlebt. Und er ahnte nun, warum sie so gefürchtet war.

„Wo warst du?", grollte Salamanca.

„In den Wäldern, wo sonst? Dort oben wimmelt es von Menschen. Sie sind uns nahegekommen, zu nahe."

„Sie sind dumm! Sie können uns nichts anhaben."

Unwillig erwiderte Arbocusta: „Sie waren schlau genug, uns hier zu vermuten. Wir wissen nicht, ob sie uns nicht doch noch entdecken werden. Die neue Welt hat Dinge erfunden, von denen ihr keine Ahnung habt. Dinge, die uns früher wie Zauberei erschienen wären."

„Das alte Wissen ist verloren. Niemand hält uns mehr auf!".

„Da wäre ich nicht so sicher."

„Wie meinst du das?", zischte die Stimme böse.

„Sie haben gestern vier Trupps in den Wald geschickt. Zwei davon sind spurlos verschwunden."

„Du meinst, sie hatten Hilfe von unseren alten Widersachern?" „Genau. Ich konnte sie nie finden. Nicht in all den Jahren. Ich glaube, es gibt sie noch. Die Zeiten der Inquisition haben nicht nur Gutes für uns gebracht. Sie haben sie fast ausgerottet, aber nicht vernichtet. Sie hatten viel Zeit, um zu lernen, wie man sich versteckt."

„Aber sie sind nicht stark genug, uns aufzuhalten. Und ich habe die Alruna." Ein dünner Finger zeigte auf das Bündel an den Wurzeln des Baumes.

Arbocusta sah auf das leblose Wesen und flüsterte heiser: „Ja, das hast du. Aber sie kann uns auch gefährlich werden. Sie stammt aus einem jahrtausendealten Geschlecht. Ihre Fähigkeiten sind groß." „Sie ist ein Kind! Jünger als die letzte und ohne Ausbildung. Sie kann uns also nicht gefährlich werden. Wir konnten nicht wissen, dass die Vorgängerin so viel altes Wissen besaß. Aber du hast recht. Wir müssen vorsichtig sein. Ich glaube, der Bruder und die anderen drei sind mir gefolgt. Bevor wir den Rubin beschwören, müssen wir sie aufhalten. Fünf Kinder aus der gleichen alten Blutlinie sind auch ohne Unterrichtung gefährlich."

Arbocusta sah auf einige ihrer Schwestern.

„Caligara, Venefizia! Ihr werdet zusammen mit Ignepedia die vier aufspüren und vernichten. Ich muss mich noch um etwas anderes kümmern." Das Borkengesicht Arbocustas verzog sich zu einem dämonischen Grinsen.

Salamanca fragte: „Was ist mit den beiden Gruppen, die noch dort oben sind? In wenigen Stunden bricht der Morgen an. Wir müssen bis dahin das Zeremoniell beendet haben. Heute ist der letzte Tag, wo die Pforte noch geöffnet werden kann. Wir können keine Störung gebrauchen, auch nicht von normalen Menschen."

Arbocusta versicherte: „Nein, das werden wir auch nicht. Wie gesagt, es gibt eigentlich nur noch eine Gruppe. Um die anderen habe ich mich schon gekümmert." Sie grinste böse und setzte fort: „Die anderen sind im Moor. Sie haben sich verlaufen und sind orientierungslos. Selbst diese

Ranger finden sich nicht vor Morgengrauen zurück. Dafür habe ich gesorgt. Den Rest müssen andere erledigen."

Salamanca wandte sich an die andere Seite des Kreises.

„Bestazia, du nimmst deine Hunde mit. Limosia und Cruenta werden dir helfen." Sie sah zurück zu Arbocusta. „Wo willst du hin?"

Die schwarzen Löcher, die unter den schrägen, hölzernen Augenbrauen hervorsahen, funkelten gefährlich auf. „Ich habe noch eine Rechnung offen. Ich werde pünktlich zurück sein." Salamanca sah alle nacheinander an.

„Schwestern, unsere Befreiung ist nah. Wenn diese Nacht zu Ende ist, haben wir es geschafft. Wir werden unsere Feinde niederstrecken. Nun geht", raunte sie den Angesprochenen heiser zu. Die sechs Wesen fielen in sich zusammen und verließen ihren Sitz als dunkle Schatten, die sich schnell auf die Felswand zu bewegten.

„Ihr anderen bleibt hier, um das Ritual zu beginnen. Die Alruna muss vorbereitet werden." Sie trat mit dem Fuß an die leblos liegende Gestalt und fauchte böse: „Sie schläft ihren letzten Schlaf, träumt ihren letzten Traum. In wenigen Stunden wird sie erwachen und dann müssen wir bereit sein. Seid also rechtzeitig zurück!", rief sie den auf den Felsen nach oben kriechenden Kreaturen nach. „Die Zeit ist knapp."

Arbocusta hob die knorrigen Arme und wurde dünner. Sie schmolz zu einem dünnen Reisig zusammen, das in der kleinen Erdspalte zu den Füßen des Pilzes verschwand.

~~~~~~~~~

Sie erwachte, ohne zu wissen, ob sie eingeschlafen oder ihr die Sinne geschwunden waren. Ihr Rücken brannte immer noch wie Feuer. Sabine lag auf dem Bauch und hob mühsam den Kopf. Sie musste hier weg. Mühevoll kam sie auf die Knie und krabbelte unter Qualen voran. Dabei gelang es ihr kaum, sich in der Dunkelheit zu orientieren. Sie musste in einem Teil des Waldes gelandet sein, der ihr jetzt, in der Nacht, wie ein Urwald vorkam. Überall lagen kreuz und quer entwurzelte Bäume, die an Ort und Stelle vermoderten. Alle zwei Meter musste sie entweder über eine alte Wurzel oder mit Moos überzogene Baumstümpfe klettern. Dennoch biss sie die Zähne zusammen. Sie musste unbedingt den

Waldrand erreichen. Wie viele Stunden sie jetzt schon herumgeirrt war, konnte sie nach dem Schlaf erst recht nicht mehr einschätzen.

Unaufhörlich kroch sie auf allen vieren vorwärts. Instinktiv bemühte sie sich möglichst wenige Geräusche zu verursachen. Auf keinen Fall wollte sie eine erneute Begegnung mit dem unheimlichen Wesen, das sich vorhin auf die Hecke gesetzt und ihr diese unendlichen Schmerzen zugefügt hatte.

Sabine horchte in die Nacht. Wenn die Stille wieder zunehmen sollte, brauchte sie einen neuen Unterschlupf. Sie hielt die Augen offen und suchte nach großen Sträuchern oder Büschen oder auch Granitfelsen, die ihr Schutz bieten könnten.

Das immer dichter werdende Unterholz kam ihr dabei zu Hilfe. Allerdings wurde es aber auch zunehmend schwieriger vorwärts zu kommen. Ständig blieb sie mit den Haaren an alten, knorrigen Wurzeln oder Ästen hängen. Sie setzte sich langsam im Dunkeln auf und nahm die Haare zu einem Zopf zusammen. In ihren Taschen suchte sie nach einem Haargummi. Natürlich hatte sie gerade heute nichts dabei, um einen Pferdeschwanz zusammenhalten zu können. So steckte sie ihre Haare vorsichtig in den Kragen der Jacke. Als sie dabei die Lederjacke langsam anhob, musste sie einen Schrei unterdrücken, denn das Futter war inzwischen auf ihrem blutenden Rücken angeklebt und verursachte furchtbare Schmerzen, als es sich stellenweise löste.

Schwer atmend verbiss sie den Schmerz und fuhr sich mit der Hand über das Gesicht. Sie tastete ihre linke Wange ab und entdeckte einen großen Riss, auf dem sich ebenfalls bereits eine Blutkruste gebildet hatte. Sie musste sich vorhin bei ihrer Befreiungsaktion unter der Hecke die Wange aufgerissen haben. Diese Verletzung hatte sie gar nicht wahrgenommen. Inzwischen hatte sie sich so weit erholt, dass sie sich aufrichten konnte.

Gerade wollte sie langsam losgehen, als sie ein Wimmern vernahm. Ihr Herz zog sich für einen Wimpernschlag zusammen. Nachdem sie ein paar Momente gelauscht hatte, kam sie zu der Überzeugung, dass das von keinem Tier, sondern von einem Menschen kommen musste. Sie lauschte noch intensiver und konnte hinter dem immer deutlicher werdenden Wimmern einer Frau ein leises, mehr gehauchtes „Hilfe!" hören. Angestrengt schaute Sabine in die Nacht, wobei sich ihre Augen zu Schlitzen verengten. Da sie nichts erkennen konnte, rief sie leise:

„Hallo! Ist da wer?" Nichts, keine Reaktion!

Kräftiger als zuvor rief sie noch einmal: „Hallo! Ist da jemand?"

Da! Ein leises: „Hilfe, hierher...bitte!"

Sabine schleppte sich, so schnell sie konnte, in die Richtung des Rufes. Sie kam nur langsam vorwärts, denn auch hier lagen die vermodernden Stämme der Bäume dicht bei dicht. Zusätzlich wuchsen kleine Kiefern und Tannen zwischen den toten Gehölzen und erschwerten ihr Vordringen.

Noch war es stockfinstere Nacht und Sabine konnte nur ihrem Gehör vertrauen.

Nach mehreren, mühsam zurückgelegten Metern versperrte ein weiterer riesiger, modrig riechender Baumstamm ihren Weg. Sie verschnaufte kurz.

„Bitte helfen Sie mir!", erscholl es in ihrer Nähe.

Der Ruf kam direkt von der anderen Seite des Baumes. Sabine mobilisierte ihre Kräfte, kletterte schwerfällig über den Stamm und ließ sich auf die andere Seite hinunterfallen.

Sabine landete mit ihrem ganzen Gewicht auf den Beinen einer Frau, die laut aufstöhnte. Mit einem erschrockenen „Oh" rollte sie sich zur Seite und kroch dann zum Kopf der Frau, die inzwischen das Bewusstsein verloren hatte. Sabine erkannte sofort die dunklen langen Haare Anitas.

*Hatte sie sich also nicht getäuscht.'* Es war Anita, die diesen markerschütternden Schrei ausgestoßen hatte. Diesen Schrei, der sie schlagartig ihr Versprechen, den Wald nicht zu betreten, hatte vergessen lassen. Sie schlug ihr leicht auf die Wange und rief: „Anita, Anita! Hörst du mich?" Anitas Lider flimmerten und sie schlug langsam die Augen auf. Sabine war unendlich erleichtert.

„Gott sei Dank, du lebst. Bist du verletzt?"

Mühsam versuchte Anita, sich etwas aufzurichten und ein paar Worte herauszubringen: „Mein Bein, ich glaube, es ist gebrochen. Ich kann nicht aufstehen." Sie sank erschöpft in den Schatten des Stammes zurück.

„Ich helfe dir, wir werden das schon schaffen. Wir müssen dringend hier weg, es ist zu gefährlich." Sabine plapperte drauflos, denn sie wollte

Anita bei Besinnung und ihre eigene Angst und Verzweiflung in Schach halten.

Tröstend fügte sie hinzu: „Joachim und die anderen sind schon zu uns unterwegs. Sie werden uns sicher finden und hier rausholen. Wir müssen nur bis Tagesanbruch warten. Sie werden bald da sein, wirklich. Wir kommen hier schon raus!"

Anita stöhnte. Sabine sah in dem wenigen Licht nur eine zerfetzte Hose und eine recht große Wunde an Anitas linker Wade.

*,Hoffentlich nicht auch noch ein offener Bruch.'* Sie nahm ihren Schal ab und versuchte notdürftig, das Bein zu verbinden und zu schienen. Äste lagen ja zuhauf herum. Aber ob sie bis zum Morgengrauen durchhalten würden, war fraglich, denn Anita verlor immer wieder das Bewusstsein. Sabine gab nicht auf und redete fortwährend auf Anita ein. Sie versuchte, sie mit Fragen wachzuhalten.

„Wie kommst du hierher? Warum bist du verletzt? Erzähl mir, was passiert ist!"

*,Ob es eine gute Idee war, gerade nach diesem Albtraum zu fragen?',* Aber Sabine fiel einfach nichts Besseres ein.

Anita flüsterte ganz schwach:

„Irgendetwas hat uns angegriffen...Weiß nicht, was...Die anderen sind weg...Der Hund ist weggelaufen..." Sie verstummte.

Sabine wusste nicht, was sie sagen sollte. Eigentlich wollte sie das jetzt gar nicht wissen. Sie hatte Mühe, nicht selbst vor Angst zu schreien. Sie wollte nicht wissen, warum der Hund weggelaufen war. Auch nicht, wo die anderen waren, was mit ihnen passiert sein könnte. Sie wollte nur raus hier. Und sie musste Anita irgendwie mitnehmen. Die Todesangst und die Panik kehrten in immer größeren Wellen zu ihr zurück. Sie hockte sich neben Anita und flüsterte ihr zu: „Pass auf, wie müssen hier weg. Ich kann dich nicht tragen, schon gar nicht auf dem Rücken. Aber ich kann versuchen, dich unter die Arme zu fassen und dich hier wegzuziehen. Wir sind hier einfach nicht sicher. Wir müssen uns ein besseres Versteck suchen und dort bis morgen früh warten."

Sie stand auf und fasste die Verletzte unter die Achseln und zog sie, langsam rückwärtsgehend, hinter sich her.

Anita stöhnte, sagte aber nichts.

War sie schon zuvor kaum vorangekommen, so war es jetzt noch langsamer, denn die Füße von Anita verfingen sich ständig in auf dem Boden dahinschlängelnden Wurzeln und Ranken. Sabine hatte den Eindruck, als ob der Wald sie mit allen Mitteln festhielt, als ob er seine sichere Beute nicht aufgeben wolle. Sabine ruckelte und zerrte an Anitas Armen, denn erneut hatte sich eine Pflanze um ihren Fuß geschlungen und ließ sich nicht lösen. Sie legte die wieder bewusstlos gewordene Anita ab und kroch zu deren Fuß. Tränen der Angst und auch der Wut liefen ihr über die Wangen. „So ein Mist! So ein verdammter Mist!", fluchte sie.

Sabine war sich der Aussichtslosigkeit ihrer Lage bewusst. Mit der schwer verletzten Anita würde sie wohl nicht viel weiterkommen. Sie war viel zu schwach, um die Kollegin zu tragen. Selbst verletzt und am Ende ihrer Kräfte hielt sie nur noch die blanke Verzweiflung auf den Beinen.

Sie fiel auf die Knie und ließ ihren Tränen freien Lauf. *Sollte sie wirklich hier, in diesen Urwäldern, jämmerlich verrecken? Auf den Tod durch diese Kreaturen wartend?* Sie schluchzte und setzte sich neben Anita ins feuchte Moos. Sie sah einen Schritt weit entfernt einen großen, ausgehöhlten Baumstumpf, der bedrohlich in den schwarzen Nachthimmel ragte. Sie zerrte Anita in den Schatten des Stumpfes und setzte sich erschöpft daneben. Hier könnten sie vielleicht auf das Morgengrauen warten. *Warum war sie nur in den Wald gelaufen?*

Eigentlich wollte sie angesichts der schwer verletzten Anita so etwas nicht denken, aber sie konnte nicht anders. Sie hatte einfach nur Angst und weinte hemmungslos. Wie um sich selbst zu beruhigen, zog sie Anita auf ihren Schoß, brabbelte sie weiter unter Tränen auf Anita ein.

„Wir schaffen das schon! Ich lass dich nicht allein! Wir schaffen das!"

Sie wiegte sich vor und zurück und hielt ihre wie leblos wirkende Kollegin in den Armen. Die Tränen liefen ihr die Wangen herunter, brannten in der Wunde und tropften in Anitas Haar. Sabine drückte Anita an sich, wie um sich selbst zu wärmen, denn sie begann immer mehr zu frieren und ihre Zähne klapperten aufeinander.

„Wir kommen hier schon raus! Keine Angst, wir kommen hier schon raus!", murmelte Sabine weiter, als versuche sie, sich selbst ein wenig Mut zuzusprechen.

Sie begann vor Anstrengung immer mehr zu beben.

„Wie kommen wir hier nur raus?", schluchzte sie schließlich.

Es war eine verzweifelte Frage an sich selbst. Sie vergrub ihr Gesicht in Anitas Haar, das seltsam nach Erde roch und ihr im Gesicht kitzelte. Nein, es kratzte sie förmlich! Es war direkt unangenehm. *Ach ja, sie hatte sich ja an der Wange verletzt und jetzt rieben sicher die Haare an der wunden Stelle.*

„Gar nicht!", hauchte auf einmal eine raue, böse Stimme so nah an ihrem Ohr, dass ihr sofort das Blut in den Adern gefror. Sie erstarrte und erst da fiel ihr die absolute Stille auf, die sich in den letzten Minuten auf den Wald gelegt haben musste.

Sie fing an, unkontrolliert zu zittern und versuchte zu denken. Doch es misslang. Sie wollte aufstehen und davonlaufen, nur ihre Beine waren wie angewachsen. Anitas Haare stachelten immer mehr in ihrem Gesicht und sie hob den Kopf, um sich davon zu befreien. Ihr Blick fiel auf das Gesicht ihrer Kollegin und ihre Augen wurden groß.

Die Haare, die ihr eben im Gesicht kitzelten, glichen nun verdorrten kleinen Ästen, die Anita wirr vom Kopf abstanden. Ihr Gesicht veränderte sich vor Sabines Augen und es sah immer mehr aus, wie aus dem Stamm eines alten Baumes gehauen. Die Augenbrauen waren kleine Zweige, die sich wie ein böser Strich über diese Fratze zogen. Darunter zwei große, schräge Augen, die aus schwarzen Höhlen, umrahmt von einem gefährlichen Glimmen, auf sie starrten. Das, was wohl der Mund sein sollte, verzog sich zu einem dämonischen Grinsen und die raue Stimme von eben flüsterte kaum hörbar: „Das hast du wohl nicht erwartet, was?"

Im gleichen Augenblick fühlte Sabine sich an den Handgelenken und Füßen wie von Stricken gefesselt. Sie wurde durch die Luft geschleudert und landete zehn Meter weiter an der Rinde eines mächtigen Baumes. Ihre Arme waren nach hinten gebogen und wie festgeklebt. Ihre Füße schienen an den Baum genagelt. Sie erfasste, dass ihre Handgelenke mit armdicken Fasern oder Ranken gefesselt waren. Als sie diese mit den Augen verfolgte, landete ihr Blick auf immer dicker werdende Äste, die in einer Art Stamm, direkt vor ihren Augen, endeten. Erst jetzt sah sie, dass dies kein Stamm war, sondern ein grauenerregendes Baumwesen. Es stand direkt vor ihr. Nein, es schwebte und die Stricke waren keine Fasern, sondern ihre Arme.

Das Borkengesicht grinste hämisch und fragte mit hölzerner Stimme:

„Na, erkennst du mich nun?"

„Arbocusta", hauchte Sabine den Namen in die Nacht.

Jetzt erst begann sie zu verstehen. Der Ruf nach Hilfe, der Irrweg durch den Wald. Das war alles nur ein Trick, um sie anzulocken. Sie erinnerte sich, was sie in der Schriftrolle im Museum gelesen hatte. *'Sie hat diese Welt nie verlassen. Sie altert und stirbt, nur um sich zu verjüngen und eine neue Identität anzunehmen und sie ist die Einzige, die den Wald verlassen kann.'*

Überlegen spottete Arbocusta: „Nun ist dir alles klar, was? Hast du wirklich gedacht, du bist schlauer als ich? Du weißt nicht, wie viel Zeit ich hatte. Der Job bei der Polizei war genau richtig für mich. Ich hatte alle Informationen, direkt vor meiner Nase."

Sabine war einer Ohnmacht nahe und hatte Mühe, einen klaren Gedanken zu fassen. Ihre Stimme klang erstickt und sie flüsterte nur noch: „Du hast die Kinder, die *‚Waldkinder'*, ausfindig gemacht."

Arbocustas Rindenmund verzog sich verächtlich: „Das war einfach. Diese neuen Dinger, diese Computer, waren sehr hilfreich dabei. Doch ich hatte, ehrlich gesagt, mit weniger Schwierigkeiten gerechnet. Ihr seid uns zusehends näher gekommen, besonders diese Hoffmann. Oder meinst du, ich habe Joachim den Tipp gegeben, damit er uns findet. Nein, ich wollte nur mitbekommen, wie viel ihr schon wisst. Und ich hätte schlecht selbst zu ihr gehen können. Diese Hoffmann hätte mich vielleicht erkannt. Sie hat nicht viel von dem *‚Großen Wissen'*, doch das alte Blut fließt auch in ihr. Da war Vorsicht angebracht. Trotzdem war es nicht so einfach, unseren Vorsprung zu bewahren. Es hat mich einiges gekostet, die wichtigen Informationen verschwinden zu lassen. Ich hatte immer den Verdacht, Joachim weiß mehr, als er zugibt. Er wollte einfach nicht glauben, dass es nur die Entführungen eines Psychopathen waren. Und dann kamt ihr, die Superschlauen aus dem Westen, zu uns. Ein schwerer Fehler, besonders für dich." In den Augen Arbocustas flackerte es wieder. „Und dein Kollege Kalle? Ach, was soll's, um den kümmern sich andere."

Sabine schrie auf, denn sie spürte plötzlich einen solchen Schmerz an ihrem Rücken und den Händen, dass sie nicht anders konnte.

„Oh, tut es weh?", genoss Arbocusta Sabines Qualen. „Das ist nur der Baum. Weißt du, du wolltest doch immer schon wissen, was mit dem Mädchen geschehen ist. Du bist damals ja auf den Baum geklettert und hast nachgesehen. Siehst du, jetzt weißt du, was passiert ist. Sie ist in den Baum hineingewachsen, genau wie du jetzt. Aber sie hat bei Weitem nicht so ein Theater gemacht. Naja, bestimmt hatte ich ihr auch den Mund mit einem Kuss verschlossen." Sabine wagte nicht zu denken, wie ein Kuss dieser Kreatur aussehen könnte. Sie fühlte nur, wie sich die Rinde in ihren Rücken bohrte und mit ihm zu verwachsen schien. Ihre Handflächen brannten wie Feuer, als würde ihr die Haut bei lebendigem Leib abgezogen und sie fühlte ihre Sinne schwinden. Das Borkengesicht kam ganz nahe an ihr Ohr und die heisere Stimme flüsterte wieder: „Hast du wirklich geglaubt, du könntest uns besiegen? Uns auch nur finden oder gar jagen?" Sie lachte böse. Gönnerhaft sprach sie weiter: „Ich gebe dir jetzt einen Rat. Du wirst ihn nicht mehr befolgen können, aber ich gebe ihn dir trotzdem."

Sie löste ihre rechten Zweige von dem Handgelenk Sabines. Die Zweige wurden starr und aus der Hand wurde ein spitzer Stock. Sie kam noch näher an Sabines Ohr und hauchte ihr bösartig entgegen: „Jage nicht, was du nicht töten kannst!"

Sie stieß ihre Hand in Sabines Unterleib. Diese stöhnte erstickt auf und ihr Kopf fiel zur Seite. Arbocusta sah auf ihr Opfer herab und sank dann auf den Waldboden.

Sie hob die Arme, wurde kleiner und verschwand als schwarzer Schatten zwischen den Bäumen.

## XXIII.
## Im Moor

Kalle rannte, rannte um sein Leben. Jetzt bereute er zutiefst, nie am Polizeisport teilgenommen zu haben. Immer hatte er sich gedrückt und war im Laufe der Zeit immer fetter und ungelenker geworden. Nun rächte sich das. Sein Herz schlug wie ein Hammer gegen seine Brust und die Atemnot verstärkte sich von Sekunde zu Sekunde. Sie legte sich wie eine Plastiktüte über seine Lungen und er dachte zu ersticken. Angesichts dessen, was er vor wenigen Minuten erlebt hatte, erschien ihm das plötzlich fast tröstlich. Er sah in der Dunkelheit neben sich den Wanderführer mit der gleichen Angst ebenso kopflos über das Moor stolpern. Der Hund vor ihm zerrte an der Leine und damit den Mann vorwärts. Der wollte die Leine nicht loslassen, denn sie war seine einzige Hoffnung, nicht in einem der dunklen Sumpflöcher zu landen und qualvoll im Moor zu ersaufen. Kalle hatte sich am Nachmittag noch keine Sorgen gemacht, als die Handys nicht mehr funktionierten, denn der Wildhüter meinte, das passiere hier oben an vielen Stellen. Er hatte es auch noch als Zufall akzeptiert, als die Funkgeräte ausfielen. Sie nahmen an wegen des Gewitters. Doch als gegen Abend, nach dem Regen, die Ranger immer mehr den Eindruck machten, sich verirrt zu haben, war er nervös geworden. Auch das Tier schien irgendetwas zu wittern, denn es lief nervös von einem der Männer zum anderen. Kalle beobachtete das Verhalten aufmerksam und versuchte, den Schäferhund zu beruhigen, was ihm jedoch nicht gelang.

Als die Ranger dann endlich zugaben, die Nacht hier draußen verbringen zu müssen, war Kalle fast froh, denn das Umherirren machte erst recht keinen Sinn. Sie entzündeten ein Feuer und bemühten sich, das Beste aus der Situation zu machen. Die vier Männer erzählten sich Geschichten und tranken das mitgebrachte Bier. Zu essen gab es nichts, aber Kalle konnte ja von seinen Reserven zehren. Eine kleine Fastenzeit tat ihm ganz gut.

Es war spät in der Nacht, als der Hund anfing zu winseln und sie plötzlich eine unheimliche Stille bemerkten. Einer der Männer stand auf und rief in die Dunkelheit: „Ist da jemand?"

Keine Antwort. Gemeinsam gingen sie an den Rand der kleinen, mit Gras bewachsenen Lichtung, die direkt ans Moor anschloss. Die hatten sie sich als Lagerplatz ausgesucht. Das fahle Licht des Mondes ließ nicht viel Sicht zu, zumal der dichte Bodennebel jeden weiteren Schritt zum Wagnis machte.

Sie sahen den seltsamen Schatten am Rand der Lichtung erst, als er wie eine Lawine auf sie zurollte. Sie versuchten, diese Erscheinung irgendwie in ihrem Hirn einzuordnen. Doch sie starrten nur ungläubig auf die sich rasend schnell auf sie zu bewegende Welle und waren wie gelähmt, als sich die Woge auf einen der Wildhüter stürzte und ihn gleichsam an den Füßen mehrere Meter weit ins Moor zog. Der Mann schrie, als er begriff, was mit ihm geschah. Er sank vor den Augen der anderen immer weiter in den Morast ein und innerhalb weniger Sekunden hörten sie nur noch das Blubbern der aufsteigenden Blasen. Die anderen drei standen geschockt in wenigen Metern Entfernung. Es war alles so schnell gegangen, dass sie überhaupt nichts hätten unternehmen können, auch wenn sie nicht vollkommen reglos zugeschaut hätten. Der zweite Ranger war einige Schritte hinterhergelaufen, konnte aber nicht folgen, denn er stand bereits bis zu den Knien im modrigen Wasser.

Der Hund witterte dann als Erster die nächste Gefahr und sein wütendes Kläffen verwandelte sich in ein ängstliches Winseln. Fast gleichzeitig rochen auch die anderen einen ekelerregenden Gestank nach Aas und noch irgendetwas anderem. Unmittelbar danach stürzten aus der Dunkelheit riesige, grausige Hunde mit geifernden Lefzen auf sie zu und fielen über den Ranger her, der sich, halb im Wasser stehend, kaum wehren konnte.

Das war der Zeitpunkt, wo Kalle sich umdrehte und nur noch rannte. Die Schreie des Rangers wurden leiser und erstarben gleich danach ganz. Das beschleunigte seine Schritte weiter, denn er wusste, wen sich diese Bestien als nächstes holen würden. Der Wanderführer, der sich den Hund geschnappt hatte, überholte ihn, denn das Tier zog und zerrte ihn in seiner Todesangst vorwärts. Es schien zu spüren, dass nur eine Befreiung von der Leine sein Leben retten könnte. Plötzlich blieb der Mann wie angewurzelt stehen. Ein Schatten legte sich über ihn. Kalle sah das und änderte die Richtung, ahnend, dass sein Leben keinen Pfifferling mehr wert war.

Er hörte das Jaulen des Schäferhundes und drehte sich kurz um. Das klagende Geräusch des Tieres bereitete ihm fast körperliche Schmerzen, doch es lähmte ihn auch und er suchte zitternd hinter einem dicken Baumstamm Zuflucht.

Er sah den Schlag nicht kommen und so explodierte er wie ein Blitz in seinem Kopf. Er fiel, und ein seltsames weißes Licht war das Letzte, was er wahrnahm.

Der Wanderführer mit dem Hund hatte den Schatten nicht bemerkt und war gegen ihn gelaufen, wie gegen eine Betonwand. Er stand schwankend im Nebel und versuchte zu begreifen, was mit ihm geschah. Das Jaulen des Hundes brachte ihn halbwegs zur Besinnung und er wollte weiter fliehen, dennoch tat er es nicht.

In seinem Mund breitete sich ein metallischer Geschmack aus. Wie aus der Tiefe des Moores schienen aus einer dickflüssigen Masse in seinem Magen Blasen aufzusteigen. Er begann zu würgen. Der Geschmack wurde intensiver, als hätte er Eisen gegessen. Sein Magen begann zu brennen, zu brennen wie Feuer. Der Schmerz wurde unerträglich, aber er konnte nicht schreien, denn er spürte, wie eine gallertartige Masse seine Kehle hinaufzog und sein Mageninhalt hob sich. Die Übelkeit traf ihn wie ein Faustschlag. Ihm schwindelte und er sank nach vorn auf die Knie und versuchte, sich mit den Händen abzustützen. Seine Gelenke zitterten aber so sehr, dass sie einknickten und er einfach auf die Seite fiel. Sein Körper krampfte sich zusammen und er erbrach eine dunkle Masse, die sich in seinem Mund so abscheulich anfühlte, dass allein dieses Gefühl wie eine große Welle den Brechreiz erneut entfachte. Immer wieder musste er sich übergeben. Die Substanz, die er erbrach, war mit einzelnen Brocken vermischt, als würde er seine Lunge hervorwürgen. *‚Nein, nicht die Lunge, eher rohe Leberstückchen, die sich in einer dunkelroten, ja fast schwarzen Blutlache vor seinem Gesicht ausbreiteten.‘* Die Vorstellung davon brachte neue Übelkeit in ihm hervor und in einem nicht enden wollenden Strom erbrach er sich immer wieder. Schon fast besinnungslos vor Schmerz und Ekel schloss er die Augen.

Das Nächste, was er wahrnahm, war der Schatten, der sich lautlos aus seinem Erbrochenen löste, über den Moorboden glitt, um dann für ein paar Sekunden lautlos über ihm zu schweben.

Als er den neuerlichen Schmerz spürte, begrüßte er ihn fast freudig, denn er wusste, es würde sein letzter Schmerz sein.

# XXIV.
## Unterwegs

Er war sofort hellwach, als er die Hand auf seinem Mund spürte. Peter schreckte hoch und sah seinem Cousin Max in die Augen, der ihm ein Zeichen machte, ganz still zu sein. Er hatte den Zeigefinger auf den Mund gelegt und sprach ihn flüsternd an: „Sei leise! Wir müssen los, wir müssen von hier fort!"

Peter sah zu den schlafenden Mädchen hin und mit einem Seufzen sagte er zu Max: „Sie schlafen aber noch so schön. Warum sollen wir jetzt los? Es ist doch noch mitten in der Nacht?"

Peter war zu schlaftrunken, um die Sorge in Max' Gesicht gleich wahrzunehmen.

Dieser schüttelte den Kopf und forderte nochmals: „Wir müssen los, sofort! Es wird leiser. Verstehst du?"

Peter begriff langsam und lauschte angestrengt in die Nacht. Er hörte einige Waldtauben gurren, ein Käuzchen und das Rauschen der Bäume. Er stellte fest, dass es geregnet haben musste, aber sie waren hier im Ausgang der Höhle trocken geblieben. Auch hatte es aufgehört zu stürmen, auch wenn am Nachthimmel noch hohe Wolken eilig dahinzogen. Ab und zu sah er einen Stern durch die Wolkenberge blinken. Ansonsten war es stockfinster.

„Aber hörst du denn nicht die Eulen und den Wind? Hör nur, wie es in den Wipfeln rauscht", beruhigte Peter seine Cousin.

Peter verstand nicht, warum Max so besorgt war. Max widersprach ihm vehement und verteidigte sich: „Die Stille ist noch nicht hier, aber sie kommt näher. Irgendwo hier in der Nähe gibt es einen so stillen Ort, den selbst ich mir nicht vorstellen kann. Von dort kommt diese völlige Lautlosigkeit. Sie breitet sich von da aus."

Er sah Peter ernst an, nickte bedeutungsvoll und versicherte: „Und sie kommt auf uns zu. Glaub mir, wir müssen hier weg."

Peter begriff, was er meinte. Seinem Cousin zustimmend sagte er: „Okay, du musst es wissen. Lass uns die Sachen zusammenpacken und dann wecken wir die Mädchen. Ein paar Stunden haben wir ja geschlafen. Es wird schon gehen."

Max stimmte ihm zu und sagte: „Ich habe schon das meiste zusammengeräumt. Ich bin schon eine Weile wach und habe das Verschwinden der Geräusche verfolgt. Deshalb weiß ich auch, aus welcher Richtung die Stille kommt." Wieder zeigte er mit dem Finger in den nächtlichen Wald.

Max drängte: „Wir müssen in die entgegengesetzte Richtung. Dort sind die meisten Stimmen zu hören." Er zeigte, wohin sie gehen sollten. Das veranlasste Peter endlich, schnell aufzustehen und seine Cousine Amara zu wecken, die fast die gesamte gemeinsame Decke zu sich herübergezogen hatte und wie eine Tote schlief. Es dauerte ein paar Minuten, bis die Mädchen den Schlaf vertrieben hatten. Christin quengelte, aber aus Rücksicht auf ihr Alter sagten sie ihr nicht den wahren Grund, warum sie aufbrechen mussten. Sie redeten ihr ein, dass es bald Tag werden würde und sie darum weitermüssten. Schnell aß jeder noch einen Schokoriegel und trank etwas von dem kalten Tee.

Max mahnte zur Eile. Deshalb beeilten sie sich mit dem Essen, räumten dann alles hastig in ihre Rucksäcke und waren kurze Zeit später unterwegs. Peter griff nach dem Rucksack mit dem Holzkästchen, den er neben seinem Lager verstaut hatte. Dieser hatte sich in einem Strauch verfangen und er zerrte daran, als er Max wieder drängeln hörte: „Komm, beeil dich Peter! Wir müssen wirklich los!" Max trampelte von einem Bein auf das andere und wirkte zunehmend nervöser.

Peter riss an dem Sack und endlich löste er sich von dem Zweig. Er setzte ihn auf und sagte zu Max: „Ich bin fertig. Pass auf! Du nimmst die Taschenlampe und gehst mit Christin voraus. Amara kann super gucken und ich werde kurz hinter ihr gehen. Du sagst, in welche Richtung wir müssen!"

Max nickte und setzte sich umgehend in Bewegung. Der Lichtkegel der Taschenlampe in seiner Hand hoppelte über den Waldboden. Christin hatte er an die andere Hand genommen und zerrte das noch verschlafene Mädchen hinter sich her. Amara folgte in kurzem Abstand. Direkt dahinter kam Peter, der sich Mühe gab, seiner Cousine zu folgen. So hatte Peter alle im Blick.

Niemand bemerkte das kleine Rinnsal aus federleichten Samen, das stetig durch ein kleines Loch aus seinem Rucksack rieselte.

Hastig liefen sie in die von Max vorgegebene Richtung. Nach einer guten Viertelstunde blieb er ohne scheinbaren Grund abrupt stehen. Amara und Peter rannten ihn fast um und rempelten ihn an.

„Was ist los?", flüsterte Amara ärgerlich.

Doch Max gebot ihr leise zu sein. Sie verstummte erschrocken und sah mit schreckgeweiteten Augen ihren Bruder an. Peter hatte ihr in den letzten Minuten den Grund des übereilten Aufbruchs leise zugeflüstert und deshalb wurde ihr klar, dass es einen Grund für diesen Stopp geben musste. Peter sah ebenfalls gespannt zu Max hinüber und wartete auf eine Reaktion. Max lauschte weiter. Er drehte sich in verschiedene Richtungen und wandte sich dann zu ihnen um.

„Wir müssen die Richtung ändern. Die Stille hat sich ausgebreitet. Sie kommt jetzt von rechts hinten."

Peter nickte. „Ist gut, wir machen es so, wie du sagst. Wohin jetzt?" Max zeigte leicht nach links.

„Dort ist es noch nicht still und damit ist es wohl da am sichersten." Sie nahmen ihren Eilschritt wieder auf. Amara ging vor Peter her, drehte sich unvermittelt zu ihm um und fragte: „Müssten wir nicht dahin gehen, wo die Stille ist? Ich weiß, dass das gefährlich ist, aber müsste nicht Minchen dort bei den Hexen sein?"

Peter teilte ihre Meinung nicht und entgegnete: „Das glaube ich eher nicht. Im Prinzip hast du zwar recht, aber warum sollten diese Monster uns mit Minchen im Schlepptau verfolgen? Ich glaube, dass Max ganz gut weiß, wohin er uns führen muss. Weißt du noch vor einer Woche? Er spürte etwas, was wir nicht bemerkten. Dank ihm sind wir sicher bei Oma angekommen, bevor Schlimmeres passieren konnte. Ich vertraue ihm."

Peter war ehrlich gesagt ziemlich froh, für eine gewisse Zeit nicht die Verantwortung übernehmen zu müssen. Im Inneren konnte er allerdings die Argumente Amaras nicht abtun. Aber vorerst würden sie es so machen, wie Max es vorschlug.

Nach weiteren, mit eiligem Laufen verbrachten, Minuten blieb Max abrupt stehen. Diesmal sagte Amara nichts, sondern lauschte genau wie Max auf die nächtlichen Geräusche des Waldes. Max wirkte besorgt. *‚Hatte er etwa die Spur der Geräusche verloren?'* „Was ist?", fragte Peter ihn drängend.

„Die Stille, sie nähert sich jetzt auch von vorn!", zischte er Peter leise zu. Er kam näher zu ihm heran, damit die Mädchen ihn nicht hören konnten.

„Ich glaube, sie haben uns entdeckt … und folgen uns!" Er sah Peter tief in die Augen.

„Was sollen wir jetzt tun?" Peter spürte ein unangenehmes Kribbeln im Magen. *‚Was, wenn Max sie erst recht in die Irre geführt hatte?'* Doch dieser schien sich noch sicher zu sein.

„Wir müssen noch weiter nach links, auch wenn das fast der Weg zurück ist. Wir müssen uns ein Versteck oder etwas Ähnliches suchen. Ich glaube nicht, dass sie uns so einfach finden können. Vielleicht folgen sie auch gar nicht uns, sondern jemand anderem. Aber sicher bin ich mir nicht. Sie scheinen das ganze Gebiet zu umzingeln. Und sie nähern sich jetzt von allen Seiten. Hörst Du die Vögel? Seit ein paar Minuten haben die Tauben aufgehört zu gurren. Man hört nur noch die Eulen. Das macht mir Sorgen. Wir müssen uns beeilen!"

Sie liefen in die Richtung, die Max ihnen vorgab.

Plötzlich hielt Amara Max von hinten fest und blieb wie angewurzelt stehen.

„Halt! Wartet mal!", flüsterte sie atemlos. Sie zeigte auf eine Stelle links von ihnen. „Seht mal da."

Die anderen drei starrten in die angegebene Richtung.

„Was soll da sein? Ich sehe nichts", sagte Peter.

Amara ging ein paar Schritte in die gezeigte Richtung. Sie bückte sich und untersuchte etwas auf dem Waldboden. Die anderen folgten ihr. Jetzt konnten sie im Schein der Taschenlampe auch die bleichen kleinen Samenkörner sehen, die eine feine Spur bildeten und sich weiter links im Wald verloren. Amara drehte sich zu Peter um und ging auf seine Rückseite. Sie hielt ihre hohle Hand unter den Rucksack und spürte sofort das sanfte Rieseln auf der Haut.

„Wir sind im Kreis gegangen. Und Peter hatte die ganze Zeit ein Loch im Rucksack und hat eine Spur aus Samen hinterlassen. Seht doch nur. Da, wo er steht, hat sich der Kreis schon geschlossen." Sie zeigte entsetzt auf die Stelle, die sich neben ihnen befand. Alle konnten jetzt gut erkennen, wo sie vor gut einer Stunde langgegangen waren. Da, wo Peter jetzt stand, bildete sich gerade wie bei einer Sanduhr ein kleines Häufchen Körner. Peter nahm sich den Rucksack vom Rücken und sah sich die Bescherung an.

Er fluchte laut: „Verdammt, deshalb konnten die uns so prima folgen.

So ein Mist! Ich muss mir vorhin, als wir aufgebrochen sind, an dem Strauch ein Loch in den Sack reingerissen haben. Und was machen wir nun?"

Er fühlte Panik in sich aufsteigen. Christin spürte das sofort und die Tatsache, dass auch Peter nicht mehr weiterwusste, ließ sie in Tränen ausbrechen. Sie schluchzte auf.

Auch Amara war ratlos. Schließlich war es ihre Idee, die Samen nicht auszuschütten, sondern als Polsterung aufzuheben. Außerdem ging sie davon aus, dass sie diese Samenkörner zu irgendetwas gebrauchen könnten und hatte sich deshalb nicht von ihnen trennen wollen. Sie hatte sich dunkel daran erinnert, diese Samen in dem Buch ihrer Großmutter gesehen zu haben. Aber sie wusste nicht mehr genau, was sie zu bedeuten hatten. Nun bereute sie zutiefst, auf deren Mitnehmen bestanden zu haben. Die anderen hatten ihr vertraut und sie war schuld an dieser Misere. Peter machte sich ähnliche Vorwürfe und erst als Max ihn und Amara vorsichtig am Ärmel zupfte, hörten sie auf, sich in Selbstvorwürfen zu ergehen und sahen ihn an.

Max ermahnte sie: „Wir müssen hier weg! Hört doch nur!"

Erst jetzt nahmen sie wahr, dass auch die Eulen ihr Geschrei eingestellt hatten und die Tiere des Waldes schwiegen, als hätten sie plötzlich den Atem angehalten. Amara überlegte fieberhaft.

„Mach die Taschenlampe aus!", zischte sie Max zu.

Dieser erschrak, machte aber sofort, was seine Schwester sagte. Jetzt nahm Amara ihre kleine Schwester bei der Hand und sprach beruhigend zu ihr: „Keine Angst Christin, wir kommen hier schon wieder raus."

Zu den Jungs sagte sie: „Wir gehen jetzt vorsichtig ein Stück zurück. Wir sind eben an einer Gruppe von Findlingen vorbeigekommen. Die könnten uns einigen Schutz bieten. Vielleicht können wir zwischen die Spalten klettern."

„Ich habe keine Steine gesehen", flüsterte Peter zurück.

„Aber ich, glaube mir! Wir fassen uns jetzt an den Händen und tasten uns rückwärts. Wir haben nicht viel Zeit. Merkt ihr, wie auch der Wind nachlässt?"

Die Feststellung Amaras ließ sie betroffen schweigen.

Amara nahm Max und Christin die Wanderstöcke aus den verkrampften Fingern und reichte sie Peter. Stumm gab sie ihm zu verstehen, dass er sie tragen sollte. Sie selber fasste Max und Christin an den Händen und zog sie mit sich.

Peter folgte ihnen. In der rechten Hand trug er die Stäbe und versuchte gleichzeitig, mit der linken Hand das Loch in seinem Rucksack zuzuhalten. Die helle Spur der Samen endete jetzt in dem kleinen Häufchen zu seinen Füßen.

Langsam näherten sie sich ihrem Ziel. Die Kinder wollten die Steine so leise wie möglich erreichen und für kurze Zeit war nur das leise Rascheln des Laubes unter ihren Schuhen zu hören. Christin hatte vor Furcht selbst das Schluchzen vergessen.

Amara flüsterte den anderen zu: „Vorsicht jetzt, wir sind kurz vor den Felsen. Sie stehen eng zusammen und sind vielleicht drei Meter an ihrer höchsten Stelle."

Sie versuchte, sie für die anderen zu beschreiben, da sie die einzige war, die sie genau sehen konnte. Inzwischen waren sie nahe genug, sodass auch Peter und Max die Umrisse erahnen konnten.

„Hier, an der Seite können wir vorbei."

Amara ging voran und zog Christin hinter sich her. Sie gingen um einen großen Stein herum und befanden sich wirklich in einer Art steinernen Kreis aus Felsblöcken, die es im Harz überall gab. Amara suchte einen Platz zwischen den Steinen, der von allen Seiten vor Blicken von außen geschützt war und setzte Christin in eine Spalte. Sie ermahnte ihre

Schwester: „Du bewegst dich nicht vom Fleck, verstanden? Dann passiert dir auch nichts!"

Max und Peter setzten sich ebenfalls. Amara wandte sich an Peter und schlug leise vor: „Ihr bleibt am besten hier. Ich gehe ein Stück um den Stein herum und beobachte den Weg, den wir gekommen sind."

„Lass mich mitkommen, Amara."

„Nein, es ist besser, wenn ich allein gehe. Ehe du etwas siehst, hat es dich schon in den Hintern gebissen."

Amara versuchte, Peter mit dieser Bemerkung etwas aufzumuntern. Der hatte jedoch absolut kein Verständnis für ihren Humor. Leicht verstimmt fragte er: „Und was ist mit dir? Was ist, wenn die noch besser gucken können als du?"

Amara zuckte mit den Schultern, winkte ab und meinte lakonisch:

„Das werden wir ja noch sehen."

Und damit verschwand sie lautlos hinter dem großen Stein. Peter musste ihr recht geben. Er sah die Hand vor Augen nicht und so war es wohl vorerst besser, hier bei Christin zu bleiben, die sich ängstlich an ihn gekuschelt hatte und verstört seine Hand umklammerte. Die drei lauschten in die Stille der Nacht und verfolgten das Sterben des Windes. Nicht ein Mucks war mehr zu hören.

Amara war um den Stein herumgegangen, duckte sich hinter einem kleineren und lugte durch einen niedrigen Strauch. Sie sah in einer Entfernung von wenigen Metern die bleiche Spur der Samenkörner, die sich in der Schwärze der Nacht verlor. Der Himmel hatte sich gänzlich bezogen und ließ nicht einen noch so kleinen Sternenschimmer durch.

Doch Amara sah besser als eine Katze. In den letzten Tagen hatte sich ihre Sehschärfe weiter verbessert und sie konnte genau die Umrisse eines jeden Strauches oder Baumes sehen. Selbst die kleinsten Steine auf dem schmalen Waldweg erspähte sie in scharfen Umrissen. Sie erkannte die Blume zwischen dem hohen Farn, einen einzelnen, fast verwelkten Fingerhut, der noch einige wenige Hüte trug. Wie mit einem Nachtsichtgerät vermochte sie in dieser tiefschwarzen Nacht alles genau zu erblicken.

Und so nahm sie auch die noch dunkleren Schatten wahr, die sich jetzt aus drei verschiedenen Richtungen der hellen Samenspur näherten. Sie flossen tief am Boden förmlich über die Erde und näherten sich absolut lautlos ihrem Versteck. Gleich würden sie die Samenkörner erreicht haben. Amara hielt den Atem an.

‚Doch was war das?' Die Schatten blieben an der Spur so abrupt stehen, als hätte sie jemand zurückgestoßen. Sie erhoben sich und wurden zu einer übergroßen schwarzen Wand, nur um wieder in sich zusammenzufallen. Sie verliefen zu einem dunklen riesigen Fleck, um dann nach wenigen Sekunden an der Spur entlangzugleiten. Schnell bewegten sie sich in die Richtung, aus der die Kinder gekommen waren und verschwanden zusehends aus Amaras Blickfeld. Als Amara sie nicht mehr sehen konnte, schlich sie leise zu den anderen zurück.

Peter war heilfroh, als er Amara sah, die jetzt vorsichtig um den Stein gekrochen kam.

„Konntest du was sehen?", flüsterte er so leise wie möglich. Amara nickte.

„Ja, ich habe sie gesehen. Es sind drei schwarze Schatten, aber schon allein die jagen einem eine Gänsehaut über den Rücken, das kann ich dir sagen."

Amara wisperte nur. Obwohl sie sich für den Moment etwas sicherer fühlte, konnte sie noch immer die unheimliche Bedrohung spüren, die von diesen Wesen ausgegangen war. Sie fuhr schnell fort: „Ich glaube, dass es unser Glück war, dass der Rucksack eingerissen ist. Mir ist nämlich etwas Wichtiges aufgefallen. Die Wesen sind nicht über die Linie aus den Samenkörnern gegangen. Ich glaube, sie können da nicht drüber. Mir ist außerdem eingefallen, wo ich diese seltsamen Samen schon einmal gesehen habe. In Omas Buch! Die Pflanze, von der sie stammen heißt Angelika irgendwas, bei uns wird sie Engelwurz genannt. Sie soll große magische Kräfte besitzen. Deshalb verwenden Hexen sie niemals für ihre eigenen Tinkturen." Sie machte eine bedeutungsvolle Pause und genoss das Erstaunen der anderen.

„Und ich glaube, sie sind den Weg zurückgegangen, um eine Stelle zu finden, wo die Spur unterbrochen ist. Aber könnt ihr euch erinnern? Wir selbst haben es ja erst bemerkt, als wir an der alten Stelle wieder ankamen, dort wo die Spur zusammenführte. Wir sitzen sozusagen in unserem eigenen Kreis aus Engelwurzsamen. Und sie können nicht zu uns hinein." Amara klang aufgeregt und ermutigt. Auch die anderen freuten sich über diese Aussicht. Nur Max blieb schweigsam. Er machte einen verschüchterten Eindruck, was Amara wegen ihrer guten Nachrichten erst jetzt auffiel. Sie stieß ihren Bruder an: „Hast du gehört, Max? Sie kommen nicht zu uns hinein!" Doch Max sah sie immer noch mit einem erschrockenen Gesichtsausdruck an. Er stotterte: „Ich, ich konnte sie hören, Amara. Ich konnte sie verstehen. Sie wissen, dass wir hier sind. Du hast recht. sie sind zurück, um einen Durchlass zu suchen. Ich habe es gehört. Ihre Stimmen sind so, so...so schrecklich."

Seine Stimme zitterte. Er sah die anderen Kinder an und ergänzte: „Wenn sie einen Durchgang finden, sind wir tot!"

Diese Worte von Max versetzten auch Peter einen Schlag in die Magengrube. Er wusste, dass Max eigentlich nicht so leicht zu erschrecken war. Schon immer war seine Abenteuerlust von allen am größten gewesen. Dass er jetzt hier so verängstigt saß, machte auch ihm Angst. Doch Peter wollte nicht aufgeben und sprach allen Mut zu.

„Dann müssten sie den ganzen Weg zurückgehen, den wir gegangen sind. Das dauert erst mal. Und in dem Beutel waren jede Menge Samen. Ich glaube auch nicht, dass die Spur unterbrochen ist. Du hast uns genau richtig geführt, Max. Nämlich im Kreis. Lasst uns überlegen, was wir jetzt machen."

Amara sagte leise: „Auf keinen Fall hier weggehen. Wir müssen hierbleiben! Außerhalb des Kreises haben wir keine Chance. Sie sind sehr schnell. Sie bewegen sich auf dem Erdboden wie, wie ...", sie suchte nach Worten, „wie Schiffe, die mit vollen Segeln dahingleiten. Nein, wir müssen vorerst hierbleiben."

Sie horchte.

Es war immer noch still, aber ein leiser Wind strich um ihr Versteck.

„Erst wenn die Vögel wieder zu hören sind, können wir hier weg. Dann sind auch diese Teufel verschwunden."

Ihre Worte gaben Max neuen Mut, und er griff nach seinem Rucksack. „Ich habe vorhin, als ich schon wach war, drei von diesen Dingern gebastelt. Weißt du, diese Fänger oder wie du die genannt hast."

Er sah etwas ermutigt zu Amara hin.

„Wo hast du sie?", fragte sie freudestrahlend.

Max kramte in seinem Rucksack und beförderte die besagten Gegenstände hervor. Er hatte die Stöcke mit einem Bindfaden zusammengebunden, sodass sie ein seltsames fünfeckiges Gebilde darstellten. In die Zweige hinein hatte er jeweils ein paar weiße Federn gesteckt und befestigt. Er gab sie Amara.

Unsicher meinte er: „Ich weiß nicht, ob sie so richtig sind." Amara war regelrecht entzückt.

„Sie sind perfekt, sehen fast so aus wie in dem Buch." Sie nahm sie ihm ab und sagte zu Peter: „Ich bringe sie schnell an."

Sie verschwand wieder hinter dem großen Stein und war in wenigen Minuten zurück.

„Was hast du damit gemacht?", wollte Peter jetzt wissen.

„Ich habe sie an den Zweigen zwischen den Steinen angebracht. Ich kann sie von hier aus sehen."

Sie zeigte auf den Spalt zweier Felsen. Peter versuchte krampfhaft, die Stöcke zu erblicken, doch er sah nur schwarze Schatten. Er schüttelte den Kopf. Diese Amara war unglaublich.

„Und wofür sollen die gut sein?" Er verstand noch nicht, welchen Zweck diese eigenartigen Gebilde haben sollten.

„Sie werden uns anzeigen, wenn die wiederkommen. Die Fänger hängen noch ganz still, sogar bei dem leichten Wind. Wenn die Federn anfangen sich zu bewegen, kommen sie zurück."

Peter sah nichts, so sehr er sich auch anstrengte, gab sich aber mit der Antwort zufrieden. Trotzdem kam er sich gerade etwas überflüssig vor. Amara merkte das und raunte ihm deshalb verschwörerisch zu: „Was macht die Frau, die bei dir ist?" Die anderen sollten sie nicht hören.

Peter sah sie besorgt an und zuckte die Schultern.

„Ich glaube, sie ist weg, Amara. Ich habe sie, nachdem wir geschlafen haben, nicht wieder gespürt."

„Hm, schade! Die könnten wir jetzt gut gebrauchen." Wofür das sein könnte, ließ Amara offen. Stattdessen sagte sie: „Ich werde mir noch mal die Sachen ansehen, die wir in der Kiste haben. Vielleicht können wir davon etwas benutzen, wenn die wiederkommen sollten." Sie holte vorsichtig die Kiste aus Peters Rucksack heraus. Sie öffnete den Deckel und stellte die Kiste in eine schmale Spalte zwischen zwei Steine. So schützte sie den Inhalt vor ungewollten Blicken und auch vor Unachtsamkeit. Durch den Lappen glomm das Grün der Phiole. Sie legte sie an den Rand der Kiste, damit sie nicht aus Versehen diese Flasche ergriff und womöglich verschüttete. Sie hatte einen Heidenrespekt vor dieser Tinktur. Da wollte sie kein Risiko eingehen.

Während Amara noch über den Zweck der Räucherstäbe nachdachte, zupfte Max sie an ihrer Jacke. Sie drehte sich um und sah Max den Zeigefinger auf den Mund legen. Sie hielt in der Bewegung inne. Der Wind war wieder verstummt.

Amara spähte durch den Spalt auf die Traumfänger und sah, wie sich die Federn leise im Wind drehten.

*‚Sie waren zurückgekommen.'*

Amara schlich um den Stein herum und nahm ihren alten Ausguck ein. Sie spähte durch die dünnen Zweige und sah nach wenigen Sekunden, wie sich die Schatten jenseits der Spur wieder näherten. *‚Also haben sie wohl keinen Durchgang gefunden. Das war schon mal gut.'*

Die dunklen Flecken kamen jetzt näher und hielten, keine drei Meter von ihr entfernt, vor der Kreislinie. Durch Max ahnte sie, dass sie sich wohl nun beraten würden, aber sie konnte jetzt unmöglich zurück, um ihren Bruder danach zu fragen. Plötzlich sah sie die drei in verschiedene Richtungen auseinanderstieben. *‚Was war das nun wieder?'* Sie lauschte, doch sie hörte nichts. *‚Sollte ich zurückgehen und Max danach fragen?'*

Gerade, als sie sich dazu entschließen wollte, sah sie in einiger Entfernung den Nebel kommen. Er kroch auf sie zu und waberte immer höher, bis er mannshoch von allen Seiten auf ihr Versteck zuhielt und ihr jeden Blickwinkel nahm. Nun sah auch sie fast nichts mehr.

*‚Mist, in dieser dicken Suppe kann selbst ich nichts mehr erkennen.‘* Amara wollte gerade den Rückzug antreten, als sie einen grellen Blitz aus dem Nebel schnellen sah, der nur wenige Zentimeter neben ihr in den Felsen einschlug. Sie hörte einen spitzen Schrei aus dem Versteck hinter sich. Reflexartig hatte sie sich geduckt, doch sie wusste, dass der Schlag sie normalerweise hätte treffen müssen. Auf allen vieren schob sie sich rückwärts hinter den Stein. Sie wollte schnell zu den anderen, musste nachsehen, ob jemand verletzt war. Als sie bei den anderen ankam, sah sie aber gleich, dass sich keiner ernsthaft wehgetan zu haben schien, sondern alle nur fürchterlich erschrocken waren. „Was war das?", fragte Peter. Er war froh, Amara unversehrt wieder bei sich zu haben.

„So was wie ein Blitz. Hat mich nur wenige Zentimeter verfehlt." Sie sah zurück, wo der Blitz eingeschlagen hatte. Von dem Felsen war ein großes Stück abgeplatzt. Daneben sah Amara etwas Zerfetztes im Laub liegen. Sie kniff die Augen zusammen.

„Ich glaube, sie haben unsere Wanderstöcke getroffen. Die sind hin, wie es aussieht."

Sie wandte sich an Peter und sagte: „Sie wissen genau, wo wir sind, kommen nur schlecht an uns heran. Ich habe keine Vorstellung, was sie als Nächstes planen. Aber sie werden uns nicht ohne Weiteres hier rauslassen."

Amara spähte wieder durch den Spalt und sah etwas durch den Nebel huschen. *‚Was war das?‘*

Doch noch ehe sie die anderen warnen konnte, hatte sich eine riesige Schlange erhoben. Sie schnellte im Nebel empor und reckte sich wie eine Kobra, verschwand kurz im Dunst, als sie sich nach hinten beugte.

Amara konnte noch, „Duckt euch!", rufen, als sie auch schon sah, wie das Reptil den Kopf nach vorn warf und eine Flüssigkeit in ihre Richtung spuckte, die punktgenau auf der Jeans von Max landete. Sie sah entsetzt, wie sich die schleimige Masse rasend schnell durch die Jeans fraß und Max auch schon zu schreien anfing. Amara schrie ihn ebenfalls an: „Zieh sie aus! Zieh sie aus!"

Sie hatte alle Vorsicht vergessen, denn es war längst klar, dass ihr Versteck keines mehr war.

Sie und Peter zerrten dem schreienden Max die Hose von den Beinen. Amara robbte, halb wahnsinnig vor Angst, auf Knien zu dem Versteck zwischen den Steinen und holte mit zittrigen Fingern die Dose mit der Salbe aus dem Kästchen. *'Lieber Gott, lass es helfen.'* Sie schob sich zurück zu dem weinenden Max und trug mit zitternden Fingern die kühlende Salbe auf. An der Stelle, wo er von dem Zeug getroffen wurde, hatte sich ein großes Loch in den Oberschenkel gebrannt. Als sie die Salbe aufgetragen hatte, hörte die Wunde auf, sich tiefer zu fressen. Das rohe Fleisch, welches eben noch zu sehen war, zog sich zusammen und bildete eine Art Schorf. Sie sah Max an und wartete auf eine Reaktion.

Er sah sie regelrecht erstaunt an und sagte unter Tränen: „Es tut fast nicht mehr weh, Amara! Es hilft wirklich!"

Voller Erleichterung weinte jetzt auch Amara. Sie drehte sich zu Peter um.

„Wir müssen hier weg! Wer weiß, was die sich noch einfallen lassen. Die Felsen geben uns etwas Schutz, aber nicht genug."

Peter, den die Ereignisse völlig überforderten, hatte seine weinende Cousine Christin in den Arm genommen und versuchte, sie mit heftigem Wiegen zu beruhigen.

Ratlos fragte er: „Aber was können wir machen? Wir wissen doch nicht, wie wir hier rauskommen sollen?"

Amara war zurück zu der Gesteinsspalte gekrochen und versteckte die Salbe sorgfältig. Sie wusste auch nicht, wie sie jetzt verfahren sollten. Sie nahm die Flasche mit der roten Flüssigkeit in die rechte Hand und nestelte mit der anderen am Verschluss. *'Vielleicht kann ich die auf diese Kreaturen werfen? Vielleicht hält das Gift darin sie auf?'*

Doch sie verwarf den Plan, denn sie hatte nur eine Chance. Wenn sie die Flasche nach den Hexen warf, war diese womöglich verloren. Gerade als Amara sie zurücklegen wollte, krachte erneut ein Blitz in das Gestein. Christin und Max schrien wie am Spieß. Peter drückte Christin unter sich auf den Waldboden. Auch Amara hatte sich geduckt, doch wieder war der Blitz weiter vorn in den Felsen eingeschlagen. Amara sah durch den sich verziehenden Rauch, dass auch der zweite Wanderstock zerborsten war.

Plötzlich dämmerte es ihr. Na klar, sie hatte schließlich gelesen, dass Haselnusssträucher vor Blitzschlag schützen sollten. Deshalb pflanzten früher die Bauern diese Sträucher eng an ihre Häuser. Und jetzt schienen die Stöcke die Blitze auch von ihnen abzulenken.

Amara gab diese Erkenntnis neuen Mut. Ihr fiel etwas ein. Sie wollte es versuchen. Sie nahm aus der Kiste eines von den Räucherstäben und suchte in dem Rucksack von Max nach dem Feuerzeug. „Was machst du da?", fragte eine verzweifelte Stimme. Peter hatte sich mit den beiden anderen tief in den Schatten der Granitblöcke zurückgezogen und drückte sich nah an den Boden.

„Ich probiere was aus. Ich versuche, Feuer mit Feuer zu vergelten."

„Wie meinst du das nun wieder?" Peter klang verwirrt und verängstigt.

Amara ging nicht darauf ein. Sie hatte inzwischen das Feuerzeug gefunden und hielt es an den trockenen Stab aus Pflanzen, den sie aus der Kiste genommen hatte. Er fing sofort Feuer und es züngelten Flammen aus den zundertrockenen Fasern. Sie pustete das Feuer aus, der Stab fing an zu glimmen und entwickelte zunehmend einen starken Rauch.

Sie erhob sich kurz und warf das rauchende Gehölz über die Steine. Der Stab kam unmittelbar vor der Linie aus Engelwurzsamen zum Liegen. Der Rauch wurde stärker und verbreitete sich wie der Nebel auf der anderen Seite nun über die Felsen und hüllte einen Teil davon ein. Amara lauschte. Sie huschte zu den anderen hinüber, tippte Max an und fragte: „Kannst du hören, was sie sagen?"

Max, der sein Bein noch immer umschlungen hielt, aber keine Schmerzen mehr zu haben schien, antwortete leise:

„Nein, sie sind ganz still."

Er spitzte die Ohren und versuchte jeden noch so leisen, heiseren Laut der unheimlichen Gestalten aufzufangen. Plötzlich grinste er und erzählte: „Eine von denen schäumt vor Wut. Sie fragt, woher wir das wissen können. Wie es aussieht, können sie uns jetzt genauso wenig sehen, wie wir sie."

Amara grinste auch. „Das ist gut."

Sofort nahm sie einen zweiten Stab aus dem Kasten und zündete ihn an. Dann warf sie ihn einige Meter neben den ersten. Rauchschwaden hüllten die Felsgruppe zunehmend ein. Die Kinder duckten sich auf den Boden, um den Qualm nicht einatmen zu müssen. Die Minuten vergingen schleichend. Erneute Angriffe blieben aus.

Die dicken Rauchwolken schienen sich nur schwer zu verziehen. Die Kinder lagen still auf dem Boden und warteten. Als sich eine ganze Weile nichts regte, wagte Amara einen Blick durch die Spalte auf die Traumfänger. Sie standen still in der nächtlichen Luft.

„Ich glaube, sie sind weg, Peter." Sie drehte sich zu den anderen um. „Hörst du was, Max?"

Dieser lauschte angestrengt, bevor auch er zu lächeln anfing und verkündete: „Die Stimmen kommen zurück, die Stimmen des Waldes."

Jetzt vernahm auch Peter den Ruf eines Käuzchens. Sie waren weg. Sie hatten sie vertrieben. Er sah zu der immer noch total verängstigten Christin hinunter und rief ihr zu: „Hörst du Christin? Wir haben sie verjagt!"

Amara hatte ihre Zweifel, dass die Hexen wegen des Rauches verschwunden waren. Sie hatten die Kinder nicht mehr sehen können, das ja. Aber sie glaubte nicht, dass so ein bisschen Qualm diese Ungeheuer vertreiben könnte. Nein, irgendetwas musste sie abgelenkt haben. Immerhin war es gut zu wissen, dass sie sich jetzt notfalls überall vor ihren Blicken verstecken konnten. Drei Räucherstäbe waren noch übrig. Sie würde sie hüten wie ihren Augapfel.

Sie suchte in dem noch immer dichten Rauch die Felsspalte mit den Schätzen ihrer Großmutter, die ihnen nun schon so gute Dienste geleistet hatten. Neben dem Holzkästchen angelangt, sah sie etwas daneben glänzen. Sie sah genauer hin und erkannte, dass sie die Flasche mit der roten Flüssigkeit neben das Kästchen ins Laub gelegt hatte. Sie musste sie vorhin bei der ganzen Aufregung aus Versehen umgestoßen haben. Sie klaubte die Flasche hastig vom Boden auf und bemerkte dabei, dass sich der Verschluss halb geöffnet hatte. Ein Tropfen des roten Inhaltes löste sich vom Hals der Flasche und fiel auf den Boden.

Amara sprang erschrocken einen Schritt zurück. Beinahe wäre er auf ihrem Turnschuh gelandet. Sie sah den Boden im Umkreis von fast einem ganzen Meter seltsam aufleuchten. ‚Was war das?‘

Sie rief nach den anderen. Als Peter an ihrer Seite war, sagte sie: „Sieh mal, die Flasche hat sich geöffnet und ein Tropfen ist heruntergefallen."

Auch Peter sah das seltsame Leuchten im Laub. Die Umrisse jedes einzelnen Blattes erschienen in einem unwirklichen, mattrötlichen Leuchten. Christin und Max kamen ebenfalls näher.

„Was kann das sein?", fragte Max, dessen Forscherdrang erwachte. Er versuchte, Amara die Flasche aus der Hand zu nehmen. Die war damit allerdings nicht einverstanden und protestierte:

„Max, lass das! Hast du für heute nicht genug schlechte Erfahrungen gemacht? Ich habe keine Ahnung, wofür das ist", beantwortete Amara seine Frage.

„Aber das kriegen wir auch noch raus."

Doch Max war so gefangen von dem seltsamen Farbenspiel, dass er sich aufs Betteln verlegte.

„Oh, bitte lass mich das auch mal probieren. Ich bin bestimmt vorsichtig. Das kannst du mir glauben, nach der letzten Stunde werde ich bestimmt noch vorsichtiger sein."

Amara kam ins Wanken. Er hatte Recht und nach dem Schreck der letzten Stunde wollte sie ihm diesen Wunsch nicht abschlagen. „Na gut Max, aber verschütte nicht alles, nur einen Tropfen! Wir können es bestimmt noch gebrauchen, und dann ist vielleicht nicht mehr genug übrig."

Max, der inzwischen eine alte, viel zu große Jeans von Peter anhatte, nahm mit großem Respekt die kleine Flasche in Empfang. Er ging um einen der Felsen herum und ließ vorsichtig einen weiteren Tropfen auf den Waldboden fallen. Der Boden glänzte wieder rötlich auf und zeigte mit einem Mal viele verschieden große Fußspuren, die durcheinander verliefen und sich an einer Stelle sammelten. „Kommt mal her", rief er den anderen zu. Die drei folgten ihm sofort. „Seht mal, die zeigen unsere Abdrücke und die Farbe ändert sich." Die drei starrten auf die Flecken mit den zunehmenden Grüntönen. „Sie haben jetzt fast die Farbe dieser Steine, denen Minchen gefolgt ist", sagte Peter nachdenklich.

Amara ging auf den Kreis aus Samen zu und forderte von Max: „Versuch es mal hier!"

Max lief zu ihr und ließ einen weiteren Tropfen ins Laub fallen. Die rote Farbe war nun fast verschwunden und der Boden leuchtete nur noch grün. Amara und Peter sahen sich an. „Du weißt, was das ist, stimmt's?", fragte Peter.

Amara nickte. „Ja, so finden wir sie."

Max verstand kein Wort. Peter hatte ihm die Flasche aus der Hand genommen und opferte einen weiteren Tropfen hinter der Spur aus Engelwurzsamen. Deutlich leuchtete eine grünliche Schleimspur, wie die von einer Schnecke, auf. Nach und nach kroch das Leuchten über den Erdboden und da dämmerte es auch Max. Er sprach aus, was alle dachten.

„Es zeigt an, wo sie langgegangen sind. Es ist zum Spurenlesen. So können wir Minchen finden. Wir müssen ihnen folgen", sagte er mit fester Stimme.

Obwohl sie in der letzten Stunde dem Tode nahe waren und unendlich viel Angst ausgestanden hatten, wollten sie auf keinen Fall ihr Ziel, die kleine Mindauga zu finden, aufgeben.

Niemand sagte ein Wort. Die Kinder drehten sich stumm zu den Felsen um und liefen dorthin zurück. In Windeseile packten sie die Sachen zusammen und waren wenige Augenblicke später unterwegs.

Peter sah auf die Uhr und dann zu den anderen.

„In einer Stunde wird es hell, wir sollten uns beeilen. Ich habe den Verdacht, dass die Hexen nicht umsonst hier so schnell verschwunden sind."

Er ging nun wieder voran. Alle paar Meter ließ er einen Tropfen auf den Waldboden fallen.

Sie folgten den leuchtenden Spuren im Laub.

~~~~~~~~

# XXV.
## Das Ritual

Der Augenblick, auf den er über dreihundert Jahre gewartet hatte, war gekommen. Der Baum wusste, dass es heute Nacht, in dieser Stunde, soweit war. Er streckte sich und in all seinen Ästen und Zweigen flossen die Wasser schneller. Er drückte sie durch seine Adern. Die Ränder seiner Eichenblätter leuchteten so hell wie nie. Das Pochen in seiner Brust war stark, donnerte im regelmäßigen Rhythmus hinter seiner Rinde und war nun auch auf dem ganzen runden Platz zu hören. Zwischen ihm und dem größten Pilz stand jetzt ein großer Stein, auf dem eine kleine Gestalt lag.

Sie war nackt und an vielen Körperstellen mit schwarzen Federn geschmückt. Selbst in den langen Haaren steckten einige Federn. Sie fielen jedoch in dem dunklen Haar des Kindes kaum auf und vermittelten den Eindruck, als würde auf den schmalen Schultern ein Vogelkopf sitzen. Die Haut des Mädchens war über und über mit seltsamen Symbolen und Zeichnungen bedeckt, die tiefschwarz auf der hellen Haut glänzten. Dazwischen sah man eitrige Beulen, die kurz vor dem Platzen zu sein schienen. Sie bewegte sich nicht, offenbar war sie bewusstlos. Unter dem seltsamen Altar stand ein großes Gefäß, eine Art Schale aus Holz. Geeignet, um etwas aufzufangen.

Die Pilze auf dem Platz standen stumm in gespannter Erwartung. Das unterschwellige Dröhnen aus dem Inneren des Baumes nahm zu. Die Blätter leuchteten auf und tauchten den unheimlichen Platz in eine nie gekannte Helligkeit.

Durch einen Spalt in der Rinde zwängte sich ein schattenhaftes Geschöpf und kroch auf einen der Pilze zu, um sich dann in kürzester Zeit in eine Art hölzernes Wesen mit einem schrecklich zerfurchten Gesicht zu verwandeln.

Arbocusta, die Hüterin des Baumes, ging zu dem Altar und berührte das Mädchen. Dann ging sie zurück zu ihrem Pilz und stand regungslos vor diesem Thron, hob langsam ihre Hand mit den Zweigenfingern und zeigte auf den Baum. In dessen Geäst leuchtete es auf. Plötzlich war ein Gesicht in der Rinde zu erkennen, das Gesicht eines Kindes, seltsam verzerrt im stummen Schrei. Das Bild verschwand und aus dem Stamm drang ein weiterer Schatten und strebte auf einen Pilz zu. Arbocusta begann ein unheimliches Summen, das leise und stetig anschwoll.

Der zweite Schatten kroch zu einem Pilz. Waberte wie ein Nebelschwaden auf ihn zu, erhob sich schemenhaft und ein weißer Arm aus bleichem Dunst deutete auf eine weitere Stelle des Baumes. Ein neues Bild erschien, wieder das Bild eines Kindes. Es verschwand, zunehmend durchsichtiger werdend, im Nebel. Caligara stimmte in den Gesang ihrer Schwester ein und dann sahen die beiden, dass sich in dem Spalt des Baumes erneut etwas regte und auch der dritte Pilz von einer dunklen Schwester besetzt wurde. Ihre Statur war fließend wie flüssige Erde.

Ein weiterer Kinderkopf leuchtete in der Rinde des Baumes auf und das grausame Lied der Hexen wurde lauter.

Das Ritual hatte begonnen.

~~~~~~~~~

Max vernahm das unheimliche Summen zuerst und blieb abrupt stehen.

„Was hörst du?" Peter war sofort an seiner Seite.

Sie waren der seltsamen Schleimspur durch den Wald gefolgt. Durch das diffuse Leuchten brauchten sie nicht mal mehr die Taschenlampe, denn man konnte die unmittelbare Umgebung der Spuren gut sehen und sie kamen schnell voran.

„Ich höre ein Summen. Es ist noch ganz leise, muss ganz in der Nähe sein. Aber es kommt von unten."

„Wie *, von unten*'? Meinst du aus der Erde?", fragte Peter verständnislos.

Max antwortete nicht, sondern lief plötzlich los, blieb aber in kurzer Entfernung erneut lauschend stehen.

„Kommt schnell!", rief er den anderen halblaut zu. Die drei folgten ihm so zügig, wie es das Halbdunkel zuließ. Nach ein paar hundert Metern hielt Amara sie jedoch plötzlich zurück.

„Halt!"

Sie fasste Peter am Arm.

„Vor uns ist eine Klippe. Ihr könnt sie vielleicht noch nicht sehen, aber dort muss es steil hinuntergehen. Wir sollten ab jetzt vorsichtig sein."

Peter nickte und sie schlichen langsam weiter. Der Wald machte einer kleinen Lichtung Platz, und sie fühlten unter ihren Füßen jetzt den kahlen Felsen.

Peter gebot den anderen zu warten, legte sich auf den Bauch und schob sich die letzten Meter langsam an die Klippe heran. Er starrte in den Abgrund, konnte aber außer einem seltsam grünen Leuchten zwischen den Bäumen nichts erkennen.

Er drehte sich um und rief leise: „Amara, ich kann nichts sehen, du musst sofort herkommen. Sei vorsichtig, leg dich auf den Bauch und robbe hierher!"

Amara tat, was er gesagt hatte, gab aber vorher Max und Christin noch nötige Anweisungen: „Max, du bleibst hier mit Christin im Schatten dieser Sträucher. Und ihr rührt euch nicht von der Stelle! Ist das klar?"

Max nickte, denn er hatte gelernt, dass es besser war, seiner Schwester zu gehorchen.

Amara schlich zu Peter an die Kante des Felsens und krabbelte an seine Seite. Sie starrte wie Peter in den Abgrund und versuchte, die grünen Schemen genauer zu erkennen. „Da unten passiert irgendetwas. Zwischen den Bäumen ist Licht. Genau das seltsame Licht wie in der grünen Flasche oder auch wie die Spuren. Aber ich kann nichts Genaues erkennen. Die Kronen der Bäume sind zu dicht", flüsterte Amara aufgeregt.

Unvermittelt vernahm auch sie das zunehmende Summen in der Luft. Peter wisperte ihr leise zu: „Was ist das? Dieses Brummen?" „Ich fürchte, das bedeutet nichts Gutes. Ich glaube, dass Minchen dort unten ist. Vielleicht kann Max etwas hören? Ich geh ihn holen." Sie schob sich vorsichtig rückwärts und lief zu der Stelle, wo Max und Christin im Schatten der Bäume kauerten.

„Max, du musst mitkommen! Wir können nicht genug hören, aber wir wissen, dass die Hexen da unten sind."

„Lasst mich nicht allein! Ich habe Angst!", wimmerte Christin gleich los.

Amara beruhigte sie, indem sie ihr versicherte: „Ich bleibe so lange hier bei dir, Christin. Max, sei vorsichtig! Du krabbelst sicherheitshalber auf allen vieren zu Peter!"

Max tat, wie ihm geheißen wurde und ging in die Knie, um zu seinem Cousin in die Dunkelheit zu kriechen. Dieser versuchte immer noch verzweifelt, etwas in der Finsternis zu erkennen.

Als Max neben Peter lag, sah auch er vorsichtig über den Rand. Als er das Leuchten zwischen den Bäumen ausfindig gemacht hatte, strengte er sich an, um in dem zunehmenden Gesang etwas zu verstehen.

Enttäuscht sagte er: „Sie sagen nichts, Peter. Ich kann nur das Summen hören. Es wird zunehmend lauter."

„Ja, das merke ich auch. Sogar Amara und ich können das deutlich hören."

„Meinst du wirklich, dass Minchen da unten ist?", fragte Max unsicher.

„Ich denke ja. Amara glaubt das auch."

„Aber wie sollen wir da runterkommen?", fragte Max resigniert.

„Das weiß ich nicht!", antwortete Peter.

Er hatte es gerade ausgesprochen, als ein ohrenbetäubender Knall den Felsen erbeben ließ. Die Jungen hielten sich am Rand des Steines fest. Auf dem Bauch liegend warteten sie erschrocken das Beben ab. Sie hörten einen spitzen Schrei von Christin und dann den halblauten Ruf von Amara:

„Was war das? Seid ihr in Ordnung?"

„Ja, alles okay!", rief Peter über seine Schulter. Er wandte sich erneut dem Abgrund zu und traute seinen Augen nicht. Viele Meter unter ihm sah er nun einen runden Platz.

Ein riesiger Baum musste dort unten zerborsten sein, denn er lag, wie durch einen Blitz in viele Teile gespalten, auf einem runden Felsvorsprung und hatte mehrere andere Bäume mitgerissen. Die so niedergestreckten Bäume lagen wie bei einem Mikado kreuz und quer auf dem Plateau. Zwischen den gefällten Bäumen sah man schemenhafte

Gestalten, die auf irgendwelchen Sitzen thronten und ihren fürchterlichen Gesang jetzt zu einem infernalischen Geschrei steigerten.

Und dann sah er sie. Seine Schwester! Sie lag auf einer Art Tisch und sah so verändert und blass aus, dass er sich fürchterlich erschrak und laut „Minchen" rief.

Augenblicklich war Amara an seiner Seite. Sie hatte Christin nach dem Beben im Schutz der Bäume zurückgelassen und war trotz ihres Weinens und Bittens zu Peter gekrochen. ‚Christin muss jetzt einfach ein paar Augenblicke allein zurechtkommen.' Sie sah an Peter vorbei in die Tiefe. Der sah zu ihr und stammelte: „Was siehst du? Ich...ich kann nicht alles erkennen. Aber dort...dort auf dem Tisch, da liegt Minchen. Ist sie, ist sie...?" Er traute sich nicht auszusprechen, was er dachte.

Amara strengte sich an und kniff die Augen zusammen.

„Nein, sie ist nicht tot", sagte sie erleichtert. „Sie atmet. Aber sie hat überall Beulen. Sie sieht schrecklich aus und scheint ohnmächtig zu sein."

„Was siehst du noch?" Peter konnte zwar Schemen erkennen, aber keine Einzelheiten.

Amara wandte sich zunächst an Max: „Max, du gehst zurück zu Christin! Ich höre sie schon bis hier weinen. Wir müssen leise sein, wenn die Scheusale da unten uns nicht entdecken sollen."

Max nickte. Auch wenn er lieber hiergeblieben wäre. Ihm war klar, dass es besser war, seine kleine Schwester zu beruhigen. Auch er wollte um keinen Preis eine weitere Begegnung mit diesen Höllengeschöpfen.

Amara wandte sich wieder dem Abgrund zu und berichtete: „Da sind irgendwelche Wesen. Wahrscheinlich die Hexen. Es sind...acht, neun, zehn..., nein warte, es sind zwölf. Die Zwölfte steht genau unter uns, direkt vor dem Tisch mit Minchen. Und genau in der Mitte, dort wo die Reste des Baumes stehen, ist noch etwas. Ich kann es nicht genau erkennen." Amara versuchte, das blendende, rote Licht mit ihren Augen zu durchdringen.

Endlich sagte sie: „Auf dem Baumstumpf liegt ein Stein, sieht aus wie ein Diamant. Er pulsiert und leuchtet blutrot."

In dem fahlen Licht des Mondes, der kurz davor war unterzugehen, sah sie mit einem Mal etwas aufblinken. Sie wandte ihre Augen zu dem glitzernden Gegenstand und erschrak bis ins Innerste. Die zwölfte, größte Hexe, direkt unter ihnen, hatte eine Schale aufgenommen und in der anderen Hand sah Amara einen geschwungenen Dolch blitzen.

Amara schrie: „Peter, sie haben ein Messer! Sie wollen Minchen töten! Sie wollen Minchen töten!"

Sie vergaß alle Vorsicht und schrie sich die Angst von der Seele. Peter war augenblicklich aufgesprungen.

„Was sollen wir nur tun? Ich komm doch da nicht runter. Was soll ich nur tun?"

In diesem Moment spürte er den kühlen Luftzug im Nacken. Als er sich umdrehte, sah er wieder die nebulös fließende Gestalt, die ihn in den letzten Tagen so oft begleitet hatte. Hilfesuchend sah er sie an und fragte in ihre Richtung: „Was soll ich tun?"

Die Frau mit den langen Haaren hauchte ihm zunächst etwas zu, was er nicht verstand. Eindringlicher drangen geflüsterte Worte an seine Ohren. Er verstummte, schloss die Augen und konzentrierte sich. Da verstand er, was sie ihm mitteilte. „Du musst sie ablenken. Halte sie auf...!"

Peter blickte nach wie vor ratlos zu der Frau hinüber. Er hatte keine Idee, wie er diese Höllenkreaturen davon abhalten sollte, seine Schwester zu töten. Doch urplötzlich war der rettende Gedanke da. Er lief zu Christin und fasste sie an den Armen. Er schüttelte sie, denn sie war völlig verängstigt und flehte: „Christin! Wenn du Minchen und mich lieb hast, dann sing. Sing, so laut du kannst!"

Christin verstand in ihrer Angst nicht, was das jetzt sollte. Ja, sie begriff überhaupt nicht, was Peter von ihr verlangte. Zugleich sah sie in seinen Augen die gleiche Furcht und irgendwie machte das ihr Mut. Es wurde ihr klar, dass Peter bei ihr Hilfe suchte. Sie begann mit zitternder Stimme zu singen. Erst ganz leise. Doch die Melodie des Liedes, das sie so gern in der Kirche gesungen hätte, gab ihr zunehmend Kraft und Zuversicht. Ihre Stimme wurde lauter, klarer und sie sang, sang wie um ihr Leben. Mit jedem Ton fasste sie mehr Mut und das Lied stieg zum Nachthimmel auf und legte sich wie eine goldene Glocke über den Wald. Als Peter sah, dass Christin ihre Angst überwunden hatte, lief er zurück zu Amara.

Diese rief ihm schon entgegen: „Es funktioniert, es funktioniert...sie haben aufgehört."

Amara starrte weiter in den Abgrund und versuchte, dem Geschehen zu folgen.

„Und jetzt... Minchen, Minchen ist wach geworden."

Amara sah, wie ihre Cousine sich ruckartig aufsetzte und anfing, sich plötzlich im Schneidersitz hin und her zu wiegen. Sie sah, dass sie die Lippen bewegte und vor sich hinmurmelte. Die Augen hielt Minchen dabei geschlossen. Das Schaukeln wurde immer stärker. Die Hexen wurden nervös, denn sie erhoben ein wildes Gekreische. Max, der wieder an den Felsvorsprung gekrochen war, sah über den Rand und rief plötzlich den beiden zu: „Sie haben uns entdeckt! Ich kann sie hören! Sie kommen!"

Die Wesen verwandelten sich in dunkle Schatten und steuerten wie ein einziger großer schwarzer Fetzen auf die Felswand zu.

Amara wurde sofort klar, dass sie hier oben keinerlei Schutz hatten und sie verstand nicht, warum Peter die Aufmerksamkeit auf sie gelenkt hatte. Sie nahm nur an, dass er seine Gründe dafür hätte. ‚Wahrscheinlich war das jetzt auch egal.‘ Ohne Minchen würden sie sowieso diesen Wald nicht verlassen. Sollte das Ritual, das dort unten offensichtlich im Gange war, zu Ende geführt werden, waren sie alle verloren. ‚Sie würden schneller sterben, als sie ‚Hexe‘ sagen könnten.‘

Die zwölfte Hexe war vor dem Altar stehen geblieben. ‚Warum nur?‘ Amara stieß Max an und fragte: „Was hörst du? Was sagt sie?" Sie zeigte mit der Hand in die Richtung der großen Gestalt. Max sah hinunter und versuchte zwischen dem Geschrei, das sich jetzt erhoben hatte, Worte zu unterscheiden. Er vernahm das seltsame Gemurmel von Minchen.

„Minchen sagt irgendwas, aber ich kann sie nicht verstehen. Sie spricht eine andere Sprache. Und die anderen wollen uns töten, sie sind auf dem Weg hierher. Nur die eine soll den Feuerrubin benetzen."

„Womit benetzen?" Peter ahnte Schlimmes.

„Mit dem Blut, mit dem Blut von Minchen. Damit das Ritual vollzogen ist."

Peter war in Panik. Wie konnte er das verhindern? Sollte er die vielen Meter in die Tiefe springen und so einen schnellen Tod finden? Er hätte es getan, doch die warnende Stimme der Frau hinter ihm war lauter geworden und plötzlich verstand er, was sie wollte.

Er lief zurück zur Lichtung und suchte den Beutel, entnahm ihm mit zitternden Fingern den hölzernen Kasten, öffnete diesen und ergriff die eingewickelte Flasche. Der Lappen, der um sie herumgeschlungen war, hatte sich fast aufgelöst.

Peter spürte einen stechenden Schmerz an seiner Hand, achtete aber nicht darauf und lief zurück an die Felskante. Aus den Augenwinkeln sah er, wie sich ihnen von allen Seiten dunkle Schatten näherten, doch auch das hielt ihn jetzt nicht mehr auf.

Er hörte noch die Frau „Wirf!" rufen, doch er hatte schon selbst die Phiole mit einem riesigen Schwung seines Armes hoch geschleudert. Sie stand förmlich in der Luft und leuchtete grell auf, sodass der ganze Nachthimmel sich grünlich widerspiegelte. Plötzlich fiel sie wie ein Stein nach unten. Die schwarzen Kreaturen kreischten, ließen von den Kindern ab und verschwanden über die Klippe in der Tiefe. Amara sah, wie die Flasche fiel und mit einem leuchtenden Blitz genau auf dem roten Edelstein landete. Der Einschlag klang ohrenbetäubend, ebenso wie die Todesschreie der zwölf Schatten, die an dieser Stelle im Nichts versanken.

Rauch stieg von dem seltsamen Platz auf. Beißender, grünlich gelber Rauch und die Kinder, die plötzlich von dem Qualm völlig eingehüllt waren, begannen zu husten.

Als sich die Rauchwolken etwas verzogen hatten, sahen sie nichts weiter als ein tiefes Loch an der Stelle des Baumstumpfes, das sich langsam vor ihren Augen schloss.

„Was ist mit Minchen?", fragte Peter atemlos.

Er konnte durch den dichten Rauch den Altar nicht mehr sehen. Christin war ihnen an den Abhang gefolgt. Als der grüne Blitz einschlug, hatte sie aufgehört zu singen und war zu ihren Gefährten gestürzt. Alle vier Kinder lagen jetzt auf dem Bauch und versuchten, in der Tiefe ihre Mindauga zu erblicken.

„Ich sehe sie! Ich sehe sie!", jauchzte Amara.

Sie hatte sie entdeckt. Minchen lag einige Meter vor dem großen Stein. Der Druck der Explosion musste sie heruntergeschleudert haben. Sie lag regungslos auf dem kahlen Fels, knapp vor einem erneuten Abgrund.

„Wie geht es ihr?" Peter hatte Angst, sie durch seine Wurfaktion verletzt zu haben. Seine Hand zeigte schon eitrige Blasen an der Stelle, wo die Flüssigkeit seine Haut berührt hatte.

„Ich glaube, sie atmet, aber sie ist bewusstlos", sagte Max erleichtert und ruckelte an Peters Arm.

„Ich höre was", meinte er im gleichen Atemzug.

Er stand auf und sah in den Himmel, der sich an einer kleinen Stelle langsam rötlich verfärbte und den neuen Morgen ankündigte. Durch die Rauchschwaden hörte man jetzt die Propellergeräusche eines Hubschraubers. Dann brach ein Helikopter durch die Wolken und kreiste über den Köpfen der Kinder, die aufsprangen und wild mit den Armen winkten.

~~~~~~~~~

Der steile Granitabhang war vollkommen mit Waldefeu überwuchert. Zwischen den Ritzen spross der Farn und entrollte, selbst jetzt noch im Spätherbst, seine kleinen grünen Finger.

Der Abend war hereingebrochen und im letzten Licht des Sonnenuntergangs sah man zwei dunkle Wesen auf eine Felswand zugehen. Die erste, in einen langen dunklen Kapuzenmantel gehüllte Gestalt, blieb vor der Wand stehen. Sie hob beide Hände und legte die Handflächen fast auf die Steine, ließ sie aber in einem kleinen Abstand davor in Brusthöhe stehen.

Der Efeuvorhang teilte sich und in der steinernen Wand wurde ein schmaler Spalt sichtbar, durch den die beiden Schweigenden schlüpften.

Im Inneren folgten sie dem schmalen Gang, der in einem grünlichen Licht schimmerte. Lautlos gingen sie den Weg bergab, immer weiter in den Berg hinein. Nach einigen Minuten wurde der Weg breiter und endete in einer Grotte, die von mehreren Fackeln an den Wänden erleuchtet war. Hier standen bereits weitere, ebenfalls in dunkle lange Gewänder gehüllte Gestalten, die man jetzt in dem helleren Licht trotz der Mäntel als Frauen erkennen konnte. Mit den beiden waren es nun insgesamt elf. Sie nickten sich einander mit ernsten Gesichtern zu und schienen auf etwas zu warten.

In der Mitte der kleinen Grotte stand ein hüfthoher, weißer Granitblock. Um diesen Stein stellten sich plötzlich die Frauen, wie auf ein unsichtbares Zeichen hin, in einem Kreis auf. Leise Schritte waren zu hören und eine zwölfte, ebenfalls in einen dunkelblauen Mantel gehüllte, Frau trat in den Kreis und legte eine schmiedeeiserne kleine Schatulle auf den weißen Granitblock. Schweigend öffnete sie das Kästchen.

Das Licht der Fackeln erlosch und die Grotte versank in Dunkelheit. Nach wenigen Sekunden konnte man jedoch wieder Einzelheiten in einem dämmrigen, grünlichen Licht erkennen.

Die zwölfte Frau war in den Kreis zurückgetreten. Nun klappten die Frauen ihre Kapuzen nach hinten, öffneten die Verschlüsse am Hals und fast gleichzeitig fielen die Mäntel von den Schultern.

Jetzt erkannte man, dass sie alle lange weiße Kleider trugen. Sofort wurde es heller in dem unterirdischen Raum und die Konturen traten deutlicher hervor.

Die Zwölf waren alle unterschiedlichen Alters und abgesehen von den weißen, langen Kleidern und den hellgrünen Kränzen auf den Haaren sahen sie aus wie normale Frauen aus der Nachbarschaft. Sie hatten kurze oder längere Haare, einige waren hübsch, andere wiederum eher unscheinbar. Allein ihre Augen hatten die gleiche ovale Form mit dichten langen Wimpern. Sie nahmen sich an den Händen und blieben ein paar Augenblicke wie in schweigendem Gebet stehen.

Inzwischen verstärkte sich in dem eigenartigen Dämmerlicht das sanfte rote Glühen aus der Schatulle. Es flackerte, wie eine kleine Kerze, die auf sich aufmerksam macht.

Die Frau, die als letzte den Raum betreten hatte, öffnete als erste die Augen und löste ihre Hände aus denen ihrer Nachbarinnen. Die anderen taten es ihr nach. Alle Augen richteten sich jetzt auf die zuletzt Angekommene. Eine etwas fülligere Frau wollte von ihr wissen: „Was machen wir nur mit ihm? Hier kann er nicht bleiben."

„Nein, kann er nicht, aber ich weiß noch nicht, was wir mit ihm machen sollen. Vorerst ist er hier sicher, aber sie werden nach ihm suchen, sobald sie können."

„Er ist sehr schwach!"

Sie sahen auf das flackernde Licht.

„Ja, das ist er, aber er wird nicht so bleiben, wir wissen das. Wenn er stärker wird, müssen wir ihn verstecken."

Die Angesprochene machte immer noch ein sehr bedenkliches Gesicht.

„Ich weiß noch nicht wo." Ihre Augen suchten eine bestimmte Person und blieben an einem jungen Mädchen hängen.

„Wo ist Arbocusta?" Sie fragte ein zierliches Mädchen, das sehr klein von Wuchs war.

„Sie konnte entkommen. Ich musste mich entscheiden, entweder ihr zu folgen oder..." Sie verstummte.

Die Ältere lächelte.

„Du hast dich richtig entschieden. Diese Frau wird überleben, deinetwegen. Sie wird an Händen und am Rücken Narben haben, aber sie wird überleben. Dieses Glück hatten heute Nacht längst nicht alle. Das hast du gut gemacht, Ariane." Sie sah die anderen der Reihe nach an.

„Wir müssen wachsam sein, der Rubin wird uns anzeigen, wann Arbocusta wieder zu Kräften kommt. Sie wird danach suchen, aber vorher wird sie ihre Schwestern rufen müssen. In wenigen Wochen beginnt das neue Jahrtausend. Bis dahin haben wir noch etwas Zeit. Der Baum ist tot und sie haben keine Pforte mehr. Aber sie werden ein ganzes

Jahr Zeit haben, sich eine neue zu suchen. Wir werden uns aufteilen, denn sie können überall sein.

Und wir müssen die anderen suchen, trotz des Schwurs. Sie sind alle in Gefahr. Arbocusta hatte viel Zeit, nach ihnen zu suchen, Und sie hat mehr gefunden, als wir dachten, obwohl wir, um sie zu schützen, nie mit ihnen Verbindung aufgenommen haben."

Sie machte eine kleine Pause. Dann fuhr sie eindringlich fort.

„Das müssen wir nächstes Jahr besser machen, denn es wird ein Jahr der Hexen werden."

Die Frau nahm wieder die Hände der neben ihr Stehenden in die eigenen und die anderen taten es ihr nach.

Es begann als leises Gemurmel und schwoll schon bald zu einem dumpfen Rhythmus an, der sich an den Wänden der Höhle brach und als Echo zurückgeworfen wurde.

Das zierliche Mädchen, das Ariane genannt wurde, begann mit einer glockenklaren Stimme zu singen. Es klang wie Engelsgesang und die alte Sprache, in der sie sang, drang in die Tiefe des Gesteins und widerhallte in den Wurzeln der Berge.

# Epilog

Joachim Breitner betrat das Krankenhaus, das nach der Quarantäne wieder geöffnet worden war. Es hatte sich herausgestellt, dass nichts auf eine infektiöse Quelle hindeutete. Der Verdacht auf Ebola hatte sich nicht bestätigt. Allen, außer ihm natürlich, waren die Vorkommnisse ein Rätsel geblieben. Breitner ging den langen, sterilen Flur entlang und sah sie weiter hinten vor dem großen Fenster stehen.

Gerda Hoffmann verharrte reglos vor der Glasscheibe und blickte gebannt in den hellen Raum dahinter. Er war nicht groß und sein Fußboden war mit Decken ausgelegt. Auf einem Tisch standen viele Plüschtiere und Karten mit Genesungswünschen. Ein Kind mit langen, fast schwarzen Haaren saß auf einer bunten Steppdecke und wiegte sich mit geschlossenen Augen. An den Armen hatte es frische Wunden, die schon begonnen hatten zu verheilen. Breitner trat geräuschvoll von hinten an Gerda Hoffmann heran, um sie nicht zu erschrecken.

Doch sie hatte ihn schon bemerkt.

„Wie geht es ihr?", sprach er sie leise an.

Die Frau warf einen Blick über ihre Schulter auf den Kommissar, bevor sie antwortete: „Sie hat sich in einen Teil ihrer Seele zurückgezogen, in den wir ihr nicht folgen können."

Breitner war beim Anblick der Kleinen immer noch geschockt. Was war dort nur in diesem Wald passiert? Sie würden es wohl niemals ganz erfahren.

Er hatte den Harz nie von dieser Seite betrachtet. Sagen und Mythen waren für ihn bis vor wenigen Wochen nur alte Geschichten gewesen, ohne jeden Sinn. Doch nun...?

„Geben sie ihr was?"

Gerda Hoffmann schüttelte den Kopf.

„Nein, sie beobachten sie nur. Vorerst, sie wollen keine voreiligen Schlüsse ziehen. Wir wollen auch nicht, dass sie mit Medikamenten vollgestopft wird. Da sind mein Sohn und ich uns einig. Vielleicht erholt sie sich erst mal so weit, dass wir sie verlegen können. Meine Kinder wollen mit ihr und Peter in eine Spezialklinik für solche Fälle fahren. Aber ich befürchte, dass sie was ganz anderes braucht." Sie sah ihn an.

„Ich mache mir schwere Vorwürfe, wissen Sie? Wenn ich den Kindern nicht den Tee gegeben hätte, wäre Minchen vielleicht nicht so verrückt nach diesen Steinen gewesen. Dieser Teil ihrer Ahnen war so verschüttet, vielleicht wäre sie dann nicht in den Wald gelaufen."

Breitner zog die Augenbrauen hoch.

„Ich glaube ganz und gar nicht, dass das geholfen hätte. Wenn Sie nicht gewesen wären und sich seit langem mit dieser Sache beschäftigt hätten, wer weiß, was geschehen wäre. Ich wage es mir nicht auszumalen. Ich glaube, Sie haben sie alle gerettet. Ohne Ihre Vorbereitung hätten sich die Kinder nicht schützen können, wären wie die anderen hilflos ausgeliefert gewesen."

Gerda Hoffmann verzog den Mund zu einem unsicheren Lächeln. Sie fragte Joachim Breitner besorgt.

„Was machen Ihre Kollegen? Haben sie alle gefunden?" Breitner schüttelte den Kopf.

„Nein, zwei Gruppen haben wir zwar unverletzt, aber ohne Bewusstsein, in einer Felsspalte ausfindig gemacht. Sie können sich an nichts erinnern. Nach den anderen suchen wir noch. Aber ich befürchte, wir werden sie genauso wenig finden wie die verschwundenen Kinder. Nicht, nachdem ich gehört habe, was Ihre Enkelkinder erzählt haben."

Er dachte mit Grausen an den Bericht, den die Kinder gestern, nach ihrer Rettung von dem Felsplateau, erstattet hatten. Absolut unglaublich. Das würde noch einigen Staub aufwirbeln.

„Und Ihre Kollegin Sabine?"

„Sie liegt im künstlichen Koma. Einige Hautverpflanzungen mussten vorgenommen werden, aber sie wird überleben. Die Ärzte meinten, irgendjemand müsse ihre Wunden fachmännisch vor Ort versorgt und sie anschließend an den Platz gebracht haben, wo wir sie so schnell finden konnten."

Gerda Hoffmann sah ihn wissend an. Breitner verstand. Trotzdem fragte er: „Sie ahnen, wer das war, stimmt's?"

„Ich kann es mir zumindest denken. Ich habe die Dokumente der Mutter Oberin zwar noch nicht gesichtet, vermute aber, dass sich darin meine Annahmen bestätigen werden. Erst wenn es meiner Enkelin besser geht, werde ich mich darum kümmern." Breitner wandte sich zum Gehen.

Gerda Hoffmann hielt ihn zurück.

„Herr Kommissar, warten Sie noch einen Moment, bitte. Morgen findet ein Gedenkgottesdienst für die verschwundenen Kinder in unserer kleinen Kirche statt. Meine andere Enkelin wird singen. Erst wollte das meine Tochter nicht, aber Christin hat darauf bestanden."

Ihr Blick glitt zu dem Fenster und dann zu der auf dem Boden sitzenden Mindauga.

„*Für Minchen*' hat Christin gesagt. Das konnten wir schlecht ablehnen. Vielleicht möchten Sie auch kommen? Wir würden uns jedenfalls sehr freuen."

„Natürlich! Ich komme gern!"

Mit einem letzten Blick auf das kleine Mädchen mit den dunklen Haaren wandte sich der Kommissar zum Gehen.

Minchen hielt die Augen immer noch geschlossen und wiegte sich unaufhörlich in einem geheimen Takt.

~~~~~~~~~

Joachim Breitner öffnete das große Kirchenportal so leise wie möglich. Die Bänke des kleinen Gotteshauses aus dem 12. Jahrhundert waren bis auf den letzten Platz besetzt. Auch hinter den Bänken und selbst an den Seiten standen Leute. Die Menschen waren zahlreich gekommen, um ihr Mitgefühl mit den Angehörigen der verschwundenen Kinder auszudrücken. Der Gottesdienst hatte schon begonnen.

Breitner reckte den Hals und erspähte in der zweiten Reihe die Enkelkinder von Gerda Hoffmann. Daneben saßen eine blonde Frau, die Tochter von Frau Hoffmann, sie selbst und einige andere Erwachsene, die ebenfalls zu ihr zu gehören schienen.

Sie sahen jetzt alle auf ein kleines Mädchen, das mit dem Kirchenchor neben dem Altar stand. Der Chor hatte angefangen und das Mädchen trat jetzt hervor. Es begann mit solch einer klaren Stimme zu singen, dass die Menschen in dem kleinen Gotteshaus förmlich den Atem anhielten.

Christin hatte die Augen geschlossen und sang. Sie sang für ihre Cousine Minchen und dafür, dass sie wieder gesund zu ihnen zurückkommen würde. Ihre engelsgleiche Stimme füllte die kleine Kirche bis in die letzten Winkel aus und erhob sich über die Köpfe der andächtig lauschenden Menschen.

In vielen Augen sah man jetzt Tränen.

Kommissar Breitner spürte ein tiefes Ziehen in seiner Brust.

Zum ersten Mal seit Jahren hatte er das Gefühl, Teil einer wirklich bedeutenden Geschichte zu sein und seinen Beitrag geleistet zu haben. Dieses Gefühl schenkte ihm eine nie gekannte Befriedigung und er schwor sich, diese Wochen nicht zu vergessen und alles zu tun, um eine Wiederholung der Geschehnisse zu verhindern. Der Gesang des Mädchens schwoll wie zu einem opulenten Choral an. Jeder in der Kirche erkannte nun das göttliche Talent dieses kleinen Menschenkindes und lauschte andächtig, als sich das Lied, wie ein Geschenk Gottes, über sie ausbreitete.

~~~~~~~~~

In diesem Augenblick hörte in einem sterilen Raum des Krankenhauses ein anderes kleines Mädchen auf, sich zu wiegen. Es hielt plötzlich in der Bewegung inne und senkte den Kopf auf die Brust. Unvermittelt öffnete es die Augen und starrte wie mit großen, grünen Lichtern unter schmalen Brauen auf die Tür ihres Zimmers.

Von dort musste sie kommen…

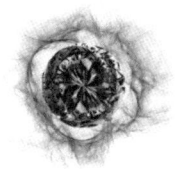

# Im Schatten der Hexen

**Impressum**
19. Auflage – März 2026
Im Schatten der Hexen - Band I ~Hexenring~
Überarbeitete Auflage
Autorin: Kathrin R. Hotowetz
ISBN: 978-3-943455-00-7
Copyright: Geistmühle Verlag / Kathrin Hotowetz
Satz /Gestaltung/ Bildbearbeitung/ Projekt: Axel Steinbach
Zeichnungen: Katrin Packebusch

* Hexenring: Harzbuch des Jahres, ausgezeichnet 11/2012
durch Hexe© Das Harzmagazin

Ausgezeichnet mit dem Umweltritter für besonders
umweltfreundliches Handeln:
Geistmühle Verlag  38820 Halberstadt
Die mystische Harz-Krimi-Saga „Im Schatten der Hexen"

www.imschattenderhexen.de  -  www.geistmuehle.de
Shop: www.eibenspiegel.de
Veranstaltungen: www.dasversunkeneheiligtum.de

**Wichtige Hinweise / Warnhinweise**
Die vorliegende Geschichte ist inspiriert vom Leben, vom Harz, von interessanten Theorien und der Historie, aber dennoch natürlich frei erfunden. Ähnlichkeiten mit lebenden oder toten Personen oder Institutionen, Gesellschaften, etc. sind rein zufällig und grundsätzlich erst einmal nicht gewollt!

Dieses Buch und die Reihe ~Im Schatten der Hexen~ sind sorgsam recherchiert worden.

Trotzdem sind alle Angaben ohne Gewähr und weder Verlag, Herausgeber, noch Schriftsteller /-in haften für eventuelle Schäden, die aus den im Buch gemachten Hinweisen, Bildern, anderen Gründen oder dem Nachverfolgen dieser möglicherweise entstehen.

Bei Erkundungen erwähnter Plätze und Orte ist unbedingt die hierzu erforderliche Sorgfalt bei Ausflügen in entsprechende, oft schwer zugängliche, Gebiete zu beachten.

Die dort geltenden Regeln und Vorschriften sind unbedingt einzuhalten!
Dieses gilt insbesondere für Biosphärenreservate,
den Nationalpark Harz sowie für Kultur- und Flächendenkmäler!

Bei allen Einnahmen und Anwendungen aufgrund in den Büchern gemachter Angaben ist zu Risiken und Nebenwirkungen vorher ein Arzt oder Apotheker zu fragen, deren Ratschläge dazu zu beachten und eigenverantwortlich zu behandeln sind, besonders bei dauerhafter Einnahme von Medikamenten. Insbesondere ist bei der Nutzung von Rezepten und Kräuterrezepturen auch auf Wechselwirkungen, Unverträglichkeiten und Allergien zu achten.

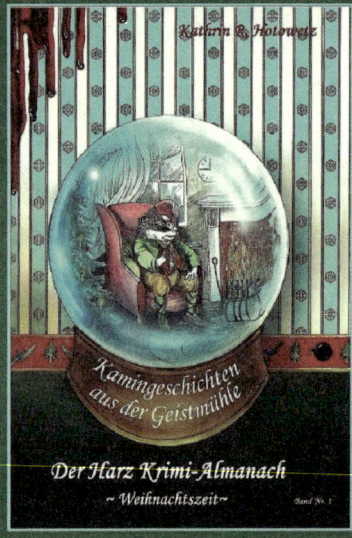

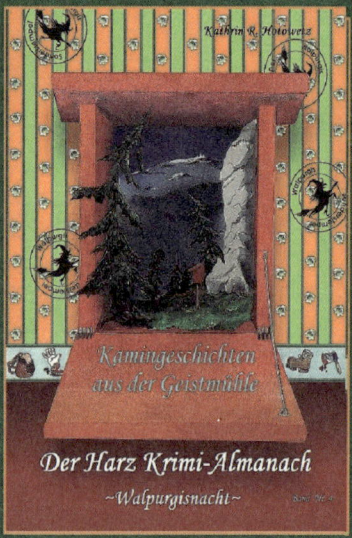

# Neuerscheinung

## im November 2021

in der Reihe

## ~Im Schatten der Hexen~

### Edition Leben & Natur

Simone Detto ~ Heike Wolff
**Mystische Nächte ~ Magische Rituale**
~Eine Reise durch die Raunächte~

~Im Schatten der Hexen~

Edition Leben & Natur

# Mystische Nächte ~ Magische Rituale

## ~Eine Reise durch die Raunächte~

### von Simone Detto

Illustrationen: Heike Wolff   Einleitung: Kathrin K. Hotowe

# Spannender Winter
## ~Im Schatten der Hexen~

~Im Schatten der Hexen~
Edition Leben & Natur

Nancy Barthold · Uwe Polack · Mandy Thiart · Dr. Gudrun Bührer · Renate Kühler
Küchenzauber 'Im Schatten der Hexen'
~Geheime Wildpflanzen-Rezepte der Oberharzer Kräuterfrauen~ Band I

Crime & Mystery
Bestseller
Harz

~Im Schatten der Hexen~
Edition Leben & Natur
Kathrin R. Bohoveda
~Seelenjagd~

~Im Schatten der Hexen~
Edition Leben & Natur
Kathrin R. Bohoveda
Mord in der Glaskugel

# Crime & Mystery
## Adventure-Literatur als Literatur-Adventure

# Von Hexenspuren und Wanderlust

## ENTDECKE DAS MYSTISCHE SELKETAL

Tauche ein in die Welt der Sagen, folge alten Pfaden im Schatten der Hexen und spüre die Magie des Harzes. Im Selketal wird Geschichte lebendig und Deine Auszeit unvergesslich.

**Noch nicht alle Bände „Im Schatten der Hexen" zu Hause? Dann ab in unseren Selketal-Informationen!** Von der persönlichen Beratung, Buchung der Unterkunft, Insidertipps und einem breiten Shopsortiment, halten wir auch alle Ausgaben parat - perfekt für den Urlaub im Selketal.

dasselketal.de

# DAS SELKETAL

NATURREICH · MÄRCHENHAFT · HISTORISCH

# BURG FALKENSTEIN
HARZ

## KULTUR STIFTUNG SACHSEN-ANHALT

# Die Burg im Harz

Hoch über dem malerischen Selketal, einem der schönsten und bedeutendsten Schauplätze der Buchreihe „Im Schatten der Hexen", erhebt sich mit der Burg Falkenstein eine der eindrucksvollsten Burganlagen des Harzes.

Im 12. Jh. gegründet, hat sie alle Zeitläufe überdauert und ihre mittelalterliche Gestalt bewahrt. Vom 15.bis 18. Jh. erfuhr die Burg umfangreiche Um- und Ausbauten, die ihr Erscheinungsbild bis heute prägen.

Schon seit der Romantik für Besucher zugänglich, eröffnete im April 1946 auf der Burg ein Museum.
In den letzten Jahren erfolgten aufwendige Sanierungen der Ausstellungsräume.
Hierzu gehören die voll funktionfähige spätgotische Alte Küche und die Burgkapelle mit ihrem originalen hochmittelalterlichen Glasfenster.

Neben der musealen Ausstellung finden auf dem Falkenstein unterschiedliche museumspädagogische Angebote und Veranstaltungen wie Konzerte oder das traditionelle Burgfest Anfang Oktober statt.

Burg und Museum sind Teil der Kulturstiftung Sachsen-Anhalt.

**Kontakt**

Kulturstiftung Sachsen-Anhalt
Museum Burg Falkenstein
Burg Falkenstein 1, Pansfelde
06543 Falkenstein / Harz

T: +49 34743 53 55 90
burg-falkenstein@kulturstiftung-st.de
www.burg-falkenstein.de

 www.burg-falkenstein.de

# Goslar

## Auf Entdeckungstour durch ein dreifaches Weltkulturerbe

Goslar ist der ideale Ausgangspunkt für Ausflüge in die Harzer Natur, ob zum Wandern, Radfahren oder zum Entspannen am Badesee. Aktivurlauber, Erholungssuchende und Kulturliebhaber kommen in naturnaher Umgebung inmitten tausendjähriger Fachwerkromantik voll auf ihre Kosten. Entdecken Sie dreifaches UNESCO Weltkulturerbe mit der Altstadt von Goslar und ihrer Kaiserpfalz, dem Erzbergwerk Rammelsberg und der Oberharzer Wasserwirtschaft.

**Tipp:** Am 30. April verwandelt sich der Marktplatz in Goslar in einen mystischen Wald aus knorrigen Hexenkiefern und der Marktbrunnen brodelt in tiefem Rot. Hexen und Teufel feiern ausgelassen zu Live-Musik und begrüßen gemeinsam den Frühling.

Wer die mystische Seite des Harzes kennenlernen möchte, kann sich auf die „Westharz Krimi & Mystery Tour" begeben, bei der einige der Originalschauplätze der Bestsellerreihe „Im Schatten der Hexen" zu entdecken sind. Von Wernigerode über Schierke und Torfhaus führt die Tour in einem Oldtimerbus aus den 50er Jahren bis nach Goslar. Die Stadt lädt zum Bummeln durch verwinkelte Gassen ein oder zum Verweilen in einem der zahlreichen Restaurants und Cafés. Vielfältige Museen runden Ihren Besuch in Goslar ab.

**Tipp:** Mystische Souvenirs finden Sie in unserer Tourist-Information sowie im Online-Shop unter: www.goslar-shop.de.

## Mach es zu deinem Goslar.

filmpunkttan

## Das Bodetal.
## Im Sagenharz.

Urwüchsig und wildromatisch ist es, das Bodetal im Sagenharz. Haben Sie Lust auf eine Entdeckungstour mit orginal Schauplätzen zur Bestseller - Reihe „Im Schatten der Hexen"? Dann sind Sie bei uns genau richtig.

Ob auf dem Hexentanzplatz, der Walpurgishalle, im Tierpark oder am mysthischen Königsstein bei Westerhausen, finden Sie die passenden Stempel dazu.

### Tipp

Die Stempelhefte der Harzer Wandernadel, alle Produkte zu „Im Schatten der Hexen" sowie die passenden Wanderkarten erhalten Sie bei uns in der Bodetal Tourist Information.

Ihr kompetenter Ansprechpartner:
Bodetal Tourismus GmbH
Walpurgisstraße 37, 06502 Thale
Tel. 03947 / 776800
www.bodetal.de

# DIE BLÜTENSTADT AM HARZ
# BLANKENBURG

# Herzlich willkommen in Blankenburg!

Entdecken Sie die Blütenstadt Blankenburg und die mystischen Originalschauplätze der Bestsellerreihe „Im Schatten der Hexen". Hier finden Kultur-Entdecker, Auszeit-Sucher, Bergfreunde und Zeitreisende besonders lohnenswerte Ziele im Harz.

Die Stadt überrascht mit barocker Schönheit und bizarren Felsformationen. Zwischen den Schlössern und den traumhaft schönen Gärten, dem Kloster Michaelstein, und der Burg und Festung Regenstein werden auch Sie einen Ihrer ganz persönlichen Lieblingsplätze im Harz entdecken.

Wir beraten Sie gern!

Touristinformation Blankenburg · Schnappelberg 6 · 38889 Blankenburg
**T** 03944 362260 · touristinfo@blankenburg.de · www.blankenburg.de

# WERNIGERODE & SCHIERKE

*Zeit zu bleiben*

Haben Sie Zeit, zu bleiben und möchten Wandern mit Mystik verbinden? Dann gehen Sie bei uns auf Entdeckungstour und besuchen Sie einige **Originalschauplätze** der **Bestsellerreihe „Im Schatten der Hexen"**. Eine gleichnamige, 6-stündige Tour führt Sie im Rahmen der **24h Trophy** – das Wandererlebnis im Harz – zu verschiedenen Orten aus dem Roman rund um Schierke. Ein tolles Ereignis für alle krimibegeisterten Wanderfreunde!

In unserem **„Kleinen Wanderführer Schierke"** sind weitere Routen aufgeführt, bei denen die sagenhafte Harzer Bergwelt auch auf eigene Faust erkundet werden kann.

Wer nach diesem intensiven Naturerlebnis Lust auf Kultur hat, sollte Wernigerode nicht verpassen. Die Bunte Stadt am Harz empfängt Sie mit **farbenfrohen Fachwerkbauten** aus 6. Jahrhunderten. Die **malerische Altstadt** lädt zum Bummeln und Verweilen ein. Verschiedene **Museen** und zahlreiche erholsame **Parkanlagen** machen Wernigerode zu einem beliebten Ausflugsziel für **Familien** und **Aktivurlauber**.

## ENTDECKER-TIPP

Stempelhefte der „Harzer Wandernadel", den „Kleinen Wanderführer Schierke" sowie ausgewählte Produkte zu „Im Schatten der Hexen" sind in den Tourist-Informationen Wernigerode und Schierke sowie in unserem Online-Shop erhältlich.

IHR KOMPETENTER ANSPRECHPARTNER:
Wernigerode Tourismus GmbH
Marktplatz 10, 38855 Wernigerode
**wernigerode-tourismus.de**